VI KEELAND / PENELOPE WARD

Men of Manhattan

The Rules of Dating

Die Romane von Vi Keeland und Penelope Ward bei LYX:

Perfect Player
Sweet Player
Park Avenue Player
British Player
Hate Notes
The Story of a Love Song
Sleepless in Manhattan
Can't Stop the Feeling

Die One-More-Reihe:
One More Chance
One More Promise
One More Kiss
One More Time

Das Rush-Duett:
Rebel Soul
Rebel Heart

Christmas Deal *(exklusiv als E-Book)*
Merry Kissmas *(exklusiv als E-Book)*

Außerdem von Vi Keeland:
Heart Play

Außerdem von Penelope Ward (exklusiv als E-Book):
Off Limits – Wenn ich von dir träume
Hate You, Love You
Our Second Chance
Anti-Boyfriend
Hot Crush – Mit dir gibt es keine Regeln
Dare You to Love Me
Moody – Nur du siehst mich

Weitere Romane der Autorinnen sind bei LYX in Vorbereitung.

VI KEELAND / PENELOPE WARD

MEN OF MANHATTAN

THE RULES OF DATING

Roman

Ins Deutsche übertragen von Antje Görnig

LYX

LYX in der Bastei Lübbe AG

Die Bastei Lübbe AG verfolgt eine nachhaltige Buchproduktion.
Wir verwenden Papiere aus nachhaltiger Forstwirtschaft und verzichten darauf,
Bücher einzeln in Folie zu verpacken. Wir stellen unsere Bücher in Deutschland
und Europa (EU) her und arbeiten mit den Druckereien kontinuierlich
an einer positiven Ökobilanz.

MIX
Papier | Fördert gute Waldnutzung
FSC® C014496

Die Originalausgabe erschien 2022 unter dem Titel
»The Rules of Dating«.

Textredaktion: Christiane Wirtz
Umschlaggestaltung: © Guter Punkt, München | www.guter-punkt.de
unter Verwendung von Motiven von © iStock/Getty Images Plus
(Angelo Cordeschi/ismagilov/Ultima_Gaina/Muenz)
Satz: Greiner & Reichel, Köln
Gesetzt aus der Adobe Caslon Pro
Druck und Verarbeitung: GGP Media GmbH, Pößneck

Printed in Germany
ISBN 978-3-7363-1983-7

1 3 5 7 6 4 2

Weitere Informationen unter:
lyx-verlag.de
luebbe.de | lesejury.de

1. KAPITEL

BILLIE

»Mist.« Mein verdammtes Handy war wieder leer.

Ich sah mich in Kaidens Küche nach einem Ladegerät um. Eigentlich lag immer eins auf der Theke, heute jedoch nicht. Weil er gerade unter der Dusche stand, ging ich in Richtung Bad, um ihn danach zu fragen. Doch als ich am Schlafzimmer vorbeikam, sah ich, dass sein Handy auf dem Nachttisch lud. Es war schon voll, daher löste ich das Kabel, um meins anzuschließen, als sein Handy plötzlich summte und eine Benachrichtigung von Tinder auf dem Display erschien.

Mir rutschte das Herz in die Hose.

Warum bekam Kaiden eine Mitteilung von Tinder? Sicher, wir hatten uns erst vor ein paar Monaten kennengelernt, und auch ich hatte die App auf meinem Handy, aber ich bekam keine Benachrichtigungen mehr, nachdem ich mein Konto vorübergehend deaktiviert hatte. Wir waren schließlich in einer festen Beziehung.

Hatte sich womöglich eine Frau gemeldet, zu der er vor unserem Kennenlernen Kontakt gehabt hatte? Ich hätte das Ganze gerne ignoriert und ihm einen Vertrauensbonus gegeben, aber das ließ meine Vorgeschichte nicht zu. Ich war ein gebranntes Kind. Statt ihm zu vertrauen, lauschte ich daher, ob das Wasser in der Dusche noch lief, und gab seinen Code ein – 6969. Ich hatte darüber gelacht, als ich ihn einmal die Zahlen hatte eintippen sehen. Doch vielleicht hätte es mir eine Warnung in Bezug auf Kaidens Beziehungsreife sein sollen.

Er hatte jede Menge Nachrichten in der App, und ich öffnete diejenige, die als neu markiert war.

Katrina: Ich kann es auch nicht erwarten, dich zu sehen.

Auf den Text folgten drei unsägliche Emojis: ein Kussmund, ein Herz und ein Cocktailglas. Wie ich feststellen musste, schrieben sie sich schon eine ganze Weile, und die letzte Nachricht hatte Kaiden ihr erst vor einer Stunde geschickt. Mein Herz raste. Ich wäre am liebsten ins Bad marschiert, um den Mistkerl zu ertränken. Doch ich wischte weiter. Mir wurde übel, als ich die endlosen Gesprächsverläufe überflog. Allein in der vergangenen Woche hatte sich der Arsch mit zwölf Frauen geschrieben. Eine wäre schon schlimm genug, aber *zwölf*? Dann fiel mir sein Profilbild auf. Es kam mir irgendwie bekannt vor, und als ich es vergrößerte, wurde mir klar warum. *Ich* hatte dieses Foto gemacht! Der Mistkerl hatte mich aus dem Bild rausgeschnitten.

Mir schoss dermaßen die Hitze ins Gesicht, dass ich mich fühlte, als käme mir Dampf aus den Ohren. Ausgerechnet heute. Kaiden hatte Geburtstag, und ich hatte mein Studio früher geschlossen, um noch schnell Cupcakes zu backen.

Dabei hatte ich mit Backen überhaupt nichts am Hut. Und ich machte *nie* früher zu.

Außerdem hatte ich *zwei Wochen* lang an seinem Geschenk gearbeitet – an einem Entwurf für ein Tattoo, mit dem ich ihn überraschen sollte. Das hatte er sich gewünscht. Und es ist wirklich wahnsinnig stressig, etwas für jemanden zu entwerfen, der keine Vorgaben macht und das Tattoo erst sehen will, wenn es für immer auf seiner Haut prangt.

Grrr. Ich hätte schreien können.

Aber ich ließ es bleiben. Ich atmete tief durch, schloss die Augen und zählte langsam bis zehn. Danach ging es mir jedoch nicht besser. Ich wollte Kaiden immer noch den Kopf abreißen. In diesem Moment fiel mir ein, dass es außer Schreien noch etwas gab, das mir helfen könnte, mich besser zu fühlen, und das war *Rache.*

Ich heckte einen Plan aus. Zunächst schickte ich der Frau, der er zuletzt geschrieben hatte, eine Nachricht. Die kopierte ich und sendete sie auch an die anderen elf ahnungslosen Frauen, mit denen er flirtete. Danach schloss ich sein Handy wieder an das Ladegerät an. Aber was, wenn die Damen auf meine Mitteilungen antworteten? Dann würde er unweigerlich mitbekommen, was ihm bevorstand.

Damit das nicht passierte, war eine kleine Planänderung nötig. Ich nahm sein Handy und knallte es auf die Kante des Nachttischs. Jetzt ließ es sich nicht mehr einschalten, und beim Anblick des gewaltigen Sprungs im Display ging es mir zugegebenermaßen ein bisschen besser.

Als Kaiden zwei Minuten später aus dem Bad kam, hatte ich immer noch Herzrasen. Trotzdem zog ich meinen Plan durch. Ich versteckte das Handy hinter meinem Rücken, schob die Unterlippe vor und setzte meinen besten Dackelblick auf.

»Es tut mir so leid, Schatz. Ich habe versehentlich etwas kaputtgemacht. Ich fühle mich ganz schrecklich.«

Er hatte sich ein weißes Handtuch um die Hüften geschlungen und rubbelte sich mit einem anderen die Haare trocken. »Ist schon gut. Was hast du kaputtgemacht?«

Ich hielt ihm sein Telefon hin. »Dein Handy.«

Kaiden sah mich entsetzt an. »Oh. Scheiße. Wie hast du das angestellt? Es sieht aus, als wäre es auf einen Stein geknallt.«

Nicht ganz, aber nah dran … »Ich bin so ein Tollpatsch. Ich habe es klingeln gehört und bin hingelaufen, um es dir zu bringen. Ich wollte nicht, dass du den Anruf verpasst, weil ich dachte, dir will bestimmt jemand zum Geburtstag gratulieren. Aber dann bin ich gestolpert und gegen den Bettpfosten gekracht. Dein Telefon hat das Meiste abbekommen. Tut mir leid. Ich besorge dir nachher ein neues Glas, wenn wir im Studio fertig sind.« *Oder wenn die Hölle zufriert …*

»Ich habe eine Handyversicherung, also mach dir keine Sorgen.«

Mache ich mir sicher nicht …

Eine Stunde später betraten wir mein Tätowierstudio *Billie's Ink*. Ich hatte keine anderen Abendtermine vereinbart, um mich ganz auf Kaidens Geburtstagsgeschenk konzentrieren zu können. Leider war das Tattoo, das ich mir ausgedacht hatte – ein sexy Pin-up-Girl, das ihm garantiert gefallen würde –, womöglich meine bislang beste Arbeit. Freitagabends war sonst immer viel los, und ich arbeitete mit mindestens einem weiteren Tattookünstler bis nach Mitternacht. Aber weil ich den anderen den Abend freigegeben hatte, war nur meine Rezeptionistin Justine da.

»Hallo ihr beiden.« Sie lächelte. »Alles Gute zum Geburtstag, Kaiden.«

»Danke.«

»Hast du Billies Entwurf schon gesehen?«

Kaiden schüttelte den Kopf. »Nein. Ich lasse mich überraschen.«

Justine stützte mit einem verträumten Gesichtsausdruck den Kopf in die Hände. »Ich finde es so romantisch, sich von seiner Freundin ein Überraschungstattoo stechen zu lassen.«

Ich musste lachen und hustete, um es zu überspielen. Es *war* romantisch, aber in diesem Fall auch ziemlich bescheuert.

Ich räusperte mich. »Justine, ich habe dir zwar gesagt, dass du um sechs gehen kannst, aber könntest du vielleicht doch ein bisschen länger bleiben? Ich habe …« Ich lächelte Kaiden zu. »Noch eine Überraschung vorbereitet. Mehrere Überraschungen sogar.«

Der Idiot strahlte.

»Klar«, sagte Justine. »Kein Problem. Ich kann so lange bleiben, wie du mich brauchst.«

»Danke. Ich bringe das Geburtstagskind nur schnell zu seinem Platz, und dann erzähle ich dir, was ich vorhabe.«

Ich führte Kaiden nach hinten ins Studio und bat ihn, es sich auf meinem Stuhl bequem zu machen. Schnell legte ich Musik auf, stellte sie etwas lauter als sonst, damit er nicht mitbekam, was vorne am Empfang vorging. Mit einem zuckersüßen Lächeln versprach ich ihm, gleich wieder da zu sein und mit dem Tattoo zu beginnen.

Ich lief rasch nach vorn. »Also …«, sagte ich zu Justine und biss mir auf die Unterlippe. »Ich hoffe, du hast nichts gegen ein bisschen Rambazamba.«

Sie grinste. »Dafür bin ich doch immer zu haben. Was hast du vor?«

Mit gedämpfter Stimme berichtete ich ihr von meiner Entdeckung auf Kaidens Telefon. Ihr fiel die Kinnlade herunter, noch bevor ich zum Wesentlichen kam. »Und ich habe sie alle für heute Abend auf einen Drink eingeladen.«

Sie runzelte die Stirn. »Wen?«

»Die Frauen, mit denen er tindert.«

»Alle?«

»*Alle* zwölf. Ich weiß nicht, wie viele tatsächlich auftauchen, aber ich habe sie alle gebeten, sich hier mit mir zu treffen. Also, nicht mit mir, weil ich natürlich an Kaidens Stelle geschrieben habe, aber du weißt, was ich meine.«

Justine sah mich groß an. »Zwölf Frauen von Tinder werden hier aufschlagen, weil sie Kaiden treffen wollen?«

Ich nickte. »Ich habe geschrieben, dass er ein Tattoo zum Geburtstag bekommt und Hilfe bei der Auswahl braucht, bevor es dann später in die Bar am Ende des Blocks geht.«

Justine schlug die Hand vor den Mund. »Oh mein Gott. Was willst du machen, wenn sie alle hier sind?«

»Ich habe noch ein paar Stunden Zeit und hoffe, ich bekomme sein Tattoo in der Zeit fertig und kann ihn nach vorn bringen, um es gleichzeitig ihm und den Damen zu präsentieren.«

Justine runzelte die Stirn. »Das Tattoo, das du entworfen hast, ist fantastisch. Es ist zu gut für die Haut dieses Schwindlers.«

Ich lächelte. »Ach, apropos – es wird ein anderes Geburtstagstattoo geben. Du müsstest mir schnell ein Stencil vorbereiten. Geht das?«

Ihre Augen funkelten. »Klar.«

Ich nahm mein Handy und tippte etwas in die Suchmaschine ein, bevor ich es Justine zeigte.

»*Davon* hätte ich gern ein Stencil.«

Sie zog die Brauen zusammen, dann riss sie die Augen auf. »Du willst ihm das Tinder-Logo tätowieren?«

Ich grinste. »Er hat gesagt, ich kann machen, was ich will …«

Justine fing an zu lachen. »Du bist *echt irre*. Das ist klasse! Kann ich das Ganze filmen? Ich wette, das Ding geht viral.«

»Unbedingt. Wir sollten es in den sozialen Medien posten, sozusagen als Dienst an der Öffentlichkeit. Vielleicht überlegen es sich andere Männer dann zweimal, ob sie eine Frau weiter betrügen wollen.«

»Was soll ich den Frauen sagen, wenn sie reinkommen?«

»Das ist ein heikler Punkt. Wir müssen sie vom Reden abhalten. Vielleicht drückst du jeder sofort ein Musterbuch in die Hand? Und sagst ihr, Kaiden hätte angerufen, weil er sich ein paar Minuten verspätet, und sie soll schon mal schauen, was ihr gefällt. Mit meinen und denen von Deek haben wir doch bestimmt ein Dutzend Künstlermappen da. Aber du musst leise sprechen, damit man es hinten nicht hört.«

»Ich kriege das schon hin.« Sie schüttelte den Kopf und blies die Wangen auf. »Das wird der absolute Megahammer!«

Ich nickte. »Oh ja, das wird was werden.«

Kaiden war eingeschlafen.

Es war wirklich zum Totlachen. Zwar schlief ab und zu mal jemand auf dem Stuhl ein, aber meist waren es Frauen, die wegen ihres ersten Tattoos nervös waren und vorher eine Beruhigungspille geschluckt hatten. Ich hätte nie gedacht, dass unser Geburtstagsjunge ein Nickerchen halten würde. Aber ich war froh darüber.

Als ich anfangen wollte, hatte er seine freie Hand auf meinen Oberschenkel gelegt. Ich hatte sie weggeschoben und ihm gesagt, er müsse in genau der gleichen Position bleiben. Allerdings hatte ich befürchtet, dass ich ihm eine scheuern würde, falls seine Hand als Nächstes auf meinem Hintern landen würde. Es erleichterte mir die Arbeit ungemein, dass ich nicht die ganze Zeit von ihm beobachtet wurde. Ich musste keine Angst haben, dass er versuchte, im Spiegel einen Blick auf seinen Arm zu erhaschen, und ich konnte das Tattoo sogar abdecken, bevor er sich rührte.

Justine hatte mich in den vergangenen zwanzig Minuten mit Nachrichten auf dem Laufenden gehalten. Offenbar waren *acht* Frauen aufgetaucht und warteten nun wenige Meter entfernt auf der anderen Seite meiner Studiotür darauf, sich mit ihrem attraktiven Tinder-Date zu treffen. Ich war wie elektrisiert. Es fühlte sich an, als würde Strom durch meine Adern fließen. Ich musste ein paarmal tief durchatmen, bevor ich meinen Traumprinzen weckte.

»Hey.« Ich stieß ihn an der Schulter an und schenkte ihm ein falsches Lächeln. »Hallo Schlafmütze, Zeit zum Aufstehen.«

Er wurde blinzelnd wach. Ein paar Sekunden lang blickte er verwirrt drein, dann hob er jedoch den Kopf und schaute auf seinen Arm. »Scheiße. Bin ich eingeschlafen?«

»Allerdings.«

»Wie lange war ich weg?«

»Oh … Stunden.«

Er fuhr sich mit der Hand durch die Haare. »Bist du schon fertig?«

»Ja, ich kann es nicht erwarten, dass du es siehst.«

Er richtete sich auf. »Du hättest es nicht abdecken sollen.«

»Ich wollte es spannend machen. Und Justine ist noch da, und ich habe sie gebeten, den großen Moment auf Video aufzunehmen. *Ich möchte mir dein überraschtes Gesicht immer wieder ansehen können.*«

»Na schön.« Er lächelte. »Danke, Baby.«

»Es war mir wirklich ein Vergnügen.«

Ich ging mit klopfendem Herzen nach vorn. Kaiden folgte mir. Als ich die Tür öffnete, sprang Justine von ihrem Stuhl auf und versperrte mir den Weg. »Wir haben einen Kunden da. Einen echten Kunden«, zischte sie mir zu. »Ich habe gerade versucht, ihn abzuwimmeln.«

Ich schaute an ihr vorbei in den Empfangsbereich. Am Tresen stand tatsächlich ein Mann. Er trug einen Anzug, die Krawatte saß locker. Er sah irgendwie aus wie ein sexy Drogenfahnder. *Gott, bitte mach, dass er kein Cop ist.* Die meisten Stühle im Wartebereich hinter ihm waren von Frauen besetzt, die nun alle zu uns herüberschauten. Eine erhob sich lächelnd. Der arme Kerl würde jeden Moment sein blaues Wunder erleben, denn die Explosion stand unmittelbar bevor.

Kaiden sah den Typen am Tresen an. »Ich dachte, du hättest heute Abend geschlossen, Baby.«

»Ich, äh, ich habe ein paar Freunde zu der feierlichen Enthüllung eingeladen.« Ich ergriff seine Hand, atmete noch einmal tief durch und zog ihn hinter mir her. Als wir mitten im Raum standen und alle Blicke auf mich gerichtet waren, bekam ich weiche Knie. Kaiden musterte die Frauen, und sein Blick blieb an einer Blondine hängen. Er schien zu überlegen, woher er sie kannte. Die ganze Sache würde jeden Moment implodieren, wenn ich die Bombe nicht augenblicklich zündete.

Ich räusperte mich.

»Meine Damen, das hier ist mein Freund Kaiden. Er hat heute Geburtstag, und ich wollte ihm etwas ganz Besonderes schenken. Weil wir eine wunderbare Beziehung haben und uns gegenseitig so vertrauen, hat er mich das Tattoo aussuchen lassen, das seinen Körper nun für immer ziert. Er hat es noch nicht gesehen, aber ich denke, ihr werdet zustimmen, dass ich ihm kein passenderes Tattoo hätte stechen können.«

Mit zitternden Händen löste ich die Kompresse von seinem Bizeps. Nun gab es kein Zurück mehr. Das auffällige pinkfarbene Flammensymbol war mindestens zehn mal zehn Zentimeter groß und sicherlich aus hundert Metern Entfernung zu erkennen. Ab dem Moment schien alles in Zeitlupe abzulaufen.

Kaiden schaute an seinem Arm hinunter und verzog irritiert das Gesicht. »Was zum Teufel ist das?«

Eine der Tinder-Frauen schlug die Hand vor den Mund. »Oh mein Gott. Es ist das Tinder-Logo. Heilige Scheiße!«

Kaiden sah sich das Tattoo genauer an. »Was zur Hölle soll das, Billie?«

Ich stemmte die Hände in die Hüften. »Komm mir nicht mit ›was zur Hölle‹!« Ich zeigte in den Raum. »Erkennst du diese Frauen eigentlich nicht?«

Er blickte in die Runde und studierte das erste Gesicht, dann das zweite. Bei der dritten Frau weiteten sich seine Augen, und er blinzelte verdutzt. Dann schnellte sein Blick weiter von Person zu Person, während es ihm dämmerte. Er schloss die Augen. »Was zum Teufel hast du getan?«

»Was zum Teufel *ich* getan habe?«, schrie ich. »Mal überlegen … Ich habe für dich gekocht, wenn du lange arbeiten musstest. Ich habe dir den Rücken massiert, wenn du einen schweren Tag auf der Baustelle hattest. Ich habe sogar deinen Bruder vom Flughafen abgeholt, als er zu Besuch kam. Aber das Wichtigste ist wohl, dass ich dir geglaubt habe, als du gesagt hast, *dass du dich in mich verliebt hast und eine feste Beziehung willst.*«

Kaiden streckte die Hand nach mir aus, aber ich wich zwei Schritte zurück und hob die Hände. »Fass mich nicht an.«

»Ich kann es dir erklären.«

Das machte mich aus irgendeinem Grund noch wütender. Als könnte es eine vernünftige Erklärung für sein Verhalten geben! Ich rastete aus.

»Raus! Und zwar sofort!«, brüllte ich und zeigte zur Tür.

Ich hatte Kaiden gemeint, aber eine der Frauen eilte zur Tür und stürzte praktisch nach draußen auf den Gehsteig.

»Gut. Ja.« Ich nickte. »Gute Idee. Raus mit euch allen! Verschwindet aus meinem Studio!«

Wäre ich bei klarem Verstand gewesen, hätte ich mich durchaus über die Komik der Situation amüsieren können. Ein baumlanger, kräftig gebauter, tätowierter Kerl rannte schnurstracks zur Tür hinaus – auf der Flucht vor einer kleinen, zierlichen Verrückten, die ihm ein riesiges pinkfarbenes Tinder-

Logo auf den Arm tätowiert hatte. Er war so durch den Wind, dass er fast ein paar Tinder-Tussis niedergetrampelt hätte.

Als sie alle draußen waren, schloss ich die Tür, machte die Augen zu und versuchte, mich zu beruhigen.

Die Stimme eines Mannes schreckte mich auf.

»Äh … der Zeitpunkt ist wohl etwas ungünstig«, sagte der sexy Drogenfahnder, der außer Justine und mir als Einziger im Studio geblieben war.

»Sieht so aus«, raunte Justine ihm zu. »Vielleicht kommen Sie ein andermal wieder.«

Aber bei mir war eine Sicherung durchgebrannt, und da genügte Kaidens Verschwinden nicht, um mich zu beschwichtigen. Ich trat mit einem irren Lächeln im Gesicht an den Tresen.

»Nein, gehen Sie nicht. Was für ein Tattoo hätten Sie gern?« Meine Stimme war fast tonlos, regelrecht unheimlich. Und aus irgendeinem Grund setzte mein Lidschlag aus.

Der Mann wirkte etwas nervös. »Äh … Ich weiß nicht.«

Ich legte den Kopf schräg. »Nein? Dann will ich Ihnen auf die Sprünge helfen. Wo bekommen Sie die Frauen her, die Sie hinter dem Rücken Ihrer Freundin vögeln? Wie wäre es mit dem Bumble-Logo?« Ich hob einen Finger. »Oder Plenty of Fish? Das wäre doch süß. So ein putziges kleines Fischlein? Oder vielleicht Hinge? Ein H kann ich in einer Viertelstunde schaffen.«

Der arme Kerl starrte mich nur an.

Ich stemmte die Hände in die Hüften. »Also, was nehmen Sie? Ich habe nicht den ganzen Tag Zeit.«

Mir fiel auf, dass er ein Stück Papier mit einer Abbildung in der Hand hielt. Ich schnappte es mir und lachte wie eine Wahnsinnige. »Eine Rose? *Eine verdammte Rose.* Das ist ja wohl das absolute Klischee. Dann haben Sie sicher schon ein Unendlichkeitssymbol irgendwo, oder?« Ich warf ihm den Zettel zurück, aber er machte keine Anstalten, ihn aufzufangen.

»Wissen Sie was?« Er wies mit dem Daumen zur Tür. »Ich werde einfach wieder gehen …«

»Gut! Sie sind wahrscheinlich auch ein Arschloch! Wollen Sie wissen, warum ich das weiß? *Weil alle Männer Arschlöcher sind!*«

Der Typ warf Justine ein betretenes Lächeln zu. »Danke für Ihre Hilfe.« Er öffnete die Tür, hielt jedoch inne, bevor er hinausging. »Sie sind wahrscheinlich Billie?«

Als ich nicht antwortete, schüttelte er den Kopf. »Na dann. Es war nett, Sie kennenzulernen. Ich bin übrigens Colby Lennon, Ihr neuer Vermieter.«

2. KAPITEL

COLBY

Holden kam am nächsten Morgen in aller Frühe vorbei, um das undichte Abflussrohr meiner Küchenspüle zu reparieren. Ich hätte es selbst tun können, aber er wusste, wie wichtig mir die Wochenenden waren, denn es waren die einzigen Tage, die ich ganz mit meiner Tochter Saylor verbringen konnte. Doch Holden war hier nicht nur der Mann für alles. Er war auch Miteigentümer des Hauses, zusammen mit mir und zwei weiteren guten Freunden. Als Berufsmusiker war er nirgendwo festangestellt, daher kümmerte er sich um die Reparaturen, die im Haus anfielen, wenn er nicht auf Tour war. Er hatte seinem Vater, einem Bauunternehmer, von klein auf geholfen und war daher in der Lage, so gut wie alles in Ordnung zu bringen. Er hatte viele Gelegenheitsjobs gehabt, bevor er unser Hausmeister geworden war.

Saylor saß neben mir am Tisch und malte, während ich Kaffee trank und Holden bei der Arbeit zusah. Irgendwann kam er unter der Spüle hervor und warf einen Blick auf ihren Zeichenblock.

»Hat sie da das gemalt, was ich denke?«, fragte er.

Ich schaute zu meiner Dreijährigen hinüber, die etwas zu Papier gebracht hatte, das verdächtig nach einem Penis mit Augen und Tentakeln aussah.

»Was ist das, Saylor?«, fragte ich.

»Das bist du, Daddy«, erklärte sie.

»Kommt ungefähr hin.« Holden lachte.

Saylor malte gern und liebte Kunst im Allgemeinen, was sich bei ihr bereits im zarten Alter von drei Jahren deutlich zeigte. Ihr Sinn für Kunst war einer der Gründe, warum ich sie mit einem Tattoo zu ihren Ehren hatte überraschen wollen. Der Plan war allerdings in die Hose gegangen. *Apropos …*

Ich wandte mich Holden zu. »Sag mal, was weißt du über die Frau, die das Lokal im Erdgeschoss gemietet hat? Billie?«

»Du hast sie noch nicht kennengelernt?«

Ich schüttelte den Kopf. »Oh, und ob ich sie kennengelernt habe.«

»Was ist passiert?«

Ich erzählte ihm kurz, was ich am vergangenen Abend in dem Tätowierstudio erlebt hatte – oder zumindest was ich aus dem Theater geschlossen hatte, das sich vor meinen Augen abgespielt hatte.

»Scheiße. Man kann ihr nicht verübeln, dass sie es dem Typen heimgezahlt hat. Ziemlich geniale Idee.«

Ich schmunzelte. »Ja, das muss ich zugeben – auch wenn ich mitten ins Kreuzfeuer geraten bin.«

»Aber ich sage dir …« Er zeigte mit einem Schraubenschlüssel auf mich. »Sie ist total cool. Du hast sie offensichtlich in einem schlechten Moment erwischt.«

»Ja, aber sie sollte Kunden mit Respekt behandeln, auch wenn sie einen schlechten Tag hat.«

»Wie hat sie reagiert, als du ihr gesagt hast, dass dir das Haus gehört?«

»Sie war geschockt, hat sich aber nicht entschuldigt. Allerdings habe ich mich auch aus dem Staub gemacht, bevor sie groß etwas sagen konnte.«

»Ich will zum Mamakurs!«, rief Saylor dazwischen.

Sie meinte den Mutter-Kind-Kurs, den ich einmal pro Woche mit ihr besuchte. Ich war der einzige Vater in der Runde, aber wir waren glücklicherweise mit offenen Armen empfangen worden, obwohl es bei uns keine Mama gab. Mit ihren drei Jahren wusste Saylor bereits, dass es ungewöhnlich war, ohne Mutter aufzuwachsen, aber sie war noch nicht alt genug, um Komplexe deswegen zu haben. Ich wusste, es war nur eine Frage der Zeit, doch vorläufig genügte ich ihr.

»Daddy ist meine Mama«, sagte sie immer. Mir graute vor dem Tag, an dem sie mich zu löchern begann, warum ihre Mutter nicht an ihrem Leben teilhaben wollte. Bis dahin war ich einfach dankbar, dass sie keine Fragen stellte. Sie akzeptierte meine allgemein gehaltenen Antworten wie: »Deine Mutter kann nicht bei uns sein. Sie hat Dinge zu tun, die wir nicht verstehen müssen.«

Ich schaute auf mein Telefon. »Wir haben noch ein bisschen Zeit, bevor wir losmüssen. Und zuerst müssen wir dich sauber machen. Du hast überall Schokolade von dem Donut im Gesicht. Kein Wunder, dass du Onkel Holden so gernhast. Er bringt dir immer dieses süße Zeug mit.«

Holden zuckte die Achseln. »Ich weiß, wie sehr sie Donuts mag. Ich kann einfach nicht anders.«

»Gut, aber du musst ja nicht jedes Mal welche mitbringen, wenn du kommst. Ich versuche ihr gesunde Gewohnheiten beizubringen.«

»Oh, wie wir sie früher hatten?« Er schnaubte. »Weißt du nicht mehr, wie oft wir uns in dem Laden an der Ecke Süßigkeiten gekauft haben? Wir können froh sein, dass wir noch alle Zähne im Mund haben.«

Saylor lächelte strahlend, und ihre kleinen Milchzähnchen kamen zum Vorschein. Ich versuchte mich schon jetzt für den Tag zu wappnen, wenn sie ihr auszufallen begannen. Irgendwann wurde sie groß, und ich wusste, dass ich nicht besonders gut damit klarkommen würde.

Holden strich meiner Tochter über den Kopf. »Wenn Onkel Holden jemals den Durchbruch schafft, kauft er dir einen ganzen Donut-Laden und benennt ihn nach dir.«

Ich stand auf und brachte meine Kaffeetasse zur Spüle. »Wir müssen uns allmählich fertigmachen. Hast du noch länger zu tun?«

»Ja, ich werde wohl noch eine Weile brauchen.«

»Okay, aber übertreib' es nicht. Du kannst auch morgen noch mal wiederkommen. Es ist ja nur ein tropfendes Rohr.«

»Ich werde verrückt, wenn ich es nicht hinkriege. Das weißt du doch.«

»Tja, besser du als ich«, entgegnete ich lachend.

Wir kamen eine Viertelstunde zu spät zum wöchentlichen Treffen der »Manhattan Moms of Girls«. Die Hälfte der Anwesenden drehte sich zu uns um, als wir hereinkamen, aber ihre Mienen waren freundlich. Die Frauen behandelten mich alle, als wäre ich eine von ihnen. Nur dass sie manchmal mit mir flirteten. Auch die verheirateten.

»Hallo Colby«, rief eine.

Ich lächelte Lara Nicholson zu, einer Single-Mutter in der Runde. Sie lebte getrennt von ihrem Mann, mit dem sie sich das Sorgerecht für ihre Tochter Maddie teilte. Lara hatte mir schon öfter vorgeschlagen, ein Spieltreffen für unsere Mädels zu vereinbaren. Ihre Hartnäckigkeit vermittelte mir jedoch den Eindruck, dass *sie* eigentlich *mit mir* spielen wollte. Aber mir war nicht danach. Gefühlsmäßig war in letzter Zeit ohnehin nicht viel bei mir los. Ich hatte hin und wieder ein Date, aber als Vater war ich wählerischer geworden. Eine Frau musste schon etwas ganz Besonderes sein, damit ich sie in die Nähe meiner Tochter ließ. Und weil Saylor das Ergebnis einer ungewollten Schwangerschaft war, litt ich unter der Paranoia, dass sich die Geschichte wiederholen könnte.

Das heutige Treffen stand unter dem Motto »Wellness«, und es gab verschiedene Angebote für die kleinen Mädchen: Im »Friseursalon« konnten sie sich die Haare zu einem Dutt hochstecken lassen wie eine Prinzessin, in einer anderen Ecke konnten sie sich verkleiden, und es gab auch ein »Nagelstudio«, wo sie sich die Fingernägel lackieren lassen konnten. Es war eine wunderbare Gelegenheit für Saylor, außerhalb des Kindergartens mit anderen Mädchen in Kontakt zu kommen. Und ich war froh, dass ich sie dazu an einen angenehmen Ort mit Klimaanlage bringen konnte, denn in letzter Zeit war es unglaublich heiß in der Stadt; viel zu heiß für den Spielplatz.

Einige Mütter ließen sich ebenfalls die Nägel lackieren. Als meine Tochter es bemerkte, sagte sie: »Daddy, du auch!«

»Nein, Kleines, das ist nichts für mich.«

»Kommen Sie her, Colby. Ich kümmere mich um Sie«, sagte Amanda McNeeley mit einem anzüglichen Unterton. Amanda war ebenfalls Single.

Mir blieb nichts anderes übrig, als zu ihr zu gehen und mich hinzusetzen. »Welche Farbe?«, fragte ich meine Tochter.

»Pink!«

Ich sah Amanda lächelnd an. »Ich kann wohl ebenso gut direkt aufs Ganze gehen, nicht wahr?«

Saylor suchte einen knallig leuchtenden Lack aus, und Amanda schüttelte das Fläschchen. Während sie meine Nägel lackierte, betrachtete ich das strahlende Gesicht meiner Tochter. Sie sah aufmerksam zu. Es gab wirklich nichts, das ich nicht für sie tun würde. Dies war der Beweis.

Auf dem Heimweg kam uns eine Frau entgegen, deren dunkle Mähne in der warmen Sommerbrise wehte. Es war Billie, die ausgeflippte Tattookünstlerin. Sie hielt auf ihr Studio zu. *Verdammt*. Offenbar hatte mich ihr unzivilisiertes Verhalten am gestrigen Abend derart verwirrt, dass mir gar nicht aufgefallen war, was für eine Granate sie war. Billie war sehr zierlich und selbst auf ihren hohen Hacken eine kleine Person. Ihr schwarzes Haar bildete einen starken Kontrast zu ihrem hellen Porzellanteint, und sie hatte ein Ganzarm-Tattoo.

Sie lächelte, als sie mich sah. Aber dann wurde mir klar, dass ihr Lächeln nicht mir galt. »Wen haben wir denn da?«, fragte sie und blieb vor uns stehen.

»Das ist meine Tochter Saylor. Saylor, das ist Billie, die *nette* Frau aus dem Tätowierstudio.«

Billie kniete sich hin. »Dein Vater hält mich für verrückt, und das aus gutem Grund, aber ich schwöre, ich *bin* eine nette Frau.« Sie richtete den Kragen von Saylors Kleid. »Wie alt bist du?«

Meine Tochter hielt drei Finger hoch. »Rei. Aber fast vier.«

»Drei. Wow! Du bist ja schon ein großes Mädchen.«

»Guck mal, meine Nägel, Billie!«

»Oh, wie hübsch!« Billie streckte ihre Hand aus. »Ich habe auch blaue Nägel.«

Ich zeigte meine Finger vor. »Und meine sind pink.«

Billie machte große Augen. »Tatsächlich.« Sie lachte. »Ganz schön krass, Herr Vermieter.«

»Mein Name ist Colby.«

Sie nickte. »Colby.«

Nach gestern sah sie in mir wahrscheinlich einen verklemmten Schwachkopf. Da brachten mir meine pinkfarbenen Nägel vielleicht einen Pluspunkt in Sachen Coolness ein.

Sie erhob sich. »Hör mal, Colby … ich möchte mich für meine Unhöflichkeit entschuldigen. Es war einfach ein schrecklicher Abend für mich.«

»Ja, das habe ich mitbekommen.«

»Dachte ich mir.«

Als sie zu Boden schaute, fiel mein Blick kurz auf ihre Brüste. Es war schwer, nicht hinzusehen, denn sie trug ein Korsett, aus dem zwei milchweiße Hügel herauslugten – ein schwarzes Korsett unter einem rot-schwarz karierten Hemd mit hochgekrempelten Ärmeln.

Meine Tochter streckt die Hand aus und zeichnete mit dem Finger die Linien von Billies Tattoo auf ihrem Arm nach.

»Sie ist total fasziniert von Körperkunst«, sagte ich und strich Saylor über den Rücken. »Möchtest du, dass Daddy sich irgendwann ein Tattoo machen lässt?«

Sie nickte, ohne den Blick von Billie abzuwenden.

»Ich wollte sie überraschen«, sagte ich mit einem Augenzwinkern. »Aber daraus ist ja nichts geworden, wie du weißt.«

»Zum Glück nicht.« Sie schnaubte. »Was hast du dir dabei gedacht? Ich meine, wenn sie Rose hieße, würde ich eine Rose als Tattoo durchgehen lassen, aber ansonsten ist das Motiv total langweilig. So etwas Gewöhnliches würde ich dir nicht stechen.« Billie schaute zu Saylor hinunter. »Möchtest du ein Tattoo für deinen Daddy aussuchen?«

Saylor hüpfte vor Begeisterung auf und ab. »Ja!«

»Willst du auf einen Sprung mit reinkommen?«

Ich legte Saylor die Hand auf die Schulter. »Wir wollen uns nicht aufdrängen.«

Unsere Blicke trafen sich. »Ich habe erst um vier wieder einen Kunden.«

Meine Tochter traf die Entscheidung für mich: Sie nahm Billies Hand und ging mit ihr gemeinsam auf die Eingangstür zu. Ich nutzte die Gelegenheit, um die Rückansicht meiner schönen Mieterin zu bewundern, die der Vorderansicht in nichts nachstand. Sie trug schwarze glänzende Leggings, die nur wenig der Fantasie überließen. Kein Wunder, dass ihr Laden immer voll zu sein schien. *Verdammt.*

Die Glocke läutete, als sie die Tür öffnete.

»Kinder haben normalerweise aus Sicherheitsgründen keinen Zutritt«, erklärte sie. »Aber solange ich nicht tätowiere, ist es in Ordnung.«

Ich kratzte mich am Kinn. »Ah … Darüber habe ich noch nie nachgedacht. Zum Glück habe ich Saylor nicht versprochen, dass sie zuschauen darf, wenn ich mich tätowieren lasse.«

»Ja. Die meisten seriösen Studios halten sich daran.« Sie ging zu einem Regal, nahm eine große schwarze Mappe mit laminierten Seiten heraus und gab sie Saylor. »Hier sind viele hübsche Tattoos drin. Schau sie dir an und sag mir, was dir an deinem Dad gefallen würde. Ich kann mir aber auch etwas ganz Neues einfallen lassen.« Sie lächelte.

Saylor setzte sich und legte die Mappe auf ihren Schoß. »Schmetterlinge!« Sie zeigte auf eine Seite, nachdem sie ein bisschen geblättert hatte.

Aber es waren nicht bloß Schmetterlinge; jeder von ihnen war kunstvoll mit anderen Fantasiemotiven verflochten. An den Tattoos in dieser Mappe war tatsächlich nichts »gewöhnlich«.

Ich legte den Arm um Saylor, während sie die Seiten umschlug. »Fantastisch, hm?«

Sie nickte und blätterte neugierig weiter.

»Hast du Lust auf einen kleinen Snack, Saylor?«, fragte Billie.

Sie nickte, ohne von der Mappe aufzusehen.

»Magst du Goldfischli?«

Saylor strahlte. »Oh, lecker! Goldfischli!«

»Sie *liebt* diese Dinger.« Ich kniff die Augen zusammen. »Aber warum hast *du* so etwas hier?«

Billie zuckte die Achseln. »Ich mag sie auch. Sie sind schön klein, und man kann sie sich in den Mund stecken, ohne alles vollzukrümeln. Und weißt du, was ich noch mag? Trinkpäckchen. Die sind umweltfreundlicher als Plastikflaschen.« Sie lächelte. »Möchtest du auch eins, Saylor?«

Meine Tochter nickte. »Ja!«

»Wie heißt das?«, fragte ich.

»Ja, *bitte*«, sagte Saylor.

»Wow, Billie, Goldfischli und Trinkpäckchen. Erinner mich daran, dass ich dir nächstes Mal Cracker mitbringe«, zog ich sie auf.

Billie ging schmunzelnd den Snack holen. Und wieder heftete ich den Blick auf den Hintern dieser sexy Frau, der straff und wohlgerundet war. *Verdammt umwerfend.*

Sie kehrte mit einer kleinen Tüte Goldfischli mit Pizzageschmack und einem Apfelsaft zurück. Sie öffnete beide Päckchen und stellte sie auf den kleinen Tisch neben meiner Tochter, die prompt von der Mappe aufsah, um zuzugreifen.

»Das ist sehr nett von dir. Danke«, sagte ich.

»Sehr gerne.« Billie setzte sich mir gegenüber.

»Hör mal …« Ich senkte die Stimme. »Du musst entschuldigen, wenn ich gestern irgendwie unfreundlich rübergekommen bin. Dir das mit dem Vermieter einfach so ins Gesicht zu schleudern, war …«

»So habe ich das nicht aufgefasst. Ich meine, du *bist* der Vermieter, also …« Sie seufzte. »*Ich* muss mich vielmehr dafür entschuldigen, dass ich einen zahlenden Kunden abgewiesen habe, der geduldig gewartet hatte, Vermieter hin oder her. So wie du mich gestern gesehen hast, verhalte ich mich normalerweise nicht.«

Ich nickte. »Mach dir keine Gedanken. Du hattest allen

Grund, sauer zu sein.« Ich hielt inne. »Wie ist es überhaupt dazu gekommen?«

»Du meinst, abgesehen von der Tatsache, dass er ein Scheißkerl ist?« Sie schlug sofort die Hand vor den Mund und schaute zu Saylor hinüber, die zum Glück nichts mitbekommen hatte. »Tschuldigung. Ist mir so rausgerutscht.«

»Keine Sorge. Sie ist viel zu beschäftigt mit dem Snack und deiner Mappe.«

Sie schüttelte den Kopf. »Ich habe es nicht kommen sehen. Der einzige Trost ist, dass ich zum Glück nur ein paar Monate in die Beziehung investiert habe.«

Ich nickte. »Freut mich zu hören, aber eigentlich habe ich gemeint, wie du das Ganze eingefädelt hast.«

»Er hat sein Handy liegen lassen, als er duschen war, und ich habe eine Tinder-Benachrichtigung auf dem Display gesehen. Das hat mich stutzig gemacht, und ich musste einfach nachforschen. Ich wusste seinen Zugangscode, und als mir klar wurde, was er da abzieht, habe ich alle Frauen herbestellt, mit denen er geschrieben hat – zur selben Uhrzeit. Und den Rest kennst du.«

»Das war wirklich der Hammer.«

»Danke.« Sie lächelte stolz. »Fand ich auch.«

»Es braucht schon eine Menge Kraft, um so etwas durchzuziehen, wenn man verletzt ist.«

»Ich denke, der Schmerz hat mir merkwürdigerweise die nötige Kraft gegeben.«

Ich nickte. »Kann ich nachvollziehen.«

Billie beeindruckte mich. Sie war nicht nur extrem talentiert, sondern auch stark – mit einem Hauch Verrücktheit. Ich wurde immer neugieriger auf sie. Ich schaute ihr für einen kurzen Moment in die Augen, doch dann stand sie auf, um eine Serviette für Saylor zu holen.

Danach setzte sie sich wieder zu mir. »Wohnst du im Haus oder bist du nur der neue Eigentümer?«

»Ja, ich wohne oben.«

»Und du bist der einzige Eigentümer oder …?«

»Nein.« Ich schüttelte den Kopf. »Holden kennst du schon, nicht wahr?«

»Den Musiker-Schrägstrich-Hausmeister? Ja. Der ist cool.«

»Genau. Er ist Miteigentümer. Genau wie zwei weitere Freunde.«

Sie sah mich groß an. »Wow. Dann gehört euch allen vier das Gebäude?«

»Ja. Also, es gehört der Firma, die wir zu viert gegründet haben. Einer der Jungs, Owen heißt er, macht in gewerbliche Immobilien und hat den Deal vermittelt. Und dann ist da noch Brayden.«

»Ihr müsst einander wirklich vertrauen, wenn ihr gemeinsam so etwas aufzieht.«

»Das tun wir. Sie sind die einzigen drei Menschen, von denen ich das sagen kann.«

»Und gestern bist du bestimmt zu deiner Frau nach oben gegangen und hast ihr von der durchgeknallten Tätowiererin erzählt, was?«

Oh. Wegen Saylor dachte jeder, ich wäre verheiratet. »Ich bin nicht verheiratet.«

»Oh.« Billie sah mich betroffen an. »Geschieden?«

»Nein. Saylors Mutter war nie Teil unseres Lebens«, flüsterte ich ihr zu. »Sie wollte nicht.«

Ihr wich die Farbe aus dem Gesicht. »Verstehe.«

Ich stand auf und bedeutete ihr, mit mir auf die andere Seite des Raums zu gehen.

»Die Schwangerschaft war … gelinde gesagt eine Überraschung«, sagte ich leise und schaute aus dem Fenster. »Ich hatte niemals damit gerechnet. Die Frau und ich, wir kannten uns im Grunde gar nicht. Aber Saylor ist das Beste, was mir je passiert ist.«

Billie schaute zu meiner Tochter hinüber. »Sie ist wunderschön.«

Genau wie du, hätte ich fast gesagt. Billie war wirklich eine Schönheit. Sie war zwar stark geschminkt, doch irgendwie wusste ich, dass sie ohne Make-up noch viel besser aussah.

»Aber es ist sicher eine Herausforderung, sie allein aufzuziehen.«

»Danke. Und ja, ich hatte vorher noch nie ein Baby im Arm.«

»Das ist schon krass.« Billie sah mich an, als hätte sie gern mehr erfahren. Aber es war nicht der richtige Zeitpunkt dafür. Ich wollte nicht, dass Saylor etwas mitbekam.

Ich verlor mich einen Moment lang in Billies Augen. Sie waren dunkelbraun, wie Kaffeebohnen. Dann saugte Saylor geräuschvoll den letzten Rest Saft aus dem Päckchen und riss mich aus meiner Trance.

»Hast du dir etwas ausgesucht?«, fragte Billie, als wir wieder zu ihr hinübergingen.

»Das hier!« Sie zeigte auf ein Einhorn, das in allen Regenbogenfarben leuchtete.

Billie musste lachen. »Also, das würde ich deinem Dad wirklich gern stechen, wenn er einverstanden ist.«

»Darüber muss ich nachdenken. Ich sage zwar immer, dass es nichts gibt, was ich nicht für meine Tochter tun würde …« Ich wackelte mit meinen pink lackierten Fingernägeln. »Aber dieses knallbunte Einhorn ist vielleicht die erste Ausnahme.«

»Wenn du dich dafür entscheidest, brauchst du es nur zu sagen. Und wenn du etwas anderes willst, mache ich das auch.« Sie zwinkerte mir zu. »Nur keine Rose.«

Ich nickte. »Ich denke, ich brauche ein bisschen Zeit. Wenn mich der gestrige Abend eines gelehrt hat, dann dass man so eine wichtige Entscheidung nicht überstürzen sollte.«

»Da hast du recht.« Sie lächelte.

Es gab eigentlich keinen Grund, länger zu bleiben, und ich wollte nicht, dass Billie uns hinauswerfen musste. Also tippte ich Saylor auf die Schulter. »Sag danke, Saylor. Wir müssen nach oben.«

»Vielen Dank!« Meine Tochter umarmte Billie.

Billie schloss die Augen. »Nichts zu danken, meine Hübsche. Komm mich bald wieder besuchen. Ich habe immer einen kleinen Snack da.«

Sie begleitete uns zur Tür.

Bevor wir das Studio verließen, drehte ich mich um. »Hey, Billie?«

»Ja?«

»Dein Ex ist ein Idiot.«

Ihre Wangen röteten sich. Vielleicht wegen meiner Bemerkung. Vielleicht aber auch, weil ich noch einen Blick auf ihr Dekolleté riskiert hatte.

3. KAPITEL

COLBY

Als ich am Dienstag aus dem Büro kam, ging ich extra langsam am Tattoostudio vorbei, um einen Blick auf die Inhaberin zu erhaschen – auf die Frau, die in den vergangenen Nächten durch meine Träume gegeistert war. Es war völlig abgefahren. Ich träumte nicht oft – oder zumindest erinnerte ich mich nur selten an meine Träume –, aber nun hatte ich drei Nächte in Folge das Gleiche geträumt. Ich saß bei Billie auf dem Tätowierstuhl und bekam von ihr ein Brückenmotiv in Schwarz-Weiß auf die rechte Brust gestochen. Bis dahin war der Traum eigentlich ganz harmlos, doch irgendwann trat sie auf das Fußpedal und fuhr den Stuhl hinunter. Dann beugte sie sich über mich und fuhr mit der Zunge über meine Bauchmuskeln ... Es endete immer gleich: Billie auf meinem Schoß mit den Beinen über meinen Schultern, während ich sie nach allen Regeln der Kunst vögelte.

Großartig, oder? Die Frau war nett zu meiner Tochter, und ich dankte es ihr, indem ich mir jeden Morgen in Erinnerung an meine wiederkehrenden erotischen Fantasien einen runterholte. Schon bei dem Gedanken fühlte ich mich wie ein Dreckskerl, und ich hätte zwar gern auf ein paar Minuten bei Billie hereingeschaut, aber ich verdiente es ganz offensichtlich nicht.

Also beschloss ich, es dem Schicksal zu überlassen. Wenn ich sie zufällig im Fenster sah, würde ich stehen bleiben. Wenn nicht, dann nicht. Leider war das Glück nicht auf meiner Seite, und ich sah nur die Rezeptionistin. Tja, wahrscheinlich war es besser so. Billie hatte eine üble Trennung hinter sich, und das Timing stimmte einfach nicht – abgesehen davon war es nicht sehr wahrscheinlich, dass sie selbst bei perfektem Timing mit mir ausgehen würde.

Ich ging an der Studiotür vorbei zum Hauseingang und direkt zum Aufzug. Als er sich öffnete, kam mein Kumpel Owen heraus.

»Hey«, sagte ich. Wir begrüßten uns mit einem Faustcheck und einer einarmigen Umarmung. »Wie läuft's? Wir haben uns eine ganze Weile nicht gesehen.«

»Ja, ich habe viel zu tun. Meine Assistentin ist im Mutterschutz, und einer von meinen Maklern hat ohne Vorwarnung gekündigt, daher sind wir total unterbesetzt.«

Als ich sah, was Owen in der Hand hatte, grinste ich. »Was hast du mit dem Werkzeugkasten vor? Willst du zu einem Kostümfest oder so? Du hast doch keine Ahnung, was man mit dem Werkzeug darin anfängt.«

»Du kannst mich mal. Ich bin nicht total unfähig, aber ich mache mir eben nur ungern die Hände schmutzig.«

Ich schmunzelte. »Ja, wie ich hörte, regen sich die Damen bei deiner Maniküre immer auf, wenn du zu viel Hornhaut hast.«

Ich zog ihn natürlich nur auf, obwohl er tatsächlich zur Maniküre ging. In unserer Viererrunde war er derjenige, der jemanden anrief, wenn etwas repariert werden musste, während er im Grunde nie von anderen um Hilfe gebeten wurde.

»Jetzt mal im Ernst«, sagte ich. »Wo willst du mit dem Werkzeugkasten hin?«

»Holden hat kurzfristig einen Gig bekommen. Er wollte ihn unbedingt machen, weil da irgendein großes Tier aus der Musikbranche aufkreuzt, und hat mich gebeten, ihn ein paar Tage als Hausmeister zu vertreten. Ich wollte nicht, aber er wirkte ziemlich verzweifelt. Jetzt könntest *du mir* allerdings einen Freundschaftsdienst erweisen und für mich einspringen …«

Ich grinste. »Ich kann nicht. Oben wartet mein süßes Mädchen auf mich.«

»Komm schon. Es dauert nicht lange. Onkel Owen kann sie auf ein Eis einladen, während du den Job erledigst.«

»Warum wollt ihr Blödmänner mein Kind ständig mit Zucker füttern?«

Owen grinste. »So kriegen wir alle Mädchen dazu, uns zu mögen.«

Ich betrat lachend den Aufzug und drückte auf den Knopf. »Du bist ein Idiot. Viel Spaß beim Hände-schmutzig-Machen, wenn es um eine verstopfte Toilette oder so was geht.«

»Ja, es wird bestimmt unheimlich spaßig, ein Klimagerät zu reparieren. Aber vielleicht bekomme ich zur Belohnung ja ein Tattoo – mit einer Nadel bearbeitet zu werden, klingt für mich fast genauso amüsant.«

Die Aufzugtüren schlossen sich bereits, aber bei dem Wort »Tattoo« hatte ich aufgehorcht. Ich hielt die Hand in die Lichtschranke. »Das Klimagerät unten im Tattoostudio?«

»Genau. Die Inhaberin hat vorhin angerufen.«

Sieh an, sieh an. Anscheinend hatte das Schicksal andere Pläne für mich. »Wenn ich es mir recht überlege, hast du von Klimageräten keine Ahnung. Vielleicht sehe ich mir das besser selbst an. Die Babysitterin ist noch mit Saylor im Park, aber sie kommen in etwa einer Stunde zurück. Du musst nur da sein, um sie abzulösen, wenn ich nicht rechtzeitig fertig werde.«

»Wirklich?«

Ich verließ den Aufzug und nahm ihm den Werkzeugkasten aus der Hand. »Wirklich. Aber du bist mir was schuldig.«

»Alles klar. Danke. Wenn ich eine Stunde habe, gehe ich noch schnell in mein Büro und hole mir eine Akte, die ich morgen früh brauche. Aber ich bin auf jeden Fall wieder da, bevor Saylor nach Hause kommt.«

»Gut. Bitte verspäte dich nicht.«

»Nein. Nochmals danke, Kumpel.«

Ich hatte *fast* ein schlechtes Gewissen. Aber ich fühlte mich längst nicht schlecht genug, um zuzugeben, dass mir jede Ausrede recht war, um Billie zu sehen, und schon gar nicht so schlecht, dass ich nicht irgendwann den Gefallen einfordern würde, den Owen mir schuldete.

»Hallo«, sagte ich zu der Rezeptionistin. »Ich komme wegen des Klimageräts.«

Sie sah mich mit zusammengekniffenen Augen an. »Sind Sie nicht der Typ von neulich abends? Der mitten in das Tinder-Treffen geraten ist?«

»Genau der.« Ich reichte ihr lächelnd die Hand. »Colby Lennon. Ich bin einer der Hauseigentümer. Wenn möglich versuchen wir Reparaturen selbst zu erledigen.«

Sie erwiderte mein Lächeln. »Justine Russo. Wenn Sie das Teil reparieren, ist Billie sicher netter zu Ihnen. Es kommt nur heiße Luft raus. Da hinten ist es bestimmt schon dreißig Grad.«

»Ich werde sehen, was ich tun kann. Wo ist das Gerät?«

»Im Studio. Billie ist auch hinten. Gehen Sie nur durch.«

Ich folgte ihrer Aufforderung – etwas zu begeistert davon, ein blödes Klimagerät in Ordnung zu bringen. Doch meine Begeisterung war rasch dahin, als ich die Tür zum Studio öffnete und Billie entdeckte, die auf einem Tätowierstuhl lag und sich von einem großen tätowierten Kerl die Schultern massieren ließ. Sie trug ein Korsett – offenbar ihr typisches Arbeitsoutfit –, aber ohne Flanellhemd darüber.

Sie hatten mich scheinbar nicht gehört, und weil ich das Gefühl hatte, in einem privaten Moment zu stören, räusperte ich mich. Der große Kerl sah auf, ohne die Massage zu unterbrechen. »Kann ich Ihnen helfen?«

»Ja, äh, ich komme wegen des Klimageräts.«

Billie richtete sich auf. Als sich ein strahlendes Lächeln auf ihrem Gesicht ausbreitete, fühlte ich mich etwas besser.

»Hey, wie geht's, Big Daddy?«, fragte sie augenzwinkernd.

Verdammt. Mein Schwanz regte sich. Weil sie mich Daddy genannt hatte oder weil sie mir zugezwinkert hatte? Vielleicht beides. Ich versuchte, cool zu bleiben, und hob mein Kinn. »Hey. Wie geht's?«

Sie drehte sich zu dem tätowierten Kerl um. »Er ist der neue Vermieter, von dem ich dir erzählt habe – der, dem ich keine Rose stechen wollte. Deek, das ist Colby. Colby, das ist Deek.«

Billie sprang von dem Stuhl. Es war unmöglich zu ignorieren, wie ihre Brüste in dem knappen Korsett hüpften. Es war aus schwarzer Spitze, und ich fragte mich unwillkürlich, ob sie ein dazu passendes Spitzenhöschen unter ihrer Jeans trug. Ich hätte darauf gewettet. Ihr Flanellhemd hatte sie sich um die Taille gebunden, was nicht verwunderlich war, denn die Hitze im Raum war unerträglich.

Billie wies mit dem Kopf nach hinten. »Komm mit.«

Ich bemühte mich, ihren Hintern nicht anzustarren, als ich ihr folgte, aber das war nicht so einfach. Ihre Jeans war eng, und zwischen dem Korsett und dem Hosenbund war ein Streifen nackte Haut zu sehen, herrlich cremeweiße Haut.

Verdammt. Was war das nur mit dieser Frau? Eigentlich war ich nicht so ein geiler Bock.

Als wir vor dem großen Klimagerät standen, machte Billie eine ausschweifende Geste wie Vanna White beim Glücksrad.

»Hier ist das kaputte Ding. Ich habe es Kaiden getauft, weil es nutzlos ist und nur heiße Luft von sich gibt.«

Ich lachte. »Gut zu wissen. Und wo ist das Thermostat?«

Sie zeigte darauf, dann hakte sie die Daumen in die Gürtelschlaufen ihrer Jeans. »Also, ich will nicht hier rumstehen und dir bei der Arbeit zusehen. Ruf einfach, wenn du etwas brauchst.«

»Mache ich.«

Nachdem ich die Steuerung kontrolliert und mich vergewissert hatte, dass nichts eingefroren war und die Filter sauber waren, ging ich zu dem Thermostat. Während ich das Gehäuse aufschraubte, lauschte ich dem Gespräch von Billie und Deek.

»Es wäre gut für dich«, sagte er. »Ich meine, du solltest es tun. Ignorier sie einfach.«

»Du kennst Renee. Sie lässt sich nicht so leicht ignorieren.«

»Weißt du, was meiner Meinung nach dein eigentliches Problem ist?

»Nein, aber du wirst es mir bestimmt gleich sagen.«

»Du bist total schlecht darin, Hilfe anzunehmen.«

»Bin ich nicht.«

Ich schaute zu ihnen hinüber. Deek sah Billie stirnrunzelnd an. »Muss ich dich an den horrenden Zinssatz des Kredits erinnern, den du aufgenommen hast, um diesen Laden hier aufzumachen?«

»Nein, die sechshundertsiebenunddreißig Male, die du das schon getan hast, genügen vollauf.«

»Du hättest das Geld ohne Zinsen von mir bekommen können.«

»Ich wollte dein Geld nicht riskieren.«

»Du bist eine der gefragtesten Künstlerinnen in einer Acht-Millionen-Stadt, und Tattoos sind heutzutage bei allen Gesellschaftsschichten angesagt. Es wäre kein Risiko gewesen.«

Billie zuckte die Achseln. »Wie auch immer. Es ist nichts Falsches daran, Dinge selbst schaffen zu wollen.«

»Stimmt. Es ist aber auch nicht falsch, ab und zu Hilfe von Leuten anzunehmen, die einen lieben.«

»Ich werde darüber nachdenken. Und jetzt massiere mir noch ein bisschen den Nacken.«

Schließlich blendete ich das Gespräch aus. Irgendwie machte es mich verrückt, dass sie von einem anderen Mann angefasst wurde, daher ignorierte ich sie einfach komplett.

Zwanzig Minuten später war ich ziemlich sicher, dass ich die Ursache für die Funktionsstörung gefunden hatte. Ein altes gelbes Kabel im Thermostat war an einer Stelle völlig zerschlissen und fast auseinandergerissen. Ich hoffte, dass sich das Problem mit einer Neuverkabelung lösen ließ. Zum Glück war eine Spule Kupferdraht im Werkzeugkasten, und nachdem ich die Gummihülle auf beiden Seiten mit dem Abisolierer entfernt hatte, beschloss ich, Billie erst einmal zu informieren.

In dem Moment kam ein weiterer Mann herein. Er ging direkt auf Billie zu, nahm ihr Gesicht in beide Hände und drückte ihr einen Kuss auf die Lippen. Mein Wangenmuskel zuckte. Aber dann ging der Typ zu Deek und küsste ihn ebenfalls auf den Mund. Und er strich ihm zärtlich über den Arm. »Bist du so weit? Ich will keinen Verspätungszuschlag mehr bei der Hundepension bezahlen, weil du noch nicht mit Tratschen fertig bist.«

Deek verdrehte die Augen. »Kostet doch nur zehn Dollar.«

Der Typ stemmte die Hände in die Hüften. »Das sind zehn Dollar, die ich in meine Botoxspardose stecken könnte.«

Billie kicherte. »Gute Nacht, Jungs.« Dann rief sie nach vorn: »Du kannst auch Schluss machen, Justine! Schließ bitte die Tür ab, wenn du gehst, ja?«

»Mache ich! Gute Nacht, Billie!«

Die beiden Männer zankten sich noch ein bisschen weiter, während sie das Studio verließen. Billie sah ihnen lächelnd nach, bevor sie sich mir zuwandte. »Wie sieht's aus? Hast du Kaiden repariert? Aber ich glaube, wir brauchen einen anderen Namen für das Gerät. Kaiden ist nämlich irreparabel.«

Ich lächelte und zeigte ihr das zerschlissene Kabel. »Ich habe das Problem vermutlich gefunden. Sicher weiß ich es erst, wenn ich es neu verkabelt habe, aber das hier sieht nicht gut aus.«

»Gut, großartig. Meine Jeans klebt mir an den Beinen. Wenn das Ding nicht bald wieder läuft, reiße ich sie mir vom Leib und laufe hier in Unterwäsche rum.« Sie fächelte sich Luft zu. »Ich kann diese Hitze nicht ertragen.«

»Wenn ich es mir recht überlege, bekomme ich die Reparatur vielleicht doch nicht hin.« Ich lächelte. »Soll ich dir mit der Jeans helfen?«

Sie lachte. »Wenn mir heiß ist, werde ich richtig unausstehlich. An dem Abend neulich war mir noch nicht mal warm. Also bringst du das am besten schnell in Ordnung.«

Meine Laune hatte sich entschieden verbessert, seit ich mitbekommen hatte, dass Deek nicht an Billie interessiert war. Und nun, wo wir allein waren, folgte sie mir und setzte sich neben meinem Werkzeugkasten auf den Boden.

»Was machst du denn so den ganzen Tag, Herr Vermieter? Du trägst einen Anzug. Bist du Immobilienmakler oder so?«

Ich begann, die neuen Kabel mit den alten zusammenzuzwirbeln, während wir redeten. »Nein, ich bin Architekt.«

»Echt?«

»Ja.«

»Ich glaube, ich habe noch nie einen Architekten kennengelernt.«

Ich grinste. »Ist es so aufregend, wie du es dir vorgestellt hast?«

Billie lachte. »Noch viel aufregender.«

Nachdem ich Kabel und Kupferdraht auf der einen Seite verzwirbelt hatte, führte ich die Enden auf der anderen Seite zusammen. Es funkte, und ich bekam eine gewischt. Dann ging das Licht aus. »Mist.« Ich stöhnte. »Die Sicherung ist rausgeflogen.«

Es gab keine Fenster im hinteren Teil des Studios, und es war stockdunkel. Ich konnte nicht einmal Billie sehen.

»Was kann ich tun?«, fragte sie.

»Nichts. Warte mal. Ich glaube, ich habe eine Taschenlampe im Werkzeugkasten.« Ich kniete mich hin und tastete nach dem Kasten.

»Äh …«, kam ihre Stimme aus der Dunkelheit, »das ist keine Taschenlampe. Das ist meine Brust.«

»Scheiße. Tut mir leid.«

Sie lachte. »Warum habe ich das Gefühl, dass es dir eigentlich gar nicht leidtut?«

»Projiziert da jemand seine Fantasien auf mich?«, neckte ich sie. »Du weißt schon, wer mit einem Finger auf andere zeigt, zeigt mit drei Fingern auf sich.«

»Du willst also behaupten, es täte *mir* nicht leid, dass du mich betatscht hast?«

»Ich verstehe das«, fuhr ich fort. »Ich bin ein gut aussehender Mann, und du hast Bedürfnisse. Das nehme ich dir nicht übel. Wenn du möchtest, mache ich es noch mal – natürlich nur, um dir einen Gefallen zu tun.«

»Ich glaube, der Stromschlag, den du gerade bekommen hast, hat in deinem Hirn einen Kurzschluss ausgelöst, lieber Herr Vermieter.«

»Die Dame, wie mich dünkt, gelobt zu viel.«

Billie bekam einen Lachanfall. »Hast du gerade aus *Hamlet* zitiert, um zu rechtfertigen, dass du meine Brust angefasst hast?«

Ich hatte die Taschenlampe endlich gefunden und hielt sie mir ans Kinn, um mein Gesicht zu beleuchten. »Ich war letzten Monat mit Saylor bei ›Shakespeare im Park‹. Wir sind beide auf der Wiese eingeschlafen, und das war vermutlich einer der wenigen Sätze, den ich überhaupt mitbekommen habe.«

»Ich glaube, ich habe noch ein paar Kerzen in meiner Vorratsschublade«, sagte Billie und stand auf. »Kannst du mir den Weg leuchten?«

Ich folgte ihr mit der Taschenlampe, und sie kramte drei Kerzen hervor und stellte sie im Raum auf. Als sie die letzte anzündete, fiel mir auf, wie schön sie in dem sanften Lichtschein aussah. Keine Ahnung, wann ich zum Romantiker mutiert war, aber ich hätte sie gern zu einem romantischen Dinner bei Kerzenschein eingeladen.

Sie erwischte mich dabei, wie ich sie anstarrte, und sah mich schräg an. »Was ist?«

»Nichts.« Ich schüttelte den Kopf. »Wo ist der Sicherungskasten?«

»Im Badezimmer. Frag mich nicht, warum er dort eingebaut wurde.«

Als ich den Kasten öffnete, fand ich zu meinem Erstaunen noch alte Drehsicherungen vor. Die Sicherung für die Beleuchtung konnte ich wieder hineindrehen, die für den hinteren Bereich allerdings nicht. Ich nahm sie heraus und sah sie mir an. »Die ist durchgebrannt. Du hast nicht zufällig noch eine hier, oder?«

Billie schüttelte den Kopf. »Leider nicht. Meist habe ich nicht mal Ersatzglühbirnen, und ich habe schon mehr als einmal bei dem Imbiss an der Ecke Servietten geklaut, weil wir kein Klopapier mehr hatten.«

Ich zog mein Handy aus der Tasche. »Ich rufe Owen an. Direkt neben seinem Büro hat ein Baumarkt aufgemacht. Wenn er noch da ist, kann er auf dem Heimweg eine mitbringen.«

Owen war gerade erst in seinem Büro angekommen, als er sich meldete. Ich hatte ihn also rechtzeitig erwischt. Und so konnten Billie und ich nichts weiter tun, als im Dunklen herumzusitzen und auf ihn zu warten. Doch in meinem Anzug kam ich fast um vor Hitze. »Owen dürfte in etwa zwanzig Minuten da sein. Ich ziehe so lange meine Anzugjacke aus. Mir ist kochend heiß.«

»Ich verstehe nicht, wie du das Teil so lange anbehalten konntest«, sagte Billie.

Nachdem ich eine Schicht abgelegt hatte, setzte sich Billie auf ihren Tätowierstuhl. Ich setzte mich auf den anderen.

»Wie bist du eigentlich zum Tätowieren gekommen?«, fragte ich.

»Mit achtzehn habe ich ein paar Gemälde von mir in der Galerie meiner Mutter ausgestellt, und ein tätowierter Typ hat eins davon gekauft. Er hat sich nach meinen Zukunftsplänen erkundigt, und als ich gesagt habe, ich sei mir nicht sicher, hat er gefragt, ob ich zimperlich sei. Ich habe verneint, und er hat mir seine Visitenkarte gegeben und mich eingeladen, bei ihm vorbeizukommen. Er würde mich über seine Schulter schauen lassen, sagte er, damit ich herausfinden könne, ob Tätowieren etwas für mich ist.« Sie lächelte. »Meine Mutter war total sauer. Sie wollte, dass ich ans College gehe und Kuratorin werde wie sie. Ehrlich gesagt bin ich wahrscheinlich deshalb direkt am nächsten Tag zu dem Tätowierer gelaufen. Meine Lieblingsbeschäftigung als Teenager war, meine Mutter auf die Palme zu bringen. Eigentlich macht es mir heute immer noch Spaß … Jedenfalls war ich fasziniert von Devins farbenprächtigen Arbeiten, und binnen eines Monats habe ich als Rezeptionistin bei ihm angefangen, um das Geschäftliche zu lernen. Und dann hat er mir schließlich angeboten, eine Ausbildung in seinem Studio zu machen.«

»Ist ja cool. Du wurdest also praktisch entdeckt?«

»So habe ich das noch nie gesehen.« Sie lachte und zuckte die Achseln. »Aber im Grunde stimmt es. Obwohl meine Mutter behauptet, Devin hätte mich nicht wegen meines vermeintlichen Talents eingestellt, sondern um mir auf den Hintern gucken zu können.«

Ich runzelte die Stirn. »Das war ja nicht gerade ermutigend. Gibt es einen Grund, warum sie so gedacht hat? Hat der Mann dich mal angemacht?«

Billie schüttelte den Kopf. »Nein, gar nicht. Devin ist wie ein Vater für mich. Und er ist so viele Jahre glücklich verheiratet, wie ich auf der Welt bin. Meine Mutter verabscheut einfach meinen Beruf.«

»Warum?«

»Weil sie Tätowieren nicht für Kunst hält. Nur Gemälde, die in Galerien hängen und einen sechsstelligen Preis erzielen, sind der Aufmerksamkeit von Renee Holland wert. Meine Arbeit nennt sie ›Verschwendung von Talent an obszöne Schmierereien‹.«

»Nun, ich für meinen Teil würde deine Mappe jederzeit einem Besuch im Museum für moderne Kunst vorziehen.«

Sie lächelte. »Danke. Sie liegt mir damit in den Ohren, dass ich einige meiner Werke bei einer Ausstellung zeigen soll, die sie plant. Es ist zwar eine tolle Chance, weil viele Zeitschriften, die von Leuten gelesen werden, denen meine Art von Kunst gefällt, ihre Kritiker schicken werden. Aber ich weiß nicht, ob ich es mache, weil mir die Vorstellung nicht gefällt, dass ich ihr dafür dankbar sein muss.«

»Wenn du es nicht machst, schneidest du dich aber ins eigene Fleisch. Manchmal muss man einfach die Zähne zusammenbeißen, um weiterzukommen.«

Billie schwieg einen Moment. »Ja, wahrscheinlich hast du recht. Ich werde noch mal drüber nachdenken.«

Irgendwann tauchte Owen mit der Sicherung auf, aber weil es Zeit wurde, die Babysitterin abzulösen, konnte er nicht bleiben, und Billie und ich waren wieder allein.

»Gut, ich drehe sie jetzt rein, und dann funktioniert das Licht hoffentlich wieder«, sagte ich.

»Mach das«, sagte Billie und stöhnte. »Mir ist so heiß, dass ich mich nicht bewegen kann.«

Kurz darauf ging das Licht an. Als ich mich umdrehte, hatte Billie sich auf ihrem Tätowierstuhl zurückgelehnt. Auf ihrer Haut glänzte der Schweiß, wie ich es mir in meinen Träumen ausgemalt hatte. Und plötzlich konnte ich an nichts anderes mehr denken, als sie auf diesem Stuhl zu vögeln. Ich konnte den Blick nicht von ihr abwenden.

»Äh … checkst du mich etwa ab?« Billie richtete sich lachend auf.

»Nein, gar nicht … Ich habe nur über die Verkabelung nachgedacht.«

Sie sprang mit einem Satz vom Stuhl und kam auf mich zu. »Du lügst.«

»Nein, wirklich nicht.«

Sie baute sich vor mir auf und zog eine Augenbraue hoch. »Schau mir in die Augen und sag mir, dass du gerade keine schmutzigen Gedanken hattest.«

Mein Blick wanderte zu ihren Augen. Ich öffnete den Mund und schloss ihn wieder. Dann öffnete ich ihn erneut, aber es kam nichts heraus.

Billie lachte. »Es ist ja okay. Du musst es nur zugeben, wenn du erwischt wirst.« Sie fuhr mit einem Finger über meinen

Arm. »Ich meine, während du mich angestarrt hast, ist dir gar nicht aufgefallen, dass ich dich auch genauer angeschaut habe. Ehrlich gesagt hätte ich nicht gedacht, dass du unter deinem spießigen Jackett so aussiehst. Aber wenn du mich erwischt hättest, hätte ich es zugegeben. Es ist doch nichts Schlimmes dabei, wenn man Gefallen am Körper eines anderen findet. Es ist nur gruselig, wenn man es abstreitet.«

Tja, wenn sie es so sieht … Ich schaute auf sie hinunter. Sie war so klein und stand so dicht vor mir, dass ich freie Sicht auf ihr Dekolleté hatte. Ich grinste. »Jetzt schaue ich, wenn du es wissen willst. Ich gebe es zu.«

Billie lachte wieder und stieß mich gegen die Brust. »Du bist ein Blödmann. Und jetzt bring bitte das Klimagerät in Ordnung, sonst kriege ich noch einen Hitzeschlag.«

»Jawohl.«

Eine halbe Stunde später kam endlich wieder kalte Luft aus dem Gerät. Ich verabschiedete mich nur ungern, aber ich musste wirklich los, um Abendessen für meine Tochter zu machen. Also sammelte ich mein Werkzeug zusammen. »Ich muss nach oben und mich um das Essen für Saylor kümmern.«

»Oh, ja, natürlich. Danke, dass du mich gerettet hast. Der alte Vermieter hätte sich erst nach vier Tagen gemeldet. Ich weiß deine schnelle Reaktion zu schätzen.«

»Kein Problem. Am besten gebe ich dir meine Handynummer, falls das Ding noch mal Ärger macht.«

»Das wäre super, danke.«

Billie reichte mir ihr Handy, und ich tippte meine Nummer ein und gab es ihr zurück. »Also, gute Nacht.«

»Dir auch, Colby.«

Wir hatten rund zwei Stunden miteinander verbracht und sogar ein bisschen geflirtet. Und ich wusste zwar, dass sie gerade aus einer Beziehung kam, aber ich sagte mir: Scheiß drauf.

»Hey, würdest du vielleicht irgendwann mal mit mir essen gehen?«

Billie lächelte traurig und schüttelte den Kopf. »Ich glaube nicht. Tut mir leid.«

Pff. Ein Schlag in die Magengrube. Aber wie sie es zuvor verlangt hatte, stand ich dazu. Ich lächelte gezwungen. »Das ist schade.«

Sie lächelte zurück. »Tut mir wirklich leid. Hat nichts mit dir zu tun.«

»Nicht?«

Sie schüttelte den Kopf.

»Wenn es nichts mit mir zu tun hat, ist es dann okay, wenn ich es bei Gelegenheit noch mal versuche?«

Sie lachte. »Gute Nacht, Colby.«

»Bis bald, Billie.«

4. KAPITEL

BILLIE

Deek legte die Beine hoch. »Warum zum Teufel hast du ihm eine Abfuhr erteilt? Der Kerl ist heiß und erfolgreich – alles spricht für ihn. Abgesehen davon, dass er keine Tattoos hat. Das gefällt mir nicht.«

Es war Donnerstagnachmittag, und ich war zwischen zwei Terminen zu ihm nach oben gegangen. Er und sein Liebster wohnten auch im Haus. Er hatte Räucherstäbchen angezündet, wahrscheinlich weil er Gras geraucht hatte, bevor ich gekommen war. Neben seinem Vollzeitjob bei mir war er noch als freier Webdesigner tätig. Das konnte er gut, aber anders als beim Tätowieren dröhnte er sich meist zu, wenn er an einer Website arbeitete.

Deek hatte mir fast die ganze Kaffeepause über Vorwürfe gemacht, weil ich Colbys Dinnereinladung abgelehnt hatte. Mittlerweile wünschte ich, ich hätte es ihm nicht erzählt.

»Er sieht vielleicht aus, als wäre er ein guter Fang, aber ich muss auch an andere Dinge denken, Deek. Vor allem nach der Scheiße, die ich gerade durchgemacht habe. Ich will meine Zeit nicht mit jemandem verschwenden, der mich verletzen könnte.«

»Äh, jeder Mann, an dem du ein bisschen Interesse hast, könnte dich verletzen«, entgegnete er mit hochgezogener Augenbraue. »Aber du willst ihn wegen diesem Tinder-Schwindler Kaiden abschreiben? Es gibt keinen Beweis dafür, dass Colby auch so einer ist. Nenn mir eine Sache, die an ihm auszusetzen ist. Ich wette, dir fällt nichts ein.«

Ich dachte angestrengt nach. Schließlich seufzte ich. »Es gibt nichts an ihm *auszusetzen*. Aber er hat ein Kind. Und so hinreißend die Kleine auch ist, ich kann mich unmöglich darauf einlassen. Er hat alle Hände voll zu tun, und ich bin nicht sicher, ob er überhaupt an einer festen Beziehung interessiert ist. Ganz abgesehen davon weiß ich nicht, ob ich *selbst* Kinder haben will, geschweige denn die von jemand anderem aufziehen.« Ich trank einen großen Schluck Kaffee. »Es geht also nicht darum, was an *ihm* auszusetzen ist. Es geht darum, was an der Situation insgesamt auszusetzen wäre.«

»Ist das nicht etwas vorschnell?«

»Nein! Wenn Kinder im Spiel sind, gibt es keine vorschnellen Entschlüsse. Man muss gleich zu Beginn entscheiden, ob man dabei ist oder nicht, ob man zu ihrem Leben gehören möchte oder eben nicht. Lautet die Antwort Nein oder ist man unsicher, darf man erst gar nichts anfangen. Ganz einfach. Es ist nicht fair. Alles oder nichts.«

Er kratzte sich am Kinn. »Gut, ich glaube, ich kann diese Einstellung nachvollziehen. Aber vielleicht solltest du offen bleiben. Immerhin gibt es in diesem Fall keine Ex-Frau. Das ist selten. Ich sage es nur ungern, aber dass die Mutter verschollen ist, macht es leichter. Zumindest diese zusätzliche Komplikation gäbe es nicht.« Er trank seinen Kaffee aus. »Was ist da überhaupt Sache? Warum ist sie weg?«

»Ich kenne nicht die ganze Geschichte, nur dass die Frau die Kleine nicht haben wollte und Colby sie deshalb allein großzieht.«

Ich dachte neuerdings häufiger an Saylors »Mutter«. Was für ein Mensch ließ sein Kind einfach allein und verschwand spurlos? Ich hätte Colby beim letzten Mal gern genauer befragt, hatte aber fast Angst vor der Antwort. Hatte er womöglich etwas getan, womit er sie vergrault hatte? Ich bezweifelte es, aber ich war verdammt neugierig, obwohl es mich nichts anging. Hätte er sie geheiratet, wenn sie geblieben wäre?

So oder so, die Geschichte ging auf jeden Fall ans Herz. Saylor war zu klein, um die Entscheidung ihrer Mutter zu verstehen. Die Wahrheit würde sie eines Tages treffen wie ein Hammerschlag. Ich hatte immer gedacht, ich hätte es schlecht mit meiner zuweilen verbal gewalttätigen Mutter. Aber sie war wenigstens da.

Doch dann fiel mir noch ein gutes Argument ein. »Und du vergisst, dass er jetzt unser Vermieter ist, Deek. Wenn es nicht funktioniert, heißt es Koffer packen und umziehen.«

Er wackelte mit den Augenbrauen. »Man könnte aber auch eine Menge Miete sparen.«

»Als Hure vielleicht.«

»War nur Spaß.« Er lachte. »Ihm gehört das Gebäude ja nicht allein. Das weißt du, oder? Sie sind zu viert. Es ist, als wären sie alle aus dem gleichen edlen Holz geschnitzt.«

»Ja. Sie sind Freunde. Außer Colby kenne ich nur Holden etwas besser. Owen habe ich vor zwei Tagen mal kurz gesehen, als er eine Sicherung vorbeigebracht hat.«

»Verrückte Geschichte, wie die vier zu diesem Haus gekommen sind«, sagte er. »Ein reicher Freund von ihnen, Ryan, ist an Leukämie gestorben und hat ihnen eine gewaltige Erbschaft hinterlassen. Sie ließen das Geld eine Weile auf der Bank, bis sie schließlich beschlossen, dieses Gebäude zu kaufen. Eine ziemlich gute Investition, wenn du mich fragst. Sie wohnen alle hier, zahlen also keine Miete, und jeden Monat kommt Geld rein.«

Ich kniff die Augen zusammen. »Woher weißt du das mit der Erbschaft?«

»Holden ist mein Kumpel. Wir reden öfter. Er ist ein begabter Schlagzeuger. Hast du ihn mal spielen hören?«

»Nein.« Ich fummelte an dem Deckel meines Kaffeebechers herum. »Aber Holden ist cool. Owen scheint mir ein arroganter Anzugträger zu sein.«

»Für so einen hätte ich Colby auch gehalten«, meinte er. »Aber der Schein trügt.«

Allerdings. Bei meiner ersten Begegnung mit Colby wäre ich nicht auf die Idee gekommen, dass er ein Kind hatte und so ein guter Vater war. Rein äußerlich wirkte er wie ein typischer Aufreißer.

»Wer ist der andere, den ich noch nicht kenne?«, fragte ich. »Was ist das für einer?«

»Er heißt Brayden und ist ein ehrgeiziger Geschäftsmann. Holden ist der bunte Hund in der Truppe – der künstlerische, kreative Typ. Wie eine andere Person, die ich kenne.« Er zwinkerte mir zu. »Aber im Ernst, wo die Kerle aufgewachsen sind, muss irgendwas im Wasser gewesen sein, weil sie alle vier echt heiß sind und jeder auf seine Art erfolgreich.«

»Danke für die Insider-Info.«

»Was das angeht, kannst du dich auf mich verlassen.« Er grinste. »Und natürlich auf meine bescheidene Meinung.«

»Deshalb liebe ich dich.« Ich stand auf, reckte mich und ging zur Tür.

»Du hast deinen Entschluss also nicht geändert? Du gehst nicht mit ihm aus?«

»Leider nicht.« Ich lachte. »Aber jetzt muss ich los. Ich muss vor meinem nächsten Termin noch ein paar Dinge erledigen.«

Nachdem ich meinen Freund zum Abschied umarmt hatte, nahm ich die Treppe nach unten. Deek wohnte ja nur in der dritten Etage. Unterwegs blieb ich in einer der Etagen darunter mit dem Absatz in einem Spalt im Betonboden hängen und wäre fast der Länge nach hingefallen. Ich schürfte mir übel das Knie auf.

»Was zur Hölle …?« Meine Stimme hallte durchs Treppenhaus. »Wer ist hier eigentlich für die Instandhaltung zuständig? Der gehört gefeuert! Der Riss ist ja größer als meine Poritze!« Ich rieb mir das Bein. »Aua!«

Eine Tür ging auf. »Ist alles o–« Colby stutzte. »Oh mein Gott, Billie? Geht's dir gut?«

Er beugte sich erschrocken über mich. *Mist.* Dann reichte er mir die Hand, um mir aufzuhelfen.

»Ja.« Ich schüttelte den Kopf und bekam angesichts seiner besorgten Miene Gewissensbisse, weil ich so herumgebrüllt hatte. »Mit mir ist alles in Ordnung, aber mit dem Haus nicht. Hier ist ein gewaltiger Riss im Boden.«

»Ja, das habe ich gehört. Größer als deine Poritze. Ich bin fasziniert.«

Ich verdrehte die Augen. »Sorry, ich war wütend. Ich bin mit dem Absatz hängen geblieben und wäre fast auf die Schnauze geflogen.« Ich hob den Absatz auf, der von meinem Nietenstiletto abgebrochen war.

»Scheiße.« Er sah sich mein Knie an. »Du blutest.«

»Was du nicht sagst. Es war eine Entscheidung zwischen Gesicht und Knie. Das Knie hat mir die Zähne gerettet.«

»Komm mit zu mir rein. Das muss versorgt werden.«

Etwas angeschlagen nickte ich, als er mich am Arm nahm und durch den Flur führte. Ich hatte einen Erste-Hilfe-Kasten unten, aber ich war neugierig auf seine Wohnung. Das redete ich mir jedenfalls ein. Neugierig auf die *Wohnung*.

Sie war erstaunlich ordentlich für jemanden, der ein Kind hatte. Hätten auf der Anrichte nicht Plastikbecher mit der Eiskönigin darauf gestanden, wäre ich nicht auf die Idee gekommen, dass hier ein Kind wohnte. Die braunen Ledermöbel und die moderne Einrichtung ließen eher auf eine typische Männerbude schließen, wie sie einem wilden Junggesellen gebührte, der Colby garantiert gewesen war.

Ich sah mich um. »Hübsch hier.«

»Na ja, die Putzfrau war heute Morgen da. Sonst lägen hier überall Lalaloopsy-Puppen herum. Der Eindruck täuscht also.«

»Lalaloopsy … sind das nicht diese komischen kleinen Puppen mit den Knopfaugen?«

»Ja. Es überrascht mich, dass du die kennst.«

»Ich musste mal jemanden eine tätowieren, und die Tochter meiner Freundin sammelt sie.«

»Dann sollten wir sie mit Saylor bekannt machen.« Er lachte.

»Wo ist Saylor eigentlich?«

»Im Kindergarten«, entgegnete er und öffnete eine Schranktür nach der anderen. »Dort verbringt sie den ganzen Tag. Ich habe eine Nanny, die danach auf sie aufpasst, wenn ich noch im Büro bin, aber an zwei Tagen in der Woche komme ich früher heim, um für sie da zu sein. Dann arbeite ich den restlichen Tag von hier aus.«

Was für ein guter Vater. »Oh, cool.« Ich seufzte und hinkte mit meinem kaputten Schuh in den offenen Küchenbereich. »Ist bestimmt schwer, das alles auf die Reihe zu kriegen, hm?«

»Ja, aber es lohnt sich.« Er nahm lächelnd eine Plastikbox aus einem Schrank und hielt sie hoch. »Bingo! Ich habe den Verbandskasten gefunden.«

Ich hatte mich auf einen Hocker gesetzt, und er kam zu mir und ließ sich neben mir nieder. Der Duft seines Eau de Cologne umwehte mich, und mein Körper war sich seiner Nähe nur allzu bewusst, als er ein Fläschchen Desinfektionsmittel öffnete und damit begann, mein Knie sanft mit einem Wattetupfer zu säubern.

»Tut mir wirklich leid, dass du gefallen bist«, sagte er leise.

»Ach was, mir tut es leid, dass ich so gebrüllt habe.«

»Du hattest allen Grund dazu. Ich sorge dafür, dass der Riss im Boden schnellstens repariert wird. Ich ersetze dir auch die Schuhe. Obwohl ich zugeben muss, dass ich mich freue, dich zu sehen, wenn auch unter den falschen Umständen.« Er lächelte. »Ein gewisser Jemand wollte ja nicht mit mir ausgehen. Es ist also das Zweitbeste, was ich bekommen kann.«

»Du kannst jederzeit ins Studio kommen. Ich muss nicht verletzt sein, damit du mich sehen kannst.«

Er schaute kurz auf. »Bei der Arbeit will ich dich nicht stören.« Dann … pustete er auf mein Knie.

Als sein Atem meine Wunde kühlte, überlief mich ein Schauder. *Verdammt.* Wer hätte gedacht, dass es mich anmacht, wenn mir ein Mann aufs Kinn pustet? Ich fragte mich, ob das so ein *Ding* ist, ob es solche Pornos gibt mit erotischem Auf-die-Haut-Pusten. Ich schwöre, ich spürte es bis in meine verdammte Vagina. Ich brauchte Sex. *Nur nicht mit Colby.* Nein. Ich durfte mich nicht in diesen großartigen Mann verlieben, den ich gerade vor mir hatte und der seinem Verhalten nach zu urteilen genau wusste, wie man sich um eine Frau kümmert.

»Wir lassen noch ein bisschen Luft an die Wunde, bevor ich sie verbinde.«

Oder du pustest noch mal. Ich strich mir eine Haarsträhne hinters Ohr. »Danke.«

Ich fand es wahnsinnig sexy, wie er mich versorgte. Als Vater musste er das wahrscheinlich einfach draufhaben. Dies zählte vermutlich zu den Vorteilen, wenn man mit einem alleinerziehenden Vater zusammen war. Es fühlte sich gut an, für einen Moment Papas Mädchen zu spielen. Heute war ich allem Anschein nach noch durchgeknallter im Kopf als sonst.

Ich räusperte mich. »Was macht deine Nanny denn noch für dich, außer auf Saylor aufzupassen, wenn du arbeitest?«

»Sie ist etwas älter und nicht die Richtige für mich, wenn du … mir etwas unterstellen willst?«

»Nein, will ich nicht. Aber es ist interessant, dass du sofort *daran* gedacht hast. Du hast eine schmutzige Fantasie.« *Das muss* ich *gerade sagen*.

»Du machst dir keine Vorstellung.« Seine Augen funkelten. »Aber sicherlich nicht im Hinblick auf meine Nanny.« Er lachte. »Kay ist über fünfzig. Sie ist großartig. Sie passt lediglich auf Saylor auf und sonst nichts. Ich erwarte nicht von ihr, dass sie saubermacht oder kocht oder so. Ich habe auch nicht gern Leute in meiner Wohnung, weißt du? Ich möchte, dass sich meine Tochter später an die wichtigen Ereignisse in ihrem Leben mit mir erinnert und nicht mit jemand anderem. Deshalb verschwindet die Nanny, sobald ich zu Hause bin.«

»Du kochst jeden Abend?«, fragte ich.

»Ich bemühe mich jedenfalls. Essen von auswärts gibt es höchstens ein- bis zweimal in der Woche. Saylor liebt Süßkram. Ich kann nicht kontrollieren, was sie ihr im Kindergarten geben, und sie bekommt ständig von irgendwem was Süßes geschenkt. Deshalb versuche ich, möglichst gesund zu kochen. Vieles muss ich in ihr Essen hineinmogeln, weil sie kein Gemüse will. Süßkartoffeln verstecke ich zum Beispiel in der Spaghettisoße und Grünzeug in allem Möglichen. Manchmal ist es schon wie ein chemisches Experiment, genau die richtige Menge beizumischen, sodass sie es nicht herausschmeckt.«

Ich zog die Nase kraus. »Ich bin auch kein Gemüsefan. Kannst du mir deine Tricks beibringen?«

»Moment.« Er ging zum Kühlschrank und nahm etwas heraus. Als er die Folie entfernte, kamen kleine Kuchenstücke zum Vorschein. Er bot mir eins an. »Nimm einen Bissen.«

»Was ist das?«

»Ein Brownie. Probier ihn bitte.« Er hielt ihn mir vor den Mund. Als ich abbiss, berührten seine Finger meine Lippen.

Er schmeckte wie ein ganz normaler Brownie – schokoladig natürlich, in der Mitte noch saftig, ein bisschen Glasur obendrauf.

»Gut«, sagte ich mit vollem Mund.

»Ja?« Er zog eine Augenbraue hoch. »Tja, da ist ziemlich viel Spinat drin.«

»Echt? Da wäre ich niemals drauf gekommen.« Ich schluckte. »Du bist ganz schön raffiniert, Colby. Wobei mogelst du denn noch?«

»Verwende meine Brownies nicht gegen mich. Das ist Raffinesse für eine gute Sache.«

»Im Ernst …« Ich lachte. »Die Idee ist genial.«

Er streckte die Hand aus und fuhr mir mit dem Daumen übers Kinn. »Entschuldige. Da war ein bisschen Schokolade.«

Verdammt. Auch diese Berührung ging mir durch und durch. Genau wie alle anderen vorher. Ich musste hier verschwinden, bevor mein Höschen dahinschmolz. »Danke.« Ich leckte mir die Lippen und merkte, wie er mich beobachtete. »Was hast du sonst noch auf Lager?«

»Ach, ich hätte da noch ein paar Tricks, die ich dir zeigen könnte.« Seine Augen funkelten.

Sein durchdringender Blick ließ keinen Zweifel daran aufkommen, was er meinte. Und nach dem Zustand meines Slips zu urteilen, hatte mein Körper es ganz genau verstanden. Colby nahm ein Pflaster aus dem Verbandskasten und klebte es auf die Schürfwunde. Dann fuhr er behutsam mit dem Daumen über den Rand – und ich war abermals wie elektrisiert.

Er sah mir zu, wie ich den Rest des Brownies aufaß. Dann wanderten seine tiefblauen Augen zu meinen Brüsten, und statt ihn darauf anzusprechen, genoss ich seine Bewunderung.

Als er aufsah und sich unsere Blicke kreuzten, hätte ich schwören können, dass er sich fast unmerklich zu mir beugte. Wartete er auf die stillschweigende Erlaubnis, mich küssen zu dürfen? Mein Herz schlug schneller. Gott, wie sehr ich mir das wünschte.

Dann ging die Tür auf, und ich wich unwillkürlich zurück.

Colby fuhr mit der Hand durch seinen hellbraunen Schopf und gab sich locker.

»Hallo«, sagte er zu der Frau, die hereinkam.

»Oh, Sie sind schon zu Hause.« Sie lächelte.

»Daddy!« Saylor stürzte ihrem Vater in die Arme. Er hob sie hoch und bedeckte ihr Gesicht mit Küssen, bevor er sie unter dem Kinn kitzelte, sodass sie vor Vergnügen quietschte. Es war ein herzerwärmender Anblick, selbst für mein kaltes, schwarzes Herz.

Als er sie herunterließ, hatte sie gerötete Wangen vom Lachen.

»Hallo Saylor!« Ich winkte ihr zu.

»Hallo Billie!«

Ich fand es süß, dass sie sich an meinen Namen erinnerte. Es hatte jedoch ein bisschen gedauert, bis sie mich bemerkt hatte, weil sie beim Hereinkommen nur Augen für ihren Vater gehabt hatte. Die Nanny musterte mich unterdessen von Kopf bis Fuß. Beim Anblick meines kaputten Schuhs ging garantiert die Fantasie mit ihr durch. Es gab sicherlich alle möglichen Szenarien, wie ich mir zusammen mit Colby den Absatz hätte abbrechen können.

»Danke noch mal für die Wundversorgung, Colby. Jetzt überlasse ich dich lieber deiner Tochter.«

»Du musst nicht gehen«, entgegnete er. »Ich kann Kaffee machen oder …«

Ich wies mit dem Daumen zur Tür. »Ich habe oben schon

mit Deek einen Kaffee getrunken.« Nach einem Blick auf mein Handy fügte ich hinzu: »Außerdem habe ich in zwanzig Minuten einen Kunden.«

»Ah, ich hätte wissen müssen, dass du wieder an die Arbeit musst.«

»Ja. Und danke für den Kuchen.«

Er nickte. »Du musst mir noch sagen, wie viel diese Schuhe gekostet haben.«

»Mach dir keine Gedanken darum. Ich hatte sie aus dem Ausverkauf.«

»Nun, irgendwie muss ich dich aber entschädigen.« Er steckte die Hände in die Hosentaschen. »Essen gehen ist ja leider vom Tisch.«

»Back mir Brownies«, sagte ich mit einem Augenzwinkern und bückte mich, um Saylor leicht in die Wange zu kneifen. »Bis demnächst, Süße. Viel Spaß mit deinem Dad.« *Mit deinem verdammt heißen Dad, den ich auf der Stelle vernaschen könnte.*

Ich lächelte sie an und versuchte, die schmutzigen Gedanken aus meinem Kopf zu verbannen. Dann nickte ich der Nanny zu und verließ die Wohnung. Ich war aufgewühlt und zweifelte an meinem Gelöbnis, standhaft zu bleiben, weil ich noch nie dermaßen auf jemanden abgefahren war, solange ich zurückdenken konnte.

Ich hatte zwar in der letzten Sekunde die Kurve gekriegt, was den Beinahekuss anging, aber den restlichen Nachmittag über kehrten meine Gedanken immer wieder zu dem heißen Single-Dad oben im Haus zurück.

5. KAPITEL

COLBY

Ich hatte Billie sieben Tage lang nicht gesehen.

Natürlich hätte ich es gern gewollt. Auf dem Heimweg von der U-Bahn musste ich mir jeden Abend gut zureden.

Immer schön weitergehen. Einen Schritt nach dem anderen.

Nicht ins Schaufenster gucken.

Du schaffst das.

Sie will dich sowieso nicht sehen.

Du wolltest dich mit ihr verabreden. Sie hat Nein gesagt.

Das war wohl deutlich genug, du Idiot.

Doch als ich diesmal vier Häuser von dem Tattoostudio entfernt mein allabendliches Mantra begann, kam ich nur bis »Einen Schritt nach dem …« und blieb ruckartig stehen.

Was zum Teufel?

Die Schaufensterscheibe war weg und durch eine Sperrholzplatte ersetzt worden. Jetzt blieb mir keine andere Wahl, als hineinzugehen.

Justine stand am Empfangstresen. Ich zeigte über meine Schulter. »Was ist mit dem Fenster passiert?«

Sie runzelte die Stirn. »Die Scheibe war kaputt, als Billie heute Morgen gekommen ist.« Bevor sie fortfahren konnte, klingelte das Telefon. Justine wies mit dem Daumen nach hinten und griff zum Hörer. »Gehen Sie doch durch und reden mit ihr. Sie hat gerade keinen Kunden.«

Ich nickte. »Danke.«

Ich klopfte an, und als ich die Tür öffnete, stand Billie mit dem Rücken zu mir. Sie hatte mich allem Anschein nach nicht gehört, denn als sie sich umdrehte, zuckte sie zusammen und griff sich an die Brust.

»Scheiße.« Sie zog sich einen Stöpsel aus dem Ohr. »Ich habe dich nicht bemerkt.«

»Sorry. Justine meinte, es sei okay, und ich habe vorher geklopft.«

Billie schüttelte den Kopf. »Schon gut. Ich bin heute nur etwas schreckhaft, das ist alles.«

»Was ist mit dem Fenster passiert?«

»Keine Ahnung. Als ich heute Morgen herkam, war es eingeschlagen, und auf dem Boden lag ein Ziegelstein.«

»Ein Ziegelstein? Wurdest du ausgeraubt?«

Sie schüttelte wieder den Kopf. »Nein, das ist ja das Merkwürdige. Es scheint nichts zu fehlen. In der Kasse war sogar noch ein bisschen Geld von gestern. Die Polizei meinte, es könnten randalierende Jugendliche gewesen sein, aber sie haben mich auch gefragt, ob ich in letzter Zeit unzufriedene Kunden hatte – oder eine unschöne Trennung.« Sie verzog das Gesicht.

»Also ich kann mir nicht vorstellen, warum dein Ex sich an dir rächen sollte. An dem riesigen pinkfarbenen Tinder-Logo auf seinem Arm kann es unmöglich liegen …«

Sie verkniff sich ein Lächeln, nahm eine Rolle Küchenpapier vom Tisch und warf sie nach mir.

Ich fing sie auf. »War doch nur Spaß.«

»Ich weiß. Aber du hast nicht ganz unrecht. Rückblickend muss ich sagen, dass ich es vielleicht ein bisschen zu weit getrieben habe mit Kaiden.«

Ich zuckte die Achseln. »Ach was. Der Typ war scheiße. Er hat bekommen, was er verdient.«

»Danke, dass du das sagst, auch wenn es nicht stimmt.« Sie öffnete einen Schrank. »Ich habe gerade meinen letzten Termin für heute abgesagt. Das eingeschlagene Fenster hat mich irgendwie fertiggemacht. Ich mache mir eine Whiskey-Cola. Willst du auch eine?«

Ich zuckte die Achseln. »Gern.«

Billie mixte die Drinks in zwei Plastikbechern. Dann setzte sie sich auf ihren Tätowierstuhl und zeigte auf den Hocker ihr gegenüber. »Setz dich. Deek hat eine Stunde Pause. Oh, Moment – oder musst du nach Hause zu Saylor?«

Ich sah auf die Uhr. »Ich habe noch einen Moment, bevor ich die Nanny ablösen muss.« Und wenn es nicht so gewesen wäre, hätte ich – was ich nur selten tat – der Nanny geschrieben und sie gebeten, länger zu bleiben, weil ich das Gefühl hatte, dass Billie Gesellschaft brauchte. Ich probierte meinen Drink. »Dann besuchen die Cops also deinen Ex und befragen ihn zu dem Fenster?«

Billie schüttelte den Kopf. »Ich habe ihnen nicht von Kaiden erzählt.«

»Warum nicht?«

»Ich weiß nicht. Wahrscheinlich, weil ich ein schlechtes Gewissen habe. Ich denke nicht, dass es falsch war, die Tinder-Frauen herzubitten, aber ihm ein Tattoo zu stechen war vielleicht doch etwas aggressiv. Es ist einfach …« Billie schüttelte seufzend den Kopf. »Ich habe kein großes Glück in der Liebe. Ich wurde schon ein paarmal verletzt, und Kaiden hat das Fass zum Überlaufen gebracht.«

Ich nickte. »Verstehe. Ich war in Sachen Beziehungen auch nicht gerade erfolgreich.«

»Ach ja? Willst du dich mit mir messen? Wollen wir sehen, wer die schlimmste Beziehungsgeschichte zu bieten hat?«

»Warum nicht?« Ich sah sie lächelnd an. »*Ladies first*.«

»Tja, meine schlimmste Beziehung hatte ich wohl mit Lucas. Wir haben uns kennengelernt, als ich mit zwanzig mit dem Rucksack in Australien unterwegs war. Ich hatte meine Lehre als Tätowiererin gerade beendet und mir vor dem Start in den Beruf einen Monat freigenommen. Ich liebe es zu reisen – es ist wohl das Einzige, was meine Mutter und ich miteinander gemein haben. Ich bin also nach Melbourne geflogen und war dann auf der Great Ocean Route unterwegs. Lucas bin ich in Bells Beach begegnet, wo jedes Jahr ein großer Surfcontest stattfindet. Eines Morgens war ich früh am Strand und habe mir den Sonnenaufgang angesehen, und er kam mit seinem Board vorbei und hat mir angeboten, mir Surfen beizubringen. Wir haben, um es kurz zu machen, die nächsten fünf Wochen zusammen verbracht und sind durch Australien gereist. Lucas kam aus Kalifornien, hat im Silicon Valley gearbeitet, und erzählte mir, er habe kürzlich ein Apartment für zwanzig Millionen Dollar verkauft und gönne sich eine Pause vor seinem nächsten Projekt. Als es für mich Zeit war, nach New York zurückzukehren und meinen neuen Job anzutreten, ist Lucas mit mir nach Hause gekommen. Ich war bis über beide Ohren verliebt und dachte, er wäre es auch.«

Ich nickte. Mir drehte sich jetzt schon der Magen um.

»Jedenfalls«, sagte sie, »sind Lucas und ich zusammengezogen. Wir haben schnell gemerkt, dass meine Bude zu klein für zwei war. Wir haben eine große Wohnung gemietet, die ich mir allein niemals hätte leisten können, und ein gemeinsames Konto eröffnet, auf dem er sein frei verfügbares Geld parkte – mehr als zweihunderttausend Dollar –, und ich war so glücklich wie nie zuvor. Ich hatte meinen Traummann gefunden und gerade einen Job angefangen, der mich total begeisterte. Ich habe ihn sogar meiner Mutter vorgestellt, und wir planten eine Reise nach Kalifornien zu seiner Familie. Dort wollte er seine restlichen Sachen packen, um sie mit nach New York zu nehmen. Es lief großartig … bis ich eines Tages von der Arbeit kam und alles Wertvolle aus meiner Wohnung verschwunden war. Und unser gemeinsames Konto, auf dem auch die sechzigtausend Dollar gewesen waren, die ich von meiner Großmutter geerbt hatte, war ebenfalls leer.«

Ich raufte mir die Haare. »Verdammte Scheiße. Das tut mir leid, Billie. Was ist dann passiert?«

Sie zuckte die Achseln. »Ich bin zur Polizei gegangen. Wie sich herausstellte, war der Kerl ein bekannter Betrüger und Wiederholungstäter. Aber weil er von Staat zu Staat wechselt, wurde er noch nicht gefasst. Ich hatte aber auch wenig Hoffnung, dass noch etwas von meiner Erbschaft übrig war. Er hat mit Geld um sich geworfen, als hätte er tatsächlich zwanzig Millionen auf der Bank.«

Billie leerte ihren Drink und zeigte auf mich. »Jetzt bist du dran. Ich schätze, diesen Wettstreit gewinne ich. Ich kenne dich noch nicht so lange, aber ich weiß, dass du so etwas Dummes nicht tun würdest.«

Ich wackelte verneinend mit dem Zeigefinger. »Da wäre ich mir nicht so sicher. Geh nicht davon aus, dass zu diesem hübschen Gesicht ein entsprechendes Hirn gehört. Ich habe genug Dummheiten angestellt.«

Billie lehnte sich in ihrem Stuhl zurück und faltete die Hände hinter ihrem Kopf. »Oh, jetzt bin ich aber gespannt.«

»Nun, letztlich ist es bei mir nur besser ausgegangen. Aber ich habe früher zu viel mit dem Schwanz gedacht.«

Um die Geschichte zu erzählen, musste ich mir Mut antrinken und leerte meinen Becher. »Vor fast fünf Jahren habe ich eine Frau namens Raven kennengelernt. Da ich anscheinend nicht nur bei meiner Tattooauswahl gern in die Klischeekiste greife, war sie Stripperin, und ich habe sie in einem Stripclub getroffen – ausgerechnet an Halloween. Ich war mit meinen Kumpels unterwegs, kam nach der Show mit ihr ins Gespräch und habe sie schließlich mit nach Hause genommen. Sie ging am nächsten Morgen, und ich habe nichts mehr von ihr gehört – bis zum August des folgenden Jahres, als sie mit einem fünf Wochen alten Baby vor meiner Tür stand.«

Billie riss die Augen auf. »Das ist nicht wahr, oder?«

Ich nickte. »Doch. Sie meinte, es sei mein Kind und sie habe ein wichtiges Bewerbungsgespräch und wisse nicht, wohin mit dem Baby. Sie sagte nicht mehr als drei Sätze, stellte die Babytrage und eine Packung Windeln ab, drehte sich um und verschwand. Ich stand einen Moment völlig geschockt da, dann lief ich hinter ihr her. Zwei Häuser weiter wurde mir bewusst, dass ich das Baby allein gelassen hatte, und rannte zurück.«

»Was hast du gemacht, als sie wiederkam?«

Ich sah Billie in die Augen. »Wenn es passiert, werde ich es dir sagen.«

»Oh mein Gott, Colby. Soll das heißen, sie hat dir Saylor vor die Tür gestellt, und danach hast du sie nie wieder gesehen?«

Ich nickte. »Ehrlich gesagt war ich anfangs nicht einmal sicher, dass das Kind von mir ist. Ich wusste nicht, was ich tun sollte. Ich hatte noch nie eine Windel gewechselt.«

»Hast du versucht, sie zu finden?«

Ich nickte wieder. »Sehr lange. Aber ich wusste von ihr ja nur, dass sie in dem Stripclub gearbeitet hatte. Ich bin natürlich hingegangen, aber der Manager hatte schon lange nichts mehr von ihr gehört. Ich habe sogar einen Privatdetektiv engagiert, um sie aufzuspüren, aber sie war nirgends zu finden. Wie sich herausstellte, hieß sie nicht Raven, sondern Maya, und war illegal im Land, deshalb gab es so gut wie keine schriftlichen Unterlagen.«

Billie schüttelte den Kopf. »Heilige Scheiße. Das ist Wahnsinn.«

»Habe ich gewonnen?«

Sie lachte. »Ich glaube schon.«

»Dann gewinne ich wohl doppelt. Denn Saylor ist das Beste, was mir jemals passiert ist. Meine verrückte Geschichte schlägt zwar deine, aber letzten Endes habe ich die Liebe meines Lebens gefunden.«

Billies Züge wurden sanft. »Das ist wirklich wunderschön, Colby.«

Ein paar Minuten später kam Deek herein. Er musterte uns und grinste Billie an. »Störe ich, Chefin?«

Billie verdrehte die Augen. »Nein, Deek. Colby und ich haben uns nur unterhalten.«

»Aha.« Er nickte mir zu. »Wie geht's, Mann?«

Ich stand von seinem Tätowierstuhl auf und gab ihm die Hand. »Nicht schlecht. Meinst du, Kaiden hat das Schaufenster eingeworfen? Vielleicht sollten wir zwei uns mal mit ihm unterhalten.«

Deek lächelte. »Mir gefällt, wie du denkst.«

»Niemand wird sich mit Kaiden unterhalten«, sagte Billie. »Wir schreiben es einfach ein paar durchgeknallten Jugendlichen zu und lassen es dabei bewenden.«

Ich sah Deek an, und er zuckte die Achseln. »Sie ist meine Chefin. Und sie ist zwar klein, aber zum Fürchten.«

Ich schmunzelte. »Na gut. Aber wenn du es dir anders überlegst, weißt du, wo du mich findest.«

Billie schüttelte den Kopf. »Ich verschwinde jetzt. Brauchst du noch etwas von mir, bevor ich gehe, Deek?«

»Nein. Alles gut.«

»Okay, dann bin ich jetzt weg. Justine geht auch, und ich schließe sicherheitshalber hinter uns ab. Du musst also aufpassen, damit du deinen Kunden hörst, wenn er anklopft.«

»Jawohl, Chefin.«

Billie sah mich an und wies mit dem Kopf zur Tür. »Komm mit. Ich weiß, du musst zu deiner Tochter. Gehen wir zusammen raus.«

Vor dem Studio blieben wir stehen und betrachteten die Sperrholzplatte.

»Kann ich irgendetwas tun?«, fragte ich. »Eine Fensterfirma anrufen oder so?«

»Danke, aber ich habe schon eine Firma bestellt. Morgen früh wird die neue Scheibe eingesetzt. Und am Samstag bekomme ich eine Alarmanlage – mit Kameras. Falls so etwas noch mal passiert, weiß ich, wer es war.«

Ich nickte. Billie war hart im Nehmen, aber der Tag war ihr sicherlich an die Nieren gegangen. »Gut. Kann ich dich wenigstens nach Hause begleiten?«

Sie lächelte. »Danke für das Angebot, aber heute nehme ich ein Uber. Ich bin zu faul, die zwei Kilometer zu laufen, und auf die U-Bahn habe ich keine Lust. Es war wirklich ein langer Tag, und ich will nur noch nach Hause und mit einem Glas Wein in die Badewanne steigen.«

Ich grinste. »Wenn du jemanden brauchst, der dir den Rücken wäscht …«

Sie gab mir einen Klaps auf den Arm. »Gute Nacht, Colby. Danke, dass du nach mir gesehen hast.«

»Jederzeit.« Als ich mich zum Gehen wandte, hielt ich inne. »Ach, das hätte ich fast vergessen. Saylor hat mich gebeten, dich zu ihrer Geburtstagsparty am Samstag einzuladen.«

»Echt?«

Ich nickte. »Du musst nicht kommen, aber ich wollte die Einladung auf jeden Fall an dich weitergeben. Derek hat schon recht: Manchmal haben wir vor den Kleinsten die größte Angst. Meine Chefin misst gerade mal einen Meter.«

Billie lächelte. »Wo und um wie viel Uhr ist die Party?«

»Um drei. Eigentlich hat sie erst Montag Geburtstag, aber ich habe ein paar Freunde, eine Freundin von Saylor aus dem Kindergarten und meine Eltern eingeladen. Wir feiern zu Hause, keine große Sache.«

»Ich versuche vorbeizukommen. Wegen der Alarmanlage werde ich morgens angerufen und bekomme ein Zeitfenster von vier Stunden genannt, also weiß ich noch nicht, ob ich kann, aber ich werde es versuchen.«

Ich rieb mir das Kinn. »Wenn meine Tochter dich einlädt, kommst du also, aber wenn ich dich einlade, nicht?«

»Sei nicht beleidigt, Big Daddy. Saylor hat eben nicht dieses Ding, gegen das ich allergisch bin, wie ich kürzlich festgestellt habe.«

Ich schüttelte den Kopf. »Was für ein Ding?«

»Man nennt es Penis«, entgegnete sie mit einem Augenzwinkern. »Bis dann, Colby.«

Am Samstagnachmittag wurde ich jedes Mal nervös, wenn jemand an die Wohnungstür klopfte. Aber um halb acht war Billie immer noch nicht da, und es zeichnete sich ab, dass sie es wohl nicht mehr schaffen würde. Die meisten Gäste, die zur Feier von Saylors viertem Geburtstag gekommen waren, hatten sich schon verabschiedet, und ich saß nur noch mit Owen und Holden beim Bier, als es klopfte. Ich hatte den Jungs nicht gesagt, dass ich Billie eingeladen hatte, denn wenn sie einmal mitbekommen hatten, dass man eine Frau mochte, gingen sie einem damit permanent auf den Zeiger.

Ich spielte also den Überraschten, als ich aufmachte und Billie vor der Tür stand. Sie hatte zwei hübsch verpackte Geschenke dabei.

»Hey. Schön, dich zu sehen«, sagte ich.

Sie spähte an mir vorbei in die Wohnung. »Bin ich zu spät?

Die haben Stunden gebraucht, um die Alarmanlage zu installieren. Ich habe zugemacht, sobald sie weg waren.«

Saylor kam zur Tür gelaufen. »Billie! Du bist gekommen!«

Billie beugte sich vor, und meine Tochter fiel ihr um den Hals.

»Entschuldige, dass ich zu spät bin. Ich bin gekommen, so schnell ich konnte.«

»Ist schon okay. Du bist gerade rechtzeitig. Onkel Holden will mir ein besonderes Lied vorsingen. Er hat es extra für meinen Geburtstag geschrieben.«

»Wirklich? Für mich hat noch nie jemand ein Lied geschrieben.« Billie tippte Saylor mit dem Finger auf die Nase. »Du musst etwas ganz Besonderes sein.«

Wir standen noch in der Tür, und ich wies mit dem Kopf in die Wohnung. »Komm rein. Es gibt noch Unmengen zu essen, und Kuchen haben wir auch.«

Die Jungs begrüßten sie und warfen mir fragende Blicke zu, die ich einfach ignorierte.

»Hast du Hunger?«, fragte ich Billie. »Ich kann dir schnell etwas warmmachen. Wir haben alles da, was Saylor gern isst: Nudelauflauf, Hähnchensticks und Erdnussbutter-Bananen-Sandwiches.«

»Oooh … das klingt lecker. Aber ich habe vor einer Weile gegessen. Ich hab mir etwas bestellt, während ich gewartet habe. Es ging nicht anders. Ich dachte, ich sterbe vor Hunger.«

»Wie wäre es dann mit Kuchen?«

Saylor hüpfte auf und ab. »Daddy hat ihn selbst gemacht.«

Billie zog die Augenbrauen hoch. »Du hast einen Kuchen gebacken?«

»Freu dich nicht zu früh. Es ist eine Backmischung und irgendwie ziemlich schief geworden, und weil ich ihn vor dem Glasieren nicht lange genug habe abkühlen lassen, ist er obendrauf bröckelig. Aber wenn man die Augen zumacht, schmeckt er verdammt gut.«

Sie lächelte. »Ein kleines Stück vielleicht.«

»Kommt sofort.«

Während ich ein Stück Kuchen abschnitt, gab Billie Saylor die Geschenke, die sie mitgebracht hatte.

»Daddy, kann ich sie aufmachen, *bitteeeee*.« Sie sagte es, als könnte ich ihr ernsthaft etwas abschlagen.

»Natürlich, mein Schatz. Nur zu.«

Das erste Geschenk war ein Malset. Und es war ein ziemlich gutes, nicht nur für Kinder. Billie zeigte darauf. »Das waren meine ersten Farbmarker. Ich war ungefähr in deinem Alter, als ich sie bekam. Sobald ich anfing, damit zu malen, gab es kein Halten mehr. Ich habe mich in die Malerei verliebt.«

Saylor drückte sie an ihre Brust. »Ich kann es nicht erwarten, damit zu malen!«

Billie hielt ihr das zweite Geschenk hin. »Und das hier habe ich speziell für dich gemacht.« Sie schaute zu Holden hinüber. »Ich kann nicht singen wie dein Onkel Holden, aber ich hoffe, dir gefällt, was ich gemalt habe.«

Saylor riss das Geschenkpapier auf und packte ein gerahmtes Bild von einer Fee aus. Als ich es mir genauer ansah, stellte ich fest, dass sie Saylors Gesicht hatte.

»Donnerwetter. Hast du das aus der Erinnerung gezeichnet?«

Billie nickte. »Es war nicht schwer. Das kleine Mädchen hier hat ein Gesicht, das man nicht so leicht vergisst.«

»Daddy! Ich bin eine Fee! Ich bin eine Fee!«

»Ja, das sehe ich. Das sind wirklich tolle Geschenke, Saylor. Wie sagt man?«

Saylor schlang die Arme um Billies Taille. »Danke, Billie. Ich male dir ein Bild mit meinen neuen Stiften!«

»Gern geschehen. Da bin ich aber mal gespannt.«

Saylor lief zu Holden und Owen, um ihnen die Saylor-Fee zu zeigen.

»Du hättest dir nicht solche Umstände machen müssen«, flüsterte ich Billie zu.

»Ich habe es gern getan. Und ihre Reaktion hat mir den Tag gerettet – ach, die ganze Woche. Ich würde ihr glatt öfter etwas malen, nur damit sie mich so ansieht.«

Ich lächelte. »Wem sagst du das. Warum hat sie wohl vierhundert Stoffelefanten? Sie liebt sie, und ich bin regelrecht süchtig danach, wie ihre Augen aufleuchten, wenn ich ihr einen mitbringe.«

Etwas später verabschiedete sich Owen. Dann musste auch Holden gehen und bat das Geburtstagsmädchen, sich hinzusetzen, damit er ihm ein Ständchen bringen konnte. Ob vier oder dreißig Jahre alt, wenn Holden sang, konnte kein weibliches Wesen widerstehen. Er hatte ein hübsches Wiegenlied geschrieben, und meine Tochter lächelte die ganze Zeit von einem Ohr zum anderen. Mir gefiel es auch, bis ich zu Billie hinüberschaute und sah, wie sie Mr Rockstar anhimmelte.

Verdammt. Viele Frauen mochten Holden und seinen rauen Scheißegal-Look. Aber wenn er ein Instrument spielte oder ein Lied anstimmte, wollten sie *alle* mit ihm vögeln. Ich konnte nicht verstehen, warum er der Schlagzeuger seiner Band war. Er hätte Sänger und Frontmann jeder beliebigen Gruppe sein können. Selbst ich musste zugeben, dass seine Stimme ganz schön sexy klang.

Als er fertig war, blinzelte Billie mehrmals. »Wow. Das war fantastisch.«

Holden schenkte ihr sein typisches »Ach, nicht doch«-Lächeln, und ich konnte den Kerl nicht schnell genug aus der Wohnung bekommen. Ich schob ihn praktisch zur Tür hinaus, wenn auch auf dezente Weise.

»Soll ich auch gehen?«, fragte Billie, als ich zurückkehrte. »Du hast deine Freunde mehr oder weniger rausgeworfen.«

»Nein, oder?«

Sie zog vielsagend eine Augenbraue hoch.

Also schenkte ich ihr reinen Wein ein. »Sobald Holden Schlagzeug spielt oder singt, verknallen sich die Frauen unwillkürlich in ihn. Wäre er geblieben, hättest du ihm über kurz oder lang dein Höschen zugeworfen.«

Billie lachte. »Sehe ich aus wie eine Frau, die Höschen wirft?«

Ich seufzte. »Owens *Großmutter* hat ihn angebaggert, als sie ihn am Schlagzeug erlebt hat.«

»Holden hat eine schöne Stimme und ist bestimmt ein sehr talentierter Musiker. Aber ich bin nicht an ihm interessiert.«

»Nein?«

Sie schüttelte den Kopf.

»Wie wäre es mit einem seiner Freunde? Ich habe nämlich gehört, dass Männer, die Kuchen backen, viel besser im Bett sind als Männer, die singen können.«

Billies Augen funkelten. »Der Kuchen war wirklich ziemlich lecker.«

Zum Glück kam meine Tochter in die Küche gelaufen, bevor ich zu weit ging und ihr vorschlug, ihren Körper mit der restlichen Kuchenglasur einzuschmieren und abzulecken.

»Daddy, können wir jetzt zu der Brücke gehen?«

»In ein paar Minuten, Schatz. Hol dir schon mal einen Pullover.«

»Okay!«

Als Saylor in ihr Zimmer hopste, wurde mir bewusst, was ich getan hatte.

»Aber räum nicht wieder deinen ganzen Kleiderschrank aus. Nimm einfach den Pulli, der zuoberst liegt.«

Billie lachte. »Du kennst deine Tochter gut.«

»Letzte Woche habe ich ihr gesagt, sie soll sich eine Shorts holen. Ich saß noch am Laptop und habe etwas für die Arbeit fertiggemacht. Als ich in ihr Zimmer kam, sah es aus, als wäre eine Bombe in einem Kinderbekleidungsgeschäft explodiert.«

»So sieht es bei mir meistens aus.«

Ich schmunzelte. »Frauen.«

»Was habt ihr denn vor? Was hat Saylor mit der Brücke gemeint?«

»Wir wollen uns die Wards Island Bridge ansehen. Es ist eine Tradition, die mein Vater begonnen hat, als ich geboren wurde. Er ist auch Architekt und fand es toll, mir die verschiedenen Bauwerke in der Stadt zu zeigen. Jedes Jahr an meinem Geburtstag ist er mit mir zu einer anderen Brücke gefahren. Wir haben bisher kein einziges Mal ausgelassen, und ich bin neunundzwanzig.«

»Echt?«

Ich nickte.

»Wie lange dauert es noch, bis euch die Brücken ausgehen? Wie viele haben wir in der Stadt? An die dreißig?«

»Nah dran.« Ich lächelte. »In allen fünf Bezirken zusammen sind es zweitausendsiebenundzwanzig.«

Billie zog die Augenbrauen zusammen. »Das ist ein Witz, oder?«

Ich lachte. »Nein.«

»Oh mein Gott. Du musst mich für eine Idiotin halten.«

»Keineswegs. Die meisten Leute würden auf eine ähnliche Zahl tippen. Die wichtigsten kennt jeder – Brooklyn, Verrazano, George Washington, Queensboro …«

»Wo ist die, die ihr euch heute anseht?«

»Sie ist an der 103rd Street. Eine Fußgängerbrücke über den Harlem River auf die Wards Island. Warum kommst du nicht mit?«

Billie zögerte. »Das ist euer gemeinsames Ding. Ich will nicht stören.«

»Glaub mir, Saylor würde sich freuen. Wir sind ja sonst immer nur zu zweit.«

»Ich weiß nicht.« Sie war noch nicht überzeugt.

»Muss ich meine Tochter fragen lassen, damit du Ja sagst? Du tust ja fast so, als wollte ich dich zum Schafott führen.«

Billie lachte. »Stimmt doch gar nicht.«

»Dann beweis mir das Gegenteil und komm mit. Es ist kein Date. Wir können Freunde sein, oder?«

Sie biss sich auf die Unterlippe. »Okay. Ja, wir können Freunde sein.«

»Großartig.« Ich zwinkerte ihr zu. »Aber um eins klarzustellen: Ich schaue Frauen, mit denen ich befreundet bin, auch manchmal auf den Hintern.«

6. KAPITEL

BILLIE

Die ruhige Zeit morgens in meinem Studio, bevor die anderen eintrafen, war für mich immer der schönste Teil des Tages. Ich war schon früh gekommen, um meine Gerätschaften vorzubereiten und Ordnung zu schaffen. Das einzige Problem war, dass ich ohne Leute um mich herum zu viel Gelegenheit zum Nachdenken hatte. Und neuerdings konnte ich anscheinend nur noch an Colby Lennon denken.

Nach unserem Ausflug zur Wards Island Bridge hatte ich angenommen, er würde mich anrufen oder mir schreiben. Aber ich hatte drei Tage lang nichts von ihm gehört. Kein Wort. Die Frage war, warum ich eigentlich mit einem Anruf oder einem Besuch von ihm rechnete, wo ich klar gesagt hatte, dass mehr als Freundschaft nicht drin sei. Er gab mir, was ich vermeintlich wollte: Freiraum. Von Freunden sollte man nicht erwarten, dass sie so schnell anriefen.

Der Ausflug war ziemlich schön gewesen. Ich fand es süß, wie er sich für das Thema begeisterte und die Architektur und Geschichte der Brücke erklärte. Und Saylor schien seine Worte zu verschlingen, obwohl sie wahrscheinlich nicht einmal die Hälfte davon verstand. Als kümmerte es eine Vierjährige, dass es sich um ein sechzehn Millionen Dollar schweres Sanierungsprojekt handelte. Oder dass die Brücke in Gelb getaucht in dem Film *The Wiz – Das zauberhafte Land* von 1978 vorkam, und zwar in der Szene, in der Diana Ross und Michael Jackson »Ease on Down the Road« sangen.

Man hätte jedoch fast meinen können, dass Saylor alles verstand und auch Spaß daran hatte. Sie hatte in einem fort gelächelt. Ich war nicht so wild auf Brückengeschichte, aber das hatte ich Colby nicht gesagt, um ihn nicht zu enttäuschen. Mir gefiel allerdings die Leidenschaft in seinem Blick, während er darüber sprach. Ich hätte ihm den ganzen Tag in die Augen sehen können. Und ehrlich gesagt genoss ich die Zeit mit ihm und Saylor ganz unabhängig davon, wie wir sie verbrachten.

Ich hatte mich allem Anschein nach in Colby verguckt, auch wenn ich es nicht zugeben wollte. Und so checkte ich ständig mein Telefon und hielt am Fenster nach ihm Ausschau.

Zehn Minuten vor Ladenöffnung beschloss ich, mir an dem Wagen draußen einen Kaffee zu holen. Es war ein trockener, windiger Morgen ohne Luftfeuchtigkeit, wie es ihn in der Stadt nur selten gab. Ich stellte mich in die Schlange und bestellte wie üblich einen kleinen Kaffee mit Milch und einem Stück Zucker. Als ich mich mit dem blauen Becher in der Hand umdrehte, sah ich ihn auf mich zukommen.

Colby war auf dem Weg zur Arbeit. Er trug einen dreiteiligen marineblauen Anzug und wirkte unheimlich … reich oder so. Verdammt, er sah wahrhaftig umwerfend aus in einem Anzug. Ihn so schick gekleidet zu sehen, machte mich total an.

Ich hob zum Gruß meinen Becher. »Hey, du.«

»Hallo.« Er lächelte. »Lange nicht gesehen.«

»Stimmt. Das müsste ich eigentlich zu *dir* sagen.« *Was soll das denn bedeuten? Dass ich darauf gewartet habe, dass er sich meldet?*

»Die letzten Tage waren die reinste Katastrophe.«

»Oh-oh.« Ich runzelte die Stirn. »Warum?«

»Magen-Darm-Infekt. Nicht ich. Saylor. So etwas haben

wir noch nie durchgemacht. Noch dazu an ihrem tatsächlichen Geburtstag.«

»Oh nein. Das tut mir leid.«

»Ja. Vielleicht hat sie sich auf der Party bei jemandem angesteckt. Ich habe Glück gehabt. Bisher bin ich verschont geblieben.« Er seufzte. »Du bist nicht krank, oder?«

»Nein.«

»Gut. Es wäre mir unangenehm, wenn es dich erwischt hätte.«

»Geht es ihr inzwischen besser?«

»Ja. Wir haben einen Tag abgewartet, um sicher zu sein, dass es vorbei ist, und heute ist sie wieder in den Kindergarten gegangen.«

»Gott sei Dank. Es war bestimmt schrecklich.«

»Ja. Ist wirklich sexy, zwei Tage lang immer wieder Erbrochenes von sich abwischen zu müssen, oder? Bei der Vorstellung willst du mich vielleicht doch daten.«

»Tatsächlich macht es dich ziemlich attraktiv, dass du so ein guter, zupackender Vater bist.« *Verflixt, wieder den Mund aufgemacht, ohne nachzudenken.* Angesichts der Tatsache, dass ich keinen Mann mit Kind daten wollte, konnte ich nicht begreifen, warum es mich so anmachte, dass er ein guter Vater war. Aber so war es. *Trotzdem musstest du es ihm nicht auf die Nase binden, Billie.*

»Na, mit so einem Kompliment fängt der Tag doch gut an. Leider bin ich spät dran, und …«

Ich winkte ihn fort. »Dann geh! Beeil dich.«

Colby schaute über meine Schulter, und als ich mich umdrehte, sah ich Holden näherkommen. Ich hatte fast vergessen, dass er mein erster Termin an diesem Tag war.

»Was geht ab?«, sagte Holden.

»Was machst du denn hier?«, fragte Colby.

»Ich bin mit Billie verabredet.«

Colby kniff die Augen zusammen. »Warum?«

»Ich habe doch dieses Tattoo mit Haileys Namen, weißt du?«

Colby zog die Augenbrauen hoch. »Und?«

»Ich will es endlich loswerden. Billie macht mir ein Cover-up.«

Bei der Terminvereinbarung hatte Holden mir erklärt, dass er den Namen seiner Ex-Freundin entfernt haben wollte. Wir hatten beschlossen, dass er sich zuerst einige meiner Entwürfe ansehen sollte, weil er keine Ahnung hatte, was für ein Motiv ihm gefallen könnte.

»Du meinst das Tattoo direkt neben deinem Schwanz, oder?« Colby stöhnte. »Hattest du damals nicht gesagt, sie soll ihren Namen sehen, wenn sie dir einen bläst?«

»Ja, genau. Aber es ist am V-Muskel, nicht am Schwanz.« Holden lachte.

»Leute«, sagte ich, »es besteht ein großer Unterschied zwischen *neben* dem Schwanz und *am* Schwanz. Ich muss es wissen, ich habe nämlich schon beide Stellen tätowiert.«

Colbys Augen weiteten sich. »Du hast schon mal jemandem den Schwanz tätowiert?«

»So ist es.«

»Ist ja irre.« Holden lachte. »Ich würde gern Fotos sehen, wenn du welche hast.«

Ich hatte erwartet, Colby würde auch lachen, aber seine Miene war eisig. Ihm schien das alles nicht zu passen, egal wo sich das Tattoo befand.

Colby räusperte sich. »Dann wünsche ich euch viel Spaß. Ich muss zur Arbeit.«

Holden und ich sahen ihm noch einen Moment nach, bevor wir in mein Studio gingen. Als die Tür hinter uns ins Schloss fiel, wandte er sich mir zu. »Was zur Hölle hatte das gerade zu bedeuten?«

Ich stellte mich dumm. »Was meinst du?«

»Colby hat mich angesehen, als wollte er mich umbringen.«

»Wirklich?«

»Ist es dir nicht aufgefallen?«

»Was?« Ich blinzelte.

»Was er für ein Gesicht gemacht hat, als ich gesagt habe, weshalb ich einen Termin bei dir habe!«

»Ich habe nicht auf sein Gesicht geachtet«, log ich.

»Tja, ich aber. Und ich kenne meinen Freund. Es passt ihm nicht, dass du mich anfasst. Er muss dich mögen, Billie. Colby war schon eine ganze Weile nicht mehr verknallt.«

»Red keinen Unsinn. Das bildest du dir nur ein.«

»Er *mag* dich«, wiederholte er. »Er hat mir erzählt, dass ihr neulich den Abend zusammen verbracht habt. Also sag mir nicht, dass ich es mir nur einbilde.«

Mir stieg die Hitze ins Gesicht. »Kümmere dich um deinen Kram und setz dich auf den Stuhl. Wir haben zu tun. Ich bin heute voll ausgebucht.«

Holden ließ das Thema fallen, als wir uns die Entwürfe ansahen, die ich auf der Grundlage unseres letzten Gesprächs zusammengestellt hatte. Er entschied sich für eine Reihe von Musiknoten, die sich ausgehend vom Schnabel eines Vogels um zwei Trommelstöcke schlangen. Es war schon eine Herausforderung, den Namen komplett mit dem gewünschten Bild zu überdecken, aber ich wusste, ich konnte es hinkriegen. Ich hatte noch nie ein Tattoo vermasselt und würde auch heute nicht damit anfangen.

Holden machte es sich auf dem Stuhl bequem, und ich ging ans Werk. Ich redete nicht gern während der Arbeit, aber Holden war ziemlich gesprächig. Ich hörte nur mit halbem Ohr hin, während er von der Musikszene erzählte, doch als er wieder auf Colby zu sprechen kam, horchte ich auf.

»Weißt du, früher war Colby der größte Draufgänger von uns allen«, sagte er.

Ich tat so, als würde mich das Thema nicht sonderlich interessieren, und sah absichtlich nicht auf. »Tatsächlich?«

»Ja. Also, in der High School noch nicht. Aber in der zweiten Hälfte des Studiums bis … na ja, bis Saylor kam.«

»Was war in der Highschool?«, fragte ich.

»Da war Colby mit seiner Jugendliebe Bethany zusammen. Aber weil sie an verschiedene Colleges wollten, hielt sie es für besser, sich zu trennen. Er war nicht mit ihrer Entscheidung einverstanden, und im ersten Jahr hat er wie ein Besessener versucht auszuspionieren, was sie in der Ferne so trieb – und mit wem.«

Wegen des Geräuschs, das meine Tätowiernadel machte, musste ich mich anstrengen, alles zu verstehen, was er sagte.

»Als ihm zu Ohren kam, dass sie mit mehreren Jungs im Bett war, wollte er sich rächen. Er vögelte alles, was nicht bei drei auf den Bäumen war. Zuerst wollte er Bethany damit ärgern, aber ich glaube, dann ist er auf den Geschmack gekommen. Die beiden fanden nicht wieder zusammen. Ich bin aber ziemlich sicher, dass ihm immer noch viel an ihr lag und er sich Hoffnungen machte.«

»Tja, das ist blöd. Hast du das alles miterlebt? Warst du am selben College wie er?«

Er schüttelte den Kopf. »Nein, ich war woanders. Aber ich habe ihn ständig besucht, weil wir nur eine Stunde voneinander entfernt waren.« Er seufzte. »Aber damit ist die Geschichte mit Bethany noch nicht zu Ende.«

Ich sah schließlich doch auf. »Was ist passiert?«

»Sie ist nach dem Abschluss nach New York gezogen und

hat ihn Weihnachten im Haus seiner Eltern aufgesucht, um ihm zu sagen, dass sie ihn nach all den Jahren immer noch liebt. Sie wollte wissen, ob er an einem Neuanfang mit ihr interessiert ist.«

»Und was hat er gesagt?«

»Tja, weißt du, das war ungefähr vor vier Jahren – kurz nachdem Saylor in seinem Leben aufgetaucht war.«

»Oh …« Es tat mir leid für Colby, auch wenn ich diese Bethany nicht mochte. Und ich wusste, worauf die Geschichte hinauslaufen würde. »Wie hat sie reagiert?«

»Sie war total geschockt und kam nicht damit klar. Es war das Letzte, womit sie gerechnet hatte. Keiner von uns hatte damit gerechnet, verdammt. Dann ist sie abgehauen. Es gab also keine zweite Chance für die beiden.«

Zum ersten Mal, seit Holden zu erzählen begonnen hatte, hörte ich auf, an ihm zu arbeiten, um mich auf das Gespräch zu konzentrieren. »Und er war am Boden zerstört?«

»Zu dem Zeitpunkt galt seine ganze Sorge Saylor. Es war ja alles noch neu für ihn. Das mit Bethany war natürlich Mist, aber seinerzeit hat ihn so gut wie nichts aus der Fassung gebracht. Es wäre anders gewesen, wenn sie ein Jahr eher zurückgekommen wäre.« Holden starrte vor sich hin. »Aber weißt du … Ich kann mir nicht ausmalen, wie sein Leben wäre, wenn er mit Bethany zusammengekommen wäre und Saylor nicht bekommen hätte. Heute kann ich ihn mir ohne das kleine Mädchen gar nicht mehr vorstellen.«

»Sehe ich auch so.«

Er seufzte. »Aber Bethany hat er auf jeden Fall verloren.«

Ich schluckte. »Meinst du, er liebt sie noch?«

»Ich weiß nicht, ob er noch Gefühle für sie hat, aber irgendwann hat er mal gesagt, dass sie ihn wohl nicht so sehr geliebt hat, wenn sie nicht im Traum daran dachte, seine Tochter zu akzeptieren. Bis zu einem gewissen Grad konnte er ihre Reaktion nachvollziehen, aber ich glaube, da sie so schnell verschwunden ist, war die Sache für ihn erledigt. Hätte sie die Situation von Anfang an akzeptiert, wären sie meiner Meinung nach jetzt verheiratet. Stattdessen hat sie einen anderen geheiratet.«

»Ach ja?« Ich leckte mir die Lippen. *Bethany ist verheiratet. Warum ist das so eine Erleichterung für mich?*

»Ja.«

Dass Colby diese Frau geliebt hatte, die seiner offenbar nicht wert war, ärgerte mich und machte mich gleichzeitig eifersüchtig. Wenn sie wüsste, was für ein toller Vater aus ihm geworden war, würde sie ihre Entscheidung sicherlich bereuen.

»Jedenfalls …« sagte Holden, »erzähle ich dir das alles wahrscheinlich, weil es mir gefallen hat, dass er da eben so verärgert war. In den letzten Jahren war er total raus – mit gutem Grund –, aber er muss wieder zurück ins Spiel. Vielleicht muss ich ihn noch ein bisschen mehr ärgern, um ihm Feuer unter dem Hintern zu machen. Ich könnte ihm sagen, dass ich heute viel Spaß mit dir hatte. Mal sehen, wie er reagiert. Und wenn er wieder ausflippt, stelle ich ihn zur Rede.«

»Und warum?«

»Weil ich ein Arsch bin und wir uns gern gegenseitig piesacken. Und weil ich sauer auf ihn bin, weil er mir nicht selbst erzählt hat, dass er dich mag.«

»Das ist deine Theorie. Er hat es nie gesagt, oder?«

»Glaub mir, er muss nichts sagen. Blicke wie der, den er mir vorhin zugeworfen hat, lügen nicht. Das war eine Warnung. Und mehr muss ich nicht wissen.«

Ich widmete mich wieder meiner Arbeit, aber meine Gedanken waren nicht klarer als am Morgen, als ich gekommen war.

Wenig später war Holdens Tattoo fertig. Ich deckte es mit Folie ab und schickte ihn nach Hause. Wäre nur alles, was er mir erzählt hatte, mit ihm zur Tür hinaus verschwunden! Doch Colby, Bethany und die Frage, wie es zwischen ihm und mir stand, gingen mir nicht mehr aus dem Kopf.

Als ich Feierabend machte und abschließen wollte, überraschte mich Colby auf dem Heimweg von der Arbeit mit einem Besuch. Er sah genauso heiß aus wie am Morgen, nur hatte er seine Krawatte gelockert, und seine Frisur war etwas in Unordnung geraten. Das Einzige, was noch heißer war als ein geschniegelter Colby Lennon im Anzug, war ein zerzauster Colby Lennon im Anzug. Ich fand beide Versionen wahnsinnig sexy.

»Hey Billie!« Er lächelte. »Was macht die Kunst?«

»Hey! Alles bestens. Wie war dein Tag?«, fragte ich.

»Gut.« Er nickte. »Und hat der Vollidiot Holden bekommen, was er haben wollte?«

»Hat er. Es ist sogar richtig gut geworden.«

»Das weiß ich schon, wie ich gestehen muss … Er hat mir ein Foto geschickt, um mich zu ärgern.«

»Er dachte anscheinend, du wärst …« Ich räusperte mich. »Eifersüchtig.«

»Warum sollte ich es nicht sein?« Er sah mich durchdringend an.

»Weil ich nicht mit Kunden verkehre, es gibt also keinen Grund zur Eifersucht.«

Er atmete geräuschvoll aus. »Es ist nicht so, dass ich dachte, du hättest was für Holden übrig. Es hat mich nur geärgert, dass er Zeit mit dir verbringen kann und ich nicht. Außerdem ist er ein gut aussehender Schweinehund, also war es mir nicht ganz geheuer, dass du ihn da unten anfasst.« Er zuckte mit den Schultern. »Was soll ich sagen? Ich bin ein eifersüchtiger Blödmann und offenbar ziemlich schlecht darin, es zu verbergen.«

Schon zum dritten Mal an diesem Tag rutschte mir heraus, was ich insgeheim dachte. »Du gefällst mir besser als er.«

Er sah mir tief in die Augen. »Das ist doch mal eine interessante Information.«

»Ja.«

Männer wie Holden waren eigentlich eher mein Ding gewesen – bis ich Colby begegnet bin. Wer hätte gedacht, dass ich mich für den biederen Anzugträger entscheiden würde? Ich wünschte mir nichts sehnlicher, als den Kerl an der Krawatte zu packen und zu küssen.

»Und was machen wir damit?«, fragte er. »Dass du mich attraktiv findest.«

Ich schluckte. »Nichts. Wir machen nichts. Du weißt, dass du ein gut aussehender Mann bist. Das ist nichts Neues. Und es ändert nichts daran, dass ich momentan kein Interesse daran habe, mich mit jemandem einzulassen.«

Er nickte langsam. »Ich glaube, ich habe eine Lösung.«

»Was für eine Lösung?«

»Hör mir zu.« Er kam etwas näher. »Wir können uns ja einfach … nicht-daten.«

»*Nicht-daten*? Was soll das sein?« Ich war mir seiner körperlichen Nähe nur allzu bewusst. Uns trennten höchstens ein paar Zentimeter.

»So etwas wie neulich, als wir zu der Brücke gefahren sind. Das war kein Date, nicht wahr? Es war so ziemlich das Gegenteil. Ein Nicht-Date. Und das ist mein Vorschlag.«

Ich verschränkte die Arme vor der Brust. »Wie genau soll das aussehen?«

»Wir verbringen Zeit miteinander, aber nur unter völlig unromantischen und alltäglichen Umständen.« Er kratzte sich am

Kinn. »Ich gebe dir ein Beispiel. Sagen wir, ich werkele hier im Haus und stelle fest, dass ich zum Baumarkt fahren muss. Das ist weder sexy noch irgendwie zweideutig. Und zack, dann denke ich als Erstes an dich. Ich rufe dich an und frage dich, ob du mitkommen willst. Ohne Druck, ganz entspannt. Ein Nicht-Date.«

»Und was hat das für einen Zweck?« Ich grinste.

»Der Punkt ist, dass wir befreundet und völlig unbefangen sein können. Und ein weiterer wichtiger Punkt: Ich kann dich sehen, und das macht mich glücklich.«

Unsere Blicke trafen sich, und ich fragte mich, wie offensichtlich es war, dass es mich auch glücklich machte, in seiner Nähe zu sein.

»Das klingt ja ganz harmlos«, sagte ich, war mir jedoch sicher, dass sich meine Einschätzung als falsch erweisen würde. Denn wie harmlos er das Nicht-Daten auch darstellte, bei mir schrillten bereits alle Alarmglocken.

»Ja, nicht wahr?« Er strahlte.

»Wenn du das wirklich willst, mache ich mit.«

Sein Blick wurde eindringlich. »Was ich wirklich will?« Er schüttelte lachend den Kopf. »Ist etwas anderes.«

Mir lief ein Schauer über den Rücken. »Dann sag mir, was du wirklich willst.« Ich hatte offenbar eine masochistische Ader.

»Ich glaube nicht, dass du das wissen willst«, wehrte er ab.

»Oh doch. Ich leide an krankhafter Neugier.«

Nach einer langen Pause sagte er: »Na gut. Was ich wirklich will, ist, dieses verdammte Korsett ganz langsam aufschnüren und mein Gesicht zwischen deinen wunderschönen Brüsten vergraben, während du mich auf dem Stuhl da hinten reitest. Und zwar sofort. Du solltest deine Fragen also vorsichtiger formulieren. Denn die ehrliche Antwort darauf, was ich im Hinblick auf dich will, ist weder jugendfrei noch gentlemanlike.« Er drehte sich lächelnd zur Tür um. »Ich rufe dich an«, sagte er, bevor er verschwand.

Ich blieb verwirrt und angeturnt am Fenster stehen und starrte eine halbe Ewigkeit hinaus. Dann schloss ich die Tür ab und ging schnurstracks ins Bad, wo ich mich an die Wand lehnte und mich selbst befriedigte, während ich an seine Worte zurückdachte.

7. KAPITEL

COLBY

Und nun zum Augenblick der Wahrheit. Weil Saylor diesen Samstag mit ihren Großeltern verbringen würde, griff ich zu meinem Telefon und schickte Billie eine Nachricht.

Colby: Lust auf unser erstes Nicht-Date?

Sie schrieb fast umgehend zurück.

Billie: Was hast du im Sinn?

Ich schmunzelte beim Schreiben.

Colby: Ich dachte, wir hätten neulich festgestellt, dass es gefährlich ist, mich zu fragen, was in meinem Kopf vorgeht … Aber wenn du meine Pläne meinst: Ich muss zu IKEA und wollte wissen, ob du mitkommst. Wir haben gerade eine freie Wohnung renoviert und möchten sie versuchsweise möbliert bei Airbnb vermieten. Ich bin für die Ausstattung zuständig und brauche Gläser, Geschirr usw.
Billie: Mmm … Ich liebe diese schwedischen Fleischbällchen. Wann willst du los? Ich wollte um eins kickboxen gehen. Taylor macht eine kostenlose Gruppenstunde, um neue Kunden anzuwerben.

Ich hatte als Jugendlicher geboxt und war ziemlich gut darin. Ich dachte, es wäre eine gute Gelegenheit, um ein bisschen anzugeben, also wagte ich kurzerhand den Versuch, mich selbst einzuladen.

Colby: Kann ich mitkommen? Ich suche schon länger nach einem Sport, der ein bisschen mehr Spaß bringt. Laufen und Krafttraining ist ziemlich langweilig. Vielleicht können wir ein Doppel-Nicht-Date daraus machen und danach die Sachen für die Wohnung einkaufen?
Billie: Klar. Taylor wird sich freuen. Je mehr, desto besser. Können wir uns direkt im Studio treffen? Ich muss vorher noch was erledigen. Ich schicke dir die Adresse.
Colby: Super. Ich freue mich drauf.

Ich würde es niemals zugeben, schon gar nicht vor meinen Kumpels, aber ich machte noch ein schnelles Workout, bevor ich zum Kickboxen ging. Wenn es sich ergab, dass ich mein Shirt ausziehen konnte, wollte ich so gut wie möglich aussehen. Ich machte hundert Sit-ups und fast ebenso viele Curls mit der Kurzhantel, um meinen Bizeps aufzupumpen, dann fuhr ich zu der Adresse, die sie mir geschickt hatte.

Ich hatte gedacht, ich sähe ziemlich gut aus … bis ich beim Hereinkommen den Kerl sah, der Matten im vorderen Bereich des Raums auslegte. Er trug nur eine weiße Karatehose, sonst nichts. Ich war zwar fit, wirkte jedoch im Vergleich zu ihm fast schwächlich. Keine Ahnung warum, aber irgendwie wusste ich, dass er als Party-Gag seine Brustmuskeln zur Musik tanzen lassen konnte. Dieser Gedanke und die Erinnerung an die vierzig Minuten, die ich mit Trainieren vertan hatte, verdarben mir die Laune. In der Nähe von Mister Universum würde ich mein Shirt ganz gewiss nicht ausziehen.

Trotzdem lächelte ich, als ich Billie kommen sah. Sie hatte ein bauchfreies Top und eine Shorts an, und obwohl ich ihre Korsetts liebte, fehlten sie mir in diesem Moment überhaupt nicht.

»Hey, du hast es geschafft«, sagte sie.

»Ja, das Studio liegt ziemlich günstig. Ich habe mir Owens Auto geliehen, damit wir den ganzen Einkauf später transportieren können. Und meine Eltern wohnen nur ein paar Blocks weiter, sodass ich Saylor bei ihnen absetzen konnte. An ein bis zwei Samstagen im Monat kommen sie uns normalerweise besuchen, um Zeit mit ihr zu verbringen, während ich Erledigungen mache. Sie hat sich darauf gefreut, zur Abwechslung mal bei ihnen zu sein.«

»Okay, das klingt toll.« Sie zeigte auf die andere Seite des Raums. »Komm mit, ich bin immer hier drüben.«

Ich folgte ihr und setzte meine Tasche neben ihrer auf dem Boden ab.

»Es ist wirklich großartig, dass Saylors Großeltern so eine gute Beziehung zu ihr haben«, sagte sie und machte ein paar Dehnungsübungen.

»Ja, meine Eltern können wirklich super mit ihr umgehen. Wegen Saylor sind sie von Pennsylvania, wo ich aufgewachsen bin, nach New York gezogen, um näher bei uns zu sein. Meine Mutter würde jedes Wochenende Babysitter spielen, wenn ich sie ließe. Aber da ich die Woche über zehn Stunden täglich weg bin, versuche ich, es samstags und sonntags wiedergutzumachen. Ich mache Ausflüge mit Saylor, zumindest einen pro Wochenende, wenn kein schlechtes Wetter ist. Ob du es glaubst oder nicht, am liebsten geht sie in Büchereien.«

Billie lächelte. »Saylor wächst mit einem sehr gesunden männlichen Vorbild auf. Als Frau kann ich gar nicht genug betonen, wie wichtig das ist. Meine Mutter war erst neunzehn, als sie mich bekam. Mein Vater war fünfundzwanzig und mit einer anderen Frau verheiratet, als meine Mutter feststellte, dass sie schwanger war.«

»Tatsache?«

Sie nickte. »Und stell dir vor, seine Frau war schon im zweiten Monat, als meine Mutter schwanger wurde. Also habe ich eine Halbschwester, die nur acht Wochen älter ist als ich.«

»Wow. Wie war das für dich?«

»Tja, mein Vater war nicht besonders interessiert daran, mich kennenzulernen. Als sie zusammenkamen, hat er meiner Mutter gesagt, er stecke mitten in der Scheidung, und sie hat ihm geglaubt. Aber soweit ich weiß, ist er immer noch mit derselben Frau verheiratet.«

»Verdammt.« Ich schüttelte den Kopf.

»Ja, es hat das Leben meiner Mutter ziemlich beeinflusst. Danach hat sie sich zwar hin und wieder mit Männern getroffen, aber ich glaube, sie hat nie wieder genug Vertrauen in einen Mann gehabt, um sich auf eine feste Beziehung einzulassen. Komischerweise behaupte ich immer, ganz anders zu sein als sie, und trotzdem ist mir praktisch das Gleiche passiert wie ihr: Ich habe mich in einen Typen verliebt, der mich beschissen hat, und das Vertrauen in Männer verloren.«

Ich tippte mir auf die Brust. »Anwesende ausgeschlossen, hoffe ich.«

»Da ist das letzte Wort noch nicht gesprochen. Ich habe nämlich von deiner Playboyvergangenheit gehört.«

Ich kniff die Augen zusammen. »Wovon redest du?«

»Holden ist beim Tätowieren sehr redselig.«

Im Ernst? Was zur Hölle …? Ich runzelte die Stirn. Warum hatte Holden ihr so etwas erzählt, ob es nun stimmte oder nicht? Ich hätte den Drecksack umbringen können. »So bin ich nicht mehr, Billie. Durch Saylor sehe ich die Dinge anders.

Heute frage ich mich, ob ich es wollen würde, dass irgendein Typ so mit meiner Tochter umgeht.«

»Ich glaube dir, dass du dich geändert hast. War nicht böse gemeint. Hauptsächlich wollte ich dich ein bisschen ärgern.«

Hauptsächlich. Na großartig.

Unser Gespräch wurde unterbrochen, als der durchtrainierte Kerl zu uns herüberkam. Er breitete die Arme aus und lächelte Billie an. »Da bist du ja!«

Sie umarmten sich, und der Kerl hob sie hoch und wirbelte sie im Kreis herum. Der Mann an ihrer Seite machte offensichtlich keinen großen Eindruck auf ihn.

»Du zerquetschst mich, Taylor!«, quiekte Billie lachend.

Na toll, *er* war also Taylor. Bei dem Namen hatte ich nicht an eine männliche Person gedacht. Jetzt musste ich es eine Stunde lang ertragen, dass die Frau, die *ich* eigentlich beeindrucken wollte, so einen Muskelprotz vor Augen hatte. Das heutige Date, besser gesagt Nicht-Date, stand unter keinem guten Stern. In den ersten drei Minuten hatte Billie mir gesagt, sie habe gehört, ich sei ein Playboy gewesen, und jetzt drückte dieser Mann sie an seine imposante breite Brust. *Fabelhaft. Einfach fabelhaft.*

Der Trainer ließ sie wieder herunter, hielt sie aber im Arm. »Wie geht's dir, meine Schöne?«

»Gut«, sagte Billie und zeigte auf mich. »Das ist mein Freund Colby.«

Der Typ gab mir die Hand. »Wie geht's, Colby? Danke, dass du gekommen bist.«

Ich setzte ein Lächeln auf. »Ich freue mich, hier zu sein.«

Taylor sah auf seine Uhr und zeigte nach vorn. »Ich fange jetzt an. Danach quatschen wir weiter, okay?«

Billie nickte. »Das machen wir.«

Nach dem Dehnen und Aufwärmen zeigte uns Taylor einige

Schlagtechniken. Wir übten verschiedene Fußstöße und Tritte, dann sollten wir uns für ein leichtes Sparring zu zweit zusammentun.

Ich sah zu Billie hinüber. »Sollen wir uns Partner suchen, die unserer Körpergröße entsprechen?«

Billie stemmte die Hände in die Hüften. »Willst du damit sagen, dass ich dir nicht gewachsen bin, weil du einen Kopf größer bist als ich?«

Ich schmunzelte und zuckte die Achseln. »Ist doch einleuchtend, oder?«

Der Trainer redete mit allen Paaren, die sich gebildet hatten, und als er zu uns kam, legte er wieder den Arm um Billies Schultern.

»Ich übernehme den kleinen Wirbelwind hier.« Er zeigte auf einen Mann im hinteren Teil des Raums. »Colby, willst du dich mit ihm da drüben zusammentun? Anscheinend hat er noch keinen Partner.«

Ha, als würde ich zulassen, dass ausgerechnet er Billie in die Hände bekam. Ich schüttelte den Kopf. »Ist schon okay. Ich bleibe bei Billie. Keine Sorge, ich gehe schonend mit ihr um.«

Billie und Taylor sahen sich an und brachen in Gelächter aus. »*Du* gehst schonend mit Billie um?«, fragte er. »Heißt das, sie muss auch schonend mit dir umgehen?«

Ich zuckte die Achseln. »Ach was. Sie kann ruhig alles geben.«

Taylor klopfte mir im Weggehen grinsend auf die Schulter. »Sag nicht, ich hätte dich nicht gewarnt, mein Freund.«

Ich sah Billie mit zusammengezogenen Augenbrauen an. »Was hatte das zu bedeuten?«

Sie hob die Hände und nahm die Ausgangsstellung ein, die der Trainer uns beigebracht hatte. »Bist du kampfbereit, Lennon?«

Das Funkeln in ihren Augen hätte mir eine Warnung sein müssen, dass ich keine Ahnung hatte, was mir bevorstand. Ich zuckte jedoch die Achseln wie ein arroganter Idiot. »Aber immer doch.«

Auf dem IKEA-Parkplatz angekommen rieb ich mir das Kreuz, nachdem ich den Motor abgestellt hatte. Ich würde einen schönen Bluterguss davontragen. »Nicht zu fassen, dass du mir nicht gesagt hast, dass du einen verdammten schwarzen Gürtel hast.«

Billie lachte. »Wir haben dich gewarnt, aber du warst zu beschäftigt mit dem Gedanken, mir nicht wehzutun. Weil ich doch so klein und hilflos bin.«

»Von hilflos habe ich nichts gesagt.«

Billie öffnete die Beifahrertür. »Komm schon, du Weichei.«

Ich stieg kopfschüttelnd aus. Ich hatte keinen einzigen Treffer gelandet, und obendrein hatte Billie mich über die Schulter geworfen wie eine Stoffpuppe. Nachdem ich angetreten war, um sie mit meinem Sixpack zu beeindrucken, fühlte ich mich inzwischen regelrecht entmannt.

Als wir zum Eingang liefen, lachte Billie immer noch. »Weißt du was?«, sagte sie. »Du kannst den Wagen schieben. Das ist was für harte Jungs. Dann fühlst du dich männlicher.«

»Weißt du, wie ich mich männlicher fühlen würde? Wenn du meine Eier aus meinem Körper herausziehen könntest. Da verstecken sie sich nämlich schon den ganzen Nachmittag.«

Billie holte einen Einkaufswagen und schob ihn in meine Richtung. »Wenn du weiter rumjammerst, nenne ich dich ab sofort Heulsuse.«

Klirr!

Mist. Billie und ich sahen uns an. Ein teuflisches Grinsen breitete sich auf ihrem Gesicht aus, dann drehte sie sich um und rannte los.

Ich schaute mich um. Die Luft schien rein zu sein, und ich lief so schnell ich konnte mit dem vollen Wagen hinter ihr her. In den letzten anderthalb Stunden hatten wir eine Menge eingekauft: Billie hatte Dinge ausgesucht und hochgehalten, um sie mir zu zeigen. Wenn ich zugestimmt hatte, hatte sie die Artikel über ihre Schulter geworfen, und ich hatte sie mit dem Wagen eingefangen. Ich war hin und her geflitzt, um alles einzusammeln, was sie warf, und wir hatten die ganze Zeit gelacht wie Kinder. Bis ich einen Wurf verpasst hatte und eine Glasschüssel auf dem Boden zersplittert war.

Das Möbelhaus war ein verdammtes Labyrinth, und wir rannten durch die Gänge, bis wir schließlich in der Markthalle vor dem Kassenbereich ankamen. Billie beugte sich vor und stützte schnaufend die Hände auf die Knie.

»Ich glaube, wir sind aus dem Schneider«, sagte sie.

»Ich hätte lieber zwölf Dollar für die Schüssel bezahlt als wegzulaufen. Der Wagen ist so voll, dass er einige Male fast umgekippt wäre.«

Sie lachte. »Haben wir alles, was wir brauchen?«

»Ich weiß nicht, aber wir haben auf jeden Fall einen Haufen Zeug eingepackt, den wir *nicht* brauchen. Auf diese Plastikeistüten, die sich automatisch drehen, hätten wir gut und gerne verzichten können. Der Mieter kann sein Eis selbstständig lecken.«

Billie grinste. »Die sind für mich und Saylor. Und sie leuchten sogar!«

Ich schnaubte. »Komm, gehen wir bezahlen, bevor dir noch mehr einfällt.«

Während wir die Sachen auf das Kassenband packten, wies ich mit dem Kinn auf das Restaurant. »Hast du immer noch Lust auf Fleischbällchen?«

»Äh … hallo? Sie sind der einzige Grund, warum ich mitgekommen bin.«

Ich fasste mir ans Herz. »Aua, das tut weh. Ich dachte, um mir Gesellschaft zu leisten.«

Nach dem Bezahlen schob ich den Wagen zu einem Tisch für zwei in einer Ecke des Restaurants. »Bleib du mit dem Zeug hier, und ich hole uns die Fleischbällchen.«

»Okay. Aber bring mir bitte auch etwas zu trinken mit, ja? Ich habe einen Riesendurst.«

Als ich zurückkam, stellte ich zwei große Portionen Köttbullar auf den Tisch.

»Hast du die Getränke vergessen?«, fragte Billie.

Ich hob grinsend den Finger. »Natürlich nicht. Ich habe selbst etwas mitgebracht.« Ich nahm meine Sporttasche unten aus dem Wagen und zog den Reißverschluss auf. »Ein Glas Wein, gnädige Frau?« Ich präsentierte ihr eine Flasche Merlot und zeigte ihr das Etikett wie ein Oberkellner.

Billie lachte sich kaputt. »Du hast Wein mitgebracht? Ich habe mich schon gewundert, warum du deine Tasche mitgenommen hast. Aber ich dachte, da ist wahrscheinlich deine Brieftasche drin und so.«

Ich zuckte die Achseln. »Was blieb mir anderes übrig? Weil du nicht mit mir ausgehen willst, muss ich das Beste aus unserem Nicht-Date machen.« Ich packte zwei Plastikgläser aus, weiße Stoffservietten und eine rote Kerze samt Halter.

Billie sah sich die Kerze an und zog erstaunt eine Augenbraue hoch. »Ein Winterdorf?«

Ich zuckte die Achseln. »Es ist eine Weihnachtskerze. Ich hatte nur eine Stunde Vorbereitungszeit, um mit einer Vierjährigen aus dem Haus zu kommen. Da kann man nicht wählerisch sein.«

Wir ernteten komische Blicke von den Leuten ringsum, während wir bei Kerzenlicht Fleischbällchen aßen. Außerdem war ich ziemlich sicher, dass eine offene Flamme gegen die Hausregeln verstieß, von einer offenen Weinflasche ganz zu schweigen, aber das Personal hinter der Theke hatte die Hausordnung offenbar nicht gelesen. Es war mir auch egal. Billies Lächeln war es wert. Nach dem Essen blies ich die Kerze aus und begann einzupacken.

»Weißt du …« Billie schüttelte den Kopf. »Im Grunde hast du ja ein Date in unser Nicht-Date hineingeschmuggelt.«

Ich verschloss die Weinflasche wieder mit dem Korken und verstaute sie in meiner Tasche. »Habe ich nicht.«

Sie kniff die Augen zusammen. »Oh doch. Wo ist der Unterschied zwischen dem hier und einem Date? Wir hatten zusammen ein Essen bei Kerzenschein mit Wein und Stoffservietten.«

Ich beugte mich zu ihr und flüsterte ihr ins Ohr. »Der Unterschied ist, dass du zum Schluss nicht kommst.«

Als ich mich aufrichtete, stand Billie der Mund offen. Es gefiel mir, sie so verblüfft zu sehen. Sie schluckte. »Enden alle deine Dates auf diese Weise?«

Ich schüttelte den Kopf. »Nein, aber unseres würde auf jeden Fall so enden.«

»Soll ich dich zu Hause absetzen?«, fragte ich, als wir an einer Ampel hielten.

Billie schüttelte den Kopf. »Ich habe noch einen Termin. Eigentlich arbeite ich heute nicht, aber einer meiner Stammkunden ist nach Florida gezogen und nur übers Wochenende in der Stadt. Er hat mich gebeten, etwas zu dem Armtattoo hinzuzufügen, das ich ihm vor einer Weile gemacht habe. Wenn du also direkt nach Hause willst, passt das super für mich. Wenn nicht, ist es auch kein Problem. Dann kannst du mich einfach irgendwo rauslassen. Du musst doch bestimmt Saylor abholen.«

»Vorher will ich die Sachen zu Hause ausladen. Sie schläft wahrscheinlich auf der Rückfahrt von meinen Eltern ein, und wenn ich es danach mache, wecke ich sie womöglich.«

Sie lächelte. »Wie fürsorglich. Ich kenne nicht viele Männer, die sich solche Mühe geben und vorausplanen, nicht nur mit ihrem Kind – auch heute zum Beispiel. Unser Nicht-Date war echt cool.«

Ich wandte mich ihr zu. »Habe ich mir damit vielleicht ein echtes Date verdient?«

Ich hatte es im Spaß gesagt, zumindest halb, aber Billie wich sofort meinem Blick aus. »Tut mir leid, Colby. Vielleicht war das Nicht-Date doch keine so gute Idee. Ich hatte wirklich viel Spaß mit dir bei unserem Essen. Es ist nicht fair, wenn du dadurch einen falschen Eindruck gewinnst.«

Ich geriet in Panik. »Es war nur ein Scherz, Billie.«

Sie schien mir nicht zu glauben. »Bist du sicher?«

»Absolut. Wenn ich die Wahl habe zwischen Freundschaft und gar nichts, entscheide ich mich für die Freundschaft. Du musst dir keine Gedanken machen. Ich kann damit umgehen.« Dabei war ich innerlich ziemlich geknickt. Vermutlich hatte mir der schöne Nachmittag mit ihr doch etwas Hoffnung gemacht. Aber das behielt ich lieber für mich, um es mir nicht ganz mit ihr zu verderben. »Weißt du was?«, sagte ich. »Ich glaube, ich will gar nicht mehr mit dir ausgehen.«

»Ach ja?«

Ich zuckte die Achseln. »Ich meine, du kannst wirklich nicht gut werfen, und mir ist sehr wohl aufgefallen, dass du dich mit der braunen Soße von den Fleischbällchen bekleckert hast. Irgendwie bist du sowieso nicht mein Typ.«

Billie lächelte. »Nein? Was ist denn dein Typ?«

Ich schaute kurz zu ihr hinüber. »Ich stehe auf Blondinen. Auf große, mindestens eins achtzig. Und flachbrüstig müssen sie sein.«

Billie schmunzelte. »Flachbrüstig, hm?«

Ich nickte. »Genau. Je flacher, desto besser. Flach wie ein Bügelbrett, das ist mir das Liebste.«

»Tja, dann bin ich wohl wirklich nicht dein Typ …«

»Nein.« Ich trommelte mit den Fingern aufs Lenkrad. »Du musst du dir also keine Sorgen machen, dass du einen falschen Eindruck erweckst. Wenn du mir zu nah kommst, habe ich förmlich das Gefühl, ich kriege die Krätze.«

Billies breites Grinsen war es wert, das Blaue vom Himmel herunterzulügen.

Viel zu schnell kamen wir vor unserem Haus an. Ich parkte ein, und meine platonische, *nicht flachbrüstige* Freundin half mir, unsere Einkäufe in die leere Wohnung zu tragen. Nach dem letzten Gang schaute Billie auf die Uhr. »Ich muss los und mich auf meinen Termin vorbereiten, aber ich hatte heute wirklich viel Spaß.«

Ich steckte die Hände in die Hosentaschen. »Ich auch. Das sollten wir bald wieder machen.«

Billie nickte und stellte sich auf die Zehenspitzen, um mir einen Kuss auf die Wange zu geben. »Bis dann, Colby.«

Ich sah ihr nach, als sie auf ihr Studio zuging. Vor der Tür blieb sie stehen, drehte sich jedoch nicht um.

»Hey, Lennon?«

»Ja?«

»Warum schaust du mir auf den Arsch, wenn ich nicht dein Typ bin?«

Ich schmunzelte, als sie die Tür öffnete und im Inneren verschwand.

Billie Holland war *definitiv* nicht mehr mein Typ. Denn »Typ« bezieht sich auf eine Gruppe oder eine bestimmte Auswahl von etwas, das man mag. Doch zurzeit wollte ich keine Auswahl, sondern nur noch eine einzige Frau.

8. KAPITEL

BILLIE

Am Tag darauf ging ich bei Deek im Wohnzimmer auf und ab. »Du sollst mich zur Vernunft bringen und mir nicht noch gut zureden!«

Nachdem wir uns Ramen zum Abendessen geholt hatten, war ich mit zu ihm gegangen, um ihm von meiner Einkaufstour mit Colby zu erzählen. Ich befürchtete, dass ich seinem Charme allmählich zu erliegen drohte. Nach dem letzten Gespräch mit Deek über dieses Thema hätte ich allerdings wissen müssen, dass er meine wachsenden Gefühle für Colby nur gutheißen würde.

»Warum zögerst du, verdammt?«, fragte er. »Der Kerl ist ein guter Fang, wenn du mich fragst. Wenn ich bi wäre, würde ich dir raten, ihn dir zu angeln, bevor ich es mache.«

»Es gibt mehrere Gründe.«

»Zum Beispiel …«

»Erstens war er früher ein Playboy. Holden hat gesagt, Colby sei der Schlimmste von allen gewesen – es hatte wohl etwas mit seiner Jugendliebe zu tun, die ihm Unrecht getan hat. Danach war er nicht mehr der Gleiche und ist total ausgeflippt. Offenbar war er der reinste Playboy. Bis Saylor kam. Sie hat ihn gezähmt. Aber wahrscheinlich hatte er einfach keine Zeit mehr für Affären.«

»Okay, dann hat er eben eine Playboy-Vergangenheit –

wie die Hälfte aller Männer da draußen. Mich eingeschlossen. *Aber* … so ist er offenbar nicht mehr. Wahrscheinlich hat er damit abgeschlossen. Und was hast du noch für Ausreden?«

Ich verdrehte die Augen. »Wir haben schon darüber gesprochen: Er hat ein Kind. Er hat gar keine Zeit für eine Beziehung.«

Deek schmunzelte. »Dir ist klar, dass du dir selbst widersprichst, oder? Zuerst ist er ein Playboy und jetzt *zu* verantwortungsbewusst und ein treu sorgender Vater? Gott bewahre!«

Ich seufzte. Er entkräftete meine Argumente ziemlich schnell.

»Weißt du, was ich denke?«, fragte er.

Ich verschränkte die Arme vor der Brust. »Was?«

»Du machst Ausflüchte, weil du Angst hast. Lass die zwei Punkte, die du erwähnt hast, mal außen vor, und denk darüber nach, ob du den Mann wirklich magst. Wenn du eine Pro-und-Kontra-Liste machst, werden die Pros garantiert überwiegen.«

Wenn ich darüber nachdachte, welche Gefühle Colby in mir weckte und wie sehr ich mich zu ihm hingezogen fühlte, konnte ich sie nicht leugnen.

»Okay. Stimmt. So gut, wie es mir geht, wenn ich mit ihm zusammen bin, ist es mir schon lange nicht mehr gegangen. Es gibt nichts an ihm auszusetzen, wenn ich das Kind und die Befürchtungen wegen seiner Vergangenheit ausblende. Die Liste der Dinge, die ich an ihm mag, ist endlos, aber diese zwei Punkte kann ich nicht ignorieren.«

Deek zuckte mit den Schultern. »Natürlich kannst du das.«

»Wie soll ich mich überhaupt noch auf mein Urteilsvermögen verlassen können? Sieh dir doch meine Erfolgsgeschichte an! Das Drama mit Kaiden habe ich überhaupt nicht kommen sehen.«

»Dann steht dir jetzt ein guter Mann zu. Das Universum hält ihn dir direkt vor die Nase, und du wehrst dich mit Händen und Füßen. Wenn du so weitermachst, wird das Universum sauer und schreibt dich ab.«

Ich verdrehte erneut die Augen. Ich musste mir wirklich hinter die Ohren schreiben, dass Deek nicht der Richtige war, wenn ich jemanden brauchte, der mir Colby ausreden sollte. Wahrscheinlich sollte ich mit meiner Mutter darüber reden. Sie hätte kein Problem damit, mir klarzumachen, dass ein Mann wie Colby gewiss kein ernsthaftes Interesse an einer Frau wie mir hatte.

Nach dem Besuch bei Deek ging ich die Treppe hinunter und kam an der Tür eines gewissen Jemands vorbei. Mein Verstand befahl mir, das Haus auf dem schnellsten Weg zu verlassen, aber meine Füße gehorchten offenbar einem anderen Teil von mir, denn statt weiterzugehen blieben sie direkt vor Colbys Wohnung stehen.

Soll ich klopfen?

Es war aus mehreren Gründen keine gute Idee. Vor allem war es spät geworden. Saylor schlief wahrscheinlich schon, und ich würde sie wecken. *Aber es wäre schön, ihn zu sehen und nur kurz Hallo zu sagen.* Warum konnte ich nicht einfach die Hand heben und anklopfen? Ich schaute an die Decke und atmete tief durch. Dann begann ich auf und ab zu gehen, während ich überlegte, was ich tun sollte. Eine Frau, die aus ihrer Wohnung kam, lächelte mich an, und ich winkte ihr verlegen zu.

Ich drückte mich bestimmt zehn Minuten wie ein Idiot im Flur herum und führte Selbstgespräche.

Dann ging plötzlich Colbys Tür auf. Er kratzte sich am Kopf. »Billie?«

»Oh!« Ich lachte künstlich und ignorierte mein Herzklopfen. »Hallo Colby.«

Er trug eine Jeans und ein schwarzes Kapuzen-Shirt. Er sah heiß aus. *Aber wann sieht er nicht heiß aus?*

Er sah mich besorgt an. »Ist alles okay?«

Ich fuhr mir mit den Fingern durch die Haare. »Klar. Warum auch nicht?«

»Nun, meine Nachbarin hat angerufen und mir gesagt, dass eine merkwürdige Frau vor meiner Tür steht und mit sich selbst redet. Also habe ich durch den Spion geschaut und dich gesehen. Das war vor ein paar Minuten. Ich wollte dich nicht stören bei was immer du auszuknobeln hattest. Aber jetzt habe ich es nicht länger ausgehalten.« Er sah mich mit schräg gelegtem Kopf an. »Was machst du hier?«

Mein Mund ging mehrmals auf und zu. »Ehrlich gesagt ... habe ich überlegt, ob ich klopfen soll.«

»Das dachte ich mir. Aber warum?«

Ich atmete geräuschvoll aus. »Würdest du mir glauben, wenn ich sage, ich wollte Saylor nicht wecken?«

»Eher nicht.« Er lächelte. »Aber weißt du was? Es freut mich, dass du hier bist, und nachdem du so lange im Flur gestanden hast, kannst du jetzt genauso gut reinkommen.« Er warf einen Blick über die Schulter. »Es wird dir sehr gefallen, dass ich gerade mit einer Aufgabe beschäftigt bin, die so unsexy ist, wie wenig anderes auf der Welt. Du musst also keine Angst haben, dass hier irgendetwas aus dem Ruder läuft.«

Als ich mit ihm hineinging, fiel mir sofort der Wäscheberg mitten im Raum auf. Er war mehr als einen Meter hoch – ein gewaltiges Durcheinander aus Pastelltönen und maskulinen Farben, Kleidchen und Oberhemden, pinkfarbenen und schwarzen Handtüchern.

»Ich störe dich bei der Wäsche. Am besten gehe ich wieder …«

»Machst du Witze? Es ist die beste Störung, die ich mir vorstellen kann.«

Ich setzte mich neben den Wäschestapel und begann mit dem Falten.

Er hob die Hand. »Hey, was machst du da? Das musst du nicht.«

Ich sah auf. »Ich liebe Wäschefalten. Ich finde es total entspannend, die warmen Sachen an mein Gesicht zu halten, den frischen Duft zu riechen, und alles ordentlich zusammenzulegen. Das ist wie Meditation.« Ich nahm ein Wäschestück und schnupperte ausgiebig daran.

»Dir ist klar, dass das eine Unterhose von mir ist, oder?«

Ich erstarrte. *Mist.*

»Aber mach ruhig weiter. Ich finde es heiß. Und entspann dich nur, wenn dir Falten und Riechen so viel Spaß macht. Ich würde jederzeit eine spontane Meditationssitzung mit dir machen.«

Meine Wangen glühten. »Wie auch immer … Dein Waschmittel riecht jedenfalls gut.« Ich faltete die Retropants und legte sie zur Seite.

Er lachte und setzte sich auf der anderen Seite des Haufens auf den Boden.

»Das ist wirklich eine schöne Abwechslung. Normalerweise lasse ich nebenher leise den Fernseher laufen, um mir die Langeweile zu vertreiben, aber dich schaue ich natürlich viel lieber an.«

»Wie oft wäschst du denn so? Das hier ist … ganz schön viel.«

»Einmal im Monat vielleicht?«

»Ja, so sieht es auch aus.«

Er war zwar ein guter Vater, aber in vielerlei Hinsicht auch ein typischer Junggeselle.

Wir falteten eine Weile gemeinsam die Wäsche, als ich mit einem Mal merkte, dass er die Innenseite meines rechten Unterarms musterte. Dort befand sich nur ein einziges Tattoo, während ich am linken ein komplettes Ärmeltattoo hatte. Es war ein kleiner viktorianischer Schlüssel.

»Hat es eine besondere Bedeutung?«, fragte er. »Weil es allein für sich steht.«

Ich streckte lächelnd den Arm aus. »Ja. Meine Großmutter hat diesen Schlüssel nach dem Tod meines Großvaters um den Hals getragen. Er war beim Militär, und sie hatten sich kennengelernt, als er einmal auf Urlaub zu Hause war. Der Schlüssel war für seine Truhe, in der er alles aufbewahrte, was ihm wichtig war. Am Ende der ersten Verabredung hat er ihr gesagt, er brauche ihn nicht mehr, weil er das Wichtigste in seinem Leben direkt vor sich habe. Sie waren einundfünfzig Jahre lang verheiratet, als er starb. Und als meine Großmutter vor zwei Jahren gestorben ist, haben wir ihr den Schlüssel mit ins Grab gelegt.«

»Wow. Das klingt irgendwie nach Rose aus *Titanic*.«

Ich lachte. »Es überrascht mich, dass du Rose aus *Titanic* kennst. Aber du hast recht.«

Colby verfiel in Schweigen und schien seinen Gedanken nachzuhängen. Ich rollte ein Paar Socken zu einem Ball zusammen und bewarf ihn damit. »Was denkst du gerade?«

»Ach, nichts.«

»*Lügner*.«

Er lächelte. »Ich habe nur festgestellt, dass die Frau, die dem Alle-Männer-sind-Scheiße-Club vorsteht, im Innersten eigentlich sehr romantisch ist.«

»Das Tattoo ist romantisch, ich bin es nicht.«

Er sah mich grinsend an. »Aha.«

Dann ließ er das Thema überraschenderweise auf sich beruhen. »Hast du schon gegessen?«, fragte er.

Ich legte eine ordentlich gefaltete Hose zur Seite. »Ja, ich habe vor zwei Stunden mit Deek gegessen.«

»Vor zwei Stunden? Dann hast du inzwischen bestimmt wieder ein bisschen Hunger. Ich hole dir einen Snack.«

»Nicht nötig, ich bin doch kein Kind.«

»Du bist aber bei mir zu Gast.« Er stand auf. »Da ist es doch selbstverständlich, dass ich dir etwas anbiete. Möchtest du einen Schluck Wein?«

»Nein, danke. Ich habe zum Dinner etwas getrunken.«

Colby ging in die Küche, und ich musste unwillkürlich lächeln, als ich sah, was er von dort mitbrachte.

»An Kindersnacks mangelt es hier wahrhaftig nicht. Ich dachte, wenn du auf Goldfischli stehst, magst du das vielleicht auch.«

Er stellt mir eine kleine Packung Cracker mit Käse und ein Trinkpäckchen Traubensaft hin.

»Du kennst mich ziemlich gut. Das ist perfekt.« Ich lachte. »Danke.« Ich öffnete die Packung und legte eine Minikäsescheibe auf einen Cracker und biss hinein. »Ich dachte, du bringst mir vielleicht einen Spinatbrownie.«

Er stand wieder auf. »Ich habe noch welche. Willst du einen?«

Ich schmunzelte. »Nein, lass nur. Das hier ist mehr als genug.«

Colby setzte sich und beobachtete mich aufmerksam, während ich meinen Snack verputzte, als wäre es eine Art Zuschauersport.

»Was ist?«, fragte ich schließlich.

»Entschuldige. Ich beobachte dich gern – zum Beispiel, wie

du dir ab und an die Mundwinkel leckst. Sogar wie du isst, ist einzigartig. Total süß.«

»Tja, du hast mich noch nie Spareribs essen sehen. Dabei sehe ich nämlich kein bisschen süß aus.« Ich nahm einen Schluck aus dem Trinkpäckchen.

»Dann muss ich mir wohl überlegen, wie ich dich in ein Steakhaus kriege, damit ich es mir ansehen kann.«

»Und du darfst die Feuchttücher nicht vergessen.«

Als ich aufgegessen hatte, stand ich auf, um den Müll wegzubringen. Dann faltete ich weiter Wäsche. Mittlerweile waren wir ein gutes Stück vorangekommen. »Ich werde doch aber keine Frauenslips in diesem Haufen finden, oder?«

Er schüttelte den Kopf. »Nur Höschen mit Disney-Figuren in Kleinkindgröße.« Er suchte grinsend ein Paar Socken zusammen. »Aber was Unterwäsche angeht, muss ich dich mal etwas fragen.«

»Okay …«, sagte ich und schüttelte ein Shirt von Colby aus, um es zu glätten.

»Was hat es eigentlich mit deinen Korsetts auf sich?«

»Warum ich sie dauernd trage?«

»Ja.«

»Ich finde sie einfach vorteilhaft. Sie schnüren die richtigen Stellen zusammen und stellen die richtigen Teile heraus. Ist halt mein Stil.« Ich zog eine Augenbraue hoch. »Warum? Hast du ein Problem damit?«

Er biss sich auf die Unterlippe und nickte.

»Wirklich …?«

»Das Problem ist, dass sie es mir total schwermachen, nicht zu glotzen. Deine Korsetts sind praktisch mein Schwachpunkt.« Er senkte die Stimme. »Aber tu so, als hättest du es nicht gehört, weil das hier ja nur ein langweiliges Nicht-Date mit Wäschefalten sein soll und nichts weiter.«

Selbst die alltäglichsten Aufgaben fühlten sich mit Colby … nach mehr an. Alles andere als langweilig. Und nun wurde ich nicht mehr los, was er in Bezug auf meine Korsetts gesagt hatte. Ich schüttelte den Kopf, um die Gedanken zu vertreiben. »Die Wäsche von jemand anders zu falten macht sogar noch mehr Spaß.«

»Du bist herzlich eingeladen, jederzeit vorbeizukommen und das zu übernehmen. Du brauchst auch vorher keine Viertelstunde vor der Tür zu stehen.«

Ich lachte. »Das wirst du mir wohl ewig unter die Nase reiben, was?«

»Weißt du, wie viele Babys weltweit in der Zeit geboren wurden, in der du vor der Tür überlegt hast, ob du klopfen sollst?«

»Deine Nachbarin muss mich für eine Klinkenputzerin gehalten haben oder so.«

»Sie wusste nicht, was sie von dir halten sollte.«

»Eigentlich ist es gut, dass du Nachbarn hast, die auf dich aufpassen. Für den Fall, dass irgendein durchgeknalltes Weibsbild vor deiner Tür steht.« Ich schlug ein Handtuch aus. »Was hast du ihr gesagt?«

»Nachdem ich durch den Spion geschaut und festgestellt hatte, dass du es bist, bin ich mit dem Telefon ins Schlafzimmer gegangen, damit du mich nicht hören kannst. Ich habe ihr nämlich gesagt, dass ich wahnsinnig in die Frau, die vor meiner Tür steht, verknallt bin und du keineswegs eine Verrückte bist. Und dass du wahrscheinlich gezögert hast anzuklopfen, weil du dir Sorgen machst, wozu es führen könnte – weil es eben kein bloßes Anklopfen wäre. Es hätte sozusagen Symbolcharakter. Ein Klopfen, durch das sich die Tür zu einer Welt voller beunruhigender und zugleich aufregender Möglichkeiten auftun könnte.«

»Das alles hast du deiner Nachbarin erzählt?«

»Nein.« Er zwinkerte mir zu. »Ich habe gesagt: ›Danke, dass du mir Bescheid gesagt hast. Ich kümmere mich darum.‹«

Ich warf ihm eine seiner Unterhosen an den Kopf. Dann sah ich genauer hin. Sie kam mir ziemlich … winzig vor.

Ich grinste. »Ist die dir nicht ein bisschen zu klein?«

Er lachte schallend. »Sie ist mir *viel* zu klein.«

»Warum trägst du sie dann?«

Er hielt sie mit beiden Händen hoch. »Meine Mutter hat mir im Sommer einen Packen davon von einer Reise nach Brasilien mitgebracht. Sie hat sie in L gekauft, aber sie kommen in XS aus dem Trockner. Es sind also im Grunde Einwegartikel. Mehr als einmal kann ich sie nicht anziehen und muss sie nun in den Spendensack geben oder so. Ich glaube, das ist die Letzte, die in der Packung war.«

»Ich hatte mir schon Sorgen gemacht«, zog ich ihn auf.

Seine Augen weiteten sich. »An mir ist nichts XS, das kannst du mir glauben. Ich fühle mich genötigt, das klarzustellen, weil ich es dir aufgrund der Grenzen, die du gesetzt hast, nicht beweisen kann.«

Sein freches Grinsen ging mir durch und durch. Dieser Mann brachte mich immer wieder völlig aus der Fassung, und es fiel mir von Minute zu Minute schwerer, so zu tun, als hätte all das nichts zu bedeuten.

»Aber jetzt mal Scherz beiseite, Billie. Ich verüble dir nicht, dass du im Hinblick auf mich zögerst. Ich hoffe, das weißt du. Wenn ich an deiner Stelle wäre, würde ich wahrscheinlich auch zögern.«

Er warf die rote Unterhose zur Seite. »Und weißt du was? Es ist nicht falsch, vorsichtig zu sein – vor allem wenn mehr als zwei Personen im Spiel sind. Das verstehe ich. Das verstehe ich wirklich.« Sein Blick war ernst, als er mir in die Augen sah. Dann räusperte er sich. »Jedenfalls … so einen langweiligen Abend hast du bestimmt noch nie mit einem Mann verbracht, was?«

»Um ehrlich zu sein … ist es das beste Nicht-Date, das ich jemals hatte«, entgegnete ich.

Seine Augen glänzten. »Für mich auch. Ich mag unsere Nicht-Dates.«

Eine halbe Stunde später waren wir endlich mit der Wäsche fertig. Alles war ordentlich gefaltet, und wir sortierten die Sachen in die Körbe, die Colby bereitgestellt hatte. Am Ende waren es vier volle Körbe.

Ich sah mich um. »War's das? Nichts mehr zum Wegfalten?«

»Leider nicht.« Er schmunzelte. »Wie gesagt, ich schiebe die Wäsche immer bis zum letzten Moment auf. Meine Tochter hat Unterhosen mit sämtlichen Disney-Prinzessinnen drauf, die es je gegeben hat, weil ich immer wieder welche dazugekauft habe, um nicht waschen zu müssen. Und dass Saylor sich und mich ständig bekleckert und wir uns manchmal mehrmals am Tag umziehen müssen, macht es nicht besser. Ich habe noch eine Ladung im Trockner, die gleich fertig sein dürfte, und eine weitere Ladung muss noch rein.«

»Gut, dann los. Wir ziehen das jetzt durch. Ich bin kein Drückeberger.«

Ich folgte ihm in den winzigen Wäscheraum, der von der Küche abging. Nachdem wir uns beide hineingezwängt hatten, waren wir uns so nah, dass ich ihn praktisch spürte, obwohl wir uns nicht berührten. Mein Atem ging schneller, und ich wusste warum. Ich wollte von ihm geküsst werden. Sein Blick fiel auf meine Lippen, und es schien kein Zurück mehr zu geben.

Doch dann riss mich ein lauter Summton aus meinem tranceartigen Zustand. Der Trockner war fertig.

»Scheiße.« Colby schloss die Augen. »Ich versuche immer, ihn vorher auszuschalten.«

»Meinst du, Saylor ist wachgeworden?«, fragte ich etwas atemlos.

»Wahrscheinlich nicht, sie hat einen ziemlich tiefen Schlaf.«

Ich war ein bisschen durcheinander, nicht nur wegen des Summers, sondern auch, weil meine Entschlossenheit plötzlich dahin war, und ich traf eine impulsive Entscheidung. »Weißt du was? Mir war nicht klar, wie spät es schon ist, und ich habe morgen schon ziemlich früh einen Kunden. Ich sollte mich besser auf den Heimweg machen. Kommst du mit dem Rest auch allein klar?«

»Natürlich.« Er nickte, wahrscheinlich weil er zwischen den Zeilen gelesen hatte. »Ich bestelle dir einen Wagen.«

»Das musst du nicht.«

Er zog sein Telefon aus der Tasche. »Ich bestehe darauf.«

Mein Uber war innerhalb von zwei Minuten da – schneller als wir die Wäsche ins Wohnzimmer bringen konnten.

Colby umarmte mich zum Abschied. Seine harten Brustmuskeln pressten sich gegen meine Brüste, und der Moment rief mir eindrucksvoll in Erinnerung, warum ich beschlossen hatte, mich zu verdrücken.

Die Heimfahrt verlief alles andere als ereignislos. Denn nach fünf Minuten meldete sich mein Telefon. Colby hatte mir ein Foto geschickt, dazu die Nachricht:

Falls du noch Zweifel in Bezug auf die Unterhosenfrage hast.

Ich staunte nicht schlecht. Es hätte eine Calvin-Klein-Reklame sein können. Colby stand mit nichts außer einer grauen Retropants am Leib vor einem mannshohen Spiegel. Seine schöne breite Brust, die straffen Bauchmuskeln und die Linie aus feinen Härchen, die in seiner Unterhose verschwand, waren deutlich zu sehen. Und sagen wir mal so, die mächtige Beule, die mir ins Auge sprang, hätte niemals in diese winzigen roten brasilianischen Unterhosen gepasst. *Oh mein Gott!* Er war tausendmal schärfer, als ich es mir vorgestellt hatte.

Und nun begann ich von Neuem zu überlegen, ob er vielleicht doch keiner von den Guten war – denn er hatte eindeutig vor, mich umzubringen.

9. KAPITEL

COLBY

»Gut, dann sind wir uns einig?« Owen blickte in die Runde. »Wir rüsten Heizung, Lüftung und Klimatechnik mit dem Geld vom Konto auf und verschieben das Dach auf nächstes Jahr?«

Ich hob mein Bier. »Einverstanden.«

Owen wandte sich Holden und Brayden zu. »Und ihr?«

Sie zuckten beide die Achseln, wie immer. Sie richteten sich in der Regel nach dem Gruppenkonsens.

»Ist für mich in Ordnung«, sagte Holden.

»Für mich auch«, sagte Brayden.

Owen beugte sich vor und hielt sein Bier in die Mitte. »Dann ist unsere monatliche Sitzung offiziell beendet. Jetzt trinken wir was Ordentliches.«

Wir stießen mit unseren Bierflaschen an.

Am zweiten Freitag eines jeden Monats setzten wir vier uns zusammen, um über das Haus zu sprechen und Entscheidungen zu fällen. Eigentlich handelte es sich bei unseren Treffen um Gesellschafterversammlungen, weil wir ein Unternehmen waren, aber da wir sie in einer Bar abhielten und uns über die Musik hinweg anschreien mussten, hatten sie eher den Charakter von Männerabenden.

Holden stand auf, legte die Hände trichterförmig um den Mund und rief: »Was nehmen wir heute? Tequila oder Whiskey?«

Mir war Bier lieber, aber ich hatte keine Lust auf die dummen Sprüche der anderen, wenn ich nicht mitmachte, und zuckte die Achseln, als sie sich alle für Tequila aussprachen. »Dann also Tequila.«

Wie üblich gingen wir abwechselnd zur Theke, um die Drinks zu holen und zu bezahlen. Nach der vierten Runde war ich froh, dass wir nicht zu fünft waren, weil ich schon ziemlich betrunken war.

Holden zeigte auf die Band. »Ich bin mit den Jungs befreundet. Als ich mit ihnen gequatscht habe, haben sie mich eingeladen, einen Song mit ihnen zusammen zu spielen. Ich glaube, das mache ich.« Er wies auf einen Tisch in Bühnennähe, an dem vier Frauen saßen. »Und ich schließe ein paar neue Freundschaften für uns.«

Mit Frauen Freundschaft zu schließen, war kein Problem für Holden. Auf dem Weg nach vorn blieb er bei den Frauen stehen, und innerhalb kürzester Zeit strahlten und lachten sie um die Wette.

Als er den Tisch verließ, redete er mit der Band, und der Schlagzeuger stand auf. Holden nahm seinen Platz am Schlagzeug ein und griff zum Mikrofon. Mit der anderen Hand wirbelte er einen Trommelstock herum, bevor er auf die Damen zeigte und sein typisches lässiges Lächeln aufblitzen ließ. »Der nächste Song ist meiner neuen Freundin Nikki gewidmet.«

Ich schmunzelte, als sie den alten Song »Hot for Teacher« von Van Halen zu spielen begannen, und beugte mich zu Owen. »Jetzt wissen wir, was Nikki beruflich macht.«

»Ja, wahrscheinlich.« Er schüttelte den Kopf. »Der Kerl hat für jede Frau einen Song parat.«

Kurz darauf klingelte Owens Telefon. Er warf einen Blick auf das Display und runzelte die Stirn. »Es ist das Büro. Ich gehe nach draußen, damit ich was verstehe.«

»Alles klar.« Ich nickte.

Er kam zehn Minuten später wieder, genau in dem Moment, als Holden an den Tisch zurückkehrte.

»Tut mir leid, Jungs, ich muss los. Es gibt einen Notfall im Büro«, sagte Owen.

»Was? Wir haben doch gerade erst angefangen.« Holden zeigte auf den Frauentisch. »Die Ladys haben gefragt, ob wir uns zu ihnen gesellen. Drinks für uns haben sie auch schon geholt. Sie sind zu viert. Du kannst jetzt nicht abhauen, Kumpel.«

Owen klopfte ihm auf die Schulter. »Ich bin sicher, du wirst auch mit zweien fertig, mein Freund.«

Ich hatte eigentlich keine Lust auf weibliche Gesellschaft, aber ich wollte kein Spielverderber sein und schloss mich den anderen an. Ich nahm mir vor, mich nach einem Bier aus dem Staub zu machen.

Wie sich jedoch herausstellte, waren die Frauen alle supernett – ein paar Jahre jünger als wir, aber hübsch und extrovertiert. Witzigerweise waren sie genau wie wir seit der Kindheit miteinander befreundet, was irgendwie cool war. Nikki, die blonde Lehrerin, an die sich Holden heranmachte, hatte an diesem Tag eine Festanstellung bekommen. Das wollten sie gemeinsam feiern. Nach einer halben Stunde sagte Brayden, er müsse gehen, und eine der Frauen tat es ihm nach. Ich hielt die Gelegenheit also für günstig, mich auch zu verabschieden. Doch als ich es gerade tun wollte, machte Nikki den Vorschlag, zu fünft bei ihr zu Hause weiterzufeiern.

»Ich denke, ich mache Schluss für heute«, sagte ich. »Ich habe eine Tochter. Sie ist über Nacht bei meinen Eltern, aber ich muss morgen früh raus und sie abholen.«

»Zehn Uhr hast du deinen Eltern gesagt. Ich war dabei, als sie von ihnen abgeholt wurde, schon vergessen?«, sagte Holden.

»Und sie haben gesagt, du kannst dir Zeit lassen. Komm schon ... kneif jetzt nicht.«

»Meine Wohnung ist gleich um die Ecke«, sagte Nikki und legte den Kopf schräg. »Komm nur noch auf *einen* Drink mit.«

Vor vier Jahren hätte *ich* meinen Wingman gebeten, mich nicht im Stich zu lassen. Und der einzige Grund, warum ich nicht mitgehen wollte, war so etwas wie Treue Billie gegenüber – einer Frau, die sich nicht auf mich einlassen wollte. Obwohl ich in letzter Zeit das Gefühl hatte, dass sie uns vielleicht doch eine Chance geben würde, und das wollte ich nicht vermasseln.

Holden legte mir den Arm um die Schulter. »Einen Drink, Colby. Sie wohnt doch gleich um die Ecke.«

Ich gab nach. »Na gut, aber nur einen.«

Die Geschichte erinnerte mich allmählich viel zu sehr an meine Collegezeiten – zumindest das, was ich nicht doppelt sah. Nikki wohnte in einem typischen kleinen New Yorker Apartment, in dem die Küche keine zwei Meter von der Wohnzimmercouch entfernt war. Sie saß auf der Küchentheke und knutschte mit Holden, die Beine um seine Taille geschlungen. Ich saß mit den anderen beiden Frauen auf der Couch, und wir versuchten verlegen zu ignorieren, dass es bei Holden und Nikki zur Sache ging. Ich für meinen Teil fand es peinlich.

Ich schlug mir auf die Knie. »Leute, ich muss los.«

Erika, die Rothaarige zu meiner Rechten, legte die Hand auf meinen Oberschenkel. »Geh nicht.« Sie sah ihre Freundin an und lächelte. »Melissa und ich ... teilen gern, wenn du magst.«

Melissa strich mir über den anderen Schenkel.

Verdammt. Ich schloss die Augen. So ein Scheiß passierte mir doch nicht mehr.

Ich schaute Erika an, dann Melissa. Beide waren attraktiv

und hatten eine tolle Figur, und ich war schon eine Weile nicht mehr mit einer Frau zusammen gewesen. Außerdem, wie oft bekam man schon einen Dreier angeboten, vor allem von derart gut aussehenden Frauen? Nicht sehr oft. Trotzdem war mir nicht wohl dabei.

»Ich glaube, ich habe zu viel getrunken«, sagte ich. »Würdet ihr mich für einen Moment entschuldigen? Ich wasche mir mal kurz das Gesicht.«

»Natürlich«, sagte Erika. »Lass dir ruhig Zeit.«

Ich musste allein sein, um klar denken zu können. Aber nachdem ich die Tür abgeschlossen hatte, spritzte ich mir wirklich Wasser ins Gesicht. Und dann hielt ich ein Zwiegespräch mit meinem Spiegelbild.

»Zwei hübsche Frauen – warum greifst du nicht zu, Lennon?«

Ich senkte den Kopf. *Weil keine von ihnen Billie ist, deshalb.*

Ich sah wieder auf. »Es ist nur Sex. Ein Dreier, verdammt noch mal. Sie wollen dich ja nicht heiraten, du Vollidiot.«

Ich schaute nach unten. *Aber kann ich Billie danach jemals wieder in die Augen sehen?*

Andererseits … hatte Billie mir klipp und klar gesagt, dass sie nicht interessiert war, und zwar mehrmals.

Sie.

Ist.

Nicht.

An.

Dir.

Interessiert.

Begreif es endlich, Lennon.

Und so verbrachte ich die nächsten fünf Minuten damit, in den Spiegel zu schauen und mich zu einem Dreier zu überreden und dann wieder beschämt den Kopf zu senken, weil ich überhaupt daran dachte. Aber es hatte lediglich zur Folge, dass mir von der ständigen Auf- und Abbewegung meines Kopfs schlecht wurde. Als sich der Raum zu drehen begann, setzte ich mich neben der Toilettenschüssel auf den Boden. Und das war auch gut so, denn dreißig Sekunden später hing ich mit dem Kopf darüber und würgte jeden Tropfen Alkohol aus, den ich an diesem Abend getrunken hatte.

Uuuh. Licht fiel zum Fenster herein und schien mir direkt in die Augen. Ich hob den Kopf und versuchte zu schlucken, aber mein Mund war staubtrocken, und ich hatte einen fiesen Geschmack auf der Zunge. War vergangene Nacht irgendetwas in meinem Mund verendet? Ich sah mich um. *Und wo zum Teufel bin ich?*

Dies war eindeutig nicht mein Badezimmer.

Ich starrte die geschlossene Tür an, bis ich mich Stück für Stück erinnerte.

Die vier Frauen.

Richtig … Wir waren von der Bar noch zu einer von ihnen nach Hause gegangen. Nur auf einen Drink, aber es hatte mehrere Runden gegeben. Was dann passiert war, wusste ich nicht so genau. Ich gab meinem Hirn Gelegenheit, in Gang zu kommen, und zog mein Telefon aus der Tasche, um auf die Uhr zu sehen. *Scheiße.* Es war schon halb neun, und ich hatte mehrere Nachrichten bekommen. Ich scrollte zu der ersten ungelesenen von ein Uhr in der Nacht.

Holden: Hey Kumpel, was machst du da drin? Komm raus, hier geht die Party ab.

Die nächste war von kurz vor acht.

Billie: Hey, mein erster Termin ist um zehn. Wenn du Zeit hast, komm doch vorbei. Ich bin in ein paar Minuten da und möchte gern mit dir über etwas reden.

Ich schloss die Augen und schüttelte den Kopf. *Verdammt.*

Die letzte Nachricht war vor zehn Minuten von meiner Mutter gekommen. Als ich sie öffnete, erschien ein Foto auf dem Display. Meine Tochter saß bei meinen Eltern am Küchentisch, und ihre Zungenspitze lugte zwischen ihren Lippen hervor, weil sie sich so sehr konzentrierte. Sie hatte ein Tablett vor sich, auf dem sie mit Cheerios den Buchstaben »D« legte.

Mom: Das hat sie ganz allein gemacht. Sie sagt, das D ist für Daddy!

Ich lächelte, aber jede Bewegung meines Gesichts tat weh. Im Augenblick stand das »D« für *Depp*. Ich brauchte zwei Aspirin, eine Zahnbürste und eine Dusche, und zwar sofort. Und ich brauchte jemanden, der mir das alles brachte, damit ich auf dem Boden sitzen bleiben konnte. Mir war überhaupt nicht danach, meine Position zu verändern, aber mir blieb nichts anderes übrig, denn in diesem Zustand konnte ich meine Tochter nicht abholen. Sie war erst vier, aber sie war sehr aufmerksam und würde auf jeden Fall merken, dass ich noch die gleichen Sachen wie am Vortag trug. Also rappelte ich mich auf, suchte im Spiegelschrank nach Zahnpasta und benutzte meinen Finger als Bürste, bevor ich ausspülte und danach Wasser direkt aus dem Hahn trank.

Das musste reichen, bis ich zu Hause war. Ich schaute kurz in den Spiegel. Mein Haar war völlig zerzaust, und an meiner Wange klebte getrockneter Speichel.

Scheiß drauf. Das bringe ich später in Ordnung.

Ich hatte keine Ahnung, was mich auf der anderen Seite der Tür erwartete. Womöglich hatten die Frauen vergessen, dass ich im Bad war, und ich würde sie aufwecken und erschrecken. Ich öffnete die Tür, so leise ich konnte, und verließ auf Zehenspitzen den Raum.

Alles war ruhig, und da niemand zu sehen war, ging ich zur Wohnungstür. Im Flur machte ich allerdings den Fehler, einen Blick ins Schlafzimmer zu werfen.

Holden lag alle viere von sich gestreckt mit unbedecktem Gemächt auf dem Bett. Und er war nicht allein. *Alle drei* Frauen vom vergangenen Abend waren ebenfalls nackt. Eine lag rechts von ihm mit dem Kopf auf seiner Brust, und die anderen beiden hatten sich in Löffelchenstellung auf der linken Seite an ihn geschmiegt. Ich verließ kopfschüttelnd die Wohnung.

Typisch Holden.

Draußen auf der Straße war die Sonne viel zu hell. Ich machte mich blinzelnd auf den Weg. Zum Glück war unser Haus nur ein paar Blocks weit entfernt. Die Leute, die an mir vorbeigingen, waren alle frisch geduscht und ordentlich gekleidet, und ich hielt auf meinem »Walk of Shame« die ganze Zeit den Kopf gesenkt.

So kam es dazu, dass ich mit jemandem zusammenstieß, als ich um die Ecke bog.

»Scheiße, entsch…« Ich hielt inne, als ich die Person ansah, die ich fast umgerannt hätte.

»Colby?«

»Billie, was machst du denn hier?«

Sie lächelte. »Äh … ich arbeite hier, schon vergessen? Ein paar Häuser weiter. Ich wollte mir nur im Deli einen Kaffee holen.«

»Ja, äh, natürlich. Entschuldige. Ich weiß nicht, was ich mir gedacht habe.«

Ihr Lächeln schwand, als sie mich musterte. »Kommst du … jetzt erst von gestern Abend nach Hause?«

Zuerst wollte ich lügen und sagen, ich wäre kurz etwas einkaufen gewesen. Aber sie sah mir abwartend in die Augen, und ich brachte es nicht über mich. »Ja, ich, äh, war mit den Jungs aus. Ich habe ein bisschen zu viel getrunken und, äh, bin wohl eingeschlafen.«

»Bei einem von den Jungs?«

Ich runzelte die Stirn, und der enttäuschte Ausdruck in Billies Gesicht war wie ein Tritt in die Magengrube. Sie hob kopfschüttelnd die Hände. »Sorry, ich will es gar nicht so genau wissen. Ich muss sowieso weiter.«

Ich trat ihr in den Weg.

»Billie, warte …«

Sie sah mich nicht einmal an. »Schon gut, Colby. Du bist mir keine Erklärung schuldig. Du bist Single. Ich verstehe.«

Ich schüttelte den Kopf. »Es ist nicht so, wie es aussieht.«

»Nein? Dann kommst du jetzt nicht aus der Wohnung einer Frau, wo du die Nacht verbracht hast?«

»Doch, schon, aber es ist nichts gelaufen.«

Sie verzog die Lippen. »Es geht mich nichts an. Und ich brauche jetzt wirklich meinen Kaffee, bevor der erste Kunde kommt.«

»Gib mir bitte einen Moment, damit ich es dir erklären kann.«

Sie atmete tief durch, ohne etwas zu sagen. Aber sie war stehen geblieben und offenbar bereit, mir zuzuhören.

»Die Jungs und ich, wir hatten unser monatliches Treffen wegen des Hauses, und dann hatten wir ein paar Drinks. Da waren vier Frauen in der Bar, und Holden wollte unbedingt mit zu einer in die Wohnung. Und weil er mir ein schlechtes Gewissen gemacht hat, dass ich ihn nicht im Stich lassen soll, bin ich mitgegangen.«

Sie nickte. »Oh, verstehe. Dann ist ja alles klar.«

»Wirklich?«

»Ja. Du hast also die Nacht dort verbracht, um deinem Freund einen Gefallen zu tun.«

»Genau.«

»Na, ich hoffe, du hast wenigstens ein Kondom benutzt.«

Sie wollte gehen, aber ich hielt sie auf. »Das war nicht nötig.«

Sie verdrehte die Augen. »Na großartig.«

»Ich meine, weil ich mit niemandem Sex hatte. Ich habe allein im Badezimmer geschlafen, obwohl ich einen Dreier hätte haben können.«

Kaum hatte ich das Wort »Dreier« ausgesprochen, wusste ich, dass ich einen Fehler gemacht hatte.

Billies Wangen röteten sich. »Du redest dich um Kopf und Kragen, Colby.« Sie schob sich an mir vorbei.

Diesmal hielt ich sie am Arm fest. »Warte. Ich will dich nicht so wütend gehen lassen.«

Sie starrte finster zu Boden. »Ich bin nicht wütend.«

»Billie, sieh mich an.«

Nach einem tiefen Atemzug schaute sie auf. Der Ausdruck in ihren Augen versetzte mir einen schmerzhaften Stich in die Brust. Sie sah verdammt verletzt aus.

»Es ist nichts gelaufen. Ich schwöre es.«

Sie warf einen Blick auf meine Hand an ihrem Arm. Ihr kamen die Tränen. »Bitte lass mich los.«

Ich gab sofort ihren Arm frei und trat mit erhobenen Händen zurück. »Entschuldige. Kann ich dich später anrufen?«

»Klar.«

Damit ging sie davon, ohne sich noch einmal umzusehen.

Verdammt. Das ist nicht gut.

»Schau, Daddy, was ich gemacht habe!« Zu Hause angekommen holte Saylor ein Bild nach dem anderen aus ihrem Rucksack.

»Wow, das ist wunderhübsch, mein Schatz. Ist das eine Giraffe?«

Meine Tochter kicherte. »Nein, das bist du!«

Ich kniff die Augen zusammen. »Und was sind die Dinger auf meinem Kopf?«

»Die Partyhüte, die du an meinem Geburtstag aufhattest.«

»Ooooh.« Ich nickte. Das ergab Sinn. Als wir »Happy Birthday« für sie gesungen hatten, hatte ich mir zwei dieser Papphüte mit Gummiband aufgesetzt.

Saylor verschränkte die Hände hinter dem Rücken und wippte auf den Zehen. »Ich habe es mit den Stiften gemalt, die Billie mir zum Geburtstag geschenkt hat.«

Diesen Namen aus dem Mund meiner Tochter zu hören, machte mir das Herz schwer. Ich hatte Billie heute schon dreimal angerufen. Bei den ersten beiden Malen hatte es lange geklingelt, bevor sich die Mailbox eingeschaltet hatte. Beim dritten Mal war sie direkt nach einem Klingeln angegangen – als hätte Billie meinen Anruf abgewiesen. Das brachte mich auf eine Idee. Ich schaute auf die Uhr, es war erst fünf. Vielleicht arbeitete sie noch.

»Hättest du Lust, Billie unten in ihrem Tattoostudio zu besuchen und ihr das Bild zu zeigen?«

Saylor hüpfte vor Begeisterung auf und ab. »Ja! Ja!«

Ich lächelte. »Hol deine Schuhe.«

Justine war am Empfangstresen, als wir hereinkamen. Sie lächelte. »Hey, Saylor. Wie geht's dir?«

»Gut.«

Ich wies nach hinten. »Ist Billie noch da?«

»Ja. Sie ist gerade mit ihrem letzten Kunden fertig geworden. Ihr könnt reingehen. Sie und Deek räumen nur noch auf.«

»Danke.«

Billie wischte gerade den Spiegel an ihrem Arbeitsplatz ab. Sie verzog das Gesicht, als sie mich darin hereinkommen sah.

Scheiße, es ist noch schlimmer, als ich dachte. Ich schob meine Tochter feige vor mir her. »Hey. Wir sind nur kurz vorbeigekommen, um dir ein Bild zu zeigen, das Saylor mit den Stiften von dir gemalt hat.«

Deek schaute zu mir herüber und verschränkte die Arme vor der Brust.

Verdammt … sie hat es ihm erzählt. Ich hob dennoch mein Kinn. »Wie geht's, Deek?«

Als Antwort erdolchte er mich mit Blicken. Nach einigen unbehaglichen Sekunden sahen Billie und Deek sich an, dann holte sie tief Luft und kam auf uns zu. Mit einem Lächeln im Gesicht kniete sie sich vor Saylor hin.

»Dann zeig mal, was du gemalt hast, Süße.«

Saylor gab ihr das Bild.

»Wow, super. Du hast deinen Dad gut getroffen.«

Ich zog die Augenbrauen hoch. »Wie bist du darauf gekommen, dass ich es bin?«

Sie zeigte auf das Bild. »Die Partyhüte.«

Ich lächelte. »Deshalb bin ich wahrscheinlich Architekt und kein Künstler.« Mit den Händen in den Taschen trat ich von einem Bein aufs andere. »Wie war dein Tag?«

Sie schaute mit aufeinandergepressten Lippen zu mir auf. »Saylor, Süße, zeig Deek doch auch mal dein tolles Kunstwerk.« Dann richtete sie sich an Deek, und ihr Ton ließ keine Widerrede zu. »Deek, würdest du mit Saylor nach vorn gehen, um dir das Bild anzusehen? Ich glaube, wir haben heute ein paar Kisten Snacks geliefert bekommen. Da ist garantiert etwas für sie dabei.«

Er nickte. »Kein Problem, Chefin.«

Im Vorbeigehen bedachte er mich mit einem warnenden Blick. »Ich bin gleich da vorn.«

Sobald Deek die Tür geschlossen hatte, bohrte Billie mir ihren Zeigefinger in die Brust. »Tu das *nie* wieder.«

Ich hob verteidigend die Hände. »Was denn?«

»Deine süße arglose Tochter benutzen, um dich bei mir einzuschleimen.«

Ich seufzte. »Wie soll ich denn sonst mit dir reden? Ich habe dreimal versucht, dich zu erreichen.«

»Und du hast den Wink nicht verstanden? Ich hatte keine Lust, mit dir zu reden, Colby.«

»Nur heute – oder nie wieder?«

»Keine Ahnung.«

Weil sie mich nicht ansah, beugte ich mich vor, um ihr in die Augen zu sehen. »Ich schwöre bei Gott, Billie, da ist nichts gelaufen. Ich war nur Holdens Wingman. Er hat sich eine von den drei Frauen geangelt, und ich hatte zu viel getrunken und bin im Bad eingeschlafen, nachdem ich mich übergeben musste. Als ich heute Morgen wach wurde, lagen sie alle vier nackt zusammen im Bett.«

Billie verzog angewidert den Mund. »Keine weiteren Details bitte.«

»Tut mir leid. Aber es ist die Wahrheit. Ich habe mit keiner der Frauen etwas gehabt. Glaubst du mir?«

Sie seufzte. »Es spielt keine Rolle, Colby.«

»Doch, natürlich.«

»Nein. Du bist mir keine Erklärung schuldig, und es gibt nichts zu entschuldigen, weil zwischen uns nichts läuft.«

»Jetzt mach mal halblang. Natürlich ist da was. Wir haben zwar keine Dates und keinen Sex, aber irgendetwas ist da zwischen uns.«

Sie schaute zur Seite. »Nein, wirklich nicht. Es tut mir leid, wenn ich dir einen anderen Eindruck vermittelt habe.«

Ich kam damit klar, dass sie sauer auf mich war. Ich kam sogar damit klar, wenn sie meinen Worten keinen Glauben schenkte. Aber dass sie so tat, als wäre nichts mehr zwischen uns, konnte ich nicht begreifen. Denn ich *wusste*, dass das, was ich empfand, nicht einseitig war. Zumindest war es so gewesen, bevor ich alles vermasselt hatte.

Ich verschränkte die Arme vor der Brust. »Weißt du was? Rede es dir nur weiter ein. Vielleicht glaubst du es ja irgendwann.« Ich schüttelte den Kopf. »Und du hast recht. Ich hätte nicht mit meiner Tochter kommen sollen. Ich habe sie noch nie auf diese Weise benutzt, für nichts in all den vier Jahren. Es war zwar falsch, aber es sollte dir zeigen, dass das, was zwischen uns ist, ziemlich real ist … für mich zumindest.« Ich hielt kurz inne. »Bis dann.«

10. KAPITEL

BILLIE

Holden hatte für Montagmorgen einen weiteren Termin bei mir gebucht. Er wollte eine kleine Ergänzung zu seinem Tattoo. Ich war etwas angespannt, hauptsächlich weil ich wusste, dass ich unweigerlich versuchen würde, mehr über diese Dreiergeschichte zu erfahren.

»Hey, Billie. Du siehst toll aus, wie immer«, sagte Holden, als er eintrat.

Nachdem er Deek mit Handschlag begrüßt hatte, kam er zu mir herüber.

»Was machen wir denn heute?«, fragte ich.

Er zog sein Shirt hoch und schob seine Hose ein paar Zentimeter hinunter, um das Tattoo freizulegen, das ich ihm beim letzten Mal gestochen hatte. »Ich hätte gern noch diese Schleife in der Mitte.«

Er zeigte mir ein Foto auf seinem Handy. Es war eine kleine orangefarbene Awareness-Schleife.

»Das ist einfach.« Ich klopfte auf den Stuhl. »Nimm Platz.«

»Vielen Dank.« Er setzte sich und lehnte sich zurück.

»Also … wie ich gehört habe, habt ihr Jungs euch neulich abends prächtig amüsiert.« Ich wand mich innerlich. Ich hatte nicht mal warten können, bis ich meine Gerätschaften zusammenhatte. Ich bemühte mich, locker zu erscheinen, obwohl mein Herz wie verrückt hämmerte.

»Von wem hast du das gehört?« Er lächelte.

»Von Colby. Er hat mir *alles* erzählt von eurer wilden Nacht bei irgendeiner Frau zu Hause. Klang, als hättet ihr euch alle großartig amüsiert.«

Ich blieb vage und hoffte, dass Holden auspacken würde, obwohl ich nicht sicher war, ob ich die ganze Wahrheit überhaupt hören wollte. Ich dachte, ich sterbe. Es war schon eine Kunst, ruhig und gefasst zu wirken, wenn tief im Inneren Eifersucht und Nervosität tobten.

»Du meinst, Colby hat zugegeben, was für ein Langweiler er ist?«

»*Dreier* sind langweilig?«, sagte ich mit großen Augen.

»Ich weiß nicht, woher du das mit dem Dreier hast; es war nämlich ein Vierer. Und Colby war nicht dabei. Er ist im Bad eingeschlafen.«

Mein Puls beruhigte sich ein wenig. Holdens Version stimmte mit Colbys Geschichte überein. »Wie schade.«

»Für mich nicht. Es kam mir zugute. Die Mädels waren heiß und total geil. Wer hätte gedacht, dass Lehrerinnen so durchgeknallt sind? Da frage ich mich natürlich, ob die Lehrerinnen früher auch so waren und ich es nur nicht gewusst habe. Verdammt.« Er lachte.

Mir lag noch eine Frage schwer im Magen. »Dann hat Colby nicht mal eine von ihnen geküsst?« Ich hatte kein Recht, es zu erfahren, aber ich *musste* es einfach wissen.

Er schüttelte den Kopf. »Ich glaube nicht. Ich meine, ich habe ihn nicht jede Sekunde beobachtet, bevor er eingeschlafen ist. Aber ich bin ziemlich sicher, dass da nichts war.«

Ich fühlte mich schrecklich, weil ich Colby derart hatte abblitzen lassen. Trotzdem, wenn er weiter mit Holden um die Häuser zog, war es nur eine Frage der Zeit, bis der Aufreißer in ihm wieder zum Vorschein kam. Ich schaltete meine Tätowiernadel ein und machte mich an die Arbeit. Über das Geräusch hinweg fragte ich: »Warum stehen Männer eigentlich auf Dreier – oder Vierer? Ist das nicht ein bisschen viel auf einmal?«

»Kann schon sein. Aber ich nehme jede Herausforderung an.« Er zwinkerte mir zu. »Das ist wie bei einem Ein-Mann-Orchester. Man hat ein Instrument am Mund, die Hand an einem anderen, und währenddessen … bläst jemand anders dein Horn, sozusagen.«

Ich verdrehte die Augen. »Ich hoffe, du denkst bei dem Durcheinander auch an Verhütung.«

»Immer«, entgegnete er sachlich. »Das habe ich von Colby gelernt: ein Mal reicht, um dein Leben radikal zu verändern.«

Ich räusperte mich. »Dann wollte Colby also nicht mitmachen? Oder war er zu betrunken für die Herausforderung?« Ich konnte mich einfach nicht beherrschen.

»Ich glaube nicht, dass er mitgemacht hätte, wenn er weniger getrunken hätte. Ich musste ihn überreden, überhaupt als Rückendeckung mitzukommen. Er wollte nämlich nicht.«

»Aber es war seine freie Entscheidung. Irgendwie muss er ja doch gewollt haben, und dann hat er wahrscheinlich einfach gekniffen. Ich kann mir vorstellen, dass man sich so etwas zweimal überlegt, wenn man ein Kind hat.«

»Vielleicht. Er ist auf jeden Fall verantwortungsbewusster als früher.« Holden sah mich an. »Hat es einen Grund, warum du dich so für Colbys Absichten an dem Abend interessierst, Billie?«

Ich zögerte. »Nein. Ich bin nur neugierig.«

»Komm schon. Ich bin doch nicht blöd. Ich weiß, dass da was zwischen euch läuft. Obwohl er nicht mit mir darüber geredet hat – wahrscheinlich, weil ich Kontakt zu dir habe und er befürchtet, dass ich mich verquatsche.«

»Kann man es ihm verübeln?«, fragte ich.

»Nein, gar nicht.«

»Jedenfalls … zwischen mir und Colby läuft nichts.«

»Wirklich nicht? Du quetschst mich über ihn aus, seit ich zur Tür hereingekommen bin, und jetzt wirst du auch noch knallrot.«

Ich schwitzte plötzlich. »Halt die Klappe und lass mich das Tattoo in Ruhe fertigmachen.«

Er schmunzelte. »Du hast mit den Fragen angefangen.«

»Im Ernst. Bald kommt schon der nächste Kunde. Kein Wort mehr.«

Er legte den Kopf zurück. »Na schön.«

Holden ließ das Thema auf sich beruhen und schwieg, während ich mit Schweißperlen auf der Stirn weiterarbeitete.

Nach einer Dreiviertelstunde war ich endlich so weit. »Fertig. Sieht gut aus. Das Orange sticht richtig heraus.«

Ich war so beschäftigt mit meiner Suche nach Informationen gewesen, dass ich vergessen hatte, nach der Bedeutung der Schleife zu fragen. Das sah mir gar nicht ähnlich. Ich hatte schon Dutzende rosa Solidaritätsschleifen für Brustkrebserkrankte gestochen, aber dies war meine erste orangefarbene.

»Wofür steht die orange Schleife?«

»Leukämie-Awareness.«

Ich hätte es wissen müssen. Der verstorbene Freund, der ihnen sein Erbe vermacht hat. »Ryan …«, sagte ich.

»Genau.« Er nickte. »Du weißt von ihm?«

»Ja. Deek hat mir die Geschichte erzählt. Es tut mir leid, dass ihr euren Freund verloren habt.«

»Danke. Er fehlt mir jeden Tag.« Holden stand seufzend auf. »Ryans Tod hat mich gelehrt, dass das Leben zu kurz ist. Ich denke, wir gehen alle ganz unterschiedlich mit dem Verlust um. Ich persönlich versuche, möglichst viel Spaß im Leben zu haben, wie ich es schon immer getan habe. Aber nicht jeder von uns hat Ryans Tod verarbeitet.«

»Wie meinst du das?«

»Owen vergräbt sich in Arbeit. Brayden scheint manchmal wütend auf das Leben zu sein. Ich glaube, er hat jeglichen Glauben verloren, weil nicht mal Gott Ryan retten konnte. Ich mache Party, wie gesagt, und konzentriere mich noch mehr auf meine Musik. Und Colby …« Er hielt inne. »Sein Leben hat sich kurz nach Ryans Tod durch Saylor verändert, es ist also schwer zu sagen, wie er drauf wäre, wenn es sie nicht gäbe. Wer weiß … Vielleicht war sie seine Rettung. Aber er hat oft gesagt, dass er sich vor allem deshalb so anstrengt, ein guter Vater zu sein, weil ihm klar ist, dass es eine Chance ist, die er nicht als selbstverständlich ansehen sollte. Ich schätze, Ryan war von uns allen der Einzige, der wusste, dass er Kinder wollte. Er hat immer gesagt, er könne es nicht erwarten, erwachsen zu werden und eine Familie zu gründen. Vielleicht ahnte er, dass er die Chance möglicherweise niemals bekommt.«

Mein Magen verkrampfte sich. »Das bricht einem ja das Herz.«

»Soll ich dir etwas Verrücktes erzählen?«, sagte er.

»Für Verrücktheiten bin ich immer zu haben. Schieß los.«

»Ryans Mutter ist nach seinem Tod bei einem Medium gewesen. Und Ryan hat sich angeblich gemeldet und gesagt, er sei schon wieder hier bei uns.«

Ich kniff die Augen zusammen. »Was soll das heißen?«

»Na, das hat sie das Medium auch gefragt! Und das Medium hat nachgefragt und meinte, Ryan sei wiedergeboren worden und auf die Erde zurückgekommen.« Er hielt inne. »Als kleines Mädchen.« Seine Augen wanderten hin und her. »Interpretiere es, wie du willst.«

»Du lieber Himmel«, murmelte ich.

»Nicht wahr?« Er lachte. »Ich verabschiede mich nur ungern in so einer schrägen Stimmung, aber ich muss echt los. Danke noch mal für die Ergänzung.«

»Die ist gratis, okay?«

Er sah mich erstaunt an. »Im Ernst?«

»Ja. Sie geht auf Ryan.« Ich lächelte.

»Danke!« Er gab mir einen Kuss auf die Wange. »Du bist die Beste.« Bevor er ging, wandte er sich noch einmal um. »Weißt du was, Billie? Lass dir Ryans Geschichte eine Lehre sein. Pack das Leben – beziehungsweise Colby – bei den Eiern.« Er zwinkerte mir zu. »Wenn es das ist, was du willst. Ich habe so ein Gefühl, dass er es *lieben* würde.«

Während er durch die Tür verschwand, verdrehte ich die Augen.

Doch ich blieb nachdenklich zurück. Ich hatte Colby die Hölle heißgemacht, obwohl er sich in der fraglichen Nacht auf nichts eingelassen hatte. Ich hätte über die ganze Sache hinweg sein müssen, doch ich war immer noch sauer – inzwischen allerdings auf mich selbst. Außerdem fehlte er mir, aber ich wusste nicht, was ich mit diesem Gefühl anfangen sollte. War es nicht besser so, wie es jetzt war? Ich hatte begonnen, Gefühle für ihn zu entwickeln – dabei hatte ich mir überlegt, dass ich keine Beziehung mit jemandem wollte, der ein Kind hatte. Und wenn er gerade auf mich sauer war, dann ließ ich es vielleicht am besten dabei, sodass wir das Spiel beenden konnten, das wir gespielt hatten. Das Gespräch mit Holden hatte mir in Erinnerung gerufen, dass das Leben zu kurz war, um Zeit zu verschwenden. Das galt für mich wie auch für Colby.

Ich musste meine Überlegungen unterbrechen, um mich um meinen nächsten Kunden zu kümmern, einen Stammkunden namens Eddie Stark, alias »Eddie Muscle«. Eddie war ein gutaussehender Typ, aber nicht *mein* Typ. Er war etwas älter, geschieden und kräftig gebaut – ein echter Muskelprotz und Fitnessfanatiker. Ich fand Muskeln bei Männern gut, aber was zu viel war, war zu viel, und das war bei Eddie der Fall. Jedes Mal, wenn er kam, bat er mich um eine Verabredung, und ich lehnte jedes Mal ab. Er fragte immer: »Habe ich vielleicht heute Glück?« Und ich antwortete gewöhnlich mit: »Leider nicht.« Ich benutzte den Vorwand, dass ich nicht mit Kunden ausging. Und heute wollte ich es nicht anders halten.

Nachdem ich ihm ein neues Tattoo verpasst hatte, fragte er: »Hast du von der neuen Bar hier im Viertel gehört? Die haben echt gut Tapas.«

Eddie war ungeheuer hartnäckig.

Ich nickte. »Habe ich, ja.«

»Wir sollten da mal hingehen. Und bevor du mir wieder sagst, dass du nicht mit Kunden ausgehst, muss ich hinzufügen, dass ich nicht mehr kommen werde, weil ich jetzt erst mal für eine Weile versorgt bin. Wenn ich also eine Tattoo-Pause einlege … bin ich eigentlich nicht mehr dein Kunde.«

Das Nein lag mir schon auf der Zunge. Aber dann fragte ich mich, ob eine Verabredung mit jemand anderem als Colby nicht genau das war, was ich brauchte. Ich zuckte mit den Schultern und antwortete, bevor ich es mir anders überlegen konnte. »Weißt du was, Eddie? Ja, klar. Warum nicht?«

Er machte große Augen und grinste von einem Ohr zum anderen. Ein Ja von mir hatte er garantiert nicht erwartet.

Dann schaute ich zu Deek hinüber, der unser Gespräch mitbekommen hatte. Er sah mich an, als wäre ich verrückt geworden. Justine stand feixend in der Tür. Sie hatte offenbar auch mitgehört. Keiner hatte damit gerechnet, dass ich mich auf ein Date mit Eddie Stark einlassen würde – ich selbst am allerwenigsten. Ich hatte mich noch nie mit einem Kunden verabredet, und es hatten schon viele gefragt. Es gab wohl für alles ein erstes Mal.

»Na, das ist die beste Nachricht des Jahres.« Eddie strahlte. »Wann kannst du?«

Ich nahm einen x-beliebigen Tag. »Mittwoch?«

»Okay, klingt gut. Sollen wir uns da treffen oder …«

»Ja.«

»So gegen sieben?«

»Klingt super.« Ich lächelte.

Als Eddie weg war, ging Deek sofort auf mich los. »Was zum Teufel sollte das denn?«

»Was meinst du?«

»Du magst den Kerl nicht mal.«

»Er ist nett. Und er verdient eine Belohnung für seine Hartnäckigkeit.«

Deek zog die Augenbrauen hoch. »Er bekommt eine Belohnung für seine Hartnäckigkeit, und Colby nicht?«

Verdammt, da ist was dran. Ich verschränkte die Arme. »Das ist etwas ganz anderes.«

»Genau. Colby macht dir Angst und Eddie nicht, weil du ihn gar nicht so magst.«

Ich seufzte. Leugnen war zwecklos.

»Ich fand Eddie schon immer toll«, schaltete Justine sich ein. »Wäre ich nicht schon verheiratet, würde ich ihn mir schnappen, bevor Billie überhaupt eine Chance hat. Ich stehe auf große, kräftige Kerle wie ihn.«

»Im Ernst, Billie«, sagte Deek, ohne auf Justines Kommentar einzugehen. »Es ist total offensichtlich, was du da treibst.« Er schüttelte den Kopf. »Ich muss zugeben, dass mich die Sache mit dem Dreier auch misstrauisch gemacht hat. Aber du musst Colby zugutehalten, dass er dir sofort die Wahrheit erzählt hat, auch wenn sie fragwürdig klang. Und seine Geschichte stimmt mit der von Holden überein. Klingt für mich, als wurde er einfach in die Eskapaden seines Freundes hineingezogen. Wenn man mir anlasten würde, was meine Freunde schon alles angestellt haben oder was ich alles mitansehen musste …« Er schüttelte den Kopf. »Verdammt, ich säße wahrscheinlich im Knast.«

»Colby ist sowieso gerade sauer auf mich. Vielleicht lasse ich die Dinge also einfach so, wie sie sind.«

»Er ist sauer, weil er dich mag«, sagte Deek. »Und du sabotierst mal wieder alles.«

Die Wahrheit tat weh. Ich konnte nicht einmal widersprechen.

»Okay.« Er ging eingeschnappt hinaus, kehrte dann aber noch einmal zurück. »Ich will nur noch eines sagen. Du bist blind, wenn du nicht siehst, dass deine Kurzschlussreaktion der Beweis dafür ist, dass du wahre Gefühle für Colby hast. Du kannst ja nicht mal darüber reden, weil dir verdammt klar ist, dass du es nicht verbergen kannst. Also, wie auch immer. Geh mit Eddie Muscle aus. Tu so, als wäre es nicht bloß geheuchelt. Aber es ist pure Zeitverschwendung.«

Obwohl ich mich nicht besonders auf das Date mit Eddie am Mittwochabend gefreut hatte, amüsierte ich mich dennoch ganz gut. Ich fühlte mich natürlich keineswegs zu ihm hingezogen, so wie es bei Colby der Fall war, und wusste, dass diese Verabredung zu nichts führen würde, aber insgesamt bereute ich den Besuch in der Bar nicht. Außerdem waren die Tapas *wirklich* gut.

Eddie dippte eine Garnele in die Koriander-Limetten-Soße. »Es ist toll, wie gut sich dein Geschäft in den letzten Jahren entwickelt hat. Ich bin richtig stolz darauf, dass ich einer deiner ersten Kunden war.«

»Ja. Aber allein hätte ich es nicht geschafft. Deek ist mir eine große Hilfe, und durch den neuen Standort habe ich viele zusätzliche Kunden gewonnen.«

»Deek ist großartig, aber du bist das wahre Talent. Es spricht sich schnell herum, wenn jemand gut in seinem Job ist. Ich habe dich schon vielen Leuten empfohlen.«

Ich betrachtete sein Ärmel-Tattoo, das ich gestochen hatte. »Ich bin dir echt dankbar, Eddie. Du bist ein feiner Kerl.«

Mein Telefon meldete eine neue Nachricht. Als ich auf das Display schaute, sah ich, dass sie von Colby war.

Colby: Gut zu wissen, dass du sehr wohl auf Dates gehst. Ich hoffe, du amüsierst dich.

Ich bekam einen Adrenalinschub und sah mich um. *Was zum Teufel macht er hier?* Es war ein Abend unter der Woche, und ich hätte gedacht, er wäre zu Hause bei Saylor.

Ich tippte.

Billie: Wo bist du?

Wenige Sekunden später kam die Antwort.

Colby: Ist das wichtig?
Billie: Ich will wissen, woher du weißt, wo ich bin.
Colby: Vielleicht solltest du deinem Date Aufmerksamkeit schenken und dir keinen Kopf um so etwas machen.

»Ist alles okay?«, fragte Eddie.

»Ja. Nur etwas … Persönliches.« Ich stand auf. »Entschuldigst du mich bitte einen Moment? Ich muss zur Toilette.«

»Natürlich«, sagte er mit besorgter Miene.

Ich ging zur Toilette, um Colby in Ruhe zu schreiben. An das Waschbecken gelehnt tippte ich blitzschnell.

Billie: Beobachtest du mich schon den ganzen Abend?

Colby: Na klar. Weil ich so viel Zeit habe, dass ich angefangen habe, dich zu stalken. Echt jetzt, Billie?

Billie: Aber bist du hier?

Er wich der Frage aus.

Colby: Ich wünschte nur, du wärst ehrlich zu mir.

Billie: Was meinst du?

Colby: Die ganze Zeit tust du so, als hättest du Angst vor etwas Festem. Aber anscheinend hast du nur Bedenken, dich mit MIR einzulassen. Warum sagst du das nicht einfach und fertig?

Er hatte ja keine Ahnung. Er wollte Ehrlichkeit? Dann hätte ich zugeben müssen, dass ich noch nie solche Angst vor irgendetwas hatte wie vor meinen Gefühlen für ihn. Sie waren der Grund für die Verabredung mit Eddie.

Billie: So einfach ist das nicht, Colby.

Colby: Mir gefällt übrigens das königsblaue Korsett. Das habe ich noch nicht an dir gesehen. Es ist wohl nur für richtige Dates.

Autsch.

Ich verließ den Toilettenraum und schaute mich in der Bar um. Er war nirgends zu sehen.

Billie: Warum sagst du mir nicht, wo du bist?

Colby: Weil es nicht wichtig ist.
Billie: Mir ist es aber wichtig.

Nach ungefähr einer Minute schrieb er zurück.

Colby: Meinst du, es gefällt mir, als eifersüchtiger Idiot dazustehen? Das sieht nicht gut aus, das ist mir klar. Ich habe hin- und herüberlegt, ob ich dir schreiben soll. Aber wenn man jemanden mag, macht man Dummheiten. Und ich mag dich wirklich, Billie. Ich mag dich so sehr, dass ich nicht mehr klar denken kann. Ich habe versehentlich scharfe Soße auf Saylors Spaghetti getan, weil ich unsere Teller verwechselt habe. Gott sei Dank habe ich es noch rechtzeitig bemerkt.

Ich stand einfach nur da und starrte mein Telefon an. Mir tat das Herz weh.

Colby: Schreib nicht zurück. Es war ein Fehler. Ich hätte dich nicht bei deinem Date stören sollen. Du bist mir nichts schuldig.

Dann noch eine letzte Nachricht.

Colby: Gute Nacht.

Mit weichen Knien zwang ich mich, an den Tisch zurückzukehren. Als ich kurz nach links schaute, entdeckte ich Holden an der Theke. Unsere Blicke kreuzten sich, und er prostete mir mit seinem Bier zu. Er hatte Colby also mit Informationen versorgt. Ich winkte ihm, obwohl ich ihm lieber den Mittelfinger gezeigt hätte.

11. KAPITEL

BILLIE

»Billie?«

»Hmmm?« Ich registrierte, dass Deek meinen Namen rief, hörte aber nur mit halbem Ohr zu.

»Ich gehe kurz raus und hole mir einen Smoothie. Möchtest du auch einen?«

Ich desinfizierte weiter meine Geräte, bis mich ein schriller Pfiff aus meinen Gedanken riss. Als ich aufschaute, stand Deek mit hochgezogenen Augenbrauen vor mir.

»Willst du einen oder nicht?«

Ich zog die Nase kraus. »Einen was?«

Deek verschränkte die Arme vor der Brust. »Okay, das reicht. Setz dich hin.«

»Was? Warum?«

»Weil wir zwei uns jetzt unterhalten werden.«

»Warum hast du so einen väterlichen Ton drauf?«

»Setz dich einfach, Billie.«

Ich verdrehte die Augen, warf aber das Papiertuch, das ich benutzt hatte, in den Müll und ließ mich auf meinem Tätowierstuhl nieder. »Was ist?«

Deek zeigte auf mich. »Du bist kreuzunglücklich.«

»Bin ich *nicht*.«

»Du machst jetzt schon seit fast zwei Wochen sauber. Obwohl du normalerweise ständig kleckerst und es nicht wegwischst, bis du schließlich jemanden deswegen anmotzt, weil du vergessen hast, dass du es selbst warst.«

Ich sah ihn mit zusammengekniffenen Augen an. »Stimmt doch gar nicht.«

»Hey, Justine!«, rief Deek nach vorn.

»Ja?«

»Wer hat den roten Saft verschüttet, der ein halbes Jahr lang auf dem Boden geklebt hat?«

»Billie. Warum?«

»Und macht Billie jemals sauber?«

»Nur wenn sie sauer oder traurig ist.«

Deek wandte sich wieder mir zu. »Siehst du? Wie ich sagte, du bist so unglücklich, dass es sogar unsere Kunden merken.«

»Ich mache keine schlechten Tattoos, selbst wenn ich schlecht drauf bin.«

»Das habe ich nicht gesagt. Aber das arme Mädchen, das sich neulich einen Schmetterling stechen lassen wollte, ist mit dem Sensenmann auf dem Arm nach Hause gegangen.«

Ich zuckte mit den Schultern. »Und? Ist doch viel besser als ein Schmetterling.«

»Finde ich auch. Aber das Mädchen wollte einen verdammten Schmetterling. Er hätte zu ihrer unausstehlich fröhlichen Art gepasst. Aber als sie dich nach deiner Meinung gefragt hat, hast du ihr gesagt, die meisten Leute, die Schmetterlinge wollen, seien hirnlose Ex-Cheerleader, die ein bedeutungsloses Leben führen und schließlich des Geldes wegen heiraten, das sie dann für schlechtes Botox verpulvern.«

Hatte ich das wirklich gesagt? *Oh Gott.* Wahrscheinlich schon. Ich zuckte mit den Schultern. »Na ja … es ist die Wahrheit.«

Deek lächelte. »Ja, sicher. Wer zur Hölle will so einen Mist auf seinem Körper haben? Aber ich will darauf hinaus, dass du dich eigentlich gut auf unsere Kunden einstellen kannst und ihnen gibst, was sie wollen, selbst wenn es wenig originell und langweilig ist.«

Ich seufzte. »Ich war letzte Woche mit Eddie aus.«

»Das weiß ich. Ich dachte, du erzählst mir davon, wenn du bereit bist.« Er hielt inne. »Moment mal, der Kerl hat dir doch nichts getan, oder? Ich schiebe dieser Steroidschleuder eine Hantel in den Arsch, wenn …«

Ich musste grinsen. »Nein, Eddie war der perfekte Gentleman. Er hat sich nicht mal beschwert, als er mich zum Abschied küssen wollte und ich ihn weggeschoben habe.«

»Was beschäftigt dich dann?«

»Im Lauf des Abends hat Colby mir geschrieben. Holden war in derselben Bar wie Eddie und ich und hat Colby gesteckt, dass ich eine Verabredung hatte. Colby war wirklich verletzt.«

Deek runzelte die Stirn. »Warum gehst du nicht endlich mit ihm aus?«

Ich zögerte, dann sagte ich leise: »Weil ich Angst habe, Deek.«

Ein riesiges Lächeln breitete sich auf dem Gesicht meines Freundes aus. »Wurde verdammt noch mal Zeit, dass du es zugibst.«

Ich zeigte ihm den Mittelfinger und schüttelte den Kopf. »Jedes Mal, wenn ich mich in der Vergangenheit auf einen Mann eingelassen habe, bin ich verletzt worden.«

Deek kam zu mir herüber und legte die Hände auf meine Knie. »Ich weiß, Süße. Und dich haben nicht nur die Jungs beschissen, mit denen du zusammen warst. Deine Mutter und dieser Versager von einem Vater haben dir mit ihrem Verhalten auch nicht gerade Vertrauen eingeflößt.«

Ich schüttelte den Kopf. »Colby weckt Gefühle in mir, Deek.«

»Ich weiß. Was meinst du, warum ich ihn dir so anpreise? Ich sehe es in deinen Augen, Baby.«

»Ich habe solche Angst davor, wieder verletzt zu werden.«

»Aber jetzt leidest du auch, oder?«

»Ja, aber es ist leichter, über ihn hinwegzukommen, wenn ich erst gar nichts mit ihm anfange. Außerdem hat er eine Tochter. Ich weiß nicht mal, ob ich Kinder will.«

Deek lächelte traurig. »Das Kind ist nur eine Ausrede, und das weißt du. Ich kann es allmählich nicht mehr hören. Aber es ist dein Leben, also werde ich dir nicht mehr damit in den Ohren liegen. Eins muss ich aber noch loswerden.«

»Was?«

»Ich glaube nicht, dass man jemals über *den Richtigen* hinwegkommt. Ich würde es lieber versuchen und verletzt werden, als den Rest meines Lebens darüber zu grübeln, was ich womöglich verpasst habe.«

Ein paar Stunden später machten Deek und Justine Feierabend. Deek ging noch zur Toilette, und als er zurückkam, zeigte er mit dem Daumen nach hinten.

»Ich glaube, das Klimagerät ist wieder im Eimer.«

Oh, Mist. Mir war tatsächlich warm, aber ich dachte, es ginge nur mir so. An der Decke befand sich ein Lüftungsschlitz, und ich stieg auf einen Stuhl und hielt die Hand davor. »Da kommt nichts raus.«

Deek zuckte mit den Schultern. »Ich habe es gerade mal ein- und ausgeschaltet, aber es hat wohl nichts genützt.«

Ich seufzte. »Bis morgen früh wird sich hier eine tropische Hitze entwickeln. Und wir haben Samstag und Sonntag einen vollen Terminkalender.«

»Willst du den Hausmeister rufen? Soll ich bleiben und auf ihn warten?«

Ich schüttelte den Kopf. »Nein, schon gut. Ich habe eh nichts vor. Ich kümmere mich darum.«

Deek nickte. »Ich schließe die Tür hinter mir ab und schalte den Alarm ein. Ruf mich an, wenn du was brauchst.«

»Danke, Deek. Schönen Abend, Justine.«

Als sie weg waren, dachte ich daran, Colby zu schreiben. Er hatte gesagt, ich solle mich melden, wenn das Gerät wieder Probleme bereitet. Aber er war natürlich nicht der Hausmeister und wollte vermutlich auch nicht mit mir reden. Ich sollte eher Holden anrufen, der für Reparaturen zuständig war. Colby war allerdings schon mit dem Gerät vertraut, deshalb war es eigentlich sinnvoller, ihn zu verständigen. Außerdem war er mein Vermieter, und wir mussten lernen, miteinander klarzukommen. Er konnte mich nicht ewig ignorieren.

Ich nahm mein Telefon und wählte seine Nummer. Beim zweiten Klingeln war er dran.

»Hallo?«

»Hey. Äh, ich will dich nicht stören, aber das Klimagerät hat wieder den Geist aufgegeben.«

Er schwieg gute zehn Sekunden. »Bist du jetzt unten?«

»Ja.«

Es entstand eine so lange Pause, dass ich schon dachte, er hätte aufgelegt. »Gut. Ich bin in zehn Minuten da.«

Dafür, dass ich kein Interesse daran hatte, mit Colby über die freundschaftliche Ebene hinauszugehen, war ich ziemlich schnell im Bad, um mich zurechtzumachen. Zum ersten Mal seit einer ganzen Weile verspürte ich auch mal wieder eine gewisse Aufregung.

Großartig. Ich bin so scharf darauf, diesen Mann zu sehen, dass ich mich über ein kaputtes Klimagerät freue.

Ein paar Minuten später klopfte Colby. Ich schaltete die Alarmanlage aus und öffnete mit einem zaghaften Lächeln die Tür. »Hey.«

»Hey.«

Er kam herein. Als er an mir vorbeiging, umwehte mich der köstliche Duft seines Eau de Cologne. War es nicht schon schlimm genug, dass er ein eng anliegendes Hemd und eine Anzughose trug und seinen Werkzeugkoffer dabeihatte? Dieser blöde rote Koffer war für mich wie Katzenminze. Aber musste Colby obendrein auch noch so gut riechen? Während ich mich bemühte, meine Gefühle unter Kontrolle zu bekommen, wirkte er ganz sachlich.

»Läuft das Gerät jetzt?«, fragte er.

»Ich glaube nicht. Es kommt keine Luft raus.«

Er nickte und überprüfte alle Lüftungsschlitze, bevor er das Gerät aus- und wieder einschaltete.

»Das hat Deek auch schon versucht.«

Er nickte erneut und holte einen Schraubenzieher aus seinem Koffer. »Hat die Kühlung den ganzen Tag funktioniert und dann einfach ausgesetzt, oder kam vorher eine Zeitlang warme Luft heraus?«

»Ich glaube, es hat einfach aufgehört. Am Nachmittag war noch alles gut.«

Er löste schweigend die Schrauben der Abdeckung und nahm sie ab.

»Ist … bei dir alles okay?«, fragte ich.

»Klar.«

Sein Handy klingelte, und er zog es aus der Tasche und nahm das Gespräch an.

»Ich bin unten«, sagte er. »Die Mieterin im Erdgeschoss hat ein Problem mit der Klimaanlage. Ich muss mir das ansehen, bevor wir gehen.«

Pause … Und dann …

»Okay, willst du herkommen und dir den Schlüssel holen? Es ist das Tätowierstudio unter meiner Wohnung.«

Wieder Pause.

»Gut, bis gleich.«

Colby steckte sein Telefon ein und machte sich wortlos wieder an die Arbeit. Ich konnte einfach nicht anders. »Ich, äh, ich hoffe, ich halte dich nicht von irgendetwas ab?«

Er sah mich an. »Doch.«

Ich blinzelte. »Oh, tut mir leid. Ich hätte besser Holden angerufen.«

»Schon gut. Ich bin ja jetzt hier.«

Das war mal eine kalte Schulter …

Wenig später ging die Studiotür auf und eine absolut hinreißende Frau kam herein. Sie trug ein knappes schwarzes Kleid und sah sehr elegant aus. Aber obwohl Colby eben am Telefon jemanden gebeten hatte hierherzukommen, dämmerte es mir aus irgendeinem blöden Grund – vielleicht weil ich es nicht wahrhaben wollte – erst jetzt: *Oh mein Gott. Sie ist sein Date.* Ich dachte, ich müsste mich übergeben.

Die Frau lächelte und winkte mir zu. »Hi! Lasst euch nicht stören. Ich hole nur den Schlüssel ab.«

Colby zog einen Schlüsselbund aus der Tasche und gab ihn ihr. »Ich komme rauf, sobald ich fertig bin.«

Sie lächelte. »Okay … aber mach nicht zu lang. *Le Coucou* ist ganz unten an der Lafayette, und es ist viel Verkehr. Ich will nicht zu spät kommen.«

»Keine Sorge. Wenn ich es nicht schnell reparieren kann, rufe ich Holden an. Dann muss er übernehmen.«

Die Frau winkte mit wackelnden Fingern in meine Richtung und warf mir ein modelreifes Lächeln zu. »Tschüss. Entschuldigen Sie die Störung.«

Ich glühte vor Eifersucht – vielleicht auch vor Zorn. Keine Ahnung, was als Erstes in mir aufwallte.

Falls Colby es gemerkt hatte, sagte er jedenfalls nichts. Er widmete sich gleich wieder dem Gerät, als wäre ich gar nicht da.

Diesmal hielt ich das Schweigen ganze drei Minuten aus. »Aha, *Le Coucou.* Klingt teuer. Und ich bin wohl nicht die Einzige, die Dates hat?«

Colby schaute zu mir herüber. Er hielt meinen Blick ein paar Sekunden lang, antwortete aber nicht. Dann wandte er seine Aufmerksamkeit wieder dem blöden Gerät zu.

»Sie ist hübsch, wenn man auf den künstlichen Modeltyp steht …«

Colby hörte auf zu arbeiten und drehte sich zu mir um. »Du bist eifersüchtig.«

Ich musterte prüfend meine Fingernägel. »Bin ich nicht.«

»Du kannst es nicht mal zugeben, hm?«

»Tja, da gibt es nichts zuzugeben. Weil ich nicht eifersüchtig bin. Ich habe nur gesagt, was offenkundig ist.«

Er nickte. »Klar.«

»Das stimmt!«

Colby kam einen Schritt auf mich zu. »Dann würde es dir nichts ausmachen, wenn ich sagen würde, dass ich eine andere Frau vögeln werde?«

Ich biss die Zähne zusammen. »Nein, natürlich nicht.«

Er trat noch einen Schritt näher. »Und wie findest du die Vorstellung, dass ich das Haar der Frau um meine Hand wickele, während sie vor mir kniet und mir einen bläst?«

Bei der Vorstellung kniff ich die Augen zu. »Du musst nicht so schweinisch werden.«

»Anscheinend doch.« Er hob die Stimme. »Denn nur so kann ich dich zu einer Reaktion bringen, Billie!«

Ich öffnete schlagartig die Augen. Colby kam noch einen Schritt näher, und ich wich einen zurück. So ging es weiter, bis ich mit dem Rücken an der Wand stand. Er stemmte die Arme links und rechts von meinem Kopf dagegen und beugte sich zu mir herunter.

»Weißt du, wie mir neulich zumute war, als du das Date hattest, Billie? Ich hätte dem Kerl am liebsten den Kopf abgerissen und dich so lange gevögelt, bis du begreifst, zu wem du gehörst.«

Mein Herz raste wie verrückt. Colby war mir so nah, dass sich unsere Nasen fast berührten. »Weißt du, was ich denke? Ich denke, du bist genauso eifersüchtig wie ich.«

»Bin ich nicht.«

Zwischen uns flogen dermaßen die Funken, dass ich das Gefühl hatte, lichterloh zu brennen.

»*Lügnerin.*«

»Ich lüge nicht.«

»Schwachsinn, Billie! Ich müsste dir nur noch ein paar Millimeter näher kommen. Bei der kleinsten Berührung würdest du mich anflehen, dich zu vögeln, und das weißt du. Vielleicht sollte ich es einfach tun. Dann hätten wir beide unseren Spaß und würden uns besser fühlen. Aber ich werde es nicht tun. Und weißt du auch, warum?« Er rückte noch näher und sah mir tief in die Augen. »Weil ich deinen Körper nicht ohne dein Herz haben will.«

Das war's. Eifersucht und Wut konnte ich ertragen, aber diese Worte trafen mich wie ein Schlag in die Magengrube. Mir stiegen die Tränen in die Augen. Als Colby es merkte, reagierte er betroffen. Er wich mit erhobenen Händen zwei Schritte zurück und schüttelte den Kopf.

»Verdammt. Entschuldige. Das hätte ich nicht tun sollen. Es ist nur … Ich weiß nicht, wie ich sonst zu dir durchdringen soll, und das ist so wahnsinnig frustrierend.« Er fuhr sich mit der Hand durch die Haare. »Tut mir leid, was ich gesagt habe und dass ich dich aus der Fassung gebracht habe, Billie.«

Ich kämpfte gegen die Tränen an und schwieg.

Colby atmete geräuschvoll aus. »Die Frau, die gerade hier

war, heißt Caroline und ist meine Schwester. Sie ist verheiratet, hat zwei Kinder und lebt in Jersey. Mein Vater gibt heute Abend eine kleine Überraschungsparty für meine Mutter. Caroline hat Saylor dafür ein besonderes Kleid gekauft, das gleiche wie ihrer Tochter. Sie ist vorbeigekommen, um ihr beim Anziehen zu helfen und ihr die Haare zu machen.« Er schloss die Augen und senkte die Stimme. »Ich könnte niemals mit einer anderen Frau ausgehen oder zusammen sein. Ich denke nur an dich, Billie.«

Weil ich spürte, wie die Mauer um mein Herz bröckelte, entschuldigte ich mich und ging ins Bad. Dort blieb ich mindestens zehn Minuten lang und versuchte, meine Gefühle in den Griff zu kriegen. Als ich Stimmen im Studio hörte, konnte ich mich jedoch nicht länger verstecken.

Die hübsche Frau – offenbar Colbys Schwester – war wieder da und hatte Saylor an der Hand. Ich hoffte, dass ihnen nicht auffiel, wie rot mein Gesicht war, und versuchte mich möglichst normal zu verhalten.

»Hey, Saylor.« Ich beugte mich vor. »Wow, du hast ja ein tolles Kleid an. Es bauscht sich bestimmt sehr schön auf, wenn du dich drehst.«

Saylor führte es begeistert vor. Sie drehte sich, und der Tüllrock des Kleids blähte sich auf wie ein Regenschirm. Ich lächelte.

Colby sah seine Schwester an. »Gibst du uns bitte noch eine Minute?«

Caroline schaute zwischen uns hin und her. »Natürlich. Saylor und ich sollten jetzt sowieso ein Uber bestellen.«

Als sie außer Hörweite waren, strich Colby mir über die Wange. »Ich muss zu der Party, sonst verderbe ich die Überraschung. Können wir morgen zusammen frühstücken? Bitte?«

Als ich nicht antwortete, fuhr er fort.

»Es soll kein Date sein. Aber wir müssen reden. So geht es nicht weiter. Ich bin in den letzten zwei Wochen fast durchgedreht.«

Ich nickte. »Okay.«

Er gab mir einen Kuss auf die andere Wange. »Um neun in dem Diner am Ende des Blocks?«

»Okay.«

Er packte seinen Werkzeugkoffer zusammen und ging zur Tür. »Ach, das Klimagerät funktioniert übrigens wieder. Anscheinend hatte sich die neue Sicherung irgendwie gelockert, die ich letztes Mal eingesetzt habe.« Er zwinkerte mir zu, als verdächtigte er mich, es getan zu haben.

»Ich habe nichts gemacht.«

Er grinste. »Wie du meinst.«

Ich verdrehte die Augen. »Du bist so was von eingebildet.«

Er wandte sich zum Gehen, doch nach einem Schritt hielt er inne. »Eine Sache noch …«

»Was denn?«

Er sah mich von oben bis unten an. »Zieh morgen bitte kein Korsett an. Ich möchte imstande sein, klar zu denken.«

Am nächsten Morgen blieb meine Bahn stecken, und ich kam ein paar Minuten zu spät zum Frühstück mit Colby. Er stand vom Tisch auf, als ich das Diner betrat, und in seinem Gesicht zeigte sich Erleichterung. Dann bemerkte er jedoch mein Outfit, und sein Gesicht nahm einen völlig anderen Ausdruck an. Natürlich hatte ich mein Lieblingsspitzenkorsett an, das nur wenig der Fantasie überließ.

»Hey.« Ich ging lächelnd auf ihn zu.

Colby schüttelte den Kopf. »Du bist ein böses Mädchen.«

Ich gab vor, nicht zu wissen, wovon er redete. »Meine Bahn ist stecken geblieben.«

Sein Blick war auf mein Dekolleté fixiert. »Vielleicht sollte ich die Tischdecke vom Tisch ziehen und dich darin einwickeln.«

»Dann könntest du dich aber nicht an meinem Korsett erfreuen«, sagte ich mit einem Augenzwinkern.

Er wies auf den Stuhl ihm gegenüber. »Nimm bitte Platz, damit ich mich auch setzen kann. Sonst muss *ich* mir die Tischdecke umwickeln, um mich nicht zum Gespött zu machen.«

Ich schmunzelte. Der Kellner kam sofort mit der Speisekarte, und wir bestellten beide Kaffee.

Colby sah auf seine Uhr. »Ich habe leider nur eine Dreiviertelstunde. Brayden passt auf Saylor auf, aber er muss um zehn weg.«

»Ist okay. Ich muss auch zur Arbeit.«

Der Kellner kam mit dem Kaffee und fragte, ob wir uns schon etwas ausgesucht hätten. Ich saß gerade mal eine halbe Minute und hatte noch gar nicht in die Speisekarte geschaut. Ich sah Colby fragend an. »Weißt du schon, was du nimmst?«

»Eier Benedict, glaube ich.«

Ich gab dem Kellner meine Speisekarte. »Für mich bitte auch.«

»Alles klar.«

Als wir wieder allein waren, holte Colby tief Luft. »Bevor wir reden, möchte ich mich für gestern Abend entschuldigen. Ich hätte dir nicht so zusetzen dürfen.«

»Schon gut, Colby. Keine große Sache.«

Seine Miene war ernst. »Für mich schon. Es wird nicht wieder vorkommen.«

Ich lächelte zurückhaltend. »Wirklich? Es war irgendwie heiß.«

Seine Augenbrauen schossen nach oben, dann grinste er.

»Ach ja? Kann ich mein Versprechen zurücknehmen, dass es nie wieder passiert?«

Ich lachte.

»Wo wir schon dabei sind …«, sagte er. »Ich will gleich zur Sache kommen. Ich bin aufgebraust, weil ich dich sehr mag. Ich fühle mich extrem zu dir hingezogen, was wohl ziemlich offensichtlich ist, aber das ist noch nicht alles. Ich denke die ganze Zeit an dich, Billie. Es ist fast schon krankhaft.«

Ich hatte Herzflattern, und mir wurde ganz warm im Bauch. »Ich mag dich auch, Colby«, sagte ich und stockte. »Aber du machst mir Angst. Außerdem habe ich große Vertrauensprobleme, mit denen ich dich nicht belasten will.«

Er griff über den Tisch und verschränkte seine Finger mit meinen. »Wir haben nur Angst vor Dingen, die uns etwas bedeuten.«

Ich nickte seufzend. »Ich weiß.«

»Ich habe lange darüber nachgedacht. Ich könnte dir sagen, dass ich dir niemals wehtun werde und du mir hundertprozentig vertrauen kannst, aber das würde nichts bringen. Das hast du schon viel zu oft von Leuten gehört, die ihr Wort dann nicht gehalten haben. Aus uns kann nur etwas werden, wenn ich dein Vertrauen gewinne.«

»Und wie?«

»Indem wir Zeit miteinander verbringen. Keine Dates, bevor du dir sicher bist, dass du das möchtest, aber wir machen mit den Nicht-Dates weiter. Nur dass wir uns jetzt versprechen, mit sonst niemandem auszugehen.«

Ich kaute auf meiner Unterlippe, während ich überlegte. »Was wäre das dann? Eine exklusive Nicht-Beziehung?«

Colby lehnte sich zurück und lächelte. »Genau.«

Wie sich mir die Situation darstellte, musste ich mich entweder komplett von diesem Mann zurückziehen oder seinem

Vorschlag folgen und kleine Schritte vorwärts machen. Wenn ich bedachte, wie elend ich mich in den letzten zwei Wochen gefühlt hatte, die wir uns nicht gesehen hatten, wollte ich nicht mehr davonlaufen. Also holte ich tief Luft und nickte. »Okay.«

»Wirklich?«

»Ja. Ich finde, das ist eine gute Idee. Es hat doch gut geklappt mit dem Nicht-Daten, bis ich dachte, du hättest was mit einer anderen gehabt, und blöderweise mit Eddie ausgegangen bin.«

Colby stöhnte. »Sprich seinen Namen bitte nicht aus.«

Ich lächelte. »Okay, aber du musst mir versprechen, nie wieder den Dreier zu erwähnen, den du verpasst hast.«

Er führte meine Hand an seine Lippen und küsste sie. »Abgemacht.«

Allzu bald mussten wir gehen. Weil außer mir noch keiner da war, blieben wir noch einen Moment vor der Tür meines Studios stehen. Colby verschränkte seine Finger mit meinen und schwang unsere Hände hin und her.

»Ich wünschte, Nicht-Dates würden mit einem Kuss enden«, sagte er. »Aber das gehört sich leider nicht.«

»Nein?«

Er schüttelte den Kopf. »Nein. Nicht-Dates enden damit, dass man den anderen tief einatmet.«

Ich lachte. »Wie funktioniert das denn?«

»Gut, dass du fragst. Ich zeige es dir.« Er beugte sich über mich und vergrub sein Gesicht in meinem Haar, fuhr mit der Nase meinen Hals entlang und atmete tief ein. Bei meinem Ohr angekommen, stöhnte er. »Gott, du riechst verdammt gut.«

Jedes einzelne Härchen an meinem Körper richtete sich auf. Ich war kurz davor, das Kussverbot zu missachten … als mich eine Stimme wieder auf den Boden der Tatsachen holte.

»Nehmt euch ein Zimmer«, brummelte Deek. »Es gibt Leute, die hier arbeiten müssen.«

Ich zuckte zurück, als hätte mir jemand einen Eimer kaltes Wasser über den Kopf geschüttet. »Oh, entschuldige.«

Deek schmunzelte. »Lasst mich durch, und ich schließe auf, statt euch zu beobachten. Heteros zugucken ist sowieso nicht mein Ding.«

Colby grinste. »Ich muss gehen, sonst bekomme ich Ärger mit Brayden.« Er sah mich an. »Bis morgen Abend dann?«

»Okay.« Ich lächelte.

»Ich rufe dich an, wenn ich mir etwas überlegt habe.«

Ich winkte ihm nach, als er zum Hauseingang ging. Deek hatte seinen Schlüssel in der Hand und schob sich an mir vorbei, um aufzumachen. »Dann hat mein Trick mit der Sicherung also funktioniert?«

»Ich *wusste*, dass du es warst!« Wir betraten das Studio. »Du bist so ein Idiot. Colby denkt, ich hätte die Sicherung gelockert, um einen Vorwand zu haben, ihn zu sehen.«

Deek grinste. »Gern geschehen, meine Liebe. Es freut mich, dass es hingehauen hat und ihr jetzt doch ein Date habt.«

Ich schüttelte den Kopf. »Oh, wir daten uns nicht. Wir haben Nicht-Dates, wie er es nennt. Wir treffen uns ohne den ganzen Druck. Aber wir verabreden uns nicht mehr mit anderen.«

Deek lachte schallend.

»Was ist so witzig?«

»Dass du den Mann datest und es nicht einmal weißt.«

12. KAPITEL

COLBY

Am Samstagabend holte ich Billie nach der Arbeit im Tattoostudio ab.

Ich hatte ihr nicht verraten, was ich mir überlegt hatte, aber wir hatten es nicht weit. Unser Ziel war gleich die Treppe hoch.

»Was machen wir?«, fragte sie.

Ich kitzelte sie an der Taille. »Das wüsstest du wohl gern?«

»Oh ja.« Sie kitzelte mich zurück.

»Warum? Befürchtest du, dass ich dir ein Date unterschieben will? Weit gefehlt.«

Billie bohrte mir den Zeigefinger in die Rippen. »Anscheinend willst du mich mit zu dir nach Hause nehmen. Da bin ich natürlich misstrauisch. Ist Saylor bei deinen Eltern oder so?« Sie schnippte mit den Fingern. »Jetzt weiß ich's! Ist heute wieder Waschtag?«

Ich schmunzelte. »Wir gehen nicht zu mir. Obwohl sich schon wieder ein Kleiderberg angesammelt hat, sodass es nötig wäre.«

»Wohin wollen wir denn dann?«

»Du wirst schon sehen.«

»Machen wir ein Picknick auf dem Dach?«

»Wäre das nicht ein Date?«

»Allerdings. Das war nur ein Test.«

»Was wir vorhaben, ist alles andere als ein Picknick, meine Liebe.«

Sie sah mich begeistert an. »Jetzt bin ich aber neugierig.«

Ich hoffte, dass es keine Enttäuschung für sie wurde. Wir gingen den Flur hinunter und betraten den Aufzug. Ich drückte den Knopf für den zweiten Stock. Während der Fahrt lehnte Billie sich an die Wand an. Ich stand dicht neben ihr und beugte mich vor, um ihren köstlichen Duft einzuatmen. Augenblicklich überkam mich das Gefühl, sie mit niemandem teilen zu wollen. Doch statt mit ihr allein zu sein, würde ich sie den Wölfen zum Fraß vorwerfen.

Die Türen öffneten sich, und Billie folgte mir den Korridor hinunter. Bei Owens Wohnung angekommen klopfte ich.

Brayden machte uns auf. »Hey, Kumpel.« Seine Mundwinkel wanderten nach oben, als er Billie sah. Er hatte sie noch nicht kennengelernt. »Wen haben wir denn da?«

»Das ist Billie. Ihr gehört das Tattoostudio unten. Sie macht heute mit.« Ich legte ihr die Hand in den Rücken. »Billie, das ist Brayden – Amigo Nummer drei, den du noch nicht kennst, glaube ich.«

»Freut mich, Brayden.« Sie reichte ihm die Hand.

Er ergriff sie und grinste von einem Ohr zum anderen. »Ebenfalls.«

Als wir die Wohnung betraten, schlug mir Zigarrenrauch entgegen, und auf dem Tisch lagen Karten und Pokerchips bereit. Ich hatte nicht so viel für Zigarren übrig wie die anderen, aber wenn alle rauchten, genehmigte ich mir auch stets eine.

»Willkommen zu unserer vierteljährlichen Pokerrunde«, sagte ich Billie ins Ohr. »Heute bist du einer von uns. Entspricht das deiner Vorstellung von einem Nicht-Date?«

Sie nickte. »Ich liebe Poker. Das ist das perfekte Nicht-Date.«

»Du spielst?«

»Ich habe gespielt, ja.« Sie stach mir mit dem Zeigefinger in die Brust. »Hast du jetzt Angst?«

»Ich bin eher begeistert.« Ich wandte mich Owen zu. »Owen, du kennst Billie …«

Er nickte. »Schön, dich zu sehen.«

Ich registrierte, wie er ihr kurz auf die Brust schaute. Ich hätte ihn am liebsten erwürgt, aber ich konnte es ihm nicht übelnehmen, dass er einen Blick riskiert hatte. Billie hatte wieder einmal beschlossen, mich mit einem Korsett zu quälen, diesmal mit dem berüchtigten königsblauen, in dem Holden sie fotografiert hatte, als sie mit diesem Typen aus war. Sie wollte mich eindeutig umbringen, und jetzt weckte sie den Wunsch in mir, meinem Freund das Gleiche anzutun.

Owen hatte wie immer noch seine Arbeitsklamotten an: ein weißes Hemd, dessen Ärmel er hochgerollt hatte, und eine schwarze Anzughose – an einem Samstag. Wir richteten den Pokerabend abwechselnd aus, und in der Regel tauchte Owen als Letzter auf, selbst wenn er der Gastgeber war, weil er ständig zu lange arbeitete. Es überraschte mich, dass er schon da war. Würde man das Wort »Workaholic« nachschlagen, würde man garantiert auf ein Foto von Owen stoßen.

Billie setzte sich neben Brayden, und ich setzte mich ihnen gegenüber neben Owen. Sie nahm sich eine Zigarre, und Brayden hielt ihr ein brennendes Streichholz zum Anzünden hin.

»Die Frau raucht Zigarren. Sie gefällt mir jetzt schon«, sagte er.

»Vielen Dank«, sagte sie, bevor sie den ersten Zug nahm. Ich beobachtete, wie sich ihre vollen Lippen um die Zigarre schlossen. *An den Anblick könnte ich mich gewöhnen.* Ich nahm mir ebenfalls eine.

Holden kam mit drei Pizzaschachteln aus der Küche. Er nickte Billie zu. »Wie geht's meiner Freundin?«

»Gut, und dir?« Sie blies genüsslich Rauch aus. »Lange nicht gesehen. Hast du in letzter Zeit jemand Interessantes bespitzelt?«

»Bist du deswegen noch sauer auf mich?« Er lachte. »Du weißt, ich liebe dich. Ich hab's für meinen Kumpel hier getan. Ich dachte, er will vielleicht wissen, was du so treibst und dass du mit diesem Riesenkerl zum Essen aus bist. Es war nicht böse gemeint.«

Musste er unbedingt erwähnen, wie riesig der Kerl ist?

»Schon gut«, sagte sie.

»Wer war der Typ überhaupt?«, fragte er.

Mein Puls raste, als ich mich an den Abend erinnerte. Ich biss ein bisschen zu fest auf meine Zigarre. *Offenbar bin ich immer noch scheißeifersüchtig.*

»Eddie ist ein Kunde von mir. Es war nur ein Abendessen. Kein Date.«

Brayden schaute von Billie zu mir. »Moment mal … Wie war das? Sie war mit einem anderen Typen aus, und Holden hat *was* gemacht?«

Billie paffte ihre Zigarre. »Zuerst hatte ich gedacht, Colby würde mich stalken und wäre irgendwo in der Bar. Aber es war Holden.«

»Ich war an dem Abend auch da und habe Colby praktisch per Liveticker auf dem Laufenden gehalten«, erklärte Holden. »Es hat ihn ziemlich fertiggemacht, und dann hat er sich zum Narren gemacht und ihr geschrieben.«

Ich zuckte die Achseln. »Ja, weil ich sie mag. Es stand mir allerdings nicht zu, eifersüchtig zu sein, weil wir ja nicht zusammen sind. Habe ich schon erwähnt, dass es sich hier um ein Nicht-Date handelt?« Ich lächelte Billie zu.

Owen musterte uns aus schmalen Augen. »Ich weiß nicht, wie es euch geht, aber ich bin verwirrt.«

»Da bist du nicht der Einzige«, sagte Billie lachend. »Wir finden das, was bei uns läuft, auch total verwirrend.«

Owen begann die Karten auszugeben. »Colby hat seit Ewigkeiten keine Frau mehr mitgebracht. Ihr könnt sagen, was ihr wollt. Mir ist diese Nicht-Date-Geschichte ziemlich suspekt.«

Brayden wandte sich Owen zu. »Na, wenigstens nicht-datet Colby. Du arbeitest dich zu Tode. Holden hurt herum …«

»Und was machst du?«, fuhr Holden ihn an.

»Ich?« Brayden lehnte sich zurück. »Ich bin total entspannt.«

Holden verdrehte die Augen. Das Witzige war, dass sich die Jungs in Anwesenheit von Billie zurückhielten. Normalerweise hagelte es in solchen Situationen Kraftausdrücke. Alles nur im Spaß, aber wegen unseres Gastes blieb das Vokabular jugendfrei.

»Was hat dir Colby denn so über uns erzählt?«, fragte Brayden sie. »Ich kann nicht fassen, dass er den Mumm hatte, dich mitzubringen, wo wir uns doch so gern gegenseitig in die Pfanne hauen.«

»Eigentlich hat mir Holden mehr über euch erzählt als Colby. Er war bei seinen Tattooterminen sehr redselig«, sagte sie augenzwinkernd. »Ich weiß, dass Owen ein Arbeitstier ist. Ich weiß, dass du, Brayden, so etwas wie der Mediator in der Gruppe bist, der jeden Streit schlichtet. Und Holden … Also, Holden ist aus meiner Sicht ein bisschen wild und verrückt. Und ich weiß von Colby, dass ihr alle tolle Onkel für Saylor seid.«

»Sehr gut erfasst.« Brayden lächelte.

»Du weißt von Ryan?«, fragte Owen.

Es wurde still im Raum.

»Ja.« Billie nickte. »Ihr habt mein Mitgefühl.«

Owen pustete Rauch aus. »Seinetwegen haben wir immer einen fünften Stuhl am Tisch.«

Sie sah ihn erschrocken an. »Oh Gott. Und ich sitze drauf?«

Brayden legte ihr die Hand auf die Schulter. »Nein, nein, nein. Alles gut.«

»Er würde sich freuen, wenn du auf ihm säßest.« Holden lachte.

Im Ernst, du Idiot? Ich sah ihn wütend an. »Und ich dachte, wir schaffen den Abend, ohne dass ich dir eine reinhauen muss.«

Holden zuckte die Achseln. »Entspann dich. War nur ein Witz.«

Ich biss die Zähne zusammen. »Ja. Schon klar.«

Billie blickte in die Runde. »Ihr müsst euch meinetwegen nicht zusammennehmen. Mein bester Freund Deek hält sich nie zurück. Ich bin einiges gewöhnt. Ich habe ein dickes Fell.«

Sobald wir angefangen hatten zu spielen, wurde nicht mehr viel geredet. Ich für meinen Teil starrte abwechselnd meine Karten und Billies schönes Pokerface an.

Ein paar Stunden später war ich aus dem Spiel. An der letzten Setzrunde waren nur noch Billie und Holden beteiligt. Dann zeigten beide ihre Karten. Billie hatte mit einem Vierling die bessere Hand und gewann.

»Verdammt«, schimpfte Holden. »Aber es hat Spaß gemacht, Leute.«

»Glückwunsch, Billie«, sagte Owen.

Brayden lachte. »Das passiert, wenn so eine abgebrühte Frau beim Pokern mitmacht. Sie schlägt uns alle, und wir können nicht mal über die Siegerin fluchen, wie wir es sonst tun, weil wir nicht wie die Arschlöcher rüberkommen wollen, die wir nun mal sind.«

»Flucht ruhig. Ich kann es verkraften«, sagte sie.

Ich ging um den Tisch und gab ihr zur Feier des Tages einen Kuss auf die Wange.

»Hey, keine Küsse, schon vergessen?«

»Ach ja. Daran habe ich gar nicht mehr gedacht …«, sagte ich und schnupperte ausgiebig an ihrem Hals.

»Was zum Teufel …?« Holden zog die Augenbrauen zusammen. »Riecht er ständig so an dir?«

»Das tun wir, statt uns zu küssen«, erklärte sie.

»Ihr seid vielleicht seltsam«, sagte Holden, stand auf und ging ins Bad.

Ich brachte schmunzelnd unseren Müll in die Küche. Owen folgte mir.

»Du verheimlichst mir etwas«, meinte er leise. »Was läuft wirklich zwischen dir und dieser Hammerfrau? Den Quatsch, dass ihr nicht datet, kaufe ich dir nicht ab.«

»Könntest du dich vielleicht etwas mehr bemühen, nicht auf ihre Brüste zu starren, damit ich nicht Gefahr laufe, meinen besten Freund umzubringen?«

»Habe ich das getan?« Er riss die Augen auf. »Scheiße. Tut mir leid. Habe ich nicht mal gemerkt. Vielleicht brauche ich mal wieder Sex.«

Ich zog eine Augenbraue hoch. »Was ist bei dir los? Flaute?«

»Die Arbeit hält mich auf Trab. Ich war seit einer Ewigkeit nicht mehr aus.« Er schüttelte den Kopf. »Moment mal, jetzt wechsel nicht das Thema. Ich habe *dich* etwas gefragt. Was ist Sache mit Billie?«

Ich seufzte. »Mit Billie ist es so … Wir mögen uns … sehr. Aber sie will mich nicht daten. Also tun wir so, als würden wir uns nicht daten, um Zeit miteinander verbringen zu können.«

»Also datet ihr euch im Grunde doch.«

»Nein, wir nicht-daten«, verbesserte ich ihn.

»Nenn es, wie du willst.« Er schüttelte den Kopf. »Warum will sie es denn nicht?«

»Ich glaube, sie hat Angst. Hättest du keine? Ich meine, jede Frau in meinem Leben muss sich damit befassen, ob sie einem

Kind, das nicht ihr eigenes ist, eine Mutter sein will. Für mich wäre es Grund genug davonzulaufen.«

»Hat sie Saylor kennengelernt?«

»Ja, Saylor vergöttert sie.«

Owen grinste. »Da ist sie nicht die Einzige. Du magst sie wirklich. Das erkenne ich an der Art, wie du sie ansiehst.«

Ich lächelte. »Erinnerst du dich an den Angelausflug mit deinem Vater, als wir zwölf waren? Du hattest einen tollen großen Barsch gefangen. Wir waren alle so neidisch auf dich, weil keiner von uns an dem Tag einen Fang gemacht hatte. Der Fisch hat total gezappelt, um sich zu befreien. Und er hat sich tatsächlich vom Haken losgerissen, und du hast ihn verloren. Weißt du noch?«

Er grinste. »Ja, klar.«

»Dieser Barsch erinnert mich an Billie.«

»Weil sie ein guter Fang ist?«

»Nein.«

Er zerlegte eine Pizzaschachtel. »Dann weiß ich nicht, worauf du hinauswillst.«

»Ich bin ja auch noch nicht fertig«, entgegnete ich.

»Vergiss nicht, was danach passiert ist. Ich habe den Barsch noch mal gefangen.«

»Ja. Da kommen wir allmählich zum Punkt. Beim zweiten Mal hast *du* ihn wieder ins Wasser geworfen – nach der ganzen Plackerei. Wir konnten ihn nicht mal mit nach Hause nehmen und essen. Billie ist also wie der Barsch. Ich will sie. Und sie wehrt sich – weil sie mich auch will, denke ich, aber ich mache ihr Angst. Im Grunde weiß ich ja auch nicht, ob ich langfristig für sie der Richtige bin. Deshalb ist da immer der Gedanke, dass ich sie, selbst wenn ich sie fange …«

»Dass du sie zu ihrem Besten wieder ins Wasser wirfst?«

»Ja, bildlich gesprochen.« Ich rieb mir die Schläfen.

»Nun, um bei den Fischmetaphern zu bleiben …«, sagte er. »Es gibt viele Fische im Meer, aber für so einen Barsch lohnt es sich zu kämpfen, wenn du ihn wirklich haben willst.«

»Ich habe nicht damit gerechnet, Mann. Verstehst du? Ich hatte die Möglichkeit abgeschrieben, eine Frau zu finden, mit der ich eine Beziehung eingehen würde, zumindest bis Saylor älter ist. Aber sie ist einfach wie aus dem Nichts aufgetaucht.«

»Das Leben überrascht uns oft, wenn wir es am wenigsten erwarten. Im Guten wie im Bösen.« Er öffnete den Müllschlucker und warf den Abfall hinein, den wir auf der Arbeitsfläche gesammelt hatten. »Aber ich beneide dich.«

»Warum?« Ich verschränkte die Arme. »Hättest du auch gern blaue Eier?«

»Du hast jemanden gefunden, für den du brennst. Das habe ich schon … ach, eine Ewigkeit nicht mehr erlebt. Ich bleibe lieber allein, als meine Zeit mit einer Frau zu verschwenden, auf die ich nicht besonders abfahre. Auch deshalb hatte ich in letzter Zeit nicht viele Verabredungen. Aber wenn man eine derartige Leidenschaft empfindet? Scheiße! Lass sie nicht gehen.«

Owen arbeitete mit vielen attraktiven Frauen zusammen, die sich ständig an ihn ranmachten. Das törnte ihn jedoch ab. Er wollte der Jäger sein. Und er war wählerisch. Mit gutem Recht.

»Du wirst sie eines Tages finden«, sagte ich.

»Wen?«, fragte Brayden, der in diesem Moment in die Küche kam. »Wenn ihr nicht bald wieder rüberkommt, flirte ich mit dieser Granate, die du mitgebracht hast, Colby. Unglaublich, dass sie uns alle abgezogen hat. Ich verstehe nicht, warum ich sie noch nie unten gesehen habe. Wäre sie mir über den Weg gelaufen, hätte ich sie dir vielleicht weggeschnappt.«

Meine verärgerte Miene entging ihm offenbar nicht.

»War nur ein Witz, verdammt.« Er schüttelte den Kopf. »Du hast sie wirklich gern.«

»Das haben wir bereits festgestellt«, sagte ich.

»Hat sie Freundinnen?«, fragte Brayden.

»Seit wann brauchst du Hilfe, um jemanden kennenzulernen?«

»Eine gute Empfehlung schadet nicht. Heiße Bräute haben meist heiße Freundinnen.«

»Der einzige Freund von ihr, den ich bisher kennengelernt habe, ist ein heißer Schwuler.«

Er nickte. »Sie hat anscheinend viele Männerfreundschaften. Mit dem Typen zum Beispiel, mit dem Holden sie beim Abendessen gesehen hat.«

»Willst du dir unbedingt eine einfangen heute Abend, Brayden?«

Er lachte. »Sei nicht so hart zu mir. Ich musste mich den ganzen Abend benehmen. Irgendwann muss es raus.«

Owen klopfte ihm auf den Rücken. »Wir gehen besser wieder rüber. Wir haben sie schon zu lange mit Holden allein gelassen, was grundsätzlich nicht gut ist.«

»Wusstest du, dass er sich von ihr sein Tattoo an der Leiste hat korrigieren lassen?«, sagte ich.

Owen riss die Augen auf. »Was für ein Arsch.«

Nachdem Billie und ich uns verabschiedet hatten, warteten wir im Eingangsflur auf den Wagen, den ich für sie bestellt hatte.

Sie rieb sich die Arme. »Es war wirklich schön, Zeit mit dir und deinen Freunden zu verbringen.«

»Es hat ihnen auch allen gut mit dir gefallen.«

»Ich fühle mich geehrt, dass ihr meinetwegen mit eurer Tradition gebrochen habt. Bin ich die erste Frau, die je mit euch spielen durfte?«

»Die Allererste, ja. Und nachdem du uns so vernichtend geschlagen hast, wahrscheinlich auch die Letzte.« Ich ließ meine Finger durch ihr langes schwarzes Haar gleiten.

»Weißt du, ihr könnt wirklich von Glück sagen, dass ihr einander habt. Ich habe Freundinnen, aber die kennen sich untereinander kaum. Es ist cool, zu einer Gruppe zu gehören – als hätte man eine zweite Familie.«

»Als Ryan starb, haben wir uns geschworen zusammenzuhalten. Sein Tod hat uns gelehrt, nichts für selbstverständlich zu halten, auch Freundschaften nicht. Deshalb stärken wir uns gegenseitig den Rücken. Trotzdem gerate ich hin und wieder in Versuchung, dem einen oder anderen eine zu verpassen, wenn er mir auf die Nerven geht. So wie bei Owen heute, als er dein Korsett abgecheckt hat.«

Sie schaute an sich hinunter. »Ups.«

»Warum trägst du überhaupt eins, obwohl ich dich gebeten hatte, es nicht zu tun?«

Sie warf mir ein verschmitztes Grinsen zu. »Bist du sauer?«

»Eher gereizt.« Ich rückte dichter an sie heran.

»Ich reize dich unheimlich gern.«

»Du hast keine Ahnung, wie sehr.« Ich zupfte an ihrem Korsett. »Obwohl ich dieses hier wirklich hasse. Es erinnert mich daran, wie lächerlich ich mich gemacht habe, als du es bei dem Date getragen hast, von dem du nicht zugibst, dass es ein Date war. Das machst du nämlich.«

»Ich mag es, wenn du eifersüchtig bist«, sagte sie leise.

»Du magst es, mich verrückt zu machen, ja. Und es funktioniert, Billie. Es funktioniert total.«

Ich beugte mich zu ihr, vergrub mein Gesicht an ihrem Hals und nutzte ihre Erlaubnis aus, an ihr riechen zu dürfen. Sie fuhr mir mit den Fingern durch die Haare, und mir fiel auf, dass sie schneller atmete.

»Habe ich verpasst, dass solche Berührungen jetzt erlaubt sind?« Ich stöhnte. »Deine Hände in meinen Haaren fühlen sich nämlich verdammt gut an.«

»Ich liebe deine Haare. Sie sind so dicht und seidenweich«, sagte sie, ohne auf meine Frage einzugehen. »Und dein Duft gefällt mir auch.«

Ich erhielt die Nachricht, dass ihr Wagen da war. *Mist.* Ich war steinhart und ließ sie nur ungern gehen.

»Also … gute Nacht«, sagte sie etwas atemlos.

»Gute Nacht.«

Ich schaute ihr nach, als sie das Haus verließ. Dann sah ich mein Spiegelbild in der Glasscheibe neben der Tür. Meine Haare standen in alle Richtungen ab. Ich strich sie glatt und stellte fest, dass ich auch unter der Gürtellinie Ordnung schaffen musste, bevor ich der Babysitterin gegenübertreten konnte.

Ich ging die Treppe zu meiner Wohnung hoch und war mir in diesem Moment völlig sicher, dass ich Billie, wenn ich das Glück hatte, sie mir zu angeln, nicht wieder ins Wasser werfen würde. Stattdessen würde ich sie zum Abendessen verschlingen.

13. KAPITEL

BILLIE

Am Donnerstag der folgenden Woche kam ich zu dem Schluss, dass ich an der Reihe war, das nächste Nicht-Date mit Colby anzustoßen. Er hatte sich seit dem Pokerabend ein paarmal gemeldet und mir geschrieben, aber ich hatte das Gefühl, dass er sich zurückhielt und sich bemühte, mir Freiraum zu lassen. Er hatte ab und zu auf Aktivitäten hingewiesen, die sich seiner Meinung nach gut als Nicht-Dates eignen würden, hatte mich aber auf nichts festgenagelt. Also war ich allem Anschein nach am Zug, und so schrieb ich ihm und lud ihn ein, am Wochenende eine Kunstausstellung mit mir zu besuchen. Dann kam mir in den Sinn, dass es noch viel unromantischer wäre, ihn zuerst noch ein bisschen zu ärgern.

Billie: Hey. Ich gehe am Samstagabend zu einer Kunstausstellung. Einer der Aussteller malt Lieder. Das ist ziemlich cool. Einmal im Monat lässt er sich die Lieblingssongs seiner Fans aus den Indie-Top-100 nennen. Zu dem am häufigsten Genannten malt er ein Bild. Es ist keine Textinterpretation – er malt die Gefühle, die der Song hervorruft. Man bekommt ein Headset, damit man sich die Songs zu den Bildern anhören kann. Es ist unglaublich, wie genau er die Emotionen jedes Mal trifft.
Colby: Wow, das klingt toll. Ich liebe Kunstausstellungen.

Ich grinste. *Ein Wink mit dem Zaunpfahl.*

Billie: Ich habe zwei Eintrittskarten und dachte, ich frage Holden, ob er mitkommt. Weil er ja Musiker ist, du weißt schon. Es wäre natürlich kein Date.

Das Teufelchen in mir konnte nicht anders, daher schrieb ich noch eine Ergänzung.

Billie: Eher ein Nicht-Date ;)

Die Punkte tanzten im Kreis, dann verschwanden sie, tauchten wieder auf und verschwanden. Ich musste lachen. Schließlich vibrierte mein Telefon.

Colby: Du willst Holden nicht-daten?
Billie: Ja, warum nicht? Es wäre natürlich rein platonisch, wie bei uns.

Nachdem die Nachricht als gelesen angezeigt wurde, verging eine ganze Minuten. Dann klingelte mein Telefon. Colby. Gut, dass er nicht über FaceTime anrief, denn ich bekam das Grinsen einfach nicht aus dem Gesicht.

»Hey«, sagte ich.

»Ich halte das für keine gute Idee.«

»Was?«

Ein paar Sekunden vergingen. »Sag mal, willst du mich verarschen?«

Ich lachte. »Warum sollte ich?«

»Du tust es tatsächlich. Du verarschst mich.«

Mein Lachen wurde zu einem Prusten. »Sehr eifersüchtig?«

»Ich werde dir den Hintern versohlen. Ich weiß nicht mal,

ob du wirklich Karten für eine Ausstellung hast. Aber nach der Nummer gerade siehst du besser zu, dass du welche besorgst. Denn am Samstagabend wirst du *mich* zu einer mitnehmen.«

Ich biss mir auf die Unterlippe. »Ich finde deinen Kommandoton irgendwie heiß.«

»Ach ja? Na, ich kann dich sehr gern herumkommandieren, Süße. Schwing deinen Hintern in mein Schlafzimmer, dann zeige ich es dir.«

Oh Gott. Das klang verdammt gut. Aber wie zum Teufel hatte er es geschafft, den Spieß so schnell umzudrehen? Ich musste das Gespräch in eine andere Richtung lenken, bevor ich ihn noch bat, so weiterzureden, und mir die Hand in den Slip schob.

Ich räusperte mich. »Also … Würdest du mit mir zu dieser Ausstellung gehen, Colby? Es ist selbstverständlich ein Nicht-Date.«

»Hat ja lange genug gedauert, bis du fragst.«

Ich lachte. »Ich muss recht früher hin. Ist sechs Uhr okay?«

»In Ordnung. Ich hole dich ab.«

»Wir treffen uns im Studio«, erwiderte ich.

»Musst du arbeiten?«

»Nein, diesen Samstag habe ich frei.«

»Dann lass mich zu dir kommen. Ich möchte sehen, wo du wohnst.«

»Ähm …«

»Ernsthaft? Du vertraust mir immer noch nicht? Ich werde nicht über dich herfallen, Billie.«

Der Witz war, dass ich ihm vollkommen vertraute, aber ich traute *mir* nicht, wenn es darum ging, mit ihm allein zu sein, vor allem an einem Ort mit einem großen Bett. Aber ich war schließlich diejenige, die auf einer platonischen Beziehung bestand, also musste ich damit klarkommen. »Natürlich vertraue ich dir. Dann bis später bei mir.«

»Du bist früh dran …«

Colbys Blick fiel auf meine nackten Beine. Ich war gerade mit meinem Make-up fertig und hatte mir die Haare geföhnt und trug einen kurzen Seidenmorgenmantel, der nur knapp meinen Po bedeckte.

Er wippte auf den Zehen. »Anscheinend bin ich genau zur rechten Zeit gekommen.«

Ich schmunzelte und trat zur Seite, um ihn einzulassen. »Komm rein. Mach es dir bequem. Ich mach mich schnell fertig.«

In meinem Schlafzimmer zog ich den Morgenmantel aus und das Sommerkleid an, das ich schon herausgelegt hatte.

»Ich habe versucht, mir vorzustellen, wie deine Wohnung aussieht«, rief Colby aus dem anderen Zimmer.

»Und? Was sagst du?«, rief ich. »Hast du sie dir so vorgestellt?«

»Total. Feminin und mädchenhaft, aber auch irgendwie schrill. Sag mal, ist der Henkel von diesem Kaffeebecher ein *Schwanz*?«

Ich lachte und zog meine Schuhe an. »Allerdings. Deek hat ihn mir zum Geburtstag gemacht. Er war mit seinem Freund bei einem Töpferkurs, und alles, was sie gemacht haben, hatte einen Schwanz oder Eier.«

Als ich mich vor den großen Spiegel an meiner Schlafzimmertür stellte, erkannte ich mich nicht wieder. Ein solches Outfit hatte ich lange nicht mehr getragen, aber wenn ich in meinen normalen Klamotten in der Galerie meiner Mutter auftauchte, würde sie einen Herzinfarkt bekommen. Ich lenkte also ein wenig ein und hoffte, sie würde es auch tun.

Im Wohnzimmer sah sich Colby die Kunstwerke an, die ich an einer Wand aufgehängt hatte.

»Hast du die selbst ...« Er stockte, als er sich zu mir umdrehte. »Wow. Du siehst aus ...«

»Als wollte ich in die Kirche gehen?«

»Kirche ist genau das Gegenteil von dem, woran ich denke, wenn ich dich in so einem Kleid sehe. Für meine Gedanken komme ich in die Hölle ...«

Ich sah an mir hinunter. »Wirklich? So empfindest du das? Aber du liebst doch meine Korsetts.«

»Oh, die liebe ich auch. Aber dieses Kleid mit seinem unschuldigen Look und dazu dein Ärmeltattoo ... Ich würde dich am liebsten ...« Er sah mich noch einmal von oben bis unten an und schüttelte den Kopf. »Vergiss es. Wir sollten besser aufbrechen.«

Gott, dieser Mann brachte mich um. Der Frust in seiner Stimme machte mich ganz kribbelig. Es war mir nicht fremd, von einem Mann gewollt zu werden, aber Colby gab mir das Gefühl, so viel mehr zu wollen als nur meinen Körper.

Ich nickte. »Gute Idee. Meine Mutter hasst Unpünktlichkeit.«

Colby zog die Augenbrauen zusammen. »Deine Mutter?«

Ich holte meine Tasche. »Oh, habe ich vergessen zu erwähnen, dass die Ausstellung in der Galerie meiner Mutter stattfindet?«

»Ich fürchte ja.«

»Habe ich denn erwähnt, dass ich eigentlich kein Gast bin, sondern einige meiner Arbeiten zeige? Die Ausstellung heißt ›The Edge‹, weil die Künstler angeblich alle«, – ich malte Anführungsstriche in die Luft –, »avantgardistisch und provokant sind.«

»Nein, das hast du auch nicht erwähnt.«

»Tja, dann wünsche ich dir viel Glück mit meiner Mutter. Das wirst du wahrscheinlich brauchen.«

»Also, Colby, erzählen Sie mir von sich.« Meine Mutter hob ihr Weinglas an ihre perfekt geschminkten Lippen und nippte daran. »Was machen Sie beruflich?«

»Ich bin Architekt.«

»Oh, eine wundervolle Tätigkeit. Man kann seine Kreativität ausleben und hat gleichzeitig Stabilität. Ich wünschte, ich hätte Billie zu etwas Ähnlichem bewegen können.«

»Mein Tattoostudio läuft bestens, Mom.«

Sie schüttelte vehement den Kopf. »Ja, aber deine Kundschaft ...«

»Ist viel witziger als deine«, sagte ich mit zusammengebissenen Zähnen.

Sie lächelte und widmete Colby wieder ihre Aufmerksamkeit. »Wie haben Sie meine Tochter kennengelernt? Sie bringt so gut wie nie jemanden mit. Ich hoffe, die vielen Fragen machen Ihnen nichts aus.«

Colby war äußerst liebenswürdig. »Nein, gar nicht. Fragen Sie nur. Ich habe Billie in ihrem Studio kennengelernt, als ich mich als ihr neuer Vermieter vorgestellt habe.« Er sah mich mit einem Funkeln in den Augen an. »Sie hatte eine kleine Party ausgerichtet, als ich kam.«

Ich hob mein Champagnerglas, um mein Grinsen zu verbergen. »Ja, der Ehrengast hat sogar ein besonderes Geschenk von mir bekommen.«

Meine Mutter schien unseren Wortwechsel gar nicht wahrzunehmen. Sie war an etwas hängen geblieben, das Colby gesagt hatte.

»Vermieter!« Ihre Augen leuchteten auf. »Eine Immobilie in Manhattan in Ihrem Alter? Das ist beeindruckend.«

»Es ist nicht so aufregend, wie es klingt«, sagte Colby. »Ich habe drei Partner.«

»Seien Sie nicht so bescheiden. Es ist wichtig, sein Leben auf Kurs zu bringen.« Sie sah zu mir herüber. »Vielleicht färbt Ihre Vernunft ja auf meine Tochter ab, und sie hört auf, gegen mich zu rebellieren, indem sie ihren Körper mit Tätowierungen verschandelt und sich mit zwielichtigen Leuten herumtreibt.«

Colby wurde rot, und sein Wangenmuskel zuckte. »Das bezweifle ich. Denn ich glaube daran, dass man andere dazu ermutigen sollte, das zu tun, was sie lieben. Außerdem habe ich einige Leute aus Billies Umfeld kennengelernt, und sie sind alles andere als zwielichtig. Sie sind loyal und passen gut auf Ihre Tochter auf – so, wie man es sich für jemanden wünscht, der einem wichtig ist.«

Meine Mutter seufzte. »Ihr Lebensstil ist unter ihrer Würde.«

Colby schüttelte den Kopf. »Ich hoffe, Sie verzeihen mir, dass ich es sage, aber wir sind erst fünf Minuten hier, und Sie haben Billie nun schon viermal beleidigt. Meiner Erfahrung nach geht es in der Regel nicht um die beurteilte Person, wenn jemand andere nach ihrem Aussehen oder Beruf beurteilt, sondern vielmehr um die Unsicherheit der Person, die verurteilt.«

Meine Mutter blinzelte mehrmals. Sie war offensichtlich schockiert darüber, dass jemand so mit ihr redete. Aber dann erholte sie sich und setzte ihr bestes falsches Lächeln auf. »Viel Vergnügen bei der Ausstellung. Es war schön, Sie kennenzulernen, Carter.«

Mir blieb der Mund offen stehen, als sie davonstolzierte.

»Tut mir leid«, sagte Colby zerknirscht. »Ich hätte das nicht sagen sollen.«

»Soll das ein Witz sein? Das war großartig!«

»Du bist nicht sauer?«

»Sauer? Ich könnte dich küssen.«

Er grinste. »Nur zu, ich habe nichts dagegen.«

Ich musste lachen. »Im Ernst, Colby, das war perfekt. Sie war überhaupt nicht darauf gefasst, und du hast es gesagt, ohne die Stimme zu erheben oder eine Szene zu machen.«

»Ehrlich gesagt dachte ich, du übertreibst, als du mir von deiner Mutter erzählt hast.«

»Schön wär's.« Ich hakte mich bei Colby unter. »Aber jetzt wollen wir nicht mehr an sie denken. Komm mit, ich habe Devin gesehen, meinen Mentor. Du weißt schon, bei dem ich gelernt habe. Ich möchte ihn dir vorstellen.«

Nachdem wir uns eine Weile mit Devin unterhalten hatten, führte ich Colby in der Galerie herum. Wir machten die Runde und blieben vor jedem Exponat stehen. Als wir auf meine Ecke zugingen, wurde ich etwas nervös. Colby kannte meine Tattoos, aber nicht die Bilder, die ich hier ausstellte. Ich atmete tief durch, als wir vor dem ersten standen – eine nackte Frau in liegender Pose mit durchgebogenem Rücken. Ihre Miene war starr, ihre Muskeln waren angespannt. Das ganze Bild war in Schwarz-Weiß gemalt, nur quer über ihren Brüsten prangte ein Fetzen knallrote Seide.

»Das ist eins von meinen«, sagte ich. »Meine Mutter hat verlangt, dass ich es für die Ausstellung umbenenne.«

»Wow, es ist unglaublich.« Colby warf einen Blick auf das kleine Schild darunter. »Bei Eva«, las er. »Was bedeutet das?«

Ich lachte. »Keine Ahnung. Ich schätze, es soll einen biblischen Bezug haben.«

»Und wie hieß es ursprünglich?«

»Ich hatte es ›Gipfel vor dem Höhepunkt‹ genannt. In meinen Augen fängt die Pose den Moment vor dem Orgasmus ein.«

Colby betrachtete das Bild eingehend. Er studierte die Frau

ziemlich lange, dann schluckte er. »Es ist wirklich fantastisch, Billie. Es löst etwas in mir aus, wenn ich es ansehe.«

Ich stieß ihn mit der Schulter an. »So, so, es löst etwas aus, hm?«, sagte ich leise. »Soll ich dir ein Geheimnis verraten?«

»Unbedingt.«

»Ich habe ein Nacktfoto von mir in dieser Position gemacht, damit ich eine Vorlage für den gebogenen Rücken habe. Ich habe mich mit Selbstauslöser fotografiert.«

Colbys Blick fiel auf meinen Mund. »Hast du das Foto noch auf dem Handy?«

Ich grinste boshaft. »Kann sein …«

Er stöhnte. »Du machst mich fertig, Frau.«

Wir brauchten eine Stunde, um uns die gesamte Ausstellung anzusehen. Als wir fertig waren, musste ich zur Toilette und entschuldigte mich.

Bei meiner Rückkehr stand Colby wieder vor meinem Eva-Bild. Er hatte zwei Gläser Champagner in den Händen und eine Karte.

»Eine Frau hat mich gefragt, ob ich noch ein Glas möchte«, sagte er. »Also habe ich auch eins für dich genommen.«

»Oh, super. Danke.«

Er hielt die Karte hoch. »Das hier hat sie mir auch gegeben. Was ist das? Die Kennnummern der Werke oder so?«

Ich lächelte. »Das ist die Preisliste.«

Er hatte gerade einen Schluck getrunken und fing an zu husten. »Die Preisliste?« Er sah sich die Karte genauer an. »Bei den Zahlen fehlen aber die Kommas, oder?«

»Nein«, entgegnete ich schmunzelnd. Meine Mutter steht auf runde Summen. Und Dollarzeichen findet sie stil- und geschmacklos. Deshalb stehen da nur Zahlen.«

Colby zeigte auf mein Bild. »Es kostet mich also elftausendfünfhundert Dollar, wenn ich es kaufen will?«

Ich schüttelte den Kopf. »Du kannst es nicht kaufen.« Ich zeigte auf den kleinen roten Aufkleber am Rand. »Offensichtlich ist es schon verkauft.«

»Für elf Riesen?«

Er ließ den Blick über meine anderen Bilder schweifen. An den meisten waren inzwischen Aufkleber. »Heilige Scheiße. Du hast in nur einer Stunde so viel verdient wie ich in einem halben Jahr.«

Ich lächelte etwas verlegen. »So läuft es nicht immer. Aber jetzt hältst du mich wahrscheinlich für eine Idiotin, weil ich nicht dem Weg folge, den meine Mutter vorziehen würde.«

»Ganz und gar nicht.« Er sah sich um. »Ich dachte nur gerade, ob der Typ noch hier ist, der dieses Bild gekauft hat. Ich würde ihm gern in den Arsch treten, weil er sich ein Bild an die Wand hängen kann, das deinem nackten Körper nachempfunden ist. Und mein anderer Gedanke war …« Er grinste. »Dass ich mir eine Sugarmommy angelacht habe.«

Ich prustete vor Lachen. »Du bist echt verrückt, Lennon.«

Nach Ausstellungsschluss fragte Colby mich, ob ich Lust auf einen Spaziergang hätte. Die Galerie meiner Mutter lag in Downtown, und es war ein schöner Abend, weshalb er vorschlug, den Fußweg über die Brooklyn Bridge zu nehmen.

Ich schaute nach oben, als wir auf der Brücke waren. »Weißt du, ich lebe schon mein ganzes Leben lang hier und bin noch nie drübergegangen.«

»Wirklich? Warum denn nicht?«

Ich zuckte mit den Schultern. »Keine Ahnung. Ich habe den Brücken der Stadt bisher wenig Beachtung geschenkt, schätze ich. Sie dienen nur dazu, dass man Manhattan verlassen kann.«

Colby griff sich an die Brust. »Au, das tut weh. So eine Brücke ist ein Kunstwerk.«

Ich sah mir die Tragkabel und die blinkenden Lichter in der Höhe an. »Sieht wirklich toll aus.«

Colby nahm mich ohne große Worte an die Hand und verschränkte seine Finger mit meinen. Als ich ihn ansah, hob er die freie Hand. »Ich nehme Saylor immer an die Hand, wenn wir spazieren gehen. Interpretiere also nicht zu viel hinein. Mir ist wohl bewusst, dass wir kein Date haben.«

Ich lachte. »Ist schon okay.«

»Gut, es würde sich nämlich falsch anfühlen, jetzt nicht deine Hand zu halten.«

Ich lächelte. Es fühlte sich tatsächlich richtig an. Und ich bemühte mich, deswegen nicht in Panik zu geraten, und wechselte das Thema.

»Was kannst du mir denn Wissenswertes über dieses architektonische Meisterwerk erzählen, du Brückenexperte?«

Er hob den Zeigefinger. »Ah. Ich dachte schon, du fragst nie.«

In der nächsten Stunde, in der wir von einem Stadtteil zum anderen und wieder zurück spazierten, erzählte mir Colby Geschichten über die Brooklyn Bridge, zum Beispiel von P.T. Barnum, der einundzwanzig Elefanten über die Brücke ziehen ließ, um den New Yorkern zu zeigen, wie stabil sie ist, und von den verschiedenen Namen, die sie seit ihrer Fertigstellung hatte. Hätte mich vor einem Monat jemand gefragt, ob ich mich für Brücken interessiere, hätte ich ihm einen Vogel gezeigt. Aber nun hing ich an Colbys Lippen. Allerdings lag das wahrscheinlich weniger an den Brücken als vielmehr an ihm.

Es war fast Mitternacht, als wir zurückfuhren. Bei mir zu Hause angekommen war ich noch nicht bereit, den Abend enden zu lassen, obwohl wir fast sechs Stunden zusammen verbracht hatten. Als wir zum Aufzug gingen, überlegte ich, ob es ein falsches Signal wäre, ihn noch mit nach oben zu bitten. Aber der Gedanke war albern. Ich war schließlich auch schon öfter bei ihm in der Wohnung gewesen. »Willst du … noch auf einen Sprung raufkommen?«

Er überlegte kurz. »Besser nicht. Ich will mein Glück nicht überstrapazieren und womöglich eine Nicht-Date-Regel brechen. Außerdem muss die Babysitterin morgen früh arbeiten, ich sollte sie also nicht zu lange warten lassen.«

Ich versuchte, meine Enttäuschung zu verbergen. »Oh … Ja, natürlich. Entschuldige. Daran habe ich gar nicht gedacht.«

Er nahm wieder meine Hand. »Der Abend hat mir wirklich gut gefallen.«

Ich lächelte. »Mir auch.«

»Kennst du das, wenn man etwas tut, das einem einfach falsch oder unnatürlich vorkommt? Wie wenn man sich beim Bowling nach dem Wurf umdreht und nicht sehen kann, was passiert?«

Ich lachte. »Ja?«

Colby senkte den Blick. »So fühlt es sich an, dir keinen Kuss zum Abschied zu geben.«

Mir wurde ganz warm im Bauch.

»Ich denke, ich verkneife mir unser übliches Abschiedsritual. Ich werde dich nicht tief einatmen, weil ich mir nicht mehr traue, wenn ich dir so nah komme.«

Ich lächelte traurig. »Okay.«

Colby drückte auf den Aufzugknopf. Er war offenbar schon unten, denn die Türen gingen sofort auf. Ich musste mich zwingen, hineinzugehen und Colby zu verlassen. Er hatte hundertprozentig recht. Es fühlte sich falsch an, einfach so zu gehen. Kaum stand ich im Aufzug, hielt ich die Hand in die Lichtschranke.

»Danke, dass du meiner Mutter gegenüber für mich eingetreten bist. Das bedeutet mir viel.«

Er lächelte. »*Du* bedeutest mir viel.«

Ich zog die Hand zurück. »Gute Nacht, Colby.«

»Gute Nacht, meine Schöne.«

In dem Moment, als sich die Türen schlossen, begann mein Herz zu rasen, und ich bekam feuchte Hände. Es fühlte sich an wie eine Panikattacke. Es war so schlimm, dass ich in letzter Sekunde die Hand in den Spalt hielt. Der alte Aufzug quetschte sie kurz ein, bevor er die Türen widerwillig öffnete.

»Scheiße!«, rief ich.

Colby kam zurückgelaufen. »Was ist los? Bist du okay?«

»Ach, nichts …« Ich schüttelte mein Handgelenk aus. »Ich habe mir die Hand in den Türen geklemmt, aber es ist nichts passiert. Es tut nicht weh, ich habe mich nur erschreckt.«

Er nahm meine Hand und sah sie sich an. Sie war nicht einmal gerötet. »Bist du sicher?«

Ich nickte. »Ja, alles gut.«

»Mach bitte ein paarmal eine Faust.«

Ich tat es und hatte keine Schmerzen. »Ist wirklich kein Problem.«

»Wieso hast du die Hand überhaupt zwischen die Türen gesteckt?«

»Ich, äh, ich hatte einfach das Gefühl, aussteigen zu müssen.«

Colby sah mich durchdringend an, dann breitete sich ein freches Grinsen auf seinem Gesicht aus. »Es fühlt sich für dich auch komisch an, mich nicht zu küssen, hm?«

»Nein«, sagte ich ein bisschen zu schnell.

»Gib es zu. Du willst mich küssen.«

»Nein, will ich nicht.«

Er grinste noch breiter. »Lügnerin.« Dann legte er die Hände um mein Gesicht und schob mich gegen die Aufzugtüren. Er senkte den Kopf, sodass sich unsere Nasen fast berührten.

»Wir werden hier ziemlich lange stehen, wenn du darauf

wartest, dass ich den ersten Schritt mache. Ich werde die Regeln nicht brechen.«

Mein Herz schlug noch schneller, weil er mir so nah war. Musste er so verdammt gut duften? Wie war es möglich, dass er nach sechs Stunden mitten in New York so köstlich roch? Ich verspürte den Drang, mich an ihn zu schmiegen und seinen warmen muskulösen Körper an meinem zu spüren.

Colby fuhr mit der Nase an meinem Hals entlang, und sein Atem löste eine Gänsehaut bei mir aus. Mein innerer Widerstand schmolz zusehends. Wie hätte es auch anders sein können, wo mein Körper bebte, als hätte ich einen Elektrozaun angefasst? Sein Mund wanderte zu meinem Ohr, und seine Stimme war rau.

»Du weißt, dass du mich genauso sehr willst wie ich dich.«

Er hatte recht. Mein Verlangen nach ihm war unerträglich. Als er den Kopf zurückzog und ich das Begehren in seinen Augen sah, war ich geliefert.

So was von geliefert.

»Scheiß drauf«, sagte ich, sprang ihn an, schlang die Arme um seinen Hals und küsste ihn. Unsere Lippen öffneten sich, und unsere Zungen fanden zueinander. Ich hatte den Kuss vielleicht angefangen, aber nun übernahm Colby ganz ohne Frage das Kommando. Er schob die Hände in meine Haare, um meinen Kopf nach hinten zu ziehen, und als er sich an mich presste, spürte ich seine Erektion an meinem Bauch. Eng umschlungen küssten wir uns eine ganze Weile, unsere Hände waren überall. Als wir uns schließlich voneinander lösten, waren wir beide völlig außer Atem.

»Heilige Scheiße.« Ich schüttelte den Kopf. »Das war …« Ich wusste nicht, was ich sagen sollte.

Colby schon. »Das war erst der Anfang, Süße. Glaub mir.«

14. KAPITEL

COLBY

Am Sonntagnachmittag klingelte mein Telefon, und ich freute mich, als ich sah, dass es Billie war. Wir hatten verabredet, uns in etwa einer Stunde zu unserem nächsten Nicht-Date zu treffen.

»Colby ist nicht erreichbar«, sagte ich, als ich den Anruf annahm. »Er erholt sich noch von dem besten Kuss seines Lebens.«

Sie lachte. »Ja, der war verdammt gut, das muss ich zugeben.«

Schon der Klang ihrer Stimme brachte mich wieder auf Touren. Ich ließ mich rückwärts auf mein Bett fallen, noch immer völlig high vom Vorabend. »Wie zur Hölle soll ich unsere Regeln einhalten, wo ich jetzt weiß, wie es ist, dich zu küssen?«

»Ich schätze, du musst es vergessen.«

»*Willst* du, dass ich es vergesse, Billie? So, wie du über mich hergefallen bist, waren dir die Regeln offensichtlich egal.«

»Ich habe die Kontrolle verloren. Passiert jedem mal. Was soll ich sagen?«

»Du kannst ruhig wieder die Kontrolle verlieren, jederzeit. Ich bin bereit.«

»Jedenfalls ...« Sie räusperte sich. »Was wollen wir heute machen?«

Es war zwar alles nur Neckerei, aber ich musste dennoch ein bisschen runterkommen, bevor ich mich wieder mit ihr allein traf. Sonst stand zu befürchten, dass ich die Grenze überschritt, zu schnell vorging und alles verdarb. Und da ich für dieses Nicht-Date zuständig war, wollte ich einen Puffer zwischen uns schieben, und zwar den effektivsten, den ich kannte.

»Es gibt eine gute und eine schlechte Nachricht«, sagte ich.

»Okay?«

»Die schlechte ist, dass ich keinen Babysitter für heute finden konnte. Aber die gute ist, dass wir den Tag mit einem kleinen Mädchen zusammen sein werden, das wahnsinnig gerne mit dir Zeit verbringt – fast so gerne wie sein Vater. Ich hoffe, das ist okay.«

»Oh … Natürlich. Es ist immer lustig mit ihr.«

»Und wenn meine Tochter dabei ist, zeige ich mich stets von meiner besten Seite. Das ist doch gut für dich, oder?«

Sie kicherte. »Was unternehmen wir mit ihr?«

»Sie hat schon öfter gesagt, dass sie zum Karussell will. Ich dachte, wir gehen zusammen hin und essen dann irgendwo zu Mittag? Was meinst du?«

»Klingt gut. Mir ist alles recht.«

Ich fuhr mir durch die Haare. »Sag so was nicht.«

Leider wurde nichts aus unserem Plan mit dem Karussell. Es war nicht sehr klug von mir gewesen, meiner Tochter etwas zu versprechen, ohne vorher den Wetterbericht zu checken. Als Billie bei uns eintraf, regnete es in Strömen.

Ihre Haare waren klitschnass, als ich ihr die Tür öffnete. Ich sah sie wie gebannt an, aber sie hatte nur Augen für meine Tochter.

Sie breitete die Arme aus. »Hallo, hübsches Mädchen!«

Saylor lief auf sie zu. »Billie!«

»Lange nicht gesehen!« Billie beugte sich zu ihr und umarmte sie. »Wie geht's dir?«

»Gut!« Sie zeigte auf Billie. »Du bist nass.«

»Stimmt.«

»Gefällt mir, wenn du nass bist«, flüsterte ich ihr zu.

»Keine schmutzigen Gedanken, Lennon. Hast du nicht gesagt, du zeigst dich von deiner besten Seite?«

»Daran kann ich mich nicht erinnern.«

Sie schlug mir auf den Arm.

»Das habe ich verdient.« Ich strich ihr übers Haar. »Tut mir leid, dass der Regen dich erwischt hat.«

»Wollen wir wirklich zum Karussell? Wie du an meinem aktuellen Look siehst, ist es vielleicht nicht die beste Idee.«

»Nein, das lassen wir lieber.« Ich musste es meiner Tochter beibringen. »Daddy ist ein Idiot, Saylor. Wir müssen ein andermal zum Karussell, bei Regen macht es keinen Spaß.«

»Ist okay, Daddy.«

Billie lächelte. »Du bist so ein Schatz, Saylor.«

»Vielleicht bleiben wir einfach hier? Bist du einverstanden, Billie?«

»Ich finde es gut, es sich drinnen gemütlich zu machen, wenn es regnet.« Billie schnippte mit den Fingern. »Wisst ihr was? Ich habe eine Idee. Was haltet ihr von einem Mal- und Basteltag?«

»Mir ist alles recht.« Ich wackelte mit den Augenbrauen. »Und im Gegensatz zu dir meine ich, was ich sage.«

Sie gab mir erneut einen Klaps und wandte sich meiner Tochter zu. »Saylor, hast du dir schon mal das Gesicht anmalen lassen?«

Sie nickte. »Ja!«

»Ich habe unten ein paar Farben für die Haut. Ich hole sie, damit wir eine Malparty machen können. Würde dir das gefallen?«

Meine Tochter quiekte vor Freude. Sie malte nicht nur gern,

sie hatte auch größten Spaß daran, mit Farbe herumzuexperimentieren.

Billie sah mich an. »Bist du einverstanden? Ich hätte dich vorher fragen sollen. Die Farben, die ich habe, sind aber ungiftig.«

»Ist völlig in Ordnung für mich.« Ich zupfte an Saylors Pferdeschwanz. »Was immer die Kleine hier glücklich macht, nicht wahr? Das ist der Sinn meines Lebens.«

»Ich bin gleich wieder da«, sagte Billie.

»Hey, was möchtest du essen? Ich bestelle in der Zwischenzeit etwas.«

»Überrasch mich.«

Ich beugte mich vor. »So wie du mich gestern überrascht hast?«

Sie verdrehte die Augen und ging zur Tür hinaus.

Ich entschied mich dafür, Essen bei dem japanischen Restaurant zu bestellen, von dem sie einmal geschwärmt hatte. Und weil Saylor Frühlingsrollen liebte, war es eine gute Wahl für alle.

Als das Essen kam, aßen wir drei und blieben noch eine Weile zusammen am Tisch sitzen. Danach räumte ich die Teller weg, um Platz für die Malparty zu schaffen.

Billie legte Farben und Pinsel zurecht. Sie hatte Flaschen in allen Regenbogenfarben mitgebracht. Ich holte ihr sicherheitshalber eine Rolle Küchenpapier, dann bat sie mich, Saylor eine alte Jacke umzuhängen, damit ihr Kleid keine Farbe abbekam.

»In was soll ich dich verwandeln, Saylor?«

Saylor drehte sich um. »Ich weiß nicht.«

»Du könntest eine Schmetterlingsprinzessin werden, ein Einhorn – alles, was du willst.«

Meine Tochter überlegte einen Moment, dann rief sie: »Ein Tiger!«

Billies Augen weiteten sich. »Ein Tiger? Und ich dachte, du wärst eine kleine Prinzessin. Aber anscheinend bist du eher ein Wildfang, wie ich. Ich würde mir nämlich auch einen Tiger aussuchen! Ich hätte mir sogar fast mal ein Tiger-Tattoo stechen lassen.«

Ich machte es mir bequem und sah zu, wie Billie Saylors Gesicht anmalte. Die erwartete Kleckserei blieb jedoch aus, weil nicht Saylor mit den Farben hantierte, wie ich es gewohnt war, sondern Billie. Sie bemalte Saylors Gesicht mit größter Sorgfalt. Es war schön zu beobachten, wie aufgeregt und gespannt Saylor war, und Billie sah einfach hinreißend aus, wenn sie konzentriert arbeitete.

Es dauerte eine ganze Stunde, aber dann war sie fertig, und meine Tochter sah aus wie eine Figur aus dem Musical *Cats*. Die Bemalung war Billie hervorragend gelungen, und Saylor war im siebten Himmel. Billie hatte einen verregneten Nachmittag in ein absolutes Highlight verwandelt. Ich hoffte, dass Saylor diesen Tag nie vergessen würde.

Weil Saylor mit meiner Mutter facetimen wollte, um ihr stolz ihr Tigergesicht zu zeigen, stellte ich den Laptop auf den Küchentisch. Während die beiden miteinander redeten, ging ich zu Billie ins Wohnzimmer.

»Warum hattest du eigentlich die ganzen Farben? Ich dachte, Bodypainting bietet ihr nicht an.«

»Tun wir auch nicht. Aber ich habe mal für eine meiner Freundinnen bei ihrer Junggesellinnenabschiedsparty Bodypainting gemacht. Wir haben das Studio geschlossen und dort gefeiert.«

»Und, äh, ihr habt euch gegenseitig angemalt?«

»Genau … und zwar nackt.«

Ich schluckte. »Nackt.«

»Ja, nackt.« Sie lachte.

»Waren auch Männer auf der Party?« Ich musste einfach fragen.

»Wirst du eifersüchtig, wenn ich Ja sage?«

»Ich?« Ich schnaubte. »Eifersüchtig?«

Sie lachte. »Nein, wir Mädels waren unter uns.«

Ich war erleichtert. Immer diese Eifersucht. Ich kratzte mich am Kinn. »Hast du zufällig … Fotos davon? Die von den anderen interessieren mich nicht, nur die von dir.«

»Ja, ich habe sogar ziemlich viele auf meinem Handy.«

»Wirklich. Und, äh, was muss man tun, um sie sich ansehen zu dürfen?«

»Sie sind nicht für die Öffentlichkeit bestimmt.«

»Ich bin nicht die Öffentlichkeit. Ich bin ein Freund. Du hast dich doch vor deinen Freundinnen ausgezogen, oder?«

Saylor sprang vom Küchentisch auf und kam ins Wohnzimmer gelaufen.

»Ist Grandma noch online?«, fragte ich.

Sie schüttelte den Kopf.

Billie zog ihr Handy aus der Tasche. »Soll ich ein paar Fotos von dir machen, Saylor?«

Ich streckte die Hand aus. »Gib es mir. Ich mache gern welche.«

»Du bekommst mein Handy nicht in die Finger, Lennon.«

Ich liebte es, sie aufzuziehen. Hoffentlich wusste sie, dass ich nur Spaß gemacht hatte. *Okay, vielleicht auch nicht. Ich muss diese Fotos sehen.*

Billie schoss ausgiebig Fotos von Saylor und ihrem Tigergesicht. Meine Tochter bestand darauf, sich während des Shootings mehrmals umzuziehen. Es war hinreißend mitanzusehen. Und ich kam nicht umhin festzustellen, wie gut sich die beiden verstanden. Saylor war in der Regel unproblematisch, aber nicht jeder hatte so einen guten Zugang zu ihr. Man brauchte

Geduld, wenn man sich mit ihr beschäftigte – und die fehlte manchmal den Leuten, selbst wenn sie es absolut gut meinten. Billie wusste zwar nicht, ob sie Kinder wollte, aber sie war ein Naturtalent.

Nach dem Fotografieren fragte ich: »Wer möchte etwas Süßes?«

»Ich!«, rief Saylor.

»Ich habe Brownies gemacht.«

Billie zog eine Augenbraue hoch. »Ooh, Spinatbrownies?«

»Pssst.« Ich zwinkerte ihr zu. »Ja.«

»Sie weiß es immer noch nicht?«, fragte Billie im Flüsterton.

»Nein.« Ich lachte. »Das ist ja das Schöne.«

»Ups.«

Billie und Saylor verdrückten ihren Brownie, während ich mich mit einem Bier hinsetzte und die Füße hochlegte.

Billie blieb den ganzen Nachmittag bei uns. Weil wir noch ziemlich satt vom Lunch waren, schnitt ich für ein leichtes Abendessen Obst und Käse auf und stellte Cracker dazu.

Nach dem Essen hatte Billie noch eine Überraschung für mich.

»Saylor, würdest du schon mal deinen Schlafanzug holen? Ich helfe dir, die Farbe abzuwaschen. Ich habe eine spezielle Seife dafür.«

Als Saylor weg war, kam Billie zu mir herübergeschlendert. »Soll ich dir mal was sagen, Colby Lennon?«

»Was?«

»Du bist ein großartiger Vater. Ich hoffe, das weißt du. Ich habe dich den ganzen Tag beobachtet, und du bist jede Sekunde für sie da. Sie kann sich glücklich schätzen, dich zu haben.«

»Oh, vielen Dank. Ich fühle mich geschmeichelt, schöne Frau.«

»Und weißt du, was ich noch denke?«

Ich strich ihr über die Wange. »Was?«

»Ich denke, du brauchst ein bisschen Zeit für dich.«

»Ich brauche keine Zeit für mich, wenn du da bist.«

»Was mir vorschwebt, würde dir aber gefallen.«

Ich kniff die Augen zusammen. »Was hast du vor?«

»Ich mache Saylor fertig fürs Bett. Du bleibst hier und entspannst dich.«

Billie ging zum Kühlschrank, nahm eine Flasche Bier heraus, öffnete sie und brachte sie mir. Dann nahm sie ihr Telefon und scrollte durch ihre Fotos.

Einen Moment später reichte sie es mir. »Als ich vorhin auf der Toilette war, habe ich ein Album nur für dich zusammengestellt. Viel Spaß.«

Dann verschwand sie mit Saylor im Badezimmer und ließ mich allein.

Ich bekam Herzklopfen, als ich auf das Display schaute und eine Reihe Fotos von Billies splitternacktem Körper entdeckte, angemalt in Rot, Weiß und Blau. Alles, und ich meine *alles*, war zu sehen. Ihre Brüste, ihre Nippel … und mein Blick wanderte weiter nach unten. Verdammt. Verdammt. *Verdammt*. Es wurde eng in meiner Hose.

Ihr Körper war so fantastisch, wie ich ihn mir vorgestellt hatte, doch weil er mit Farbe bedeckt war, blieb mein Verlangen bestehen, ihre nackte Haut zu sehen. Aber es war ein großes Geschenk. Eins, mit dem ich heute wahrlich nicht gerechnet hatte.

Verflucht. Wie sollte ich mit diesen Bildern im Kopf schlafen?

Ich war in Versuchung, die Fotos an mein Handy zu senden, doch ohne ihre Erlaubnis wollte ich es nicht tun. Fragen würde ich sie aber auf jeden Fall.

Wow, Billie. Du bist so wunderschön. Als ich lautes Gekicher hörte, schreckte ich aus meinen Fantasien auf. Ich war so vertieft darin gewesen, Billies nackten Körper zu betrachten, dass ich nicht mitbekommen hatte, was für einen Spaß Billie und Saylor zusammen hatten.

Ich ging den Flur hinunter und schaute ins Bad. Die Wanne war voller Schaum, und Saylor hatte kein Tigergesicht mehr.

Billie drehte sich zu mir um. »Was machst du denn hier? Ich hatte doch gesagt, du sollst dich entspannen.«

»Entspannen? Ich glaube, du wolltest mich munter machen.«

Saylor schlug mit der Hand aufs Wasser, und eine dicke Schaumflocke landete auf Billies Kopf. Ich versuchte, das sehnsüchtige Gefühl in meiner Brust zu ignorieren. Denn so schön es auch anzusehen war, wie Billie und meine Tochter eine Beziehung aufbauten, mir war durchaus bewusst, dass ein großer Unterschied zwischen *einem* lustigen Tag und einer lebenslangen Verantwortung bestand. Billies Zurückhaltung mir gegenüber zeigte dies deutlich.

»Gut, dann gehe ich mich wieder entspannen. Hast du alles, was du brauchst?«

»Na klar. Alles im Griff. Ich habe Handtücher und alles gefunden.«

Ich setzte mich wieder ins Wohnzimmer, aber wie ich zu meiner Enttäuschung feststellen musste, war das Handydisplay inzwischen gesperrt, und ich konnte mir die Bilder nicht noch einmal ansehen, weil ich Billies Passwort nicht kannte. Während meine Erregung abflaute, trank ich mein Bier aus und lauschte dem Gelächter im Bad. Mir wurde bewusst, dass ich solche Geräusche zum ersten Mal hörte. Die Wohnung war zum ersten Mal voller Leben. Billie war noch hier, aber ich vermisste das Glücksgefühl jetzt schon.

Saylor kam in ihrem Schlafanzug zu mir gelaufen. »Alles sauber, Daddy!«

Ich nahm sie auf den Schoß. »Ich weiß nicht, wie Billie es geschafft hat, die ganze Farbe wegzukriegen. Du hattest ganz schön viel davon im Gesicht.«

»Ja, es war nicht leicht«, sagte Billie. »Aber die Mühe hat sich gelohnt.«

Ich sah zu ihr auf. »Das ist bei vielen Dingen so.«

Sie wurde rot.

Wir brachten Saylor ins Bett, und als sie Billie bat, ihr eine Gute-Nacht-Geschichte vorzulesen, wollte ich zuerst einschreiten und sagen, dass Billie wahrscheinlich müde war. Es war zwar ein lustiger Tag gewesen, aber ein Teil von mir befürchtete, Saylor könnte sich zu sehr an Billie gewöhnen. Doch dann dachte ich daran, wie stark meine Kleine war. Wir würden es schon schaffen, falls ich ihr eines Tages sagen musste, dass Billie uns nicht mehr besuchen kommen würde. Jetzt sollte sie erst einmal die Zeit mit ihrer neuen Freundin genießen.

Nach etwa zwanzig Minuten kam Billie aus Saylors Zimmer.

Ich klopfte neben mir auf die Couch. »Komm her. Ich beiße nicht, versprochen.«

»Wer sagt, dass ich etwas dagegen hätte?« Sie zog eine Augenbraue hoch.

»Pass auf, was du sagst.«

Sie setzte sich neben mich. »Hattest du Spaß an den Fotos?«

»Ja. Aber während ich bei euch im Bad reingeschaut habe, hat mich dein Telefon ausgesperrt.«

Sie schmunzelte. »Warum hast du nichts gesagt?«

»Was sollte ich denn sagen? Ich störe dich nur ungern beim Planschen mit meiner Tochter, aber könntest du mal eben deinen Bildschirm entsperren, damit ich mich weiter an deinen Fotos aufgeilen kann?«

Sie schlug mir grinsend aufs Knie. »Was sagst du zu den Fotos?«

»Was ich dazu sage?« Ich seufzte. »Ich weiß nicht, ob ich heute Nacht schlafen kann, wenn diese Bilder die ganze Zeit in meinem Kopf herumgeistern. Ich glaube, ich bin jetzt noch mehr verloren als vorher. Und ich würde mein linkes Ei dafür geben, wenn ich dich jetzt sofort anmalen dürfte.«

Sie stand auf und ging zum Tisch, auf dem noch die Farben standen. Meine Augen weiteten sich. Zuerst dachte ich, sie wollte mir meinen Wunsch erfüllen, aber der Gedanke war vermutlich blöd, weil Saylor bestimmt noch nicht schlief.

»Zieh dein Shirt aus«, sagte sie.

»Willst du mich anmalen? Moment – ist das nur eine Ausrede, um meine nackte Brust zu sehen?«

»Wie du mir, so ich dir, oder?«

»Das lasse ich mir nicht zweimal sagen«, entgegnete ich und zog mir mein Shirt über den Kopf.

Sie lachte. »Leg dich hin und entspann dich.«

In den nächsten Minuten tat ich genau das. Ich schloss die Augen, während Billie begann, meinen Hals zu bemalen. Was es war, konnte ich nicht sehen, als ich zwischendurch die Augen öffnete, um mir ihr schönes Gesicht anzuschauen und wie sie konzentriert die Zunge zwischen die Lippen klemmte.

»So. Fertig. Perfekt«, sagte sie schließlich.

»Muss ich Angst haben, es mir anzusehen?«

»Ich glaube, es wird dir gefallen.«

Ich ging zum Spiegel, und mir fiel die Kinnlade herunter. Billie hatte mir einen weißen Kragen mit einer schwarzen Fliege an den Hals gemalt. Ich sah aus wie einer von den Chippendales – oder wie einer aus *Magic Mike*.

»Du hast einen Stripper aus mir gemacht?«

»In Anlehnung an eine kleine Fantasie von mir.«

»Du willst mich strippen sehen? Das lässt sich bewerkstelligen.«

»Ich dachte mir, dass du das sagst. Aber ich würde dich niemals derart ausnutzen.«

»Du hast noch nicht erkannt, dass ich von dir ausgenutzt werden will?«

Sie lächelte. »Du bist verrückt, Colby.«

»Verrückt nach dir, ja.« Ich setzte mich wieder neben sie. »Heute war … ein toller Tag. Wirklich. Danke für alles – dass du aus einem verregneten Tag einen schönen gemacht hast, dass du meiner Tochter Freude bereitet hast und dass du mir deinen fantastischen Körper gezeigt hast.«

Nach einer langen Pause fragte sie: »Meinst du, sie schläft inzwischen?«

»Wahrscheinlich. Aber ich schaue mal nach.«

Ich nahm an, dass es einen Grund gab, warum sie fragte, und sagen wir mal so, ich war neugierig. Ich stand auf, um nach meiner Tochter zu schauen, die tief und fest schlief, wie ich es nach diesem aufregenden Tag nicht anders erwartet hatte.

»Möchtest du mich auch bemalen? Meine Brust?«, fragte Billie, als ich zurückkam.

Ich bekam einen Adrenalinstoß. Aber obwohl ich sofort aufspringen und zu den Farben greifen wollte, blieb ich ruhig. Ich räusperte mich. »Das würde ich vielleicht gerne machen, ja.«

Sie sammelte lächelnd die Farben zusammen, nahm mich an die Hand und zog mich in mein Schlafzimmer. Ich schloss die Tür ab.

Die Stimmung wurde ernster, als sie ihr Korsett zu öffnen begann. Ich hatte das Gefühl, das Herz würde mir jeden Moment aus der Brust springen – und der Schwanz aus der Hose.

Billie hielt inne. »Hast du vielleicht einen Hoodie oder so, falls sie aufwacht und ich mich bedecken muss?«

»Ja, natürlich.« Voller Vorfreude holte ich eine schwarze Kapuzenjacke aus dem Schrank. »Bitte sehr.«

»Danke.« Sie lockerte die Schnüre auf der Rückseite ihres Korsetts, bevor sie es ablegte. Ihre hübschen runden Brüste kamen zum Vorschein, und ich konnte nicht fassen, was gerade passierte. Sie zog meinen Hoodie über und ließ ihn vorne offen.

Ich wurde sofort hart, während ich ihre prächtigen Brüste anstarrte – milchweis mit malvenfarbenen Nippeln. »Ich hoffe, es macht dir nichts aus, wenn ich dich einen Moment ansehe.«

»Nein.«

»Du bist so schön«, murmelte ich. Ich wollte sie anfassen, aber das war vermutlich nicht okay. Stattdessen nahm ich die schwarze und die weiße Farbe, die sie vorher bei mir verwendet hatte. »Hast du einen Wunsch, was ich malen soll?«, fragte ich.

»Nein. Ich bin gespannt, was du dir einfallen lässt.«

Großartig. Das wird eine Katastrophe.

Während ich ihre schönen Brüste betrachtete, fiel mir nur eins ein. Etwas anderes kam mir nicht in den Sinn. Und ich dachte nur ... *sie wird es hassen.*

Aber ich fing trotzdem an. »Du darfst erst gucken, wenn ich fertig bin, okay?«

»Ja, gut.« Sie lächelte.

Billie lehnte sich zurück, und ich machte mich ans Werk. In Anbetracht der Tatsache, dass ich das künstlerische Talent eines Fünfjährigen besaß, konnte sie sich wahrlich auf das Ergebnis freuen. Ich beschloss, sie zu schonen und nur eine Brust zu bemalen, und entschied mich für die linke.

Ich genoss es, ihre Haut mit der weißen Farbe zu bepinseln, und ließ mir dabei Zeit, weil ich nicht wusste, ob ich jemals wieder die Gelegenheit bekommen würde. Als ihre ganze Brust weiß war, öffnete ich die schwarze Farbe, um mein Werk zu vollenden. Meine Erektion ließ nicht nach, und ich hoffte, dass ihr klar war, dass ich keine Kontrolle darüber hatte, wenn sie es bemerkte.

Es dauerte nicht allzu lange, bis meine dilettantische Arbeit fertig war, und alles, was mir dazu einfiel, war: »Bring mich nicht um.«

Ihre Wangen röteten sich. »Was hast du gemacht?«

»Sieh es dir an.«

Billie stand auf und ging zum Spiegel. Ihr fiel die Kinnlade herunter. »Du hast meine Brust in Snoopy verwandelt!«

Ihre Brustwarze hatte ich schwarz angemalt, um Snoopys Nase zu gestalten, darüber zwei schwarze Schlitze für die Augen. Links und rechts davon hatte ich schwarze Ohren hinzugefügt. Es war kein Meisterwerk, aber ich war zufrieden.

»Es war das Einzige, was mir eingefallen ist.«

Sie bekam einen Lachanfall. Ich sah ihre Brüste im Spiegel hüpfen, und es wirkte, als würde auch Snoopy lachen. »Colby Lennon, du bist irre. Aber es gefällt mir.«

»Ja?«

Sie kam zu mir und schlang die Arme um meinen Hals. Wir sahen uns in die Augen, und diesmal konnte ich nicht anders und machte den ersten Schritt. Ich beugte mich vor und küsste sie. Die Zurückhaltung, die sich den ganzen Tag über in mir aufgestaut hatte, entlud sich, als ich in ihren Mund ausatmete. Unsere Zungen vereinten sich, und es war genauso fantastisch wie beim ersten Mal. Ich wollte unbedingt mit dieser Frau schlafen, auch wenn ich ewig warten musste, bis es so weit war.

Sie löste sich keuchend von mir. An diesem Punkt unterbrach sie immer, bevor es zu weit ging. Und das war wohl auch gut so, denn wenn wir weitergemacht hätten, hätte ich über kurz oder lang Snoopys Nase in den Mund genommen.

»Ich gehe jetzt besser.«

Das habe ich mir schon gedacht. »Bist du sicher?«

»Ja. Wir hatten heute schon ziemlich viel Spaß. Ich denke, wir müssen uns bremsen.«

»Okay, Süße. Wie du willst.« Ich nahm mein Telefon und bestellte ihr einen Wagen.

»Ich will nicht, dass mein Korsett Farbe abbekommt. Kann ich mir die Jacke leihen?«

»Natürlich. Du kannst sie behalten, wenn du willst. Oder noch besser: Bring sie nächstes Mal wieder mit, wenn ich dich wieder anmalen darf.«

»Ich habe Angst vor deinem nächsten Motiv.«

»Ich habe schon eine tolle Idee für die gelbe Farbe.«

»Lass mich raten. Woodstock?«

»Sag ich nicht«, entgegnete ich augenzwinkernd. »Ich will die Überraschung nicht verderben.«

»Verabschiede dich von Snoopy«, sagte sie, als sie den Reißverschluss schloss und ihre Brüste bedeckte.

»Verdammt. Er wird mir fehlen.«

Wir verließen lachend das Schlafzimmer und gingen zur Tür. Ich legte den Arm um ihre Taille und zog sie ein letztes Mal an mich, um sie zu küssen. Ich genoss jede Sekunde.

»Ich liebe es, wie du schmeckst.«

Sie löste sich stöhnend von mir. »Der Wagen wartet. Ich muss los.«

Als sie den Flur hinunterging, rief ich ihr nach: »Hey, ich habe eine Idee für eine Geschichte, wenn du Saylor das nächste Mal vorliest.«

»Und welche?«

»Snoopy und der Chippendale.«

Sie schüttelte nur den Kopf und ging weiter.

15. KAPITEL

BILLIE

»Was um alles in der Welt machst du da?«

Ich zog die Augenbrauen zusammen, als Deek mich aus meinen Gedanken riss. »Ich sitze auf einem Stuhl. Wonach sieht es denn aus?«

»Du hast so ein irres Lächeln im Gesicht.«

»Ja?«

Deek hatte einen unserer Stammkunden tätowiert. Er stellte seine Maschine ab und drehte den Stuhl so, dass der Mann mich sehen konnte. »Ich bin fertig, Remy. Aber findest du nicht auch, dass sie komisch aussieht?«

Remy sah mich prüfend an. »Nein. Was meinst du?«

Deek kratzte sich den Stoppelbart am Kinn. »Ich weiß nicht, aber irgendetwas stimmt nicht mit ihr.« Er drehte den Stuhl wieder um und hielt einen Handspiegel hoch, damit Remy seinen Rücken betrachten konnte. »Und? Was sagst du dazu?«

Remy sah sich sein neues Tattoo von allen Seiten an, dann schüttelte er Deek die Hand. »Erstklassig, wie immer, Mann.«

»Danke. Ruf mich an, wenn du weißt, was du als Nächstes willst. War schön, dich zu sehen«, entgegnete Deek.

Nachdem er Remy nach vorn gebracht und kassiert hatte, waren wir allein. Ich hatte mit dem Entwurf eines Medusenkopfs für eine neue Kundin begonnen, die in der kommenden

Woche einen Termin hatte. Deek sah mir über die Schulter, bevor er sich mit der Hüfte an den Tisch anlehnte.

»Hast du vor der Arbeit einen Horrorfilm geguckt?«

Ich schüttelte den Kopf. »Nein, warum?«

»Einen Wurf Welpen gekrault?«

Ich schmunzelte. »Nein.

»Oder hast du deine Mutter vielleicht derart beleidigt, dass es ihr die Sprache verschlagen hat?«

Ich legte meinen Stift ab. »Worauf willst du hinaus?«

»Es gibt vier Dinge, die dir so ein Lächeln entlocken.« Er zählte sie an den Fingern ab. »Erstens: kleine Hunde. Zweitens: einen Streit mit deiner Mutter gewinnen. Drittens: Furcht einflößende Filme. Und viertens: Sex.«

Ich verdrehte die Augen. »Nichts davon ist passiert.«

»Nein? Dann war also nichts mit Colby?«

Ich zuckte mit den Schultern. »Gut, vielleicht ein bisschen was. Aber wir hatten keinen Sex.«

Deek schüttelte den Kopf. »Soll das etwa heißen, du lächelst so aufgrund deiner *Gefühle*? Ich muss mich wohl mal mit dem Mann unterhalten.«

»Was redest du da? Du hast mich doch dazu gedrängt, ihm eine Chance zu geben.«

»Ich weiß. Aber mir war nicht klar, dass du dich so schnell in ihn verliebst. Ich muss mich von seinen guten Absichten überzeugen.«

Ich grinste. »Danke, *Dad*. Aber ich glaube, ich habe das im Griff.«

Eine Viertelstunde später kam niemand anderer als Colby zur Tür herein. Deek rieb sich die Hände.

»Oh, Mist«, brummelte ich.

Colby betrat lächelnd das Studio. »Wie geht's, Deek? Hey Billie.«

Ich versuchte erst gar nicht, Deek auszureden, was immer er vorhatte. Stattdessen gab ich Colby einen Kuss auf die Wange. »Ich entschuldige mich im Voraus.«

»Wofür?«

Ich zeigte auf Deek, der wiederum auf den leeren Stuhl neben sich wies. »Setz dich, Colby. Ich muss mal kurz mit dir reden.«

Colby schaute zwischen mir und Deek hin und her, dann zuckte er mit den Schultern und setzte sich. »Was gibt's?«

Deek verschränkte die Arme vor der Brust. »Wo siehst du dich in fünf Jahren?«

Colby runzelte die Stirn und sah mich Hilfe suchend an.

»Es wird schlimmer, wenn du nicht mitspielst«, sagte ich achselzuckend. »Glaub mir.«

Colby war misstrauisch, wandte Deek aber wieder seine Aufmerksamkeit zu. »Ich weiß nicht. In fünf Jahren würde ich gern ein Grundstück kaufen und ein Ferienhaus für den Sommer bauen. Die Hamptons oder andere Schickimickigegenden kann ich mir nicht leisten, aber das ist okay. Das Hudson Valley gefällt mir sowieso besser. Vielleicht bekommt Saylor dann einen Hund.« Er schaute kurz zu mir herüber. »Eine Frau und noch ein Kind, vielleicht. Ich weiß es nicht. Ich habe keinen festen Plan. Ich möchte einfach glücklich sein und im Leben vorwärtskommen.«

Deek dachte einen Moment über Colbys Antwort nach. Seine Miene war unergründlich. »Was für einen Hund?«

»Vielleicht einen Labrador?«

»Kaufen oder aus dem Tierheim?«

»Auf jeden Fall aus dem Tierheim.«

Deek nickte. »Welche Pornos gefallen dir?«

»Ich weiß nicht. Alle?«

»Dann ist Kinderpornografie okay?«

»Was? Nein! Natürlich nicht.«

»Es würde helfen, wenn deine Antworten präziser wären.«

Colby schüttelte den Kopf. »Keine Ahnung. Was für Pornos gibt es? Ich schätze, ich stehe auf reine Heteropornos. Geschlechtsverkehr, oral, gelegentlich vielleicht anal.«

»Wie ist es mit Orgien?«

Colby zuckte mit den Schultern. »Ja, sicher. Warum nicht?«

Deek sah mich an. »Beunruhigt dich das?«

Ich grinste. »Nein, ich habe auch nichts gegen Orgien in Filmen.«

Colby verzog das Gesicht. »Was zum Teufel soll das alles? Ich meine, versteh mich nicht falsch, ich bin begeistert, dass Billie auf Orgienpornos steht. Aber worauf läuft das hier hinaus?«

Deek hob den Zeigefinger. »Nur noch eine Frage. Welche Nummer hat deine Wohnung?«

»Zweihundertachtzehn. Warum?«

»Damit ich weiß, wo ich hinmuss, wenn du meinem Mädchen wehtust.«

Ich sprang lachend von meinem Stuhl und ging zu Colby. »Bist du jetzt fertig, Deek?«

Er sah Colby grimmig an. »Vorläufig …«

»Okay, super. Willst du nicht in die Mittagspause gehen?«

Colby wartete, bis Deek außer Hörweite war, bevor er sich mir zuwandte. »Was war das gerade?«

Ich schmiegte mich an ihn und küsste ihn. »Er weiß, dass wir die freundschaftliche Ebene verlassen haben, und will sicher sein, dass du ein anständiger Kerl bist.«

»Vielleicht sollte ich ihn und seinen Freund mal zum Abendessen einladen.«

Ich sah ihn groß an. »Wirklich? Das würdest du tun?«

»Selbstverständlich. Warum nicht? Er ist ein guter Freund von dir, oder?«

»Einer, der dich gerade verhört hat …«

Colby strich mir die Haare nach hinten. »Ist schon okay. Ich würde mir auch fürsorgliche Freunde wie Deek für meine Tochter wünschen. Und ich hoffe, sie würde sich für einen Mann entscheiden, der ihre Freunde zu sich einlädt, um ihnen ihre Sorge zu nehmen.«

Mir wurde ganz warm im Bauch. »Oh ... Das ist wirklich süß, Colby.«

»Gut, dass du es so siehst. Die Gedanken, die ich seit unserer Malparty habe, sind nämlich nicht gerade *süß*.«

Ich biss mir auf die Unterlippe. »Ich hatte in den letzten Tagen auch den einen oder anderen nicht so süßen Gedanken.«

Colby strich mir über den Arm. »Ach ja? Erzähl ...«

Ich wollte es gerade tun, als sich Colbys Handy meldete. Es klang nach einem Erinnerungston. »Mist. Ich muss los. Saylor hat Tanzunterricht. Ich muss sie hinfahren.«

Ich lächelte. »Ich wusste nicht, dass sie Tanzunterricht hat. Trägt sie auch ein kleines rosa Tutu?«

»Ja, aber aus irgendeinem Grund will sie für den Weg ins Tanzstudio nicht ihre Sneaker tragen. Stattdessen zieht sie zu dem rosa Tutu grüne Gummistiefel mit Froschgesicht an, die meine Mutter ihr gekauft hat.«

Ich grinste. »Ein Mädchen ganz nach meinem Geschmack.«

»Ich muss mich beeilen. Eigentlich bin ich vorbeigekommen, um dich zu fragen, ob wir Samstagabend zusammen essen.«

»Klingt gut.«

»Nur damit keine Missverständnisse aufkommen: Ich bitte dich gerade um ein Date, nicht um ein Nicht-Date.«

»Ich dachte mir schon, dass wir nach neulich die platonische Ebene verlassen haben.« Ich lachte. »Aber ja, ich hätte gern ein Dinner-Date mit dir.«

»Bei mir, in Ordnung? Saylor ist bei meinen Eltern.« Er hob

die Hand. »Keine Sorge! Ich weiß, du willst es langsam angehen lassen. Ich hätte dich nur gern mal ganz für mich.«

Ich lächelte. »Klar. Das klingt gut.«

»Okay.« Er beugte sich zu mir und gab mir noch einen Kuss. »Dann bis Samstag.«

»Unglaublich, dass du die Soße selbst machst.« Ich saß neben Colbys Herd auf der Arbeitsfläche und sah zu, wie er die Tomatensoße im Topf rührte.

»Als Saylor in mein Leben kam, hatte ich keine Ahnung von Babys. Meine Mutter war oft bei mir, weil ich mit den Nerven am Ende war. Ich hatte Angst, irgendetwas falsch zu machen und Saylor womöglich zu schaden. Jedes Mal, wenn meine Mutter kam, brachte sie ein Rezept mit und eine Tüte Lebensmittel. Während Saylor schlief, brachte sie mir Kochen bei. Ich habe es ihr zu verdanken, dass ich ein besserer Vater wurde.« Colby hielt mir einen Löffel mit Soße zum Probieren hin, nachdem er darauf gepustet hatte.

»Oh, wow. Schmeckt wirklich gut. Mit schön viel Knoblauch, wie ich es mag.«

Ein kleiner Tropfen löste sich von der Unterseite des Löffels und landete auf meinem Schlüsselbein. Colby leckte ihn ab und fuhr mit der Zunge meinen Hals entlang.

»Da war ein Klecks Soße.« Er grinste. »Ich habe keine Küchenrolle.«

Ich zeigte auf die Rolle, die neben mir stand, und sah ihn fragend an.

»Ich meine, ich bin umweltbewusst und verwende sie möglichst sparsam.«

»Aha.« Ich nahm ihm lächelnd den Löffel aus der Hand und strich mit der Rückseite, die noch voll Soße war, über seinen Hals.

Colbys Blick verdunkelte sich, als ich mich bei ihm revanchierte und ihn ableckte.

Er stöhnte. »Ich gieße dir gleich die ganze Soße über den Körper.«

Ich kicherte. »Was ist das eigentlich bei uns mit dem gegenseitigen Bemalen? Hast du einen Fetisch oder so?«

»Ich wusste nicht, dass ich einen habe, aber es ist eindeutig ein Thema für mich geworden. Neulich bin ich an einem Spielzeugladen vorbeigegangen. Im Schaufenster stand ein Snoopy-Rucksack, und ich wurde auf der Stelle hart, weil ich an deine Brüste denken musste. Ich weiß nicht, ob ich jemals wieder mit meinem Kind einkaufen gehen kann – deinetwegen.«

Ich bekam das Grinsen nicht mehr aus dem Gesicht. »Willst du den Herd vielleicht mal kurz ausschalten? Wir könnten ins Wohnzimmer gehen, denn ich würde mich gern auf deinen Schoß setzen und noch ein bisschen deinen Hals ablecken.«

Colby brauchte nur zwei Sekunden, um den Knopf am Herd zu drehen und mich hochzuheben und zur Couch zu tragen. Ich lachte. »Hast du es so eilig?«

»Du hast ja keine Ahnung, Süße.«

Es dauerte nicht lange, bis aus Lachen und Herumalbern eindeutig mehr wurde. Ich spürte Colbys Erektion durch zwei Kleidungsschichten. Sie drückte genau gegen die richtige Stelle zwischen meinen Beinen, was sich verdammt gut anfühlte. Ich wollte mich an ihm reiben, als mein Telefon klingelte. Der Klingelton war so ziemlich das Einzige, was mich in diesem Moment stoppen konnte.

Colby löste sich von mir. »Was ist das?«

»Das ist aus dem *Zauberer von Oz*, wenn die böse Hexe auf dem Fahrrad durch den Tornado fährt.«

»Warum?«

Ich seufzte. »Es ist meine Mutter. Können wir so tun, als würde meine Tasche nicht klingeln?«

Colby grinste und zog mich wortlos wieder an sich. Zehn Sekunden später ertönte die Melodie erneut. Ich versuchte es zu ignorieren, aber es ging nicht.

Ich rückte von Colby ab. »Tut mir leid. Sie ruft sonst nie ein zweites Mal an, wenn ich nicht drangehe. Ich sollte wahrscheinlich mit ihr reden.«

Er nickte. »Ja, natürlich.«

Ich kramte das Telefon aus meiner Tasche. »Kein guter Zeitpunkt, Mom.«

»Ich wurde ausgeraubt ...« Sie rang nach Atem. »Mit vorgehaltener Waffe.«

Ich richtete mich ruckartig auf. »Was? Wo bist du? Bist du okay?«

»Ich bin in der Galerie. Und nein, ich bin nicht okay! Er hat mir eine Pistole an den Kopf gehalten!«

Ich sprang von Colbys Schoß und sah mich nach meiner Tasche um. »Hast du die Polizei gerufen?«

»Ja, die ist schon da.«

Ich atmete erleichtert auf und nickte. »Okay, gut.«

»Kannst du bitte herkommen? Ich könnte deine Hilfe brauchen.«

»Ja, klar. Ich mache mich sofort auf den Weg.«

Als ich mein Handy wegsteckte, hatte Colby schon meine Tasche in der Hand und hielt die Wohnungstür auf. »Wo fahren wir hin?«

»Zu meiner Mutter in die Galerie. Sie ist ausgeraubt worden.«

»Wie ich von Ihrer Mutter hörte, haben Sie kürzlich hier ausgestellt?«, fragte der Polizist. Er hatte einen kleinenLedernotizblock in der Hand.

Ich nickte. »Letztes Wochenende.«

Colby und ich waren eine Viertelstunde zuvor in der Galerie eingetroffen. Meine Mutter war anscheinend nicht mehr in Panik, sondern schon wieder zickig, was mich irgendwie beruhigte. Der maskierte Räuber war mit ihrer Brieftasche abgehauen, in der sich weniger als hundert Dollar Bargeld befunden hatten, und nun war sie am Telefon und ließ Kreditkarten sperren.

Der Beamte nickte. »Und einige der Leute, die zu dieser Ausstellung kamen, waren verdächtig?«

Ich zog die Nase kraus. »Was? Nein. Wie kommen Sie darauf?«

Er zeigte mit dem Stift über seine Schulter. »Laut Ihrer Mutter war an diesem Abend ein anderes Publikum hier als sonst. Sie scheint sich ziemlich sicher zu sein, dass der Mann, der sie heute überfallen hat, auch anwesend war.«

Ich sah ihn groß an. »Wirklich? Ich dachte, sie hat ihn gar nicht richtig gesehen?«

»Hat sie auch nicht. Aber sie sagte, es seien Leute dabei gewesen, die einer Gang angehören.« Er blätterte in seinem Notizblock eine Seite zurück. »Ein gewisser Devin oder so?«

Ich sah ihn mit offenem Mund an. »Soll das ein Scherz sein?«

»Nein, warum?«

Mir stieg die Zornesröte ins Gesicht. »Devin hat nichts mit irgendeiner Gang zu tun. Er ist ein namhafter Tattookünstler und war jahrelang mein Mentor. Die Leute von der Bowery Mission in Tribeca werden sicher für ihn bürgen, denn er kocht dort dreimal die Woche ehrenamtlich für Obdachlose.«

Der Polizist legte die Stirn in Falten und schaute erneut auf seinen Block. »Und ein Mann namens Lenny Price?«

Ich hatte das Gefühl, jeden Augenblick zu explodieren. »Lenny ist ein Straßenkünstler, der an dem Abend, als Devin hier war, seine Arbeiten ausgestellt hat. Genau wie ich. Seine Frau ist in Brooklyn Richterin beim Verkehrsgericht. Sie hält ihren Mann sicherlich davon ab, in Galerien einzubrechen und Brieftaschen zu klauen. Ich sage es nur ungern, aber der einzige Fehler dieser Männer war zu glauben, meine Mutter würde ihre Arbeit unterstützen. Wissen Sie, meine liebe Mutter hält jeden für einen Gangster, der tätowiert ist und einen anderen Lebensstil hat als sie.« Ich holte tief Luft. »Wenn Sie wirklich herausfinden möchten, wer meiner Mutter schaden will, müssen Sie leider die halbe Stadt befragen. Ich bin sicher, dass sie die meisten Leute schon mal irgendwann beleidigt hat.«

Wir sahen beide zu meiner Mutter hinüber. Während sie in ihr Handy sprach, fummelte sie an ihrer Perlenkette herum. Der Beamte drehte sich wieder um und klappte seinen Notizblock zu. »Danke für die Informationen.«

»Brauchen Sie sonst noch etwas von mir?«, fragte ich.

Er schüttelte den Kopf. »Ich denke nicht.«

»Dann bin ich wieder weg. Viel Erfolg mit *ihr* …«

Colby hatte an der Tür gewartet. Als ich auf ihn zukam, sah er von seinem Handy auf.

Ich stemmte die Hände in die Hüften. »Ich will sofort wieder in deine Wohnung und mich vollständig angezogen an dir reiben, bis ich komme. Einverstanden?«

Seine Augenbrauen schossen nach oben, aber er erholte sich ziemlich schnell von der Überraschung.

»So was von.«

»Gut, dann lass uns hier verschwinden.«

Leider verpuffte meine Lust auf dem Heimweg. Auf der Fahrt mit dem Uber zurück verwandelte sich meine Wut in Enttäuschung. Aber Colby konnte mich wirklich gut lesen und ließ mich in Ruhe, bis wir bei ihm waren.

»Was hältst du davon, wenn ich unser Dinner fertigkoche?«, fragte er.

Ich lächelte. »Das wäre großartig.«

Er hantierte in der Küche herum, nahm verschiedene Zutaten aus dem Kühlschrank und stellte seine Soße und einen Topf Wasser auf den Herd. Danach hob er mich wieder auf die Arbeitsfläche und stellte sich zwischen meine Beine.

»Sprich mit mir.«

Ich schüttelte den Kopf. »Ich bin wieder auf ihren Scheiß reingefallen. Ich dachte, sie hätte Angst und bräuchte meine Hilfe. Aber in Wirklichkeit wollte sie nur, dass die Polizei von mir Informationen über meine Freunde bekommt, die in der Galerie waren, um gegen sie ermitteln zu können.«

Colby runzelte die Stirn. »Das tut mir leid.«

»Wann werde ich es jemals lernen?« Ich seufzte. »Entschuldige, dass ich unseren Abend ruiniert habe. Ich weiß, du hast nur wenig Zeit ohne Saylor zur Verfügung.«

»Du hast gar nichts ruiniert. Es beruhigt mich sogar ein bisschen, dass dein Leben auch mal chaotisch sein kann. Mir kommt es nämlich vor, als ob ich es immer bin: Ich muss meine Tochter mitbringen, wenn wir verabredet sind, weil die Babysitterin absagt. Ich muss nach Hause, bevor es zu spät wird …« Er zuckte mit den Schultern. »So ist das Leben, und es ist nicht immer einfach. Meins ist in der Regel ein einziges Durcheinander. Aber ich möchte dieses Durcheinander mit dir teilen, und ich möchte, dass du dein Durcheinander mit mir teilst.«

Ich sah Colby in die Augen. »Das meinst du ernst, nicht wahr?«

Er lächelte und tippte mir an die Schläfe. »Was sagt man

dazu? Es geht tatsächlich doch etwas in diesen Dickschädel hinein.«

Ich erwiderte sein Lächeln. Der Mann hatte mir die Tür zu seiner Welt geöffnet und wollte mich hineinlassen, und ich hatte endlich das Gefühl, dass es an der Zeit war, das Gleiche zu tun. Ich holte tief Luft. »Ich bin verrückt nach dir, Colby.«

Colbys Miene wurde ernst. »Und ich nach dir. Ich werde dich nicht enttäuschen, Billie.«

Ich nickte. »Gewusst habe ich das immer schon. Aber ich hatte Angst, es wirklich zu glauben.«

»Glaub es. Glaub an *mich*.«

Der Moment fühlte sich einfach richtig an. »Ich will dich, Colby.«

Er sah mir in die Augen. »Du meinst, du willst auf meinem Schoß sitzen und dich an mir reiben?«

Ich lächelte. »Nein, ich will dich in mir.«

»Sicher?«

»Hundertprozentig.«

Colby hob mich hoch und trug mich in sein Schlafzimmer. Er legte mich mitten aufs Bett, mit dem Kopf auf sein Kissen. »Es gibt so viel, was ich gern mit dir machen möchte. Weißt du noch, dass du vor ein paar Wochen gesagt hast, du stehst drauf, wenn ich dominant bin?«

Ich nickte.

Ein sexy Lächeln breitete sich auf seinem Gesicht aus. »Nimm deine Arme nach oben. Halt dich am Kopfende fest und lass nicht los.«

Oh Gott. Die Luft im Raum schien zu knistern, als ich seiner Aufforderung folgte.

Colby öffnete meine Jeans und schob sie an meinen Beinen hinunter. Dann hakte er einen Finger in meinen Slip und zog ruckartig daran, sodass er zerriss.

Ich schnappte nach Luft und klammerte mich an das Kopfende. Colby leckte sich die Lippen, als er mich vom Fußende aus betrachtete. »Mach deine Beine auseinander.«

Er hatte mich noch nicht angerührt, und ich spürte schon, wie erregt ich war. Als ich die Beine spreizte, richtete Colby den Blick auf mich.

»Weiter. Ich will sehen, wie feucht du bist.«

Alles in mir spannte sich an, als ich meine Beine so breit machte, wie ich nur konnte.

Colby schüttelte den Kopf. »Du bist überall wunderschön. Ich werde dich lecken, bis du um meinen Schwanz bettelst.«

Ich wusste nicht, wo Colby diese Seite von sich bisher versteckt hatte, aber ich *liebte* es. Ich war schon jetzt kurz davor zu betteln.

Colby zog sich sein Shirt aus und beugte sich über mich. »Du darfst das Kopfende nicht loslassen. Auf keinen Fall.«

Ich brachte kein Wort heraus und nickte nur. Aber es genügte Colby offenbar, denn er vergrub sein Gesicht zwischen meinen Beinen. Er hielt sich nicht mit kleinen Zärtlichkeiten oder einem Vorspiel auf, sondern legte direkt voll los. Er leckte meine Feuchtigkeit auf, seine Nase rieb an meiner Klitoris, und er bewegte den Kopf hin und her, während er mich regelrecht verschlang. Ich wiegte die Hüfte, bis meine Schenkel zu zittern begannen.

»Oh Gott«, wimmerte ich. Es drängte mich, die Hände in seine Haare zu krallen und seinen Kopf an mich zu ziehen. Aber aus Angst, dass er aufhören könnte, ließ ich das Kopfende nicht los. Noch nie in meinem Leben hatte sich ein Orgasmus so heftig angekündigt. Colby umspielte meine Klitoris mit der Zunge, bevor er daran zu saugen begann. Er drang mit zwei Fingern in mich ein und bewegte sie vor und zurück.

Ich bog den Rücken durch. »Colby!«

Er wurde schneller und legte die freie Hand auf meinen Bauch, um mich niederzudrücken. Die Geräusche, die seine Finger in meiner feuchten Vagina machten, waren das Erotischste, was ich je gehört hatte. Es dauerte nicht lange, bis ich kam und seinen Namen rief, während sich meine Muskeln um seine Finger zusammenzogen.

Danach war ich vollkommen benebelt und bekam kaum mit, dass Colby aufstand und sich seine restlichen Sachen auszog. Er nahm etwas aus der Nachttischschublade, und als ich aufsah, kniete er auf dem Bett, riss mit den Zähnen eine Kondompackung auf und warf mir ein freches Grinsen zu.

»Du kannst das Kopfende jetzt loslassen.«

»Oh …« Ich lachte. »Ich habe gar nicht gemerkt, dass ich es noch festhalte.«

Colby nahm das Kondom aus der Verpackung und spuckte sie aus. Mein Blick folgte seiner Hand. »Oh mein Gott.« Meine Augen weiteten sich. »Ernsthaft?«

Colby zog sich das Gummi über und schloss die Hand um seinen Schwanz. »Ich hoffe, das war kein enttäuschtes ›Ernsthaft‹?« Er grinste.

Ich rollte mit den Augen. »Das weißt du doch. Der ist … riesig.«

Er ließ sich schmunzelnd auf mich sinken und brachte sich in Position. Dann verschränkte er seine Hände mit meinen und küsste mich zärtlich auf den Mund, bevor er mir in die Augen sah. Wir hielten den Blick des anderen fest, während er in mich eindrang.

»Verdammt.« Er schloss kurz die Augen. »Du bist so feucht und eng, da wird es bei mir nicht lange dauern, Süße.«

Ich lächelte. »Ist okay. Du hast dich ja schon um mich gekümmert. Und außerdem haben wir die ganze Nacht.«

Er bewegte sich, zuerst sanft, aber dann immer energischer.

Als ich komplett für ihn bereit war, wurden seine Stöße heftiger. Ich legte die Beine um seine Taille, und wir bewegten uns rhythmisch miteinander. Normalerweise konnte ich nur einmal kommen, aber schon nach kürzester Zeit spürte ich, wie sich der nächste Orgasmus ankündigte.

Ich schob die Finger in Colbys Haar, und wir küssten uns leidenschaftlich. Mein Herz raste. Ich empfand so viel mehr als körperliche Lust. Dieser Mann überwältigte mich, und scheinbar war nicht nur ich völlig in diesem Moment gefangen. Colby hob den Kopf, um mich erneut anzusehen. Sein Kiefer war angespannt, und die Adern an seinem Hals traten hervor. Die Intensität des Augenblicks trieb mich über die Klippe. »Ich …« Weiter kam ich nicht, denn schon explodierte alles in mir. »Oh Gott …«

Colby beschleunigte das Tempo und betrachtete mein Gesicht, während ich kam. Als meine Muskeln erschlafften, drang er mit einem letzten Stoß ganz tief in mich ein und erreichte seinen Höhepunkt.

»Wahnsinn«, grollte er. »*Verdammter Wahnsinn!*«

Als wir beide heruntergekommen waren, küsste er mich sanft. Wir lächelten einander an, während Colby sich noch eine Weile in mir bewegte, bis er aufstehen und sich um das Kondom kümmern musste. Er brachte ein warmes Handtuch mit, als er aus dem Bad zurückkehrte, und trocknete mich behutsam zwischen den Beinen, bevor er wieder zu mir ins Bett kam und mich so in seine Arme schloss, dass mein Kopf auf seiner Brust ruhte.

Er strich mir durchs Haar. »Das war fantastisch.«

Ich lächelte. »Ja, wirklich. Ich glaube, ich könnte nicht mal den Kopf heben, selbst wenn ich wollte.«

Colby schmunzelte. »Dann schlaf ein bisschen. Wenn ich dich wecke, gibt es Frühstück im Bett.«

Ich schmiegte mich an ihn. »Du bist so süß.«

»Warte es ab. Du weißt ja nicht, was ich dir serviere.«

Ich gab ihm einen Klaps auf den Bauch und gähnte. »Man sagt doch, ein Rülpser ist ein Kompliment für den Koch, nicht wahr? Also, ich schlafe nach einem guten Orgasmus immer direkt ein.«

Er gab mir einen Kuss auf die Stirn. »Gut. Dann wirst du ab jetzt viel Schlaf bekommen.«

16. KAPITEL
COLBY

Bevor Billie in mein Leben getreten war, hatte ich gedacht, mir würde nichts fehlen. Ich hatte mir weisgemacht, dass es mich vollkommen erfüllte, Saylor ein guter Vater zu sein, und dass ich nichts anders brauchte. Wahrscheinlich hatte ich es mir einreden müssen, um durch die schwierige erste Zeit zu kommen.

Aber nachdem Billie und ich beschlossen hatten, es miteinander zu versuchen, wurde mir bewusst, wie viel mir gefehlt hatte: wie stark meine sexuellen Bedürfnisse gewesen waren, wie sehr ich mentale Stimulation gebraucht hatte. Und Billie stillte all meine Bedürfnisse. Ich war regelrecht im Rausch, was sie anbelangte. Ich hoffte nur, dass es von Dauer sein würde. Nicht ständig alles zu analysieren war zu meiner größten Herausforderung geworden. Aber lag es nicht in der Natur des Menschen, in guten Zeiten immer auf den nächsten Donnerschlag zu warten? Denn wenn man nicht auf der Hut war, passierte es allzu oft, dass das Leben dazwischengrätschte und einem den Arsch aufriss.

Billie schlich sich in letzter Zeit oft tagsüber zu mir nach oben, wenn ich für eine kurze »Mittagspause« nach Hause kam. Wir hatten während des Tages bei jeder sich bietenden Gelegenheit Sex, weil Billie noch nicht bei mir übernachtete. Wir waren uns einig, dass es dafür noch zu früh war und wir auf meine Tochter Rücksicht nehmen mussten. Bei einem nachmittäglichen Rendezvous hatten wir mein verdammtes Bett derart zum Beben gebracht, dass das Kopfende gegen die Wand geschlagen war. An der Stelle befand sich nun ein Loch.

Das war der Grund für Holdens Serviceeinsatz am Donnerstagnachmittag. Ich hatte ihn gefragt, wo er im Lagerraum Gips und andere Materialien für die Reparatur aufbewahrte, weil ich es selbst in Ordnung bringen wollte. Aber er hatte darauf bestanden, persönlich vorbeizukommen. Und ich wusste, es würde ein gefundenes Fressen für ihn sein.

Als er klopfte, öffnete ich die Tür und versuchte ein letztes Mal, ihn abzuwimmeln. »Hey, Mann. Du brauchst das wirklich nicht zu machen. Willst du mir die Sachen nicht einfach hierlassen?«

Ohne mich zu beachten, sah Holden sich um. »Wo ist es?«

»Im Schlafzimmer«, sagte ich und bereitete mich auf seine Reaktion vor, während ich vorausging.

»Wieso bist du überhaupt um diese Zeit zu Hause?«, fragte er.

»Die Nanny hat heute frei, deshalb arbeite ich von hier. Und in einer Stunde muss ich Saylor vom Kindergarten abholen.«

Sobald er im Schlafzimmer war, fragte er: »Wo ist das Loch noch mal?«

»Hinter dem Bett.« Ich schob es von der Wand weg, um es ihm zu zeigen.

Er feixte. »Du Schweinehund. Direkt hinter dem Kopfende. Kein Wunder, dass du dich so bedeckt gehalten hast. Du hast verdammt noch mal ein Loch in die Wand gevögelt.«

Ich verdrehte die Augen.

»Ich dachte, ich wäre von uns der Einzige, der so etwas drauf hat.« Er lachte. »Aber da habe ich mich offensichtlich geirrt.«

»Deshalb wollte ich es selbst machen – um deinem Spott zu entgehen.«

»Das ist kein Spott, Kumpel, sondern reine Bewunderung.« Er stellte seine Sachen ab. »Und ein kleines bisschen Eifersucht. Aber bring mich jetzt nicht um. Ich weiß, wie besitzergreifend du in Bezug auf Billie bist.« Er lachte. »Wenn ich dich richtig verstehe, hat es also zwischen euch *gerumst*.«

»Kann man so sagen.«

»Ich freue mich für dich, Mann.«

»Danke. Ich freue mich auch. Ich bin zum ersten Mal seit langer Zeit wirklich glücklich.«

»Billie ist toll.« Er zog mein Bett noch etwas mehr vor und legte ein Stück Malervlies vor die Wand. »Meinst du, das ist es jetzt? Ist sie die Richtige?«

Ich atmete geräuschvoll aus. »Es fühlt sich so an, aber weißt du was? Es gibt noch einige ungeklärte Dinge zwischen uns, deshalb versuche ich es einfach zu genießen, einen Tag nach dem anderen.«

»Mit ungeklärten Dingen meinst du die Tatsache, dass du eine Tochter hast, oder?«

Ich hatte wirklich keine Lust, darüber zu reden. Aber ich hätte wissen müssen, dass der neugierige Hund alles erfahren wollte, einschließlich der Gedanken in meinem Kopf.

Ich seufzte. »Ich bin nicht derjenige, der eine Entscheidung zu treffen hat, weißt du? Dass ich mit Billie zusammen sein will, versteht sich von selbst. Aber für sie ist es nicht so einfach. Um eine Beziehung mit mir einzugehen, muss sie sich überlegen, ob sie Saylor eine Mutter sein möchte. Ich bin sicher, dass sie diese Frage immer im Hinterkopf hat.«

»Das verstehe ich.« Er nickte. »Ich will dir ja nicht die Laune verderben, aber wenn ich an ihrer Stelle wäre, würde ich wahrscheinlich weglaufen.«

»Danke.« Ich verdrehte die Augen. »Auf deine brutale Ehrlichkeit ist immer Verlass.«

»Gern geschehen.« Er grinste. »Aber weißt du … es gibt eine Sache, die für dich spricht.«

»Was denn?«

»Du hast einen Riesenschwanz.«

»Und deshalb bekommt sie Lust auf ein Kind mit mir?«

»Unter Umständen. Große Schwänze können Wunder bewirken.«

»Danke. Dann werde ich meinen reiben und Zauberworte sprechen, wenn du weg bist.«

Er lachte laut auf. »Das mache ich jeden Abend. Klappt bei mir nicht. Ich habe die Richtige noch nicht gefunden.«

»Ich glaube, du suchst gar nicht nach *einer*. Du suchst nach *dreien*«, stichelte ich. »Stimmt's oder habe ich recht?«

Er zuckte die Achseln. »Vielleicht. Im Moment.«

Ich war gespannt, ob Holden sich jemals auf eine Frau festlegen würde. Ich hatte mich auch immer gefragt, ob ich die Richtige finden würde, und jetzt hatte ich es geschafft. Also war im Prinzip alles möglich. Aber wenn ich raten müsste, würde ich trotzdem sagen, dass Holden als Letzter von uns Jungs eine Familie gründen würde, wenn überhaupt.

Wir quatschten noch fast eine Stunde lang, während er die Wand in Ordnung brachte.

»Ich versuche nächstes Mal, behutsamer mit dem Bett umzugehen«, sagte ich, als ich ihm beim Aufräumen half.

»Du machst wohl Scherze?« Er grinste verschmitzt. »Ich bin enttäuscht, wenn ich nicht noch mal wiederkommen muss.«

Ich hatte Billie eingeladen, am Abend mit Saylor und mir zusammen zu essen. Billie schlug vor, selbst Pizza zu machen, weil sie davon ausging, dass es Saylor Spaß machen würde. Und sie bestand darauf, nach Feierabend alles Nötige dafür einzukaufen.

Sie schrieb mir aus dem Supermarkt.

Billie: Was isst Saylor gern auf der Pizza?

Colby: Sie mag Ananas. Nimm einfach eine Dose. Und Schinken. Das ist ihre Kombi.

Billie: Interessante Kombination für ein interessantes Mädchen. Okay. Und was magst du?

Colby: Was ich mag? Das ist eine doppeldeutige Frage.

Billie: LOL. Du musst dich nicht zurückhalten.

Colby: Quickies mit dir im Wäscheraum, wenn Saylor im Bett ist. Meinen Schwanz in deinem Mund. Meinen Schwanz in dir, wann immer ich kann. Mein Sperma auf deinen Brüsten. Die Liste ist endlos.

Billie: Du hast immer nur das Eine im Kopf.

Colby: Das weißt du doch. Ich bin süchtig nach dir. Um auf deine Frage zurückzukommen – ich esse alles, aber es gibt etwas, das ich besonders gern mag. Errätst du, was es ist?

Sie schickte mir ein Foto von einer Ananasdose in ihrem Dekolleté. Heute trug sie ein rostrotes Korsett, das ich noch nie an ihr gesehen hatte. Aber wie gewohnt galt meine Aufmerksamkeit eher dem Inhalt.

Billie: Ist die Dose okay?

Ich musste sie einfach ein bisschen necken, denn wer achtete schon auf eine verdammte Ananasdose, wenn sie zwischen zwei Brüsten lag?

Colby: Dose oder Dosen? Die Dosen finde ich absolut perfekt. Gott, beeil dich und komm nach Hause, damit ich an deinem Hals schnuppern kann, wenn Saylor nicht guckt. (Die Marke ist gut.)

Ich hatte tatsächlich »nach Hause« geschrieben. Wir waren noch weit davon entfernt zusammenzuwohnen, und trotzdem hatte ich das Gefühl, dass ihr Platz bei mir war, dass mein Zuhause irgendwie auch ihres war, selbst wenn sie nicht hier schlief. *Habe ich schon erwähnt, dass mich diese Frau überglücklich macht?*

Billie: Bin noch nicht fertig! Muss die Salami noch finden. Und untersteh dich, jetzt einen dummen Spruch zu bringen.
Colby: Warum willst du mir den Spaß verderben?
Billie: Na gut, bringen wir es hinter uns.

Ich tippte lachend.

Colby: Ich hab hier eine superleckere Salami für dich ;-)
Billie: Geht es dir jetzt besser?
Colby: Viel besser.
Billie: Okay, jetzt im Ernst: Salami und Peperoni für uns. Ananas und Schinken für die Kleine. Bringe auch noch frisches Basilikum mit. Ich freue mich schon!
Colby: Ich mich auch.
Billie: Warum habe ich den Eindruck, dass du nicht von der Pizza redest?
Colby: Ich rede mit Sicherheit nicht von der Pizza. Schwing deinen Hintern her, meine Schöne.

Als Billie da war, machte sie sich sofort an die Arbeit. Sie legte alles, was sie eingekauft hatte, auf die Küchentheke. Saylor saß auf einem Hocker und sah ihr zu.

Weil ich kein Nudelholz hatte, improvisierte Billie und nahm eine Weinflasche, um den Teig auszurollen.

Ich lehnte mich an die Arbeitsfläche. »Ich bin beeindruckt von deinem Einfallsreichtum.«

»Oh, danke.« Sie zwinkerte mir zu.

Ich hätte sie gern in den Arm genommen und geküsst, aber das war vor Saylor noch nicht möglich.

Mehlstaub flog durch die Luft, als die beiden den Teig kneteten und ausrollten. Schon bald waren ihre Klamotten von einer weißen Schicht bedeckt. Ich fand es großartig, dass Billie keine Angst hatte, sich schmutzig zu machen – insbesondere im Bett.

Als der Teig fertig war, kam der Belag an die Reihe. Sie öffnete alle Verpackungen und füllte die Zutaten in kleine Schüsseln. Die Küche hinterher sauberzumachen würde nicht so leicht werden, aber das Dauerlächeln im Gesicht meiner Tochter war die Mühe wert.

Ich stellte fest, wie geduldig Billie war, während sie die Pizzen gemeinsam belegten. Billie behauptete zwar, mit Kindern kaum Erfahrung zu haben, doch sie war ein Profi.

Als die Pizzen im Ofen waren, herrschte in der Küche wie erwartet ein ziemliches Chaos: verkleckerter Ananassaft, überall Reste von geriebenem Käse und Tomatensoße. Aber es war ein schöner Anblick. Er zeugte von Leben – von dem Leben, das Billie in diese Wohnung gebracht hatte.

Nach dem Essen überraschte Billie Saylor mit einem Prinzessinnen-Cupcake, den sie aus der Supermarktbäckerei mitgebracht hatte. Meine Tochter hatte ihre helle Freude daran, denn als sie ihn aufgegessen hatte, hatte sie rosa Creme in den Haaren und sogar in den Wimpern.

Billie ging mit ihr ins Bad, um ihr das Gesicht zu waschen, und ich nahm die Küche in Angriff, damit es nicht mehr so aussah, als wäre hier eine Pizzabombe explodiert. Zwischendurch hielt ich immer wieder inne, um dem Gelächter im Bad zu lauschen.

Das will ich. Jeden Abend. Aber es wäre dumm gewesen, davon auszugehen, dass Billie auch die volle Verantwortung haben wollte, die damit einherging. Die Zeit würde es zeigen, und ich musste einfach geduldig sein.

Als Saylor ins Bett musste, bat sie Billie um eine Gute-Nacht-Geschichte. »Nicht aus dem Buch!«, rief sie.

Billie sah mich Rat suchend an.

»Sie will, dass du dir etwas ausdenkst«, erklärte ich. »Damit fordert sie mich andauernd heraus.«

Sie kitzelte Saylor. »Du bist mir vielleicht eine. Du machst es einem nicht leicht, hm?«

Saylor kicherte.

Billie setzte sich auf die Bettkante und überlegte einen Moment, während Saylor unter die Decke schlüpfte.

»Okay, die Geschichte heißt ›Die tätowierte Hexe‹«, sagte sie.

Ich stand lauschend an der Tür und sah zu, wie Saylor sich an Billie schmiegte.

»Es war einmal eine tätowierte Hexe. Sie lebte in New York und hatte ein eigenes Tattoostudio, in dem sie von früh bis spät Leute tätowierte.« Sie hielt inne. »Eines Tages kam ein Prinz zu ihr und wollte ein Tattoo haben. Aber die tätowierte Hexe hatte einen furchtbaren Tag und schickte ihn weg.«

»Die Geschichte kommt mir bekannt vor«, sagte ich.

»Ist vielleicht ein bisschen autobiografisch«, entgegnete Billie mit einem Augenzwinkern.

»Warum war die Hexe denn so schlecht drauf?«, neckte ich sie.

»Sie hatte eine Begegnung mit dem bösen Sir Tinder, deshalb.«

»Ah. Okay. Erzähl weiter.« Ich lachte.

Sie wandte sich Saylor zu und fuhr fort: »Aber hinterher hat es der Hexe leidgetan, dass sie so unhöflich war. Als sie den Prinzen das nächste Mal traf, hat sie ihn verzaubert, um noch eine Chance zu bekommen.«

Saylor sah zu ihr auf. »Zauberei?«

»Na klar. Hexen können zaubern.«

»Und was ist dann passiert?«, fragte Saylor.

»Der Zauber hat funktioniert! Der Prinz kam sie immer wieder besuchen und hat sie sogar zu einem Ausflug auf die Märcheninsel Ikea mitgenommen.«

Ich schmunzelte.

Saylor grinste. »Und dann?«

»Das kalte Herz der Hexe begann zu schmelzen. Und nach einer Weile fühlte sich die tätowierte Hexe nicht mehr wie eine Hexe. Sie fühlte sich wie eine Prinzessin – nicht, weil sie tatsächlich eine war, sondern weil der Prinz ihr dieses Gefühl gab. Die Hexe hatte den Prinzen verzaubert, aber dann wurde sie selbst verwandelt.« Billie schaute lächelnd zu mir herüber. »Damit ist die Geschichte zu Ende.«

»Und sie blieben zusammen glücklich bis an ihr Lebensende?«, fragte Saylor mit großen Augen.

Sie zögerte. »Ich denke schon.«

Gute Antwort. Ich hoffte wirklich sehr, dass die Hexe und der Prinz miteinander glücklich wurden und sehr viel fantastischen Sex hatten.

Nachdem wir Saylor gute Nacht gesagt hatten, setzte sich Billie mit nachdenklicher Miene zu mir ins Wohnzimmer.

»Saylor freut sich wirklich sehr, wenn du da bist«, sagte ich, um ihre Grübelei zu unterbrechen.

»Ja. Es überrascht mich, wie viel Freude es auch mir macht, mit ihr zusammen zu sein.«

Ich fuhr mit dem Finger über die Tattoos auf ihrem Arm und beschloss, offen zu ihr zu sein. »Die einzige Sorge, die ich in Bezug auf uns beide habe, ist, ob du dieses Leben auch auf Dauer führen willst. Ich will dich nicht dazu drängen, darüber nachzudenken, aber wir sind inzwischen so weit, dass ich gern wissen würde, ob du dir eine Zukunft mit ... uns *beiden* überhaupt vorstellen kannst.«

Sie antwortete nicht sofort. Ich hatte das Gefühl, aus der Haut zu fahren, während ich wartete.

»Ich will nicht lügen ...«, sagte sie schließlich. »Am Anfang hatte ich die Sorge, ob ich da reinpasse und ob ich mich ordentlich um ein Kind kümmern kann. Aber du sollst wissen, dass ich die Dinge jetzt anders sehe. Wenn es mit uns nicht klappt, dann hat es nichts mit Saylor zu tun. Jeder würde sich glücklich schätzen, sie in seinem Leben zu haben.«

»Wow.« Ich gab ihr einen Kuss. »Danke. Dann bin ich ein wenig beruhigt.«

»Das hat dich den ganzen Abend beschäftigt?«

»Ja. Es ist schwer, nicht daran zu denken, wenn ich euch zwei zusammen sehe.«

»Aber wir müssen es trotzdem langsam angehen lassen«, sagte sie.

»Einverstanden ... aber ...«

Sie zog eine Augenbraue hoch. »Ja?«

»Heißt das, ich könnte dich vielleicht überreden, über Nacht zu bleiben?«

Billie zwickte mich ins Knie und seufzte. »Ich weiß nicht ...«

»Saylor schläft immer durch. Wir können früh aufstehen, damit du rechtzeitig hier weg bist. Ich hatte zwar diese Fantasie mit dem Wäscheraum im Kopf, aber ich würde mir viel lieber Zeit lassen und dich in meinem Bett haben. Wir müssen nur leise sein. Und keine Löcher in die Wand machen.« Ich war mir nicht zu schade zu betteln. »Bitte ...«, sagte ich wie Saylor, wenn sie noch eine Portion Nachtisch haben wollte. Nur dass ich mehrere Portionen Billie wollte.

»Und wenn sie aufsteht und mich sieht?«, raunte Billie mir zu.

»Ich sperre die Tür ab. Ich habe noch ein Babyphon, das ich anschließen kann, damit wir es hören, wenn sie sich rührt. Und selbst wenn sie dich hier sehen würde – sie ist noch so klein, dass sie keine Ahnung von Sex hat. Es wäre also kein Problem. Sie würde wahrscheinlich nur denken, dass du hier übernachtest, und wäre begeistert.«

Billie grinste schelmisch. »Kann ich bei einem Glas Wein darüber nachdenken?«

Ich führte innerlich einen Freudentanz auf und ging in die Küche, um den Wein zu holen. »Sehr gern.«

Als ich die Flasche öffnete, klopfte es an der Tür. Die einzigen Leute, die unter der Woche um diese Zeit bei mir auftauchten, waren die Jungs.

»Erwartest du jemanden?«, fragte Billie.

Ich stellte die Flasche ab und ging zur Tür. »Nein. Es ist wahrscheinlich Brayden oder Holden.«

Ich hätte durch den Spion schauen sollen. Dann hätte ich in dem Moment, als ich die Tür öffnete, nicht so einen Schock bekommen. Ich brauchte ein paar Sekunden, denn es war schon lange her, dass ich sie das letzte Mal gesehen hatte. Ihr dunkles Haar war etwas länger, und sie war dünner als in meiner Erinnerung. Aber die kalten Augen waren immer noch die gleichen.

Was zur Hölle will sie?

Die Frau, die ich nur unter dem Namen Raven gekannt hatte, sprach als Erste. »Hallo Colby.«

Ich rührte mich nicht. Ich wusste nicht, was ich sagen sollte. In meinem Kopf kreisten nur zwei Fragen: *Was zur Hölle will sie hier? Wie kann ich sie auf magische Weise verschwinden lassen, bevor Billie etwas mitbekommt?*

»Wer ist das?«, hörte ich Billie sagen. Mein starrer Blick war immer noch auf die Frau im Flur gerichtet.

Hatte ich nicht vor Kurzem erst daran gedacht, dass eine Katastrophe immer dann passiert, wenn gerade alles gut läuft? Tja, jetzt stand die Katastrophe direkt vor meiner Tür.

Schließlich brachte ich ein paar Worte heraus, um Billies Frage zu beantworten.

»Das ist Saylors Eizellenspenderin.«

17. KAPITEL

COLBY

Rums.

»Colby, was zur Hölle?« Billie schaute erschrocken zur Tür.

»Was immer sie will, ich will es nicht hören.« Ich kehrte ins Wohnzimmer zurück, füllte mein Weinglas und trank es zur Hälfte aus.

»Also knallst du Saylors Mutter einfach die Tür vor der Nase zu? Weshalb ist sie überhaupt gekommen?«

»Erstens ist sie *nicht* Saylors Mutter. Die Biologie macht einen nicht zur Mutter oder zum Vater. Und zweitens ist mir herzlich egal, weshalb sie bei mir auf der Matte steht. Drittens ...« Meine Tirade wurde unterbrochen.

Klopf. Klopf. Klopf.

Billie und ich drehten uns zur Tür um.

»Du musst aufmachen«, sagte sie.

Ich schüttelte den Kopf. »Nein, muss ich nicht.«

Unsere Blicke kreuzten sich, und wir starrten einander an. Bis zu diesem Moment hatte ich nicht geglaubt, dieser Frau irgendetwas abschlagen zu können.

Zehn Sekunden später wurde das Klopfen lauter.

Bum. Bum. Bum.

Billie seufzte. »Colby ...«

Ich blieb, wo ich war, und leerte mein Weinglas.

»Mach die Tür auf, Colby! Ich muss mit dir reden!«

In mir kochte Wut hoch. Ich spürte, wie es in den Zehen begann und durch meine Beine und meinen Oberkörper nach oben wanderte, bis die Hitze schließlich in meinem Gesicht ankam.

»Colby, sie wird Saylor wecken. Und was dann?«

Ich hatte mich noch immer nicht gerührt. Prompt kam meine Tochter aus ihrem Zimmer und rieb sich die Augen. »Billie, hast du gerade geschrien?«

Billie ging sofort zu ihr und beugte sich zu ihr hinunter. »Nein, meine Süße. Da ist jemand im Flur. Äh … eine Frau hat sich aus ihrer Wohnung ausgesperrt, und dein Dad geht jetzt mal nachsehen und hilft ihr.« Sie drehte sich zu mir um. »*Nicht wahr*, Colby?«

Ich reagierte nicht. Billie sah mich böse an und schüttelte den Kopf, dann hob sie Saylor hoch. »Wie wäre es, wenn ich dir noch eine Geschichte erzähle, während dein Dad rausgeht und der Frau hilft?« Sie warf mir einen Blick zu. »Ich habe noch eine Geschichte über eine Hexe, die auf ihrem Besen davonfliegt, weil der hübsche Prinz sich doch als Frosch entpuppt …«

Meine Tochter lächelte ahnungslos. »Oh ja, erzähl mir von dem Frosch!«

»Okay, dann los.« Sie trug Saylor in ihr Zimmer, drehte sich im Flur aber noch einmal zu mir um und deutete mit dem Kopf zur Wohnungstür.

Kaum war Saylors Tür zu, ging das Gehämmer wieder los.

Bum. Bum. Bum.

»Ich gehe nicht weg, Colby! Also mach die verdammte Tür auf, bevor ich sämtliche Hausbewohner wecke!«

Ich schloss die Augen und atmete tief durch. Es machte mich kein bisschen ruhiger, aber was für eine Wahl hatte ich? Ich wollte nicht, dass Saylor Fragen stellte. Ich wollte nicht, dass sie diese Frau sah oder ihre Stimme hörte.

Raven oder vielmehr Maya straffte die Schultern, als ich in den Flur kam. Die Frau hatte wirklich Nerven. Ich zog die Tür hinter mir zu und verschränkte die Arme vor der Brust.

»Was willst du, verdammt?«

»Ich brauche deine Hilfe.«

Mir entfuhr ein irres Lachen. »Du brauchst *meine* Hilfe? Der ist gut. Was ist mit deinem *verdammten Kind*? Meinst du nicht, sie hätte in den letzten vier Jahren vielleicht deine Hilfe gebraucht? Es ist ganz schön dreist von dir, bei uns aufzutauchen und Hilfe zu verlangen.«

Maya schaute zur Seite. »Ich hatte nie vor, ein Kind zu bekommen. Als ich festgestellt habe, dass ich schwanger bin, dachte ich, ich käme damit klar. Aber es ging nicht. Das Kind ist ohne mich besser dran.«

Ich sprang ihr förmlich ins Gesicht. »*Saylor*. Das Kind hat einen Namen. Und natürlich ist sie ohne eine Frau besser dran, die sich nichts dabei denkt, ihr eigen Fleisch und Blut an einen Mann abzugeben, den sie nur einmal getroffen hat. Du hast kein einziges Mal angerufen, um dich nach ihr zu erkundigen, Himmelherrgott. Wo bist du vier Jahre lang gewesen? Ich hatte sogar einen Privatdetektiv auf dich angesetzt.«

»Du bist ihr *Vater*. Nicht irgendein Fremder.«

»Na und? Der Green River Killer hat neunundvierzig Frauen umgebracht. Er hat auch ein Kind.« Ich schüttelte den Kopf. »Aber jetzt verstehe ich allmählich, dass man Vater sein *und* eine Frau umbringen kann.«

Maya runzelte die Stirn. »Ich hatte ja vor zurückzukommen. Ich brauchte nur eine Pause und hatte niemanden, an den ich mich wenden konnte. Das Baby hörte nicht auf zu weinen, und ich dachte, eine ruhige Nacht würde helfen. Aber aus einem Tag wurden zwei, und aus zweien wurde eine Woche. Und dann kam mein Leben allmählich wieder ins Lot.«

»Wie schön für dich …«

Sie schüttelte den Kopf. »Hör zu, Colby. Es gibt vieles, was du nicht über mich weißt. Erstens heiße ich nicht Raven. Das war nur mein Künstlername.«

»Ja, ich weiß. Mit ›Raven‹ ist der Privatdetektiv nicht weit gekommen, als er nach dir gesucht hat, *Maya Moreno*.«

»Oh. Und weißt du auch, dass ich illegal hier bin? Ich bin mit einem Sommervisum aus Ecuador gekommen, als ich siebzehn war, und nicht wieder zurückgegangen.«

»Das ist mir ebenfalls bekannt. Willst du mir sonst noch etwas über dein Leben erzählen?« Ich zuckte die Achseln und fuhr fort, ohne ihre Antwort abzuwarten. »Nein? Gut. Schön, dass wir uns gesehen haben, aber warum gehst du nicht dahin, wo du hergekommen bist, und vergisst, dass es mich gibt? Genieß den Rest deines Lebens, wie du die letzten vier Jahre genossen hast.« Ich drehte mich um und griff nach der Türklinke, aber Maya legte die Hand auf meinen Arm.

»Warte!«

Ich sah sie grimmig an. »Fass mich nicht an.«

Maya hob die Hände. »Schon gut, kommt nicht wieder vor. Aber du musst mir einen Gefallen tun. Wie ich sehe, bist du gerade ziemlich aufgebracht. Warum treffen wir uns nicht morgen auf einen Kaffee, wenn du dich beruhigt hast? Dann erkläre ich dir alles.«

Ich verzog das Gesicht. »*Ich werde nicht mit dir Kaffee trinken*.«

Maya hob die Stimme. »Pass auf, Colby. Um unserer Tochter willen musst du über das Problem hinwegkommen, das du mit mir hast.«

»Sie ist *meine* Tochter«, sagte ich mit zusammengebissenen Zähnen.

Maya seufzte. »Auf diese Art wollte ich es eigentlich nicht

machen.« Sie nahm einen dicken braunen Umschlag aus ihrer Tasche und hielt ihn mir hin.

Ich machte keine Anstalten, ihn anzunehmen, und sah sie nur wütend an.

Sie verdrehte die Augen. »Ich bin morgen früh um acht in dem Café unten an der Ecke. Wenn du nicht kommst …« Sie warf mir den Umschlag vor die Füße. »Reiche ich um neun die Originale ein.«

Ich saß mit einer Flasche Whiskey und einem mittlerweile leeren Glas am Küchentisch und starrte den Umschlag an. Billie kam aus Saylors Zimmer und setzte sich zu mir.

»Ich hab's geschafft. Sie schläft wieder.«

»Danke.«

Sie nickte. »Rede mit mir. Was ist los, Colby? Ich dachte, Saylors Mutter hat nichts mit euch zu tun.«

»Hat sie ja auch nicht. Du kennst die Geschichte. Ich bin ihr vor einigen Jahren an Halloween in einem Stripclub begegnet. Sie kam mit zu mir. Wir hatten einen One-Night-Stand, und am nächsten Morgen ist sie abgehauen und hat mir eine falsche Nummer hinterlassen. Wiedergesehen habe ich sie erst, als sie mit einem Baby vor meiner Tür stand und sagte, es sei meins und ich müsse eine Weile auf das Kind aufpassen, weil sie ein wichtiges Bewerbungsgespräch habe. Sie war so schnell wieder weg, wie sie gekommen war.« Ich schüttelte den Kopf. »Seitdem habe ich nichts mehr von ihr gesehen oder gehört. Ich habe versucht, sie ausfindig zu machen, aber weil sie sich illegal im Land aufhält, war es für sie leicht, spurlos zu verschwinden.«

»Was hat sie im Flur gesagt?«

Ich schenkte mir noch einen Whiskey ein. »Nicht viel. Nur dass sie eine Bitte hat. Da bin ich verbal auf sie losgegangen.

Dann hat sie mir damit gedroht, diese Papiere einzureichen, wenn ich mich nicht morgen früh um acht in dem Café unten an der Ecke mit ihr treffe.« Ich nickte in Richtung des Umschlags, dann griff ich zu dem Whiskey und kippte ihn hinunter. Er brannte, aber nicht genug.

»Was ist in dem Umschlag?«

Ich warf abermals einen Blick darauf. »Sieh es dir selbst an. Ich kann es nicht aussprechen …«

Billie zog das Papierbündel heraus und überflog das Deckblatt. Als sie die Überschrift gelesen hatte, sah sie ruckartig mit großen Augen auf. »Ein Sorgerechtsantrag?«

Nachdem sie es laut ausgesprochen hatte, wurde mir schlecht.

»Colby, oh mein Gott, meint sie das ernst?«

Ich schüttelte den Kopf. »Anscheinend. Ich habe nur einmal kurz durchgeblättert, aber sie hat eidesstattliche Versicherungen von Ärzten, die besagen, dass sie an postnataler Depression litt und deshalb weggelaufen ist. Sie hat sich angeblich um das Wohlergehen ihres Babys gesorgt. Es gibt sogar eine Bescheinigung darüber, dass sie irgendeinen Elternkurs gemacht hat. Als könnte man Leuten beibringen, ein Kind zu lieben, es mit seinem Leben zu beschützen oder die ganze Nacht aufzubleiben, wenn es Fieber hat. Als könnte man jemandem beibringen zu vergessen, dass man mal ein eigenes Leben hatte.« Ich schüttelte den Kopf. »In einem verdammten Kurs!«

»Oh, Colby …« Billie langte über den Tisch und ergriff meine Hand.

In mir tobte die kalte Wut, doch diese kleine Berührung durchbrach meinen Panzer. Ich spürte, dass ich die Fassung zu verlieren drohte.

Ohne aufzusehen, sagte ich: »Das können sie nicht machen, oder? Mein Kind einer Frau geben, die es verlassen und nicht mal angerufen und nach ihm gefragt hat?« Ich schluckte und schmeckte Salz. »Das geht doch nicht, oder?«

Billie schüttelte den Kopf. Ihre Miene war furchtbar traurig. »Ich weiß nicht, Colby. Aber ich habe eine Freundin mit einem Kind, das der Vater fünf Jahre lang nicht gesehen hat, und ihm wurde trotzdem ein Besuchsrecht zugesprochen. Er war ein Säufer und ist wieder trocken, das ist natürlich nicht das Gleiche.«

»Wieso nicht? Die Frau hat von ihrem Arzt attestiert bekommen, dass sie an postnataler Depression litt. Das ist wie Alkoholismus eine Krankheit, oder?«

Billie drückte meine Hand. »Jetzt mal langsam. Es ist zu früh, sich den Kopf darüber zu zerbrechen, wie ein Richter urteilen würde. Vielleicht kommt es ja gar nicht dazu. Du hast gesagt, sie hat den Antrag noch nicht eingereicht?«

»Nein, ich denke nicht. Sie meinte, wenn ich sie nicht um acht treffe, reicht sie ihn um neun ein.«

»Und warum will sie sich mit dir treffen?«

»Ich habe keine Ahnung.«

»Tja, du wirst es wohl oder übel herausfinden müssen …«

Ich hatte die ganze Nacht kaum geschlafen.

Billie war schließlich doch nach Hause gefahren. Sie wolle mir Zeit zum Nachdenken geben, hatte sie gesagt, und ich hatte nicht allzu viel Widerstand geleistet. Ich wäre sowieso keine gute Gesellschaft gewesen. Was für eine Wende der Ereignisse. Eben war ich noch über die Maßen glücklich gewesen – Saylor und Billie waren richtig ineinander vernarrt, Billie wollte über Nacht bleiben und kam mir stetig näher, obwohl ich gedacht hatte, sie würde davonlaufen, wenn sie meinen Alltag kennenlernt. Und dann hatte es geklopft.

Es war nur ein verdammtes Klopfen.

Und vor der Tür hatte die Frau gestanden, die mein Leben vor vier Jahren auf den Kopf gestellt hatte. Und sie wollte es wieder tun.

Maya.

Gab es eigentlich keine Regelung dafür, wie oft man jemandem, mit dem man weniger als acht Stunden seines Lebens verbracht hat, einen hinterhältigen Überraschungsschlag versetzen darf? Wenn nicht, dann musste dringend eine her.

»Daddy …« Saylor kam in die Küche, wo ich beim Kaffee saß, und hielt ein Paar von meinen Socken hoch. »Bist du durcheinander?«

Ich zog die Augenbrauen zusammen. »Warum hast du meine Socken, Schatz?«

Sie grinste. »Weil du sie mir mit den anderen Anziehsachen aufs Bett gelegt hast.« Sie zog etwas hinter ihrem Rücken hervor. »Und die auch!«

Ich blinzelte verdutzt. War ich dermaßen neben der Spur? Hatte ich ihr tatsächlich meine Unterhose und meine Socken hingelegt? Offenbar ja.

Saylor sah mich mit schief gelegtem Kopf an. »Bist du traurig, Daddy?«

Scheiße. »Nein, mein Schatz, ich bin nur ein bisschen müde, das ist alles.« Ich wollte meine Tochter ganz gewiss nicht ängstigen, bevor ich sie zum Kindergarten brachte. Deshalb stand ich auf und hob sie lächelnd hoch. Sie kicherte.

»Und ich habe mich schon gefragt, warum mich meine Unterhose so in den Po kneift. Wahrscheinlich habe ich eine von dir an …«

Saylor sah mich mit großen strahlenden Augen an. »Du hast doch nicht wirklich meine Unterhose an, oder, Daddy?«

»Ich weiß es nicht. Hast du welche in Rosa mit kleinen lila Schmetterlingen drauf?«

Sie nickte.

»Hmm. Okay, dann ist alles in Ordnung. Die, die ich anhabe, ist schwarz und ohne Schmetterlinge.« Ich rieb meine Nase an ihrer. »Du glaubst doch nicht wirklich, dass ich in deine reinpassen würde, oder?«

Sie begann wieder zu kichern, und es fühlte sich an wie Balsam auf meinem verwundeten Herz. Ich trug sie in ihr Zimmer und nahm eine Unterhose und Socken aus der Kommode. »Bitte schön. Aber beeil dich. In zehn Minuten müssen wir schon los.«

»Okay, Daddy.«

Eine halbe Stunde später, nachdem ich Saylor weggebracht hatte, stand ich vor dem Café an der Ecke. Voller Ärger und Verbitterung, aber auch voller Angst öffnete ich die Tür und sah mich um.

Maya hob lächelnd die Hand und winkte mir, als wären wir die dicksten Freunde. *Ist das ihr Ernst?* Ich atmete tief durch, bevor ich an den Tisch trat. Meine Miene war alles andere als freundlich.

»Hallo Colby.«

Als Erstes fiel mir auf, dass sie anders gekleidet war als am vergangenen Abend. Sie trug einen Anzug, wohingegen sie in Jeans und irgendeinem Top bei mir aufgekreuzt war, an das ich mich nicht mehr erinnerte. Ich wusste nur, dass es ein legerer Look gewesen war, und heute machte sie einen sehr geschäftlichen Eindruck. Ihr dunkles Haar hatte sie hochgebunden, und sie trug eine Brille mit dickem Rand. Ich wusste nicht mal, dass sie Brillenträgerin war.

Ich nickte und setzte mich.

»Was möchtest du?«

Die Kellnerin kam herüber. »Kann ich Ihnen Kaffee bringen oder vielleicht einen Saft?«

Ich winkte ab. »Für mich nichts, danke. Ich bleibe nicht lange.«

Maya lächelte die Frau an. »Ich hätte gern einen Kaffee mit Milch und Zucker, bitte.«

Ich wartete gerade noch, bis sich die Kellnerin umgedreht hatte. »Also, was willst du von mir?«

Maya faltete die Hände auf dem Tisch. »Du musst mich heiraten. Die wollen mich ausweisen.«

Meine Augenbrauen schnellten in die Höhe. »Bist du betrunken oder was?«

»Nein, ich bin vollkommen nüchtern.«

»Dann hast du vielleicht den Verstand verloren? Ich werde dich auf keinen Fall heiraten. Ich kann deinen Anblick nicht ertragen.«

»Wenn du es machst, bekommst du das alleinige Sorgerecht für Saylor. Mein Anwalt hat mir erklärt, dass ich zwei Möglichkeiten habe, um im Land zu bleiben: Entweder beantrage ich das Sorgerecht für meine Tochter und bewerbe mich als Hauptbetreuungsperson meines Kindes für eine Green Card, oder ich heirate einen amerikanischen Staatsbürger. Da kommst logischerweise du infrage, und mir wurde gesagt, wir würden ohne Schwierigkeiten durch das Einwanderungsverfahren kommen, wenn wir angeben, dass wir seit Saylors Zeugung zusammen waren.«

Ich sah sie lange an, bevor ich etwas sagte. »Saylor geht es super. Danke der Nachfrage.«

Maya atmete tief ein und aus. »Ich versuche, Gefühle aus dem Spiel zu lassen, Colby.«

»Ist das nicht toll von dir? Es muss schön sein, sein Kind einfach als Teil einer geschäftlichen Transaktion betrachten zu können.«

Die Kellnerin kam mit dem Kaffee und schenkte Maya eine

Tasse ein. Sie schaute zwischen uns hin und her. »Möchten Sie jetzt eine Bestellung aufgeben?«

Maya schüttelte den Kopf. »Wir brauchen noch ein paar Minuten.«

»Kein Problem.«

Ich beugte mich vor. »Du willst das Sorgerecht doch gar nicht, oder?«

»Wie gesagt, ich denke, es ist das Beste, wenn wir Gefühle außen vor lassen. Halten wir es einfach. Ich brauche etwas von dir. Du brauchst etwas von mir. Heirate mich, und sobald ich meine Green Card habe, lassen wir uns scheiden, und du musst dir nie wieder Gedanken über das Sorgerecht machen.«

Ich sah sie zornig an. »Darüber mache ich mir keine Sorgen. Kein Richter der Welt würde dir das Sorgerecht zusprechen.«

»Du reagierst emotional, weil du dich bedroht fühlst.«

Ich hob mein Kinn. »Du kannst mich mal.«

»Mach deine Hausaufgaben, Colby. Geh zu einem Anwalt für Familienrecht. Wen immer du nimmst, er wird dir sagen, dass ich das Umgangsrecht bekomme, wenn ich diesen Antrag einreiche. Zunächst vielleicht nur ein eingeschränktes. Aber die Gerichte sehen Mütter gern im Leben ihrer Kinder, besonders bei kleinen Mädchen. Und wenn ich alles richtig mache und ein wenig Zeit vergeht, wird mir das geteilte Sorgerecht zugesprochen.«

»Du würdest zu deinem eigenen Vorteil ohne mit der Wimper zu zucken das Leben eines kleinen Mädchens aus den Angeln heben? Genügt es nicht, dass du sie im Stich gelassen hast?«

Maya schnippte einen nicht vorhandenen Fussel von ihrer Hose.

Ich konnte es nicht länger aushalten. Ihre gedankenlose Lässigkeit brachte mich zum Kochen. Ich stand auf, und der Stuhl schrammte laut über den Kachelboden. »Ich bin hier fertig.«

Als ich mich zum Gehen wandte, hielt Maya mich am Handgelenk fest. »Such dir einen Anwalt«, sagte sie. »Lass dir bestätigen, was ich gesagt habe. Und dann treffen wir uns heute in einer Woche zur selben Zeit hier wieder. So lange warte ich mit der Einreichung des Antrags. Mir ist klar, dass du das Ganze erst mal verarbeiten musst.«

Ich entzog mich ihrem Griff und sah ihr in die Augen. »Fahr zur Hölle.«

»Nächste Woche um dieselbe Zeit, Colby. Bis dann.«

18. KAPITEL

BILLIE

Es war einer dieser Tage, die derart verregnet waren, dass es gar nicht richtig hell wurde. Das Wetter entsprach meiner Stimmung. Ich war ziemlich von der Rolle. Deek schaute jedes Mal neugierig zu mir herüber, wenn mir etwas aus der Hand fiel. Ich hoffte, dass ich durch meine Schicht kam, ohne den Verstand zu verlieren. Gott sei Dank hatte ich noch kein Tattoo versaut, aber der Tag war noch jung. Den ganzen Morgen hatte ich an nichts anderes denken können als an Colbys Treffen mit Saylors Mutter.

Maya. Jetzt hatte sie ein Gesicht. Ein Gesicht, in das ich hätte reinschlagen können.

Es war viel besser gewesen, als sie nur ein verschwommener Geist gewesen war, jemand, den man totschweigen konnte. Am vergangenen Abend war alles so schnell gegangen, dass ich sie nur flüchtig gesehen hatte. Für mich hatte etwas anders Vorrang gehabt: nämlich Saylor zu beschützen, damit sie nicht erfuhr, was für ein schrecklicher Mensch ihre Mutter war.

Später hatten Deek und ich gleichzeitig Pause, und er konnte mich wegen meines seltsamen Benehmens zur Rede stellen. Ich hatte ihm noch nicht erzählt, was vorgefallen war.

Er trat hinter mich, packte mich bei den Schultern und schüttelte mich. »Was zur Hölle ist heute mit dir los? Ist irgendwas mit dir und Colby?«

Ich stieß einen langen Seufzer aus. »Könnte man so sagen …«

»Ich wusste, dass man einem Kerl ohne Tattoos nicht trauen kann.« Er kniff die Augen zusammen. »Soll ich ihn mir vorknöpfen?«

»Glaub mir, es gibt nichts, was du tun könntest, um ihn noch mehr fertigzumachen, als er gerade sowieso schon ist.«

Ein besorgter Ausdruck huschte über sein Gesicht. »Oh-oh. Das klingt übel. Erzähl.«

Ich erklärte ihm, was passiert war. Deek hatte eigentlich immer zu allem etwas zu sagen. Aber diesmal? Er stand eine ganze Weile mit offenem Mund da.

»Was meinst du, was sie will?«, fragte er schließlich.

»Ich weiß es nicht. Sie hat ihm mit dem Sorgerechtsantrag gedroht, damit er sich mit ihr trifft. Es steckt also mehr dahinter. Er kommt später her, um mir alles zu erzählen.«

»Wow.« Deek starrte ins Leere. »Was für ein Miststück … Die ganze Zeit ist sie wie vom Erdboden verschluckt, und dann taucht sie plötzlich aus heiterem Himmel wieder auf?«

Ich atmete aus. »Es war der allerschönste Abend bisher, bevor sie aufgetaucht ist. Ich konnte mir zum ersten Mal wirklich vorstellen …« Ich verstummte.

»Zu ihrer Familie zu gehören?«

Ich nickte, und mir kamen die Tränen. Ich wollte nicht weinen, aber besser jetzt als vor Colby. Für ihn musste ich stark sein. Ich durfte es ihm nicht noch schwerer machen. Er sollte sich nicht auch noch um mich und meine Gefühle sorgen müssen.

»Hast du Angst, dass es sich auf eure Beziehung auswirkt?«, fragte Deek.

Ich schüttelte den Kopf. »Um Colby und mich mache ich mir eigentlich keine Gedanken. Ich habe nur Saylors Wohlergehen im Sinn. Ich kann mir nicht vorstellen, dass man sie dazu zwingen kann, Zeit mit dieser Fremden zu verbringen –

oder Gott bewahre, dass sie Colby weggenommen wird. Die beiden sind unzertrennlich. Das darf nicht passieren. Nicht einmal ein geteiltes Sorgerecht wäre richtig. Das kommt einfach nicht infrage, Deek!«

Deek schüttelte bedächtig den Kopf. »Das klingt gar nicht gut. Ein Mensch, der einfach so aus dem Nichts auftaucht und Colby derart droht, ist wahrscheinlich zu allem fähig.«

»Genau. Wer tut so etwas?«

»Ein hinterhältiges Miststück«, entgegnete er.

Ich rieb mir die Schläfen. »Ich würde alles geben, um das Ganze ungeschehen zu machen.«

»Also, ich kenne da einen Typen …«, scherzte er.

»Letzter Ausweg.« Ich schmunzelte.

»Aber hör mal«, sagte er. »Dreh nicht durch, bevor du überhaupt erfährst, was passiert ist.«

Ich ging davon aus, dass Colbys »Frühstück« mit Maya die Lage eher verschlechtern als verbessern würde. »Kennst du das, wenn man so ein ungutes Gefühl hat, das sich nicht abschütteln lässt?«

»Ja …«

»So geht es mir gerade. Ich weiß, dass er hier reinkommen und mir etwas sagen wird, das ich nicht hören will. Ich spüre es.«

»So nah geht dir das Ganze? Allmählich wird mir bewusst, wie viel dir an der Kleinen liegt, und wie glücklich sie sich schätzen könnte, dich in ihrem Leben zu haben.«

»Die Glückliche wäre ich, Deek. Wirklich.«

Er umarmte mich. »Am Ende willst du vielleicht doch Kinder, hm?«

Ich hätte Saylor sofort adoptiert, wenn diese Frau dadurch verschwinden würde.

»Vielleicht.« Ich lächelte. »Ich bin mir nicht sicher, ob ich selbst welche zur Welt bringen möchte. Aber diesem süßen kleinen Mädchen eine Mutter sein?« Ich seufzte. »Es wäre das reinste Vergnügen.«

»Saylor hat auf jeden Fall eine bessere Mutter verdient als die, die sie zur Welt gebracht hat.«

Ich dachte an den ersten Eindruck, den ich von Maya gewonnen hatte.

»Es ist schwer zu glauben, dass diese merkwürdige Frau Saylor geboren hat. Bis jetzt hatte ich irgendwie nur ein verschwommenes Bild von ihr, wie eine unscharfe Fotoaufnahme.«

»Wie sieht sie eigentlich aus?«

»Ich habe sie nur kurz gesehen.« Ich zuckte mit den Schultern. »Sie ist hübsch. Ich meine, das habe ich immer gewusst, denn sie hat ihr Geld mit ihrem Aussehen verdient. Sie hat dunkles Haar, so lang wie meins, aber etwas heller. Sie sieht Saylor nicht besonders ähnlich. Dadurch ist mir bewusst geworden, wie sehr Saylor nach Colby kommt.« Ich zuckte die Schultern. »Ich hätte sie mir genauer ansehen können, aber mir war wichtiger, dass Saylor nicht mitbekommt, was los ist.«

»Verständlicherweise. Es war wirklich gut, dass du da warst.«

Ich rieb mir die Augen. »Gott, ich will mir gar nicht vorstellen, wie es ohne mich abgelaufen wäre.«

Justine kehrte aus ihrer Pause zurück und unterbrach unser Gespräch. Wir standen uns zwar auch nahe, aber ich wollte nicht alles noch einmal durchkauen, und Deek hielt den Mund, ohne dass ich es ihm sagen musste.

Ein paar Minuten später kamen unsere nächsten Kunden, ironischerweise eine Mutter und ihre Tochter, die sich das gleiche Tattoo stechen lassen wollten. Das Universum spielte einem manchmal echt übel mit. Ich hätte fast geweint, während ich beiden denselben Satz stach: *Ich liebe dich mehr.* Die Beziehung zwischen Mutter und Tochter war mit keiner anderen zu vergleichen. Ich, die ich nicht die beste Mutter hatte, hatte mich immer nach mehr gesehnt. Vielleicht konnte ich es nur erleben, wenn ich selbst Mutter wurde.

Der Tag zog sich hin, während ich darauf wartete, dass Colby nach der Arbeit vorbeikam. Ich hatte ihm extra nicht geschrieben, damit er sich nicht zu einer Erklärung per Nachricht oder am Telefon verpflichtet fühlte, weil ich wusste, dass er es mir später persönlich erzählen wollte.

Nach Geschäftsschluss blieb Deek bei mir, bis Colby eintraf.

Als er endlich zur Tür hereinkam, waren seine Augen müde und blutunterlaufen. Seine Krawatte hing schief, sein Haar war zerzaust, wahrscheinlich weil er es sich gerauft hatte. Ein schlechtes Zeichen.

Ich lief auf ihn zu und schloss ihn in die Arme. Ich wusste, das brauchte er jetzt. Und Deek verkniff sich ausnahmsweise jeden Kommentar. Worte waren in diesem Moment fehl am Platz, und das war ihm klar.

Ich schaute ihn über Colbys Schulter an, als er sagte: »Ich schließe hinter mir ab.«

Ich nickte und formte mit den Lippen ein unhörbares »Danke«.

Als er weg war, ließ ich Colby los und legte die Hände an seine Wangen, um ihn auf die Stirn zu küssen.

»Was immer es ist, es kommt wieder in Ordnung«, flüsterte ich ihm zu.

Colby brauchte ein paar Minuten, um überhaupt sprechen zu können. Ich wollte unbedingt von ihm wissen, was passiert war. Doch als er es sagte, wünschte ich, ich hätte es nie gehört.

»Sie will, dass ich sie heirate.«

Ich ging pausenlos auf und ab. Nachdem Colby mir alles erzählt hatte, konnte ich einfach nicht anders. Sonst hätte ich womöglich etwas Unüberlegtes getan, wie zum Beispiel einen Stuhl durchs Fenster geworfen. Ich war noch nie in meinem Leben so wütend gewesen.

Während ich mich abreagierte, saß Colby regungslos da, das Gesicht in den Händen verborgen.

»Ich kann nicht fassen, wie unverschämt diese verdammte Frau ist«, stieß ich hervor.

Er sah zu mir auf. »Ich werde sie nicht heiraten.«

Wenn es doch nur so einfach gewesen wäre, und er mit diesem Satz das Problem aus der Welt hätte schaffen können.

»Aber sie hat gesagt, dass du das alleinige Sorgerecht bekommst, wenn du zu dieser Scheinehe bereit bist, Colby. Das muss man zumindest bedenken, wie schwer es auch erscheinen mag.«

Er biss die Zähne zusammen. »Ich kann sie nicht heiraten.«

»Willst du dich lieber mit ihr um das Sorgerecht streiten?«

»Versuchst du, mich dazu zu überreden, ihr nachzugeben?«

»Ich weiß es nicht.« Ich fuhr mir durch die Haare. »Ich weiß gar nichts mehr. Ich komme mir vor wie mitten in einem Albtraum.« Ich blieb kurz stehen. »Hör zu, ich bin die Letzte, die dich in der Nähe dieser Frau sehen will. Allein bei der Vorstellung bekomme ich eine Gänsehaut. Deshalb ist es ja so verlockend, sie für immer loszuwerden. Ein bisschen Leiden für einen großen Gewinn – du müsstest dich nie wieder sorgen, dass sie dir mit irgendetwas drohen könnte.«

Colbys Hände zitterten. Ich lief zu ihm, ergriff sie und bedeckte sie mit Küssen. Ich hatte ihn noch nie so erlebt. Ich machte mir Gedanken um seine psychische Verfassung. Welche Richtung wir auch einschlugen, es würde in den kommenden Wochen nicht einfach werden.

»Wir kriegen das schon hin«, wisperte ich. »Sie hat dir eine Woche Bedenkzeit gegeben, nicht wahr?«

Seine Stimme war tonlos. »Ja.«

»Okay …« Ich legte den Finger unter sein Kinn. »Sieh mich an, Colby. Wir entscheiden das gemeinsam, ja? Aber im Augenblick müssen wir noch keine Entscheidung treffen. Es ist sinnlos, sich verrückt zu machen, bevor du nicht mit einem Familienanwalt gesprochen hast, oder? Vielleicht gibt es etwas, das wir nicht wissen und das die Sache in die eine oder andere Richtung beeinflusst.«

Colby nickte nur. Es war, als würde er meine Worte hören, aber deren Bedeutung nicht zu ihm durchdringen. Ich musste für uns beide stark sein. Es würde ein Kraftakt werden, und momentan fühlte ich mich alles andere als stark.

Ich sprang auf und klatschte in die Hände. »Okay! Ich sage dir, was wir tun werden, Mr Lennon.«

Er sah auf.

»Wir zwei Hübschen gehen jetzt nach oben, lösen die Nanny ab, umarmen Saylor und erholen uns zusammen von diesem furchtbaren Tag. Du verbringst Zeit mit deiner Tochter, und ich kümmere mich ums Essen.«

»Du musst nicht …«

»Sch…« Ich legte den Finger auf seine Lippen. »Doch, ich muss. Ich möchte, dass du dich entspannst, und dann essen wir drei schön zusammen. Und wenn Saylor schläft, gehen wir in dein Schlafzimmer, und du kannst mit mir machen, was du willst.«

Sein Blick erwachte endlich wieder zum Leben. »Ich hatte heute den schlimmsten Tag meines Lebens, und du sagst, dass durch Analsex alles besser wird?« Seine Mundwinkel wanderten nach oben. »Du könntest vielleicht recht haben.«

»So ist es brav.« Ich lachte. »Das ist das Lächeln, das ich liebe.«

Ich wusste, dass es nichts gab, was das Problem heute noch

lösen konnte, aber wenn ich ihm wenigstens ein kleines Lächeln entlocken konnte, war schon viel gewonnen.

Ich war nicht die beste Köchin, aber ich wollte dieses Essen nicht vermasseln. Es war mir wichtig, etwas Selbstgekochtes auf den Tisch zu bringen – als Ausgleich für die Kälte des Tages. Ein selbst zubereitetes Essen hatte etwas Tröstendes an sich. Sicherheitshalber entschied ich mich für eine einfache Mahlzeit aus Spaghetti, Salat und gegrillten Artischocken, die ich mir oft machte, wenn ich Futter für die Seele brauchte.

Saylor malte am Küchentisch, und ich stand am Herd und rührte die Tomatensoße, als Colby sich mir von hinten näherte und die Arme um meine Taille schlang.

»Danke hierfür.« Er drückte den Mund an mein Ohr. »Es gibt etwas, das ich jetzt gern sagen würde, aber ich will nicht, dass es durch diesen Tag verdorben wird. Ich möchte es nicht ausgerechnet heute zum ersten Mal sagen.«

Mir lief ein Schauer über den Rücken. *Ich liebe dich auch, Colby.* Wie sehr, war mir nicht klar gewesen, bevor dieser Mist passiert war.

Er ging an den Tisch, um mit seiner Tochter Tiere zu malen. Sie hatten noch fünf Minuten, bis sie alles wegräumen mussten, damit wir essen konnten.

Nachdem Colby mir beim Tischdecken geholfen hatte, setzten wir uns alle zu einem schönen, gemütlichen Essen hin. Colby und ich beobachteten ein bisschen intensiver als sonst, wie Saylor ihre Nudeln einsaugte – als wäre es das Faszinierendste, was wir je gesehen hatten. Schon bald war ihr ganzes Gesicht voll von Soße. Es brach mir das Herz, als ich in Colbys Augen Tränen glänzen sah. Und nichts konnte meinen Schmerz lindern.

Plötzlich klopfte es.

Mir wurde flau. »Wer ist das?«

»Keine Ahnung. Aber diesmal gucke ich zuerst durch den Spion«, meinte Colby und stand auf.

Ich war ungeheuer erleichtert, als ich die Jungs hereinkommen sah. Gott, es war, als hätte ich vom vergangenen Abend eine posttraumatische Belastungsstörung. Würde ich von nun an immer daran denken müssen, wenn ich ein Klopfen an seiner Tür hörte?

»Holden hat es uns erzählt«, sagte Owen.

Er hatte eine Tüte Chicken Wings in der Hand. Ich musste lachen – als könnten Chicken Wings das Problem lösen.

»Wir können jetzt nicht darüber reden«, sagte Colby und nickte in Saylors Richtung. »Wenn ihr versteht, was ich meine.«

»Wir reden verschlüsselt«, sagte Holden.

»Wie geht es dir, Billie?«, fragte Brayden.

Ich seufzte schulterzuckend. »Du weißt schon …«

»Ja, ich weiß«, brummelte er mitfühlend.

»Ich habe dir dein Lieblingsbier mitgebracht.« Holden gab Colby einen Sechserpack.

»Danke, Mann. Das ist nett.« Colby brachte das Bier in den Kühlschrank und kam zum Tisch zurück.

»Und hier sind Donuts für Saylor!« Brayden hielt eine Schachtel hoch.

Sie sprang begeistert auf. »Juhu! Donuts!«

Obwohl sie sich alle Mühe gaben, uns aufzumuntern, blieb die Stimmung gedämpft.

Holden nahm sich einen Stuhl und räusperte sich. »Also, wir müssen wirklich etwas gegen das Müllproblem im Haus unternehmen.«

Brayden verschränkte die Arme. »Ja, der Müll muss weg.«

Das Gespräch in verschlüsselter Sprache hatte anscheinend begonnen.

»Wir haben beschlossen, heute keine Entscheidung zu treffen«, sagte Colby. »Wir dachten, wir warten erst mal, bis sich der Staub gelegt hat.«

Owen, der wie gewohnt noch seinen Anzug trug, meldete sich zu Wort. »Okay, aber eines möchte ich dazu sagen. Müll fängt schnell an zu stinken, wenn man nichts dagegen unternimmt. Ich bin dafür, den Müll radikal zu bekämpfen und zu verbrennen. Wir haben auch noch Geld übrig für solche dringenden Hygienemaßnahmen.«

»Ich verstehe, was du meinst«, sagte Colby. »Und ich bin dir dankbar für das Angebot. Aber es ist auch riskant, Müll mit Feuer zu bekämpfen.« Er holte tief Luft. »Er kann explodieren.«

»Wohl wahr.« Holden nickte. »Ich stelle nur mal Folgendes in den Raum. Wenn du jemanden brauchst, der besagten Müll verführt und manipuliert, musst du es nur sagen.«

Brayden lachte. »Du denkst, du könntest jedes Problem lösen mit deinem …«

»Lächeln!«, rief Colby dazwischen und sah ihn grimmig an. »Brayden, achte auf deine Sprache.«

Brayden schmunzelte. »Ich wollte Müllpresse sagen.«

Nun musste Colby ebenfalls lachen – ein schöner Anblick. Er konnte von Glück sagen, dass er diese Jungs in seinem Leben hatte. Wie schwierig die Lage auch war, sie wäre viel schlimmer, wenn Colby keine Unterstützung hätte.

»Ich finde Müllautos toll!«, rief Saylor, die offensichtlich zu verstehen versuchte, was ihre verrückten Onkel da redeten.

Holden pikste sie in die Seite. »Findest du?«

Sie drehte die letzte Nudel auf ihre Gabel und nickte. »Klar.«

Colby sah sie liebevoll an. »Saylor sieht gern zu, wenn die Müllautos kommen und den Müll abholen, nicht wahr, mein Schatz?«

Sie nickte. »Wir können es vom Fenster aus sehen!«

Owen tat begeistert. »Das ist echt cool, Saylor. Ich habe auch gern dabei zugeguckt, als ich in deinem Alter war.«

Holden schlug auf den Tisch. »Okay, genug geredet. Trinken wir lieber ein Bier.«

Die Jungs blieben etwa eine halbe Stunde, dann verabschiedeten sie sich alle gleichzeitig. Ich bestand darauf, Ordnung zu machen, während Colby Saylor badete. Das Planschen und Kichern war bis in die Küche zu hören. Ach, diese selige Unwissenheit. Die Kleine hatte keine Ahnung davon, dass ihre sogenannte Mutter gerade versuchte, das Leben ihres Vaters zu zerstören. Und ich hoffte, dass Saylor es auch nie erfahren musste.

Als sie aus dem Bad kamen, sah ich zu, wie Colby und sie auf dem Boden mit ihren Barbiepuppen spielten. Er hatte Ken in der Hand und spielte auf Saylors Wunsch Barbies Chef im Zoo. Ihre Barbie war eine Zoowärterin vom Mars.

Irgendwann legte Colby Ken plötzlich ab und schloss Saylor fest in die Arme. Sie konnte nicht ahnen, welches Gefühlschaos an diesem Abend in ihrem Vater tobte. Beängstigende Gedanken geisterten in meinem Kopf herum. Es gab so viele ungeklärte Fragen. Konnte Maya Saylor womöglich außer Landes schaffen? Es würde ihn umbringen.

Colby schloss die Augen, und irgendwie wusste ich, dass er ein stilles Gebet sprach. Ich betete auf meine Art, im Grunde war es eher ein Gelöbnis. *Ich werde tun, was immer nötig ist, damit dieser Mann seine Tochter nicht verliert. Was immer nötig ist.*

Ich sah der bitteren Realität ins Auge. Denn in diesem Moment wurde mir bewusst, dass ich ihm nicht im Weg stehen würde, wenn ihm keine andere Wahl blieb, als diese Frau zu heiraten – auch wenn ich daran kaputtging.

19. KAPITEL

COLBY

Phillip Dikeman, mein Anwalt für Familienrecht, runzelte die Stirn. »Ich wünschte, Sie wären eher gekommen, Colby.«

»Maya ist erst vor ein paar Tagen aufgetaucht, und das ist der früheste Termin, den ich bei Ihnen bekommen konnte.«

Er warf den Antrag, den sie mir gegeben hatte, auf den Tisch. »Ich meine, bevor Maya wieder in Ihr Leben getreten ist.«

»Warum hätte ich kommen sollen, bevor sie wieder aufgetaucht ist?«

»Weil wir ihr wegen Kindesaussetzung ihre elterlichen Rechte hätten entziehen lassen können. In New York kann man bereits nach sechs Monaten Abwesenheit eine Klage auf Entzug der Elternrechte einreichen.«

Ich fuhr mir durch die Haare. »Verdammt. Ich hatte keine Ahnung. Am Anfang, als das alles passiert ist, habe ich mit dem Anwalt meiner Eltern gesprochen. Er riet mir, umgehend das Sorgerecht zu beantragen, aber ich habe wohl irgendwie darauf gewartet, dass Saylors Mutter zurückkommt. Und als sie nicht zurückkehrte, hat unser Leben einfach seinen Lauf genommen. Mich hat nie jemand nach dem Sorgerecht für meine Tochter gefragt, und ich weiß nicht … Ein Tag verging, dann eine Woche, und plötzlich war meine Tochter vier.«

Phillip zeigte lächelnd auf ein Foto auf dem Regal hinter seinem Schreibtisch. »Sie sagen es. Meine ist gestern mit einem

Jungen ins Kino gegangen. Und ich könnte schwören, dass sie vorgestern noch vier war.«

Ich schüttelte den Kopf. »Wie schlimm sieht es für mich aus?«

»Ich will Ihnen nichts vormachen. Wenn sie alles beweisen kann, was in diesem Antrag steht, wovon ich erst einmal ausgehe, hat sie gute Aussichten, ein Umgangsrecht zugesprochen zu bekommen. Der Kontakt wird eingeschränkt und überwacht sein, zumindest am Anfang. Aber jeder Richter wird das Kindeswohl dagegen abwägen, einen Elternteil für begangene Fehler zu bestrafen. Und einer Mutter verbieten, ihre Tochter zu sehen, weil sie sich wegen psychischer Probleme behandeln ließ – einer Mutter, die sich aus Angst, es nicht zu schaffen, von dem Kind ferngehalten hat –, das wird ein Richter nur tun, wenn es zwingend erforderlich ist.«

»Aber es ist alles Blödsinn! Sie hat sich nicht von Saylor entfernt, weil sie psychische Probleme hatte! Sie hat es mir gegenüber zugegeben. Sie ist verschwunden, weil ihr ein Leben ohne Kind besser gefiel. Sie ist nur aus einem einzigen verdammten Grund wieder aufgetaucht: weil sie etwas braucht. Es geht nicht im Geringsten darum, ob meine Tochter besser dran wäre, wenn sie ihre Mutter in ihrem Leben hätte. Wie sehr ich Maya auch verachte, ich muss ehrlich sagen, wenn sie mit dem aufrichtigen Wunsch gekommen wäre, ihre Tochter zu sehen – und tatsächlich psychische Probleme gehabt und es bereut hätte, sie verlassen zu haben –, dann würde ich sie vielleicht nicht von Saylor fernhalten wollen. Saylor *verdient* eine Mutter. Aber diese Frau verdient Saylor nicht. Sie macht das hier aus den falschen Gründen, und ich muss alles in meiner Macht Stehende tun, um meine Tochter vor dieser Boshaftigkeit zu bewahren.«

Phillip nickte. »Ich verstehe Sie. Wirklich. Und ich versichere Ihnen, ich bin absolut Ihrer Meinung, Colby. Sie müssen dagegen angehen. Aber dieser Antrag stellt den Sachverhalt anders dar als Sie. Es gibt unabhängige Experten, die beeiden, dass sie unter einer psychischen Störung litt und um ihres Kindes willen hart an sich gearbeitet hat. Wie können Sie beweisen, dass Ihre Geschichte die ist, die der Richter glauben sollte? Leider gilt in den meisten Fällen das als wahr, was bewiesen werden kann, und nicht das, was tatsächlich wahr ist.«

Mir war speiübel. »Heißt das, ich hätte es auf Band aufnehmen sollen, was Maya gesagt hat? So bin ich nicht gestrickt, im Gegensatz zu ihr. Meine Verteidigung vor Gericht ist das Letzte, woran ich gedacht habe, als sie an meine Tür geklopft hat.«

Er schüttelte den Kopf. »Natürlich. Und ich sage gar nicht, dass Sie das Gespräch hätten aufnehmen müssen. De facto ist eine Aufzeichnung vor Gericht gar nicht zulässig, auch wenn in New York die einseitige Einwilligung gilt – also nur eine der beteiligten Personen zustimmen muss. Es sei denn, wir finden eine Ausnahme. Leider ist in der Rechtsprechung nicht alles schwarz oder weiß. Ich stelle Ihnen die Dinge so dar, wie ein Richter sie sehen wird. Wir können selbstverständlich aussagen, dass Maya Hintergedanken hat, aber es kann darauf hinauslaufen, dass unser Wort gegen ihres steht.«

Ich fasste mir an den Kopf und raufte mir die Haare. »Du lieber Himmel. Das ist doch irre. Was soll ich machen? Sie heiraten?«

»Es wäre unethisch, Ihnen zu raten, wegen einer Green Card eine Scheinehe einzugehen. Aber da das Thema Heirat zur Sprache kam und ich mich mit Einwanderungsrecht nicht allzu gut auskenne, habe ich mir erlaubt, einen Anwalt für Migrationsrecht hier im Haus anzusprechen. Adam ist ein Freund von mir, und Sie bekommen von ihm eine kostenlose Beratung.

So haben Sie dann zumindest alle nötigen Informationen, um zu entscheiden, wie Sie vorgehen möchten.«

Anderthalb Stunden später, als ich das Büro des zweiten Anwalts verließ, drehte sich mir der Kopf. Ich wäre am liebsten sofort in einen Spirituosenladen gegangen, um mich bis zur Besinnungslosigkeit zu betrinken, aber Saylor war bei meinen Eltern, und ich wusste, dass Billie auch schon auf meinen Bericht wartete. Ich riss mich also zusammen und machte mich auf den Weg, um meine Tochter abzuholen.

»Hallo. Wie ist es gelaufen?« Meine Mutter öffnete mir die Tür. Sie sah fast so gestresst aus, wie ich mich fühlte. Wahrscheinlich hätte ich ihr nicht alles erzählen sollen, als ich Saylor vorbeigebracht hatte, aber sie hatte mich nur angesehen und gedacht, ich verheimliche ihr eine tödliche Krankheit.

Ich folgte ihr ins Haus und sah mich um. »Macht Saylor ein Nickerchen?«

Meine Mutter schüttelte den Kopf. »Dein Vater ist mit ihr in den Park gegangen.«

Ich nickte und ließ mich mit einem schweren Seufzer am Küchentisch nieder.

»Ich mache uns einen Tee«, sagte meine Mutter.

»Danke.«

Wenig später stellte sie zwei Tassen auf den Tisch und setzte sich auf den Stuhl mir gegenüber. »Willst du darüber reden?«

Ich runzelte die Stirn. »Ich wünschte, ich könnte die Zeit vier Tage zurückdrehen und dafür sorgen, dass sie dort für immer stehen bleibt.«

»Keine guten Nachrichten?«

Ich starrte in meinen Tee. »Ich fasse es einfach nicht. Ich habe im Prinzip die Wahl, es auf einen Sorgerechtsstreit ankommen zu lassen oder eine mir verhasste Frau zu heiraten und bis zu fünf Jahre Gefängnis zu riskieren. Die bekommt man nämlich aufgebrummt, wenn man dabei erwischt wird, dass man jemanden heiratet, um die Einwanderungsgesetze zu umgehen.«

Meine Mutter legte die Hand auf ihr Herz. »Oh Gott.«

»Du sagst es …«

»Meint der Anwalt denn, dass du gute Aussichten hast, das alleinige Sorgerecht zu bekommen?«

Ich schüttelte den Kopf. »Er ist sich ziemlich sicher, dass Maya ein gewisses Umgangsrecht zugesprochen bekommt. Das bedeutet, dass ich Saylor erklären müsste, wer sie ist, und das Risiko in Kauf nehmen müsste, dass Maya wieder verschwindet, sobald sie bekommen hat, was sie wollte. Ich kann ihr Saylor unmöglich anvertrauen, Mom.«

»Ich hätte nie gedacht, dass ich meinem Sohn einmal raten würde, eine Mutter von ihrem Kind fernzuhalten. Aber die Gründe, aus denen Maya zurückgekommen ist, machen auch mir Angst. Einer Frau, die ein Kind als Druckmittel einsetzt, um zu bekommen, was sie will, kann man Saylors Wohlergehen nicht anvertrauen. Ich empfehle dir nur ungern, nicht für das zu kämpfen, was richtig ist, aber manchmal spielt es keine Rolle, wer am Ende siegt. Der Krieg selbst richtet den Schaden an.«

Mir kamen die Tränen. »Ich weiß nicht, was ich tun soll. Aber ich kann nicht zulassen, dass Saylor Schaden nimmt.«

Meine Mutter legte ihre Hand auf meine. »Das klingt, als hättest du deine Entscheidung bereits getroffen, mein Junge.«

Ich schloss die Augen.

»Wie lange müsstest du verheiratet bleiben?«, fragte sie.

»Ich habe einen Migrationsanwalt konsultiert, und er sagte, der Vorgang dauere im Schnitt neun Monate ab dem Zeitpunkt der Bewerbung um die Green Card. Wir müssten Befragungen und solche Dinge durchstehen, und da gibt es natürlich das Risiko, erwischt zu werden. Aber in dieser Hinsicht schien der Anwalt nicht sehr besorgt zu sein, weil Maya und ich ein vierjähriges Kind haben. Das lässt es so aussehen, als wären wir schon eine Weile zusammen.«

Meine Mutter nickte. »Na ja, wenigstens würde es dein Leben nicht allzu lange beeinträchtigen.« Sie rang sich ein Lächeln ab. »Das einzig Gute ist wohl, dass du Single bist und nicht noch eine dritte Person darunter zu leiden hat.«

Mir wurde schwer ums Herz, und ich sah meine Mutter traurig an. »Ich habe jemanden kennengelernt, Mom. Ich wollte dir von ihr erzählen.«

»Oh, Colby …«

»Sie heißt Billie und ist eine fantastische Frau. Es hat eine Weile gedauert, bis wir uns nähergekommen sind, weil sie sich sicher sein wollte, bevor sie sich mit jemandem einlässt, der ein Kind hat. Aber ich denke wirklich, dass sie die Richtige sein könnte.«

Meine Mutter lächelte mitfühlend. »Das freut mich. Obwohl das Timing natürlich nicht ideal ist.«

»Ja …«

»Was sagt Billie zu alldem?«

»Ich habe noch nicht mit ihr besprochen, was ich heute von den Anwälten erfahren habe. Aber seit dem Moment, als Maya vor meiner Tür stand, galt ihre ganze Sorge Saylor. Ich weiß allerdings nicht, ob sie damit klarkommen würde, wenn ich diese Irre am Ende heiraten muss. Ich hoffe, ich kann nachher in Ruhe mit ihr reden, wenn Saylor im Bett ist.«

Wir schwiegen beide einen Moment, dann drückte sie meine Hand. »Wie es klingt, setzt diese Billie die richtigen Prioritäten. Warum lässt du Saylor nicht über Nacht hier? Wir haben sie gern bei uns, und ich denke, du kannst etwas Zeit für dich gebrauchen.«

Ich nickte. »Das wäre großartig, Mom. Ich frage sie, wenn sie gleich mit Dad zurückkommt, aber sie bleibt bestimmt gern hier.«

Eine Stunde später kehrte ich ohne meine Tochter nach Hause zurück. Saylor hatte sich vor Begeisterung überschlagen, als ich gesagt hatte, sie könne bei ihren Großeltern übernachten. Es war wahrscheinlich das Beste so, denn mittlerweile konnte sie ihren Vater ziemlich gut lesen. Da ich den ganzen Abend für mich hatte, beschloss ich, die anderthalb Kilometer nach Hause zu laufen. Es war ein schöner Abend, und ich hoffte, dass ich an der frischen Luft einen klaren Kopf bekommen würde. Unterwegs kaufte ich einen Strauß Wildblumen für Billie und auf Verdacht frische Ravioli und Brot. Vielleicht konnte ich ihr etwas kochen und sie dazu bringen, bei mir zu übernachten. Als ich bei ihrem Studio ankam, hatte ich zwar keins meiner Probleme gelöst, war mir aber darüber klargeworden, was ich in den nächsten zwölf Stunden brauchte – einen ruhigen Abend zu Hause mit Billie.

Justine begrüßte mich, als ich das Studio betrat, und lächelte angesichts des großen Blumenstraußes in meiner Hand. »Sie hat einen Kunden. Aber jeder Mann, der so aussieht wie du jetzt gerade, hat freien Durchgang nach hinten.« Sie wies mit dem Kopf zur Tür. »Geh und mach meiner Chefin eine Freude, Süßer.«

Ich lächelte. »Danke, Justine.«

Mein Lächeln schwand jedoch verdammt schnell, als ich sah, was Billie gerade machte: Sie tätowierte einem Kerl den *Hintern*. Aber ihre Augen leuchteten auf, als sie mich hereinkommen sah.

»Hey, du.« Sie nahm den Fuß vom Pedal und setzte die Tätowiernadel ab. »Ich wusste nicht, dass du vorbeikommen wolltest.«

Deek zwinkerte mir zu. »Blumen wären nicht nötig gewesen, Mann. Ich bin unkompliziert. Wein und Gleitgel entsprechen eher meiner Vorstellung von Romantik.«

Ich nickte ihm schmunzelnd zu. »Wie geht's, Deek?«

Der Typ, der auf Billies Tätowierstuhl auf dem Bauch lag, hob den Kopf. »Können wir eine Pinkelpause machen?«

»Ja, klar. Ich decke den Bereich nur schnell mit Folie ab, damit er steril bleibt.«

Als sie damit fertig war, bat sie ihn, seine Unterhose hinten nicht hochzuziehen. Und so durfte ich einen Mann mit behaartem Hintern, auf dem eine fast fertige Rose prangte, zum Badezimmer gehen sehen. Also, die linke Pobacke war jedenfalls behaart. Die rechte war rasiert.

Billie zog ihre Handschuhe aus und kam zu mir. »Sind die für mich?«

Ich gab ihr einen Kuss. »Es gibt nur zwei Frauen in meinem Leben, und die andere bekommt lieber Badekugeln in Einhornform geschenkt, die Glitzer pinkeln, wenn sie nass werden.«

Billie grinste. »Die Glitzer pinkeln? Ich wusste gar nicht, dass es die auch gibt. Ich glaube, du musst die schönen Blumen leider zurückbringen.«

Ich legte den Arm um ihren Rücken und zog sie an mich. »Isst du mit mir zu Abend?«

»Kommt drauf an. Was willst du mir denn servieren?«

»Das ist eine sehr zweideutige Frage …« Ich hielt lächelnd die Einkaufstüte hoch. »Aber ich werde brav sein. Wie wär's mit Ravioli und frischem Ciabattabrot?«

»Mmm … das klingt lecker.«

Ich strich ihr eine Haarsträhne aus dem Gesicht. »Saylor schläft bei meinen Eltern. Ich dachte, du bleibst vielleicht über Nacht bei mir.«

»Das lässt sich machen …« Ihr Kunde kam aus dem Badezimmer zurück, und sie senkte die Stimme. »Sollen wir kurz rausgehen, damit du mir erzählen kannst, was der Anwalt gesagt hat?«

Ich schüttelte den Kopf. »Verschieben wir das auf morgen früh. Eigentlich möchte ich mit dir die Nacht verbringen, ohne an den ganzen Mist zu denken, weil ich dich nur selten für mich allein habe. Ich will keine Sekunde davon vergeuden und meine Aufmerksamkeit allein dir schenken.«

Billie lächelte. »Das klingt fabelhaft.«

»Gut. Wann machst du hier Schluss?«

»Tex ist mein letzter Kunde. Ich müsste in einer Dreiviertelstunde fertig sein.«

Ich schaute über ihre Schulter. Tex legte sich wieder auf den Stuhl. »Sag mal, warum bekommt er eine Rose auf den Hintern, aber mir wolltest du keine auf die Brust tätowieren?«

»Weil ich mir seinen Hintern nicht ständig anschauen muss.«

»Als ich dich um das Tattoo gebeten habe, sind wir uns zum ersten Mal begegnet. Da konntest du doch noch gar nicht wissen, dass du dir ständig meine nackte Brust anschauen wirst.«

Billie legte mit einem verschmitzten Lächeln den Kopf schräg. »Bist du dir da sicher?«

»Gute Antwort.« Ich grinste. »Dann viel Spaß noch mit dem Hintern. Aber schwing deinen nach oben, sobald du fertig bist.«

Sie ging auf die Zehenspitzen und gab mir einen Kuss auf den Mund. »Jawohl, Sir.«

Ich zog alle Register, um für einen stimmungsvollen Abend zu sorgen. Als Billie klopfte, hatte ich zwei Töpfe auf dem Herd, das Brot wurde im Ofen aufgewärmt, leise Musik spielte, und auf dem Tisch brannten Kerzen.

Als ich ihr aufmachte, hielt sie mir die Blumen hin, die ich ihr geschenkt hatte. »Die habe ich dir mitgebracht.«

Ich schmunzelte. »Wie aufmerksam von dir.«

Billie grinste. »Ich wollte sie nicht unten lassen, weil ich morgen frei habe. Hast du eine Vase? Auf der Treppe ist mir eingefallen, dass du womöglich keine hast. Männer bekommen ja nicht so oft Blumen geschenkt.«

»Ich schon. Meine Mutter schickt mir immer Blumen zum Vatertag.«

»Oh, das ist aber süß.«

Ich nahm Billie den Strauß ab, legte ihn auf die Küchentheke und schloss sie in die Arme. »Danke für dieses Geschenk.«

»Die Blumen? Ich verrate dir ein kleines Geheimnis … Ich habe sie sozusagen umsonst bekommen.« Sie lächelte.

»Ich meinte eigentlich deine Bereitschaft, einfach alles auszublenden, was gerade los ist. So, wie ich mich heute Nachmittag gefühlt habe, dachte ich nicht, dass sich meine Laune noch bessern würde. Aber die Vorstellung, eine Nacht mit dir allein zu verbringen, wirkt Wunder.«

Billie sah mich mit sanfter Miene an. »Freut mich, dass ich helfen kann.«

Ich rieb meine Nase an ihrer. »Du bist mir eine *große* Hilfe.«

Ich schenkte uns Wein ein, und Billie setzte sich neben dem Herd auf die Arbeitsfläche, während ich das Essen fertigmachte. »Ich habe ein Spiel für uns gekauft, für den Fall, dass du Aufmunterung brauchst.«

»Ja? Was für ein Spiel?«

Sie zeigte auf ihre Tasche auf dem Stuhl. »Bring mir meine Tasche, dann zeige ich es dir.«

Billie zog einen Karton hervor, der ein wenig größer als ein Kartenspiel war, und hielt ihn hoch, damit ich den Namen auf der Vorderseite sehen konnte.

Ich zog eine Augenbraue hoch. »Ein Sexquiz?«

»Ich habe es aus der kleinen Bodega den Block runter, wo man Bongs und schmutzige Heftchen kaufen kann. Es stand direkt auf Augenhöhe hinter dem Tresen, und ich war schon eine ganze Weile neugierig darauf.«

Ich grinste. »Du kaufst in diesem Laden ein? Ich habe bisher immer nur von draußen reingesehen.«

Sie sah mich schräg an. »Sei nicht so voreingenommen. Die haben den besten Kaffee, und er kostet nur einen Dollar.«

Ich nahm ihr den Karton aus der Hand. »Das muss ich mir ansehen. Wir haben noch ein bisschen Zeit, bis das Essen fertig ist. Was meinst du, wollen wir eine Wette abschließen?«

»Du hast nicht mal die erste Frage gehört, und willst darauf wetten, dass du gewinnst?«

Ich zuckte die Achseln. »Wenn ich verliere, vernasche ich dich zum Dessert. Wenn du verlierst, nehme ich dich als Vorspeise.«

»Äh … dann gewinne ich also, auch wenn ich verliere.«

»Abgemacht?«

Billie grinste. »Für eine gute Wette bin ich immer zu haben.«

Ich lächelte. »Das ist mein Mädchen.«

Auf der ersten Karte stand gleich eine interessante Frage. Ich räusperte mich und las vor: »In welcher Position kommen Frauen am häufigsten zum Orgasmus? A Doggy Style, B Missionarsstellung, C Umgekehrte Reiterstellung, D Frau oben?«

Billie biss sich nachdenklich auf die Unterlippe. »Hmm … Ich entscheide mich für D, weil die Frau mehr Kontrolle hat, wenn sie oben ist.«

»Kontrolle, hm? Darauf stehst du?«

Sie nickte. »Eigentlich schon. Aber ich finde es ziemlich heiß, wenn du dominant wirst. Ich glaube, meine Vertrauensprobleme haben bisher verhindert, dass ich es genießen kann, dem Mann die Kontrolle zu überlassen.«

Ich sah sie eindringlich an. »Das bedeutet mir viel.«

»Und wie lautet die richtige Antwort?«

»Du hast sie genannt. Wenn die Frauen oben sind, bringt sie das am ehesten zum Orgasmus.« Ich grinste. »Ich kann es nicht erwarten, von dir geritten zu werden.«

Billie lachte und nahm mir den Kartenstoß aus der Hand. »Es steht also eins zu null für mich. Mal sehen, was jetzt kommt.« Sie schaute auf die nächste Karte. »Eine Frau würde lieber A einen Hausputz machen, B zu Abend essen, C ein Quiz spielen oder D in der Küche neben einem Topf mit Ravioli gevögelt werden.«

Ich stutzte, aber dann schaltete ich. Ich nahm ihr die Karte aus der Hand und warf sie im hohen Bogen über meine Schulter. »Ich nehme D.«

Billie schlang die Arme um meinen Hals. »Gute Entscheidung. Mir gefällt D.«

»Das ist gut, Süße. Denn genau das bekommst du jetzt.«

Die Ravioli mussten warten. Das Wasser hatte gerade angefangen zu kochen, und ich schaltete den Herd aus und hob Billie, die ihre Beine um meine Taille legte, hoch. Wir hatten zum ersten Mal freie Bahn und konnten eine ganze Nacht lang in dieser Wohnung tun, was wir wollten, und ich war hundertprozentig bereit.

»Dann vernasche ich dich als Erstes zum Abendessen, okay?«, murmelte ich.

Billie nickte und zog mir mein Hemd aus, während ich die Schnüre ihres Korsetts löste. Ihre perfekten milchweißen Brüste hüpften gleichzeitig heraus, und ich nahm sofort einen Nippel in den Mund. Ich saugte so fest daran, dass Billie zusammenzuckte. Sie grub ihre Nägel in meinen Rücken, bevor sie ihre Hände nach oben gleiten ließ und an meinen Haaren zog.

Ich war steinhart und konnte es nicht abwarten, in ihr zu sein. Ich öffnete ihre Jeans, und sie wand sich heraus, um sie mit dem Fuß auf den Boden zu kicken. Ich löste meinen Gürtel und ließ meine Hose gerade so weit hinunter, dass ich meinen Schwanz hervorholen konnte. Die Hose ganz auszuziehen hätte mir zu lange gedauert, so sehr brauchte ich sie in diesem Moment.

Mit einem Stöhnen drang ich in sie ein. Sie fühlte sich unglaublich an. Billies Muskeln schlossen sich um meinen Schwanz, und ich hielt sie fest, als sie die Hüfte anhob. Ich musste heute verdammt unter Druck gestanden haben, denn es war, als könnte ich sie nicht hart genug vögeln. Billie schien nichts dagegen zu haben, sie ließ sich auf meinen Rhythmus ein und kam mir entgegen.

Sie hatte sich noch nie so eng, so feucht und so bereit für mich angefühlt. Wir hatten diese Woche beide unter einem ungeheuren Stress gestanden, und es war genau die richtige Medizin. Wir waren so im Rausch, dass mir erst verspätet einfiel, dass ich kein Kondom übergestreift hatte. Billie hatte erwähnt, dass sie seit Kurzem die Pille nahm, aber ich musste mich vergewissern, dass sie einverstanden war.

»Ist das okay?«, fragte ich. »Ich habe kein Kondom an.«

»Ja«, keuchte sie. »Alles gut.«

Ich stöhnte. »Ich hätte nicht gedacht, dass es sich *noch* besser mir dir anfühlen könnte, aber das tut es, verdammt.«

»Ich weiß. Ich hatte noch nie Sex ohne Kondom.«

Ich hielt inne. »Im Ernst?«

Sie nickte.

»Warte mal …« Ich musterte sie. »Ich werde der Erste sein, der in dir kommt?«

Sie biss sich auf die Lippe und nickte.

»Verdammt. Du hast keine Ahnung, was das mit mir macht.« Ich drang mit einem kräftigen Stoß erneut in sie ein.

Sie zog an meinen Haaren. »Nicht wieder aufhören, bitte.«

»Jawohl, Madam.« Ich nahm Fahrt auf, angespornt durch die Geräusche, die sie von sich gab.

Als sich ihre Muskeln zusammenzogen, konnte ich mich nicht mehr zurückhalten. Ich stieß tief in sie, als ich kam. Sie warf den Kopf in den Nacken, und ihre Stimme hallte durch die Küche. Ich bewegte mich weiter, bis die Nachbeben abklangen, dann verharrten wir reglos, ich noch immer in ihr.

»Jetzt müssen wir die Arbeitsfläche abwischen«, sagte Billie atemlos.

»Vergiss die Arbeitsfläche, aber ich sollte dir ein Handtuch holen. Obwohl mir die Vorstellung irgendwie gefällt, dass mein Sperma in dir ist.«

»Wir können ja später noch mal nachfüllen.«

»Das klingt ausgezeichnet.« Ich zog ein Handtuch aus der Schublade und schob es ihr unter, während ich ihren Hals mit Küssen bedeckte.

»Ich habe eine Idee«, sagte ich.

»Ja?«

»Du nimmst ein entspannendes Bad, und ich mache die Ravioli fertig. Dann nehmen wir alles mit ins Schlafzimmer und essen nackt im Bett. Wie klingt das?«

»Es klingt nach einem perfekten Abend.«

Doch statt gleich ins Bad zu eilen, blieb Billie noch einen Moment, die Arme um meinen Nacken gelegt, und sah mir in die Augen. Mir wurde bewusst, dass es bisher nur wenige solcher besonderen Momente in meinem Leben gegeben hatte: Ich stand halb nackt in der Küche mit dieser schönen Frau, mit der ich gerade Sex gehabt hatte und die mich ohne Kondom in ihrem wundervollen Körper hatte kommen lassen.

Es war vielleicht kein klassischer romantischer Augenblick, aber es schien mir der richtige Zeitpunkt zu sein, um es ihr zu sagen. »Ich verliebe mich in dich, Billie.«

Mir schlug das Herz bis zum Hals, als sie mich mehrere Sekunden lang schweigend anstarrte. *Und wenn sie nicht das Gleiche empfindet? Oder wegen des ganzen Schlamassels Angst davor hat, mich zu lieben?*

Schließlich sagte sie: »Damit bist du nicht allein, Colby. Ich wollte nur nicht als Erste meine Gefühle offenbaren. Ich glaube, ich habe aus Angst davor gezögert, dass du nicht da bist, um mich aufzufangen, wenn ich falle. Was dumm ist, das weiß ich. Ich habe meine schlechten Erfahrungen in der Vergangenheit auf uns übertragen. Ich hätte es dir sagen sollen, bevor du mit dieser Hexe frühstücken gegangen bist, denn an dem Tag habe ich gemerkt, wie stark meine Gefühle geworden sind. Der Gedanke, dass du leidest, hat mich nämlich körperlich krank gemacht. Tut mir leid, dass ich jetzt doch davon rede. Ich weiß, wir wollten es für heute Nacht vergessen.«

Ich küsste sie und flüsterte ihr zu: »Ich werde immer da sein, um dich aufzufangen, Billie.«

»Ich glaube dir, Colby.«

Ich hätte ihr gern noch etwas gesagt, aber ich verkniff es mir: *Ich wünschte, du wärst diejenige, die von mir geheiratet werden will.*

20. KAPITEL

BILLIE

Es war eine heftige Nacht gewesen, in jeder Hinsicht – rohe Gefühle, roher Sex. Und als ich die Augen aufschlug, kehrte die raue Realität wieder in mein Bewusstsein zurück.

Es war ein bittersüßer Morgen. Colby berichtete mir von seinem Besuch bei dem Anwalt und den vielen neuen Unsicherheiten und dem Bedauern, nicht schon früher die richtigen Schritte unternommen zu haben. Der Anwalt sah Maya in einer stärkeren Position, als wir gehofft hatten. Das beunruhigte mich, aber ich musste für Colby stark bleiben. Er hatte sich noch nicht entschieden, wie er vorgehen wollte.

Unser Gespräch darüber war das Schlechte an diesem Morgen. Das Gute war, dass wir vorher die ganze Zeit fantastischen Sex hatten.

Colby bat mich, ihn zu seinen Eltern zu begleiten, um Saylor abzuholen. Danach wollte ich zu mir nach Hause fahren.

Als wir bei seinen Eltern eintrafen, wusste seine Mutter offenbar genau, wer ich war.

»Du musst Billie sein.«

Ich schaute zu Colby, dann zurück zu ihr. »Die bin ich.«

»Ich freue mich sehr, dich kennenzulernen.«

»Gleichfalls.«

»Sie ist wunderschön. Du bist ein Glückspilz, Colby«, sagte sie zu ihrem Sohn.

Er legte den Arm um mich. »Als ob ich das nicht wüsste.«

Saylor kam auf uns zugelaufen. »Billie!«

Ich ging in die Knie, um sie in die Arme zu schließen. »Hey! Hast du viel Spaß gehabt?«

Sie nickte eifrig.

»Möchtet ihr noch eine Weile bleiben?«, fragte Colbys Mutter. »Ich habe die Erbensuppe gekocht, die du so magst, Colby. Saylor hat schon gegessen, sie wird vorläufig keinen Hunger haben.«

Colby sah mich an. »Ich denke, wir machen uns gleich auf den Weg und schaffen euch Saylor vom Leib. Aber danke für das Angebot.«

Ich lächelte. »Vielleicht ein andermal, Mrs Lennon. Ihre Suppe ist bestimmt köstlich.«

»Bitte nenn mich Yvonne.«

Draußen auf dem Gehweg nahm Colby Saylor an die Hand. »Musst du irgendwohin?«, fragte er mich.

»Ich dachte, ich fahre nach Hause, damit du ein bisschen Zeit mit Saylor hast.«

»Willst du mich auf den Arm nehmen?« Er zog mich näher zu sich. »Ich bin nicht bereit, dich gehen zu lassen.«

»Ach, wirklich?« Ich grinste.

»Ja. Kommst du mit zu uns?«

Mal ehrlich, wie viele unkomplizierte Tage blieben uns noch? Ich konnte unmöglich Nein sagen. Ich hatte heute keine Kunden und würde mir zu Hause nur Gedanken um Colby machen. Also konnte ich genauso gut bei ihm bleiben.

»Ich wüsste nicht, was ich lieber täte.«

»Super.« Er sah Saylor an. »Die Kleine braucht Erdnussbutter, und ich muss Aufschnitt für die Woche besorgen. Hast du etwas dagegen, wenn wir beim Supermarkt Halt machen? Dann kann ich auch etwas für uns zum Abendessen besorgen.«

»Ich bin dabei.« Ich lächelte.

Im Supermarkt ging Colby in die eine Richtung, um die Sachen zu holen, die er brauchte, während wir Mädels in eine andere Richtung loszogen. Wir sahen uns einfach ein bisschen im Laden um und hatten unseren Spaß dabei. Ich setzte Saylor in den Wagen und rannte sogar mit ihr ein paar Gänge hinunter. Und ich warf auch Cap'n-Crunch-Frühstücksflocken, Pop-Tarts und Goldfischli in den Wagen. Man konnte mich offensichtlich nicht in einen Supermarkt mitnehmen. Ich war wie ein unbeaufsichtigtes Kind mit einem Erwachsenen-Budget.

Dann landeten wir in der Backabteilung – natürlich, weil ich das Sagen hatte –, und ich wollte Saylor mit einem Cookie verwöhnen. Es gab eine Warteschlange. Irgendwann schaute die Frau neben mir zu Saylor hinunter und sagte: »Sie ist hinreißend. So ein hübsches kleines Mädchen.«

»Danke.« Ich lächelte.

Wie mir aufging, nahm die Frau höchstwahrscheinlich an, Saylor wäre meine Tochter. Und im Grund hatte ich das Kompliment für ihre Schönheit einfach angenommen. Ich spürte dem Gefühl einen Moment lang nach. In den Augen der Fremden war ich eine Mutter. Saylor war meine Tochter, bei mir in Sicherheit, und das Leben war einfach. Ich wünschte wahrlich, es wäre so. Ich wünschte, wir könnten abends sorgenfrei zu Bett gehen und tief und fest schlafen. Mich überkam ein überwältigendes Gefühl der Sehnsucht.

Das Gedankenspiel endete, als wir endlich vor der Theke standen.

»Was kann ich für Sie tun?«, fragte die Verkäuferin.

Ich ließ Saylor selbst auswählen. Sie zeigte auf den letzten großen Schoko-Cookie in der Auslage.

»Wir nehmen den Riesencookie«, sagte ich.

Er hatte einen Durchmesser von gut fünfzehn Zentimetern.

Die Frau packte ihn ein, und als sie ihn Saylor gab, begann das Kleinkind hinter uns plötzlich zu weinen.

Saylors freudiges Lächeln schwand, als sie zu dem kleinen Mädchen hinübersah.

»Alles okay mit ihr?«, fragte ich die Mutter.

»Entschuldigen Sie. Nein, leider nicht. Sie hatte auf diesen Cookie gewartet. Sie bekommt immer einen, wenn wir hier sind, was zum Glück nicht so oft vorkommt. Sie sagt ›dicker Keks‹ dazu. Wir sind heute extra deswegen hier. Ich hatte ihr versprochen, sie bekommt einen, wenn sie sich die Haare schneiden lässt.«

Au, verdammt. Ich wandte mich Saylor zu. »Süße, meinst du, du könntest dem kleinen Mädchen die Hälfte von deinem Cookie abgeben? Sie ist traurig, weil wir den letzten bekommen haben.«

Zu meiner Überraschung gab Saylor ihr den ganzen Cookie. »Hier, bitte. Du brauchst nicht mehr weinen.«

Mein Herz zog sich zusammen, nicht nur weil es unglaublich süß von ihr war, sondern auch weil sie Tränen in den Augen hatte. Was für eine empathische kleine Person. Saylor war einfach unglaublich.

»Das ist sehr nett von dir«, sagte die Frau. »Aber du solltest die Hälfte behalten.«

Saylor schüttelte den Kopf. »Sie kann ihn haben.«

»Wow. Danke«, sagte sie und lächelte mir zu. »Ein erstaunliches Kind.«

»Ich weiß«, sagte ich ohne Zögern.

Sie sah ihre Tochter an. »Sag danke, Elena.«

»Danke!« Das schniefende Mädchen grinste, die Wangen noch nass von Tränen.

Saylor winkte ihm zum Abschied, und das Mädchen winkte zurück.

Nachdem sie gegangen waren, kauften wir einen Cupcake für Saylor. Ich musste noch eine Weile daran denken, wie lieb es von ihr gewesen war, dem Mädchen nicht die Hälfte ihres Cookies zu geben, sondern den ganzen. Saylors Großzügigkeit war ein Beweis für ihr freundliches Wesen und sicherlich das Ergebnis der richtigen Erziehung durch ihren Vater, der ihr ein gutes Beispiel war. Auch Colby war ein Mensch, der einem Wildfremden sein letztes Hemd geben würde. Und für diejenigen, die er liebte, ging er bis ans Ende der Welt.

Saylor nahm einen großen Bissen von ihrem Cupcake und hatte danach rosa Sahnecreme an der Nase. Ich bekam einfach nicht genug davon, wie niedlich sie war.

Mir war bewusst, dass meine Beziehung zu Saylor in direktem Zusammenhang mit meinen Gefühlen für ihren Vater stand. Sie gehörten schließlich zusammen und waren mir beide wichtig.

Und dann kam mein gut aussehender Mann um die Ecke, mit einem randvollen Wagen. Ein paar Kleinigkeiten – von wegen. »Da seid ihr ja.« Er grinste. »Ich dachte, ich hätte euch verloren.«

»Niemals.« Ich zwinkerte ihm zu.

Er gab mir einen Kuss auf die Wange und schaute in meinen Wagen. »Da sind ja viele gesunde Sachen drin.«

»Nun, mein Freund backt mir Spinat-Brownies, damit ich gesünder esse.« Ich legte den Arm um seine Taille. »Warte ab, was ich dir von deiner kleinen Zuckerschnute zu erzählen habe.«

Auf dem Weg zur Kasse gab ich die Cookie-Geschichte zum Besten. Colby war sehr stolz auf seine Tochter.

Wir kehrten in Colbys Wohnung zurück und vertrieben uns bis zum Abendessen zusammen die Zeit. Obwohl wir die von ihm zubereiteten mexikanischen Fajitas genossen, trübte sich die Stimmung zusehends. Das Gefühl, dass uns die Realität im Nacken saß, wurde immer intensiver. Colby war vollkommen in Gedanken versunken, als wir mit dem Essen fertig waren.

Ich bot an, Saylor zu baden, während er die Küche aufräumte.

Danach lief Saylor in ihr Zimmer, um vor der Schlafenszeit noch ein bisschen zu spielen. Ich ging zu Colby in die Küche und legte von hinten die Arme um ihn. »Rede mit mir. Ich sehe, dass du dir Sorgen machst.«

Er stützte die Hände auf die Küchentheke und atmete tief durch. Nach einigen Sekunden des Schweigens drehte er sich schließlich zu mir um.

»Was ist, wenn sie abgeschoben wird und es irgendwie schafft, Saylor mitzunehmen? Ich würde sterben, Billie.«

»Das wird nicht passieren«, versicherte ich ihm, obwohl ich auch schon darüber nachgedacht hatte. Es gab mehrere mögliche Katastrophenszenarien.

»Woher weißt du, dass es nicht passieren wird?«, fragte er.

»Okay, ich weiß es nicht. Ich weiß gar nichts. Aber ich bete, dass es nicht dazu kommt. Und ich vertraue darauf, dass das Gute siegt.«

Colby starrte vor sich hin. »Ich hatte letzte Nacht einen Albtraum. Ich bin klatschnass geschwitzt mitten in der Nacht wach geworden. Du hast geschlafen. Ich war froh, dass du mich nicht in dem Zustand gesehen hast, aber jetzt siehst du sowieso, wie ich ausflippe.«

Ich legte die Hände um sein Gesicht. »Du hast allen Grund auszuflippen, und bitte denk nicht, dass du irgendetwas vor mir verbergen musst. Ich nehme das Gute wie das Schlechte.«

Saylor kam herein und unterbrach unser Gespräch.

»Billie, kannst du mir noch eine Geschichte erzählen?«

Ich schaute zur Uhr. Sie ging normalerweise um halb neun ins Bett, und keiner von uns hatte gemerkt, dass es schon neun war.

»Natürlich«, sagte ich.

»Kein Buch!«, verlangte sie.

»Schon wieder? So kreativ bin ich nicht, Saylor.«

»Kein Buch!« Sie kicherte.

»Okay, kein Buch.« Ich hob sie hoch und kitzelte sie. »Gehen wir.«

Ich schaute zu Colby hinüber, der ein Lächeln im Gesicht hatte, obwohl aus seinen Augen Angst und Sorge sprachen.

Saylor kuschelte sich im Bett an mich. Abends bei ausgeschaltetem Licht liebte ich ihr Zimmer besonders. Sie hatte Aufkleber an der Decke, die im Dunkeln lila leuchteten. Es war ein behaglicher Ort. Weil ich noch keine Idee für eine Geschichte hatte, fing ich mit einem simplen Satz an. »Es war einmal ein hübscher kleiner Vogel.« Dann dachte ich mir den nächsten aus. »Der kleine Vogel wohnte mit seiner Familie in einem sicheren Nest auf einem Baum.«

Saylor sah gespannt mit großen Augen zu mir auf. Sie war so ein süßer Fratz.

»Eines Tages kam ein großer Habicht angeflogen und wollte den kleinen Vogel mitnehmen.«

Du liebe Güte. Kunst imitiert Leben? Anscheinend kannten meine Gedanken nur eine Richtung.

»Warum?«, fragte sie.

Weil er auch so ein opportunistisches Miststück ist. »Weil der Habicht das Nest haben wollte. Er hat den kleinen Vogel dazu benutzt, die Vogelfamilie zu zwingen, ihm ihr Nest zu geben, obwohl er kein Recht darauf hatte.«

»Das ist aber gemein.«

»Ich weiß. Aber die Geschichte geht gut aus.« *Ich weiß bloß nicht, wie ich die Kurve kriege*.

»Was ist dann passiert?«, fragte sie.

»Nun, der Habicht hat den kleinen Vogel zwar mitgenommen, aber als er das Nest erobern wollte, haben die anderen Vögel sich zusammengetan und so heftig mit den Flügeln geschlagen, dass der Habicht Angst bekam. Ihm wurde klar, dass er die Vögel nicht einschüchtern kann. Und so hat er den kleinen Vogel zurückgebracht und ist weggeflogen.«

»Er ist nie wiedergekommen?«

»Nein, er ist tatsächlich nie zurückgekehrt, und sie lebten alle glücklich miteinander bis an ihr Lebensende.«

Saylor gähnte und legte den Kopf auf mein Bein. Innerhalb weniger Minuten schlief sie ein. So packend war meine langweilige Geschichte gewesen.

Ich beschloss, noch einen Moment sitzen zu bleiben und ihr einfach beim Schlafen zuzusehen. Mir kam in den Sinn, dass ich abgesehen von Colbys Mutter und Schwester die einzige Frau in ihrem Leben war. Der Gedanke weckte ein gewisses Verantwortungsbewusstsein in mir. Ich empfand es als meine Aufgabe, Saylor zu beschützen, notfalls auch vor ihrer eigenen Mutter.

Ich wusste genau, was geschehen musste, was uns bevorstand, und fühlte mich mit einem Mal überfordert. Mir wurde schlagartig übel, und ich stand so schnell vom Bett auf, wie ich konnte, ohne Saylor zu wecken.

Ich lief schnurstracks ins Bad und beugte mich über die Toilette, kämpfte aber gegen den Brechreiz an. Ich konzentrierte mich auf das Schlüssel-Tattoo auf meinem Arm und betete zu meiner Großmutter, sie möge mir Kraft geben. Aber wenige Sekunden später siegte die Übelkeit, und ich übergab mich. *Mann, der Tag steckt wirklich voller Überraschungen.* Ich hörte Colby den Flur hinunterkommen.

»Bist du okay?«, fragte er mit erschrockener Miene, eilte mir zu Hilfe und nahm meine Haare hinter meinem Kopf zusammen.

Ich nickte und hoffte, dass es nun vorbei war. Ich wollte mich nicht noch einmal vor ihm übergeben. Schließlich war es kein schöner Anblick.

»Das war's, denke ich«, sagte ich keuchend.

Ich wusste, dass es die physische Manifestierung all dessen war, was sich tagsüber in mir aufgestaut hatte. Liebe. Besorgnis. Angst. Letztendlich hatte ich mich wegen des Fazits übergeben müssen, das ich gezogen hatte. Denn es war schlichtweg zum Kotzen.

Ich drehte mich zu Colby um und sprach es aus. »Du musst es machen. Du musst Maya heiraten und es hinter dich bringen. Je eher du es machst, desto eher sind wir damit fertig.«

21. KAPITEL

COLBY

»Morgen ist also der große Tag, ja?« Holden machte mir eine Flasche Bier auf und schob sie über den Küchentisch. »Du musst Maya deine Entscheidung mitteilen?«

Ich runzelte die Stirn. »Erinnere mich nicht daran.«

»Weißt du denn, was du tun wirst?«

In der vergangenen Woche hatte ich mich ein halbes dutzend Mal umentschieden. Das Problem war, dass mein Kopf etwas anderes für richtig hielt als mein Herz. Ich seufzte. »Bis morgen früh um acht werde ich meine Meinung wohl noch zwanzigmal ändern.«

Holden nickte. »Das verstehe ich. Ich kann mich an den meisten Tagen nicht mal entscheiden, welche Sneaker ich anziehen soll. Wie denkt Billie über das Ganze?«

»Sie ist wirklich großartig. Ich weiß nicht, ob ich sie genauso unterstützen würde wie sie mich, wenn es andersherum wäre und sie daran denken würde, einen anderen Mann zu heiraten. Aber Billie hält unerschütterlich daran fest, dass die Hochzeit die beste Option ist.«

Holdens Augenbrauen schnellten in die Höhe. »Wirklich?«

»Sie will nicht, dass ich Saylor irgendwie in Gefahr bringe. Sie meint, es geht nicht um unsere Gefühle, sondern nur darum, mein kleines Mädchen zu beschützen.«

»Wow.«

Ich trank einen Schluck Bier. »Ich weiß. Sie ist die fantastischste Frau, die mir je begegnet ist. Soll ich dir mal etwas Abgefucktes erzählen?«

Holden grinste. »Abgefuckt ist mein zweiter Vorname, mein Freund.«

»Letzte Nacht habe ich doch wahrhaftig geträumt, Billie wäre von mir schwanger. Sie war im sechsten Monat und hatte einen großen, runden Bauch, und ich konnte nicht die Finger von ihr lassen.«

Mein Kumpel lächelte. »Hast du ihr schon gesagt, dass du sie liebst?«

Ich schüttelte den Kopf. »Nicht direkt. Ehrlich gesagt habe ich gekniffen und ihr gesagt, dass ich mich in sie verliebe und nicht, dass ich sie schon von ganzem Herzen liebe.«

»Wieso?«

Ich zuckte die Achseln. »Ich finde es nicht fair, ihr in der momentanen Situation damit zu kommen. Wenn sie meint, gehen zu müssen, will ich es ihr nicht noch schwerer machen.«

»Du redest zwar viel, aber hörst du dir auch mal zu? Ihr setzt euch gegenseitig an die erste Stelle, vor das eigene Glück. Billie will, dass du eine andere Frau heiratest, um Saylor zu schützen, und du willst ihr nicht sagen, dass du sie liebst, damit es ihr leichter fällt, dich zu verlassen. Glaubst du wirklich, es ist weniger wahr, wenn du es nicht aussprichst?«

Ich wischte mit dem Finger das Kondenswasser vom Etikett der Bierflasche. »Wohl eher nicht. Aber ich fände es egoistisch, es ihr jetzt zu sagen.«

Holden sah mich an. »Das verstehe ich. Aber weißt du, was passiert, wenn du die Wahrheit nicht aussprichst?«

»Was?«

»Dann kannst du dir Jahre später ansehen, wie die Frau, nach der du verrückt bist, mit ihrem Verlobten Händchen hält. Woraufhin du dich betrinkst und mit irgendeiner Frau nach Hause gehst, die den falschen Namen ruft, während sie kommt, und dir zehn Minuten später deine Hose in die Hand drückt und sagt, dass sie am nächsten Morgen früh raus muss.«

Ich zog die Augenbrauen zusammen. »Du hast Lala wiedergesehen?«

Holden nickte. »Ich hatte neulich einen Gig in Philadelphia. Sie war mit ihrem Verlobten da, diesem Mistkerl.«

»Weshalb ist er ein Mistkerl?«

Mein Freund sah mir direkt in die Augen. »Er hat Lalas Hand gehalten.«

Holden sprach zum ersten Mal wieder von Lala – so nannten wir Ryans kleine Schwester Laney –, seit er mir eine Woche nach Ryans Beerdigung betrunken gestanden hatte, dass er schon lange Gefühle für sie hegte. Ich hatte es vermutet, aber nie etwas gesagt, weil es mich nichts anging. Außerdem brauchte Lala keine Schützenhilfe. Sie war klüger als wir vier Holzköpfe zusammen.

»Wie geht es ihr?«

»Sie ist erwachsen geworden …« Holden wandte den Blick einen Moment ab. »Aber worauf ich hinauswill: Wenn du denkst, sie ist die Richtige, dann sag es ihr. Rede nicht um den heißen Brei herum und fühl dich nicht schuldig, weil du so empfindest. Lass es dir von mir gesagt sein, es gibt einen Grund, warum *verlieben* und *verlieren* sich nur in einem Buchstaben voneinander unterscheiden. Es ist ziemlich leicht, den Zug zu verpassen und am Ende bei der Falschen zu landen.«

Verdammt. Und ich hatte gedacht, mit seiner Zuneigung für Lala wäre es längst vorbei. Holden war der Letzte, von dem ich einen vernünftigen Rat in Liebesdingen erwartet hätte, aber er hatte seinen Standpunkt sehr deutlich gemacht.

Ich nickte. »Danke, Kumpel. Du hast recht. Ich werde mich zusammenreißen und Billie sagen, dass ich sie liebe.«

Er nickte. »Und wie soll es funktionieren, wenn du Maya heiratest? Ziehst du dann mit ihr zusammen und alles?«

»Auf keinen Fall. Es wäre nur eine Formalität. Abgesehen von der Befragung, die für die Einbürgerung nötig ist, würde ich keinen Kontakt zu ihr haben. Ich habe mich informiert. Mein Anwalt hat gesagt, das Verfahren dauert in der Regel um die neun Monate, aber ich habe gelesen, dass es sich auch ein paar Jahre hinziehen kann. Ich kann das nur durchstehen, wenn ich Maya in dieser Zeit vergessen kann. Ich würde nicht mal wissen wollen, wo sie wohnt.«

»Ich will es nicht noch komplizierter machen, aber was ist, wenn Billie in der Zeit schwanger wird oder irgendetwas Unvorhergesehenes geschieht? Könntest du aus der Scheinehe aussteigen, falls nötig? Durch eine Blitzscheidung oder eine Annullierung? Ich meine, es kann ja immer etwas passieren, nicht wahr? Gibt es so etwas wie eine Rücktrittsklausel?«

Ich fuhr mir durch die Haare. »Ich habe keine Ahnung. Aber der Anwalt, den ich aufgesucht habe, meinte, dass es auch zu einem Schnellverfahren kommen kann, wenn jemandem, der ein Kind mit amerikanischer Staatsbürgerschaft hat, die Abschiebung droht. Er sagte, wir könnten es beantragen, aber sicher ist es nicht.«

»Würde Saylor sie kennenlernen?«

»Auf keinen Fall! Maya ist nur in unser Leben zurückgekommen, um sie als Druckmittel einzusetzen. Es ist ja nicht so, als wäre ihr plötzlich klar geworden, dass sie einen Fehler gemacht hat und sie nun ihr Kind wirklich kennenlernen will. Es würde zu nichts als Kummer führen, wenn Saylor sie als ihre biologische Mutter kennenlernen würde – oder überhaupt in irgendeiner Form.«

»Willst du sie bei deiner Krankenversicherung anmelden und es deinem Umfeld erzählen und so? Was ist, wenn dir etwas zustößt, was Gott verhüten möge? Bekommt Maya dann das Sorgerecht? Und hast du ein Testament? Ich hatte einen Onkel, der ein halbes Jahr lang verheiratet war. Seine Frau hat ihn während ihrer kurzen Ehe ständig betrogen, aber bevor die Scheidung rechtskräftig war, ist er plötzlich an einem Herzinfarkt gestorben, und sie hat sein Haus und alles geerbt. Gibt es eine Möglichkeit, so etwas zu verhindern? Für alle Fälle?«

Ich blies die Wangen auf und schüttelte den Kopf. »Mir wird ganz schwindelig, Holden.«

»Entschuldige, Mann. Ich versuche nur zu helfen.«

Ich nickte. »Ich weiß, Kumpel. Und ich bin dir wirklich dankbar. Wenn ich mich entscheide, es durchzuziehen, muss ich mich mit meinem Anwalt zusammensetzen und diese Fragen klären, damit Saylor und ich ausreichend abgesichert sind. Aber jetzt möchte ich eigentlich nicht mehr darüber reden.«

»Kein Problem. Reden wir doch über mein Lieblingsthema …« Holden grinste und trank einen Schluck Bier. »Über *mich*.«

Ich schmunzelte. »Das klingt perfekt. Erzähl mir, was bei dir los ist. Abgesehen von der Begegnung mit Lala und ihrem Verlobten. Seit wir uns zuletzt unterhalten haben, hast du bestimmt mindestens ein Dutzend neue Geschichten erlebt, über die ich mich amüsieren kann.«

Holden trank seine Flasche aus. »Nun, neulich hätte ich mir fast einen Prinz Albert zugelegt.«

Meine Augenbrauen schossen nach oben. »Du wolltest dir den Schwanz piercen lassen?«

»Nein, wollte ich nicht. Aber es wäre versehentlich fast dazu gekommen.«

Ich schüttelte lächelnd den Kopf. Genau das brauchte ich in diesem Moment – eine Geschichte aus Holdens verrücktem Leben. »Okay, du hast mich neugierig gemacht. Wie pierct man sich denn *versehentlich fast* den Schwanz?«

Holden wackelte mit dem Zeigefinger. »Das ist eine sehr gute Frage. Aber bevor ich es dir erzähle, muss ich vorausschicken, dass ich die Sau rausgelassen habe, nachdem ich Lala mit dem Mistkerl gesehen hatte. Jetzt weiß ich, dass ich versucht habe, eine Leere in mir zu füllen, indem ich viel zu viel mit Frauen auf Tinder gequatscht habe. Ich brauche also keine Belehrung. Außerdem hat Owen mir schon einen Vortrag gehalten, als ich ihm die Geschichte erzählt habe. Jedenfalls bin ich auf eine Frau gestoßen, die mir deutlich zu verstehen gab, dass sie nichts weiter als Spaß haben wollte. Wir sind uns in einer Bar begegnet, und nach einem Drink hat sie vorgeschlagen, dass wir mit dem Uber irgendwohin fahren und sie mir auf dem Rücksitz einen bläst. Sie stand darauf, dabei vom Fahrer im Rückspiegel beobachtet zu werden.«

Ich schüttelte den Kopf. »So etwas passiert auch nur dir, mein Freund.«

»Sie war wirklich süß. Ein Rotschopf mit Ärmeltattoo – hatte ein bisschen was von Billie.« Er zwinkerte mir zu. »Wahrscheinlich bin ich deshalb auf sie abgefahren.«

»Vorsicht, bei dem Thema verstehe ich keinen Spaß, Kumpel.«

Er lachte. »Ich will dich doch nur ärgern. Sie hieß Ryland und hatte so einen kleinen Nasenring. Kaum waren wir in den Wagen gestiegen, hat sie es mir auch schon besorgt. Dann habe ich vorgeschlagen, dass wir zu ihr fahren, damit ich mich revanchieren kann – weil ich ein Gentleman bin und alles, du weißt schon. Aber sie meinte, sie hat ihre Tage, und ob wir uns in der nächsten Woche in einer anderen Bar treffen könnten.

Ich sollte sie auf der Damentoilette lecken, während sie auf dem Waschbecken sitzt – bei nicht abgeschlossener Tür.«

»Ist sie exhibitionistisch veranlagt oder was?«

Holden zuckte die Achseln. »Ich denke schon, aber ich habe nichts dagegen. Jeder wie er mag, solange keiner dabei zu Schaden kommt, nicht wahr? Jedenfalls haben wir uns verabschiedet, und ich bin mit der Bahn zu der Bar zurückgefahren, wo wir uns getroffen hatten, um mein Motorrad zu holen, mit dem ich gekommen war. Aber als ich losfahren wollte, war die verdammte Batterie leer. Ich musste dreihundertfünfzig Kilo zu einem Hügel und dann noch hochschieben, um beim Hinunterrollen aufspringen und den Motor starten zu können. Dabei verspürte ich plötzlich einen Stich an meinem Schwanz. Es tat verflucht weh und hörte nicht auf. Ich musste das Motorrad abstellen und in einer Bar zur Toilette gehen, um nachzusehen, was da los war. Wie sich herausstellte, hatte meine rothaarige Exhibitionistin beim Blasen ihren Nasenring verloren. Das Ding war verdammt spitz und irgendwie in meiner Unterhose gelandet. Es hatte sich in meine Vorhaut gebohrt. Daher: *versehentlich fast* ein Prinz-Albert-Piercing.«

»Du lieber Himmel, du bist echt eine Katastrophe.« Ich lachte, bis ich völlig außer Atem war. »Aber danke, Mann. Das habe ich wirklich gebraucht.«

»Gern geschehen. Ich bin immer für dich da.«

Am folgenden Morgen, als ich zu dem Treffen mit Maya ging, wusste ich immer noch nicht, was ich tun sollte. Ihr Anblick, als ich die Cafétür öffnete, war mir körperlich zuwider – mir kam bittere Galle hoch. Ich konnte es nicht ertragen, dass diese Frau etwas mit meiner süßen, unschuldigen Tochter zu tun hatte.

Sie lächelte, als ich mich zu ihr setzte. »Ich habe Kaffee und

Frühstück für dich bestellt. Wenn ich mich recht erinnere, hast du mir an dem Morgen danach damals Pancakes gemacht, und ich dachte, das ist eine sichere Wahl.«

Wenn Blicke töten könnten … »Ich habe keinen Hunger.«

Maya seufzte und faltete die Hände auf dem Tisch. »Na schön. Ich wollte nett sein. Dann kommen wir am besten gleich zur Sache, nicht wahr? Werden wir heiraten oder nicht?«

Ich will diese Entscheidung nicht treffen, verdammt.

Doch sie saß mit unbewegter Miene da und wartete auf eine Antwort.

Ich konnte nicht anders, ich beugte mich vor und sah sie wütend an. »Wie zur Hölle kannst du so etwas tun? Dein eigenes Kind benutzen? Wurdest du als Kind missbraucht? Misshandelt? Oder von deinen Eltern so vernachlässigt, dass du überhaupt keine Achtung mehr vor Menschen besitzt? Wurdest du sexuell belästigt? Es muss doch einen verdammten Grund geben.«

Sie schaute auf ihre Uhr, als würde ich sie langweilen. »Heißt das Ja oder Nein?«

Was ich auch sagte oder tat, nichts konnte diese Frau von ihrem Kurs abbringen. Sie hatte nur ein Ziel, und das jagte mir eine Heidenangst ein. Es bedeutete, dass sie vor nichts haltmachen würde, um zu bekommen, was sie wollte, unabhängig davon, wer dabei zu Schaden kam. Ich schloss kurz die Augen und betete um Kraft.

»Ich will, dass *mein* Anwalt sich um alles kümmert, nicht deiner. Ich traue niemandem, der mit dir in Verbindung steht. Ich heirate dich nur, damit du im Land bleiben kannst und meine Tochter in Ruhe lässt. Wenn es erledigt ist, will ich keinerlei Kontakt mehr zu dir. Ich werde so tun, als gäbe es diese Scheinehe nicht.«

»Gut. Wie heißt dein Anwalt?«

»Adam Altman«, sagte ich mit zusammengebissenen Zähnen.

Maya kramte in ihrer Handtasche und holte ihr Handy heraus. Sie tippte einen Moment, dann sah sie auf. »Auf der Dreiundfünfzigsten?«

Ich nickte.

Sie tippte abermals, bevor sie das Handy ans Ohr nahm, und sah mich unverwandt an, während sie sprach: »Hallo, ich hätte gern einen Termin bei Mr Altman, bitte.«

Sie schwieg, dann ... »Ja, eine ziemlich eilige Einbürgerungssache. Hat er vielleicht kurzfristig etwas frei? Vielleicht morgen? Ich weiß, morgen ist Samstag, aber wir müssen wirklich schnellstmöglich mit ihm sprechen.«

Wieder Schweigen. Sie deckte das Telefon mit der Hand ab und beugte sich vor. »Morgen um drei?«

»Gut.«

Ich hörte kaum hin, während sie unsere Namen und andere Informationen durchgab, um den Termin festzumachen. Dann legte sie mit zufriedener Miene auf. »Alles klar. Wir treffen uns dann dort.«

»Ich kann es nicht erwarten«, knurrte ich.

»Und jetzt sag mal, wie geht es Marisol? Ist sie gesund und munter?« Maya schüttelte den Kopf. »Ich meine Saylor. So nennst du sie jetzt, oder?«

»Kümmert dich das überhaupt?«

»Selbstverständlich. Sie wurde nach meiner Großmutter benannt, weißt du.«

»Ach ja? Hat deine Großmutter deine Mutter aufgezogen?«

Maya runzelte die Stirn. »Ja.«

»Na, da bin ich froh, dass ihr ursprünglicher Name wenigstens von einer guten Mutter war.« Ich stand vom Tisch auf. »Sie heißt übrigens Saylor, weil du abgehauen bist, ohne mir ihren Namen zu sagen. Ich musste sie ja irgendwie nennen. Bis morgen um drei.«

Am nächsten Nachmittag erschien Maya mit ihrem Anwalt. Xavier Hess wirkte ebenso verschlagen wie seine Mandantin.

»Ich kenne jemanden bei der Einwanderungsbehörde«, sagte er. »Sobald die Papiere eingereicht sind, kann ich das Verfahren beschleunigen.«

Mein Anwalt schüttelte den Kopf. »Ich will an nichts Illegalem beteiligt sein.«

»Es ist nicht illegal, Freunde zu haben. Erzählen Sie mir nicht, Sie hätten einem Gerichtsdiener noch nie Honig ums Maul geschmiert, damit Ihr Fall als Erster aufgerufen wird, weil Sie einen vollen Tag haben.«

»Wenn das alles ist.«

»Wie lange wird es dauern, wenn wir ein beschleunigtes Verfahren bekommen?«, fragte ich.

»Wahrscheinlich nur ein paar Monate«, entgegnete Hess.

»Gut. Bis Jahresende will ich wieder geschieden sein.«

Mein Anwalt runzelte die Stirn. »Colby, Sie müssen solche Kommentare für sich behalten. Ich kann Sie nicht vertreten, wenn ich annehmen muss, dass Sie eine Scheinehe eingehen.«

Zum ersten Mal, seit die böse Hexe wieder in mein Leben getreten war, wurde Maya etwas nervös. Sie griff nach meiner Hand. »Es ist keine Scheinehe. Colby hat nur einen sehr schwarzen Humor, *nicht wahr, Schatz*?«

Ich zog meine Hand weg.

Mein Anwalt schaute von ihr zu mir, bevor er das Wort ergriff. »Sie müssen einander sehr gut kennen. Die Befragung ist kein Kinderspiel. Ihnen werden mitunter penetrante Fragen zu Dingen gestellt, die Ehemann und Ehefrau voneinander wissen sollten.«

Ich zog die Augenbrauen zusammen. »Zum Beispiel?«

»Alles Mögliche. Wie lange es gedauert hat, bis Sie zum ersten Mal Sex hatten. Wie viele Geschwister Sie haben. Wie der Heiratsantrag ablief. Ihre Antworten müssen übereinstimmen, sonst werden Sie des Betrugs beschuldigt. Und wie ich neulich bereits sagte, wird der Versuch, die Behörden zu betrügen, indem man jemanden wegen der Staatsbürgerschaft heiratet, mit bis zu fünf Jahren Gefängnis und zweihundertfünfzigtausend Dollar Geldstrafe geahndet.«

»Jetzt wollen wir aber mal auf dem Teppich bleiben«, sagte Mayas Anwalt. »Die beiden haben ein vierjähriges Kind zusammen. Es geht hier schließlich nicht um eine Katalogbraut.«

Ich stand kurz davor zu sagen, dass es viel schlimmer war – dass ich verdammt noch mal *erpresst* wurde. Aber ich hielt mich zurück, weil ich wusste, dass mein Anwalt Skrupel hatte. Außerdem hatten wir bislang noch nichts Illegales getan, und ich konnte immer noch einen Rückzieher machen. Nach einer weiteren halben Stunde sagte ich meinem Anwalt, ich würde mich melden, falls und wenn wir einen Einbürgerungsantrag stellen wollten. Aber ich hatte noch ein paar Fragen dazu, was ich vor der Eheschließung zu meiner Absicherung tun konnte, und ich wollte sie nicht vor Maya stellen. Deshalb sagte ich ihr und ihrem Anwalt, ich müsse kurz mit meinem Anwalt unter vier Augen reden. Maya erklärte, sie würde draußen auf mich warten.

Ich wünschte, sie würde einfach verschwinden, denn der Tag war anstrengend genug gewesen, aber das tat sie natürlich nicht. Sie und ihr Rechtsverdreher warteten draußen auf der Straße, als ich aus dem Gebäude kam.

»Sind wir uns dann einig?«, fragte sie.

»Ich weiß nicht, ob wir es überhaupt schaffen können. Wir wissen rein gar nichts voneinander. Wie zur Hölle sollen wir solche intimen Fragen beantworten, wie sie mein Anwalt genannt hat?«

»Es gibt Leute, die Sie darauf vorbereiten können«, sagte Hess. »Ich gebe Maya ein paar Nummern.«

»Darauf vorbereiten? Inwiefern?«

»Es gibt Dienstleister, die Anwärter speziell auf diese Befragungen vorbereiten. Sie verfügen über eine Datenbank mit den üblichen Fragen. Die beantworten Sie beide und gleichen die Antworten ab, damit Sie sie auswendig lernen können. Bei manchen Anbietern kann man das sogar online machen.«

Ich runzelte die Stirn. »Es gibt also Leute, die ihr Geld damit verdienen, anderen Leuten beim Behördenbetrug zu helfen. *Großartig*. Gott segne Amerika.«

»Sehen Sie es als Prüfungsvorbereitung«, sagte Hess. »Wenn man Anwalt werden möchte, macht man ein Repetitorium und lernt Fragen von früheren Zulassungsprüfungen auswendig. Dann kann man zwar immer noch durchfallen, aber je mehr man übt, desto wahrscheinlicher ist es, dass man gut vorbereitet ist und es keine Überraschungen gibt.«

Die ganze Angelegenheit war ekelhaft, aber was blieb mir anderes übrig? Ich schüttelte frustriert den Kopf. »Na schön. Meinetwegen.«

Mayas Schultern entspannten sich. »Okay, gut. Nachdem wir das geklärt haben, können wir uns eigentlich direkt für Montagmorgen verabreden, oder?«

»Wozu?«

»Um uns eine Heiratserlaubnis zu besorgen. Dann können wir uns am Dienstag schon trauen lassen.«

22. KAPITEL

BILLIE

Ticktack. Ticktack.

Ich schaute an diesem Dienstagmorgen wohl schon zum hundertsten Mal auf mein Handy. Ich zählte offenbar die Minuten bis zur Stunde des Schicksals hinunter.

Colbys Scheinheirat war für Viertel vor vier geplant. Noch fünf Stunden, bis mein Freund eine andere heiratete. Ich wusste, dass es nicht so einfach war – es war keine »echte« Heirat –, aber es tat trotzdem irre weh. Ich fand es furchtbar, dass es so weit gekommen war, war aber gleichzeitig auch froh, dass er beschlossen hatte, in den sauren Apfel zu beißen. Es bedeutete, dass wir dem Ende des Albtraums einen Schritt näher kamen.

Saylor.

Saylor.

Saylor.

Das ist alles für Saylor.

Ich stürzte mich in die Arbeit, weil ich keine andere Wahl hatte. Doch mein Kopf und meine Hände brachten einfach keine Kommunikation zustande. Ich hatte schon einmal einen so üblen Arbeitstag gehabt – direkt nachdem Maya aufgetaucht war. Aber der heutige Tag übertraf das noch. Und zu allem Überfluss war ich voll ausgebucht und würde vielfach die Gelegenheit bekommen, etwas zu verpatzen.

Deek hatte es den ganzen Morgen mitangesehen: Ich ließ

alles fallen, verlegte Dinge, hörte nicht richtig zu und fragte Kunden mehrmals, was sie wollten. Das Einzige, was ich mir nicht geleistet hatte, war ein vermasseltes Tattoo. Das war mir noch nie passiert, und ich wollte heute auch nicht damit anfangen.

Als mein zweiter Kunde das Studio verließ, ging Deek nach vorn, drehte das Schild an der Tür auf »Geschlossen« und ließ das Rollo hinunter.

»Was tust du da?«

»Ich mache für heute zu«, sagte er.

»Warum?«

»Du bist nicht recht bei Verstand. Ich habe Justine gebeten, mit allen restlichen Kunden neue Termine zu vereinbaren.«

Ich schaute zu Justine hinüber, die das Telefon am Ohr hatte. Sie winkte mir zu. Es war, als hätten sie sich gegen mich verschworen.

»Die Kunden verlassen sich auf mich.« Ich sah mich panisch um. »Du kannst hier nicht einfach zumachen. Das ist *mein* Studio!«

»Was willst du denn machen? Mich rauswerfen?« Deek ging lachend zur Tür. »Komm, du Tollpatsch. Lass uns verschwinden.«

Ich schmollte und blieb einen Moment mit verschränkten Armen stehen, dann gab ich nach und holte meine Tasche. Ich winkte Justine zu, die immer noch telefonierte.

»Schließt du ab?«, fragte ich sie.

Sie nickte und hielt den Daumen hoch.

»Wohin gehen wir?«, fragte ich Deek.

»Mal sehen, meine Liebe. Ich werde jede Sekunde dieses Tages ausfüllen, damit du nicht leidest und an du weißt schon was denkst. Wir werden uns die Zeit auf möglichst angenehme Weise vertreiben.«

Wir gingen zusammen zur Tür hinaus, und ich folgte Deek die Straße hinunter. Insgeheim war ich froh, dass er mich von der Last befreit hatte, professionell bleiben zu müssen.

Als Erstes ging er mit mir in einen Süßwarenladen, wo man sich eine Tüte nehmen und sie nach Herzenslust füllen konnte.

»Warum bringst du mich hierher?«

Er zuckte mit den Schultern. »Weil ich mir unterwegs ausdenke, was wir machen? Du hast mir mal erzählt, dass du dir früher so eine Tüte geholt und durch die Stadt spaziert bist, wenn du traurig warst. Ich dachte, es hat etwas Nostalgisches. Außerdem hatte ich Lust auf Schokolade.«

Für Naschkram war ich immer zu haben. Ich schnappte mir eine Tüte und sammelte all meine Lieblingssüßigkeiten zusammen: saure Fruchtgummis, Kaubonbons, saure Würmer und Drops. Deek füllte seine Tüte überwiegend mit Schokolade.

Es lenkte mich tatsächlich zehn Minuten lang ab, in der Auswahl zu stöbern, bis ich zu einem der letzten Behälter kam.

Auf dem Schild darüber stand: *Hochzeitsmandeln – perfekt für Gastgeschenke!* Plötzlich waren alle unangenehmen Gedanken wieder da.

Deek merkte, wie ich erstarrte. »Ach, Mist«, sagte er hinter mir.

»Der perfekte Tag für eine Hochzeit, nicht wahr, Deek?« Ich rollte mit den Augen.

»Diese Mandeldinger sind scheiße. Als Kind habe ich mir damit fast mal einen Zahn abgebrochen.« Er zog mich am Arm. »Komm, wir gehen.«

Nachdem er unsere Süßigkeiten bezahlt hatte, schlenderten wir weiter.

»Und wo geht es jetzt hin?«, fragte ich und kaute einen blauroten Gummiwurm.

»Wenn ich es dir sage, lehnst du ab. Deshalb mach einfach mit.«

Er winkte ein Taxi heran und bat den Fahrer, uns zum Times Square zu bringen. Und kurz darauf standen wir vor Madame Tussauds.

Mir fiel die Kinnlade herunter. »Du willst mit mir ins Wachsfigurenkabinett?«

»Du hast gesagt, du warst noch nie dort.«

»Stimmt. Aber das hat auch einen Grund. Es interessiert mich nicht.«

»Komm schon, das wird lustig«, sagte er und half mir beim Aussteigen.

Und tatsächlich, er behielt recht. Deek und ich hatten einen Mordsspaß, während wir für Fotos mit den Wachsfiguren posierten und sie anquatschten. Wir sprachen mit Barack Obama über Politik und ließen Britney Spears wissen, wie froh wir waren, dass ihre Vormundschaft beendet war. Wir stellten uns zu den Figuren der britischen Königsfamilie und der Kardashians. Zu Letzteren passte ich ziemlich gut. Mit meinen langen schwarzen Haaren war ich praktisch die lange verschollene tätowierte Schwester. Und wir tanzten mit Beyoncé – was mir am besten gefiel.

Als wir zu den Beatles kamen, war der Spaß allerdings vorbei. An sich war nichts an ihnen auszusetzen, aber wegen John Lennon musste ich an Colby Lennon denken, und schon begannen meine Gedanken wieder um ihn zu kreisen. *Verdammt.*

Ich starrte John an, als Deek zu mir kam. »Was geht in deinem Kopf vor, Yoko?«

Ich wandte den Blick nicht von der Figur ab. »Colby heißt Lennon mit Nachnamen, nicht wahr? Und ab jetzt heißt Maya auch so.«

»Verflucht noch mal.« Deek seufzte. »Wir brauchen einen

Szenenwechsel, und zwar sofort! Lass uns von hier verschwinden und etwas essen.«

Wir gingen zu *Katz's Deli*, weil es dort die besten Pastrami-Sandwiches gab. Dann fuhren wir mit der U-Bahn zum Central Park, um unser Lunch auf einer Bank zu genießen. Wir waren gerade fertig, als ich ein Paar über den Rasen näher kommen sah. Sie trug ein Hochzeitskleid und hielt das Ende ihres Schleiers hoch, damit er nicht über den Boden schleifte. Sie wollten sich mitten im Park das Ja-Wort geben. Dann fuhr eine Kutsche vor und wartete darauf, die beiden nach der Zeremonie wegzubringen.

Als Deek die Szene sah, ließ er niedergeschlagen den Kopf hängen. Der Arme gab sich alle Mühe, mich abzulenken, und das Universum durchkreuzte seine Pläne immer wieder.

»Jemand da oben will einfach nicht, dass ich vergesse, Deek.«

»Jetzt schau dir aber mal ihr Kleid an. Es ist grauenhaft. Und sie hat kein einziges Tattoo. Todlangweilig.« Er stand seufzend auf. »Okay, weißt du was? Ich habe gedacht, wir stehen den Tag ohne Alkohol durch, aber es sieht nicht danach aus. Suchen wir uns eine Bar.«

»Gern. Irgendwo auf der Welt ist es jetzt siebzehn Uhr.« Ich hüpfte von der Bank.

Wir verließen den Park, und Deek schaute die Straße hinunter, um die nächstgelegene Bar zu finden. Wir hielten schnurstracks darauf zu und machten es uns an einem Ecktisch gemütlich, um den Nachmittag dort zu verbringen.

Ich war bei meinem zweiten Bier, als mein Handy klingelte. *Colby.* Es war fast drei Uhr, was bedeutete, dass »es« noch nicht passiert war. Ich nahm das Gespräch an und versuchte, fröhlich zu klingen. »Hey.«

Er hingegen klang ziemlich atemlos. »Wo bist du? Ich stehe vor dem geschlossenen Studio.«

Oh nein. »Mist, wirklich? Ich bin mit Deek in einer Bar.«

»Warum?«

Ich wollte nicht lügen. »Okay ... ich hatte heute Morgen ziemliche Probleme, mich zu konzentrieren. Und Deek hat nach den ersten Kunden entschieden, das Studio zu schließen. Wir haben uns in der Stadt treiben lassen.«

»In welcher Bar seid ihr?«

Ich wusste es nicht einmal. »Wie heißt der Laden hier?«, fragte ich Deek.

»*Sammie's*.«

»*Sammie's*. Irgendwo in der Nähe des Parks.«

»Scheiße. Das ist zu weit. Ich wollte dich sehen und dachte, du hättest vielleicht kurz Zeit für mich, bevor ich losmuss.«

Ich fühlte mich schrecklich. »Das hattest du anders geplant, Colby. Du hast gesagt, du fährst direkt von der Arbeit hin. Ich wünschte, ich hätte es gewusst.«

»Ich weiß.« Er seufzte. »Ich ... wollte mich nur vergewissern, dass du okay bist. Ich hatte das Gefühl, ich kann das nicht durchziehen, wenn du es nicht bist. Und zugegebenermaßen wollte ich dich sehen. Es ist ...« Er verstummte. »Ich weiß nicht. Mir geht es gerade nicht so gut.«

Mir schnürte sich die Kehle zusammen. »Mir auch nicht. Aber das spielt keine Rolle. Es wird sich nämlich nie okay anfühlen, dass du sie heiratest. Da kann es einem ja auch nicht gut gehen. Das müssen wir einfach akzeptieren.«

»Ich muss das nicht durchziehen«, sagte er eindringlich.

»Doch, das musst du.« Ich stieß einen tiefen Seufzer aus. »Und das weißt du auch.«

Es entstand eine lange Pause, in der ich nur seine Atemzüge hörte. Ich wünschte, ich hätte nichts getrunken, denn der Alkohol machte mich emotionaler, als es mir in diesem Moment lieb war. Mir brannten Tränen in den Augen.

»Lass mich mit Deek reden«, sagte er schließlich.

Ich gab meinem Freund das Telefon. »Colby will mit dir sprechen.«

»Hey«, sagte Deek, dann lauschte er und nickte. »Ja, keine Sorge.« Er hielt inne. »Pass auf dich auf, Mann. Ich kümmere mich um sie.« Deek gab mir das Telefon zurück.

»Hey«, sagte ich.

»Schade, dass ich dich nicht sehen konnte«, sagte Colby. »Aber ich bin froh, dass du mit Deek unterwegs bist.«

»Wahrscheinlich ist es besser, dass wir uns verpasst haben. Wenn wir uns gesehen hätten, wären sämtliche Emotionen hochgekommen. Aber du solltest jetzt nicht emotional sein. Es geht um ein Geschäft.«

»Der übelsten Sorte, ja. Ich würde mich lieber mit der Mafia treffen.«

Ich schaute auf die Uhr. Ihm blieb weniger als eine Stunde. »Mach dich besser auf den Weg. Du willst doch nicht zu spät kommen.«

»Doch, ich will zu spät kommen. Ich würde sie lieber um fünf nach niemals heiraten.«

Ich versuchte, mich reif und erwachsen zu verhalten. »Colby, alles wird gut. Du schaffst das«, sagte ich und atmete tief durch. »Ruf mich hinterher an, okay?«

»Okay.«

Ich legte auf, bevor er noch etwas sagen konnte, weil ich wusste, dass er nicht als Erster auflegen würde. Ich bedauerte es auf der Stelle, aber ich wollte nichts hören, was mich zum Weinen gebracht hätte. Ich wollte nicht hier in dieser Bar Rotz und Wasser heulen. Es wäre weder für ihn noch für mich gut gewesen.

»Was hat er zu dir gesagt?«, fragte ich Deek.

»Er hat sich dafür bedankt, dass ich heute auf dich aufpasse. Das ist alles. Er macht sich wirklich Sorgen um dich.«

Ich malte Kreise in das Kondenswasser an der Bierflasche und hing meinen Gedanken nach. Als ich nach einer Weile aufsah, kam jemand winkend auf uns zu. Es war … Owen?

»Ich dachte mir doch, dass ich euch hier treffe.« Er grinste.

Er trug einen dunkelblauen dreiteiligen Anzug. Seine teure Uhr funkelte, und er bot wie immer ein perfektes Erscheinungsbild.

»Was machst du denn hier?«, fragte ich.

Er drückte Deek die Hand. »Die Bar ist nicht weit von meinem Büro entfernt. Ich dachte, ich schaue mal zur Happy Hour rein.«

Ich kniff die Augen zusammen. »Wirklich …«

Owen setzte sich zu uns und bestellte ein Bier bei der Kellnerin. »Was gibt's Neues?«, fragte er.

»Nichts Besonders. Wir versuchen nur zu vergessen, dass Colby innerhalb der nächsten Stunde heiratet.« Ich trank einen großen Schluck.

Owen stellte sich dumm. »Ach, ist das heute?«

»Komm schon, Owen. Du weißt genau, dass es heute ist.«

Seine Miene verdüsterte sich. »Ja, stimmt. Er hat mir gerade geschrieben und mich gebeten, vorbeizuschauen und nach dir zu sehen. Er weiß zwar, dass Deek bei dir ist, aber ich glaube, er wollte auch jemanden von seiner Seite schicken, wo er nicht selbst hier sein kann.«

»Also … danke. Aber das ist völlig unnötig«, sagte ich.

»Ich tue alles, was ich kann, um Colby diesen Tag leichter zu machen.«

»Aber es ist eine ziemliche Seltenheit, dass du das Büro mal vor vier Uhr verlässt, oder?«, zog ich ihn auf.

»Ich kann dir wirklich nicht sagen, wann ich das letzte Mal früher Feierabend gemacht habe.«

Kurz darauf kam Brayden lächelnd auf unseren Tisch zumarschiert.

»Du auch noch?«, sagte ich.

»Was ist denn?« Er zuckte mit den Schultern. »Ich will hier nur einen trinken.« Mit einem Augenzwinkern wandte er sich Deek zu. »Was geht, Mann?« Dann sah er mich mitfühlend an. »Wie geht es dir?«

»Du liebe Güte. Es ist doch niemand gestorben«, rief ich. »Warum tun alle so, als wäre heute eine Beerdigung?«

Brayden klopfte mir auf die Schulter. »Wenn es dir gut geht, geht es uns gut.«

»Ich habe gehört, hier steigt eine Party!«, meldete sich jemand zu Wort.

Holden. Ich schüttelte lachend den Kopf. »Ich hätte wissen müssen, dass es ein Hattrick wird.«

Holden küsste mich auf die Wange. »Hey, Billie. Du siehst toll aus, wie immer.« Er nickte Deek zu. »Hey, Mann. Ich habe dein Instagram gesehen. Was zur Hölle habt ihr bei den Kardashians gemacht?«

»Das meinst du nicht ernst, oder?« Deek lachte.

Holden setzte sich hin. »Was trinken wir denn?«

Ich hielt meine Flasche hoch. »Bier.«

»Einverstanden.« Er nahm sich eine Getränkekarte. »Mal sehen, was es vom Fass gibt.« Dann hob er die Hand, um den Kellner herbeizuwinken.

»Wie kommt es, dass ihr heute alle drei Zeit habt, um mich zu babysitten?«

»Ganz einfach«, sagte Holden. »Wenn einer von uns etwas braucht, lassen die anderen alles stehen und liegen. Und für Colby gibt es heute nichts Wichtigeres als sicherzugehen, dass es dir gut geht. Also musste ich natürlich auch kommen. Ich bin sein bester Freund.«

Brayden und Owen sahen ihn erstaunt an.

»Seit wann bist *du* Colbys bester Freund?«, fuhr Owen ihn an.

»Ja«, pflichtete Brayden ihm bei. »Ist jemand gestorben, dass du an den Posten gekommen bist?«

»Ryan ist gestorben, du Blödmann«, entgegnete Holden.

Es wurde still am Tisch.

Dann hob Holden die Hand und zeigte in die Runde. »Jedenfalls, hat einer von euch vielleicht gestern Abend angeboten, Maya zu heiraten, damit Colby es nicht tun muss?«

»Nein.« Brayden sah ihn aus schmalen Augen an.

Holden lächelte selbstgefällig. »Genau. Hast du nicht. Weil du nicht sein bester Freund bist. Als bester Freund bietet man sich für so etwas an.«

Ich stutzte. »Moment … Noch mal, bitte, Holden. Was hast du gemacht?«

»Das sagen alle Frauen zu mir«, meinte er augenzwinkernd. »*Noch mal, bitte.*«

»Im Ernst, Holden«, schaltete sich Deek ein. »Du hast angeboten, Maya zu heiraten?«

Holden trank einen großen Schluck Bier und zuckte mit den Schultern. »Ja. Ich meine … Ich war gestern Abend bei Colby und habe ihm angeboten, es für ihn zu tun, damit sie ihn in Ruhe lässt. Es war mein voller Ernst. Ich hätte sie hundertprozentig geheiratet.«

»Das war echt süß von dir, Holden, aber total bescheuert«, sagte ich. »Es war bescheuert, weil ich weiß, dass es mehr als ein Angebot war. Du hättest es wirklich durchgezogen.«

»Das stimmt. Was ist so verrückt daran? Ich habe im Gegensatz zu Colby keine Freundin. Mich juckt es nicht. Niemand würde Schaden nehmen. Aber er meinte, es sei zu kompliziert wegen Saylor und den Anwälten und so. Ich wünschte, ich hätte früher daran gedacht. Ich war absolut bereit, so zu tun, als würde ich die Schlampe lieben, um sie ihm vom Leib zu schaffen. Es gibt nichts, was ich nicht für diesen Kerl tun würde. Eines hat mich Ryans Tod gelehrt, nämlich dass echte Freunde das Wichtigste im Leben sind. Sie können sogar wichtiger als die Familie sein, je nachdem, was für eine man hat.«

Deek legte mir die Hand auf die Schulter. »Als ob ich das nicht wüsste. Diese Frau ist mein Rettungsanker. In schweren Zeiten kann ich mich auf sie verlassen und sie sich auf mich. Deshalb habe ich sie heute durch die ganze Stadt geschleift, um sie auf andere Gedanken zu bringen.« Er hob den Finger. »Allerdings habe ich mich nicht angeboten, Maya zu heiraten. Du bist also der bessere Mann von uns beiden.«

Alle lachten.

Ich konnte wirklich von Glück sagen, dass ich diese Jungs heute an meiner Seite hatte.

»Billie, willst du dich mal so richtig schlapplachen?«, fragte Owen.

»Na klar. Erzähl.«

Er schaute in Holdens Richtung. »Hast du schon mal gehört, dass jemand unbeabsichtigt zu einem Prinz Albert gekommen ist?«

Und dann erzählte Owen auf höchst dramatische Weise Holdens verrückte Geschichte von dem Blowjob, bei dem er beinahe ein Schwanzpiercing bekommen hätte. Sie schafften es tatsächlich, mich zum Lachen zu bringen. Aber irgendwann schweiften meine Gedanken ab, während sie weiter ihre Scherze trieben. Und als ich zur Uhr schaute, rückte alles am Tisch in den Hintergrund.

Viertel vor vier. In diesem Moment heiratete Colby Maya oder stand kurz davor. Ich klinkte mich gedanklich aus.

Dann meldete mein Telefon eine neue Nachricht. Sie war schlicht, aber bedeutungsvoll.

Colby: Ich liebe dich.

Mein Herz zersprang. Weil ich es gewusst hatte. Er hatte mir geschrieben, weil es so weit war. *Und er liebt mich.*

23. KAPITEL
COLBY

»Wie viele hattest du schon?«

Ich warf das Tequilafläschchen in einen Mülleimer im Korridor und zog das nächste aus der Tasche. »Anscheinend nicht genug, denn ich kann dein Gesicht noch erkennen.«

Maya sah mich mit gerunzelter Stirn an. »Du tust, als wäre es das Ende der Welt, eine schöne Frau zu heiraten. Viele Männer wären froh und glücklich, mich heiraten zu können.«

Ich schnaubte und öffnete den Tequila. »Erstens kommt Schönheit von innen, also bist du potthässlich. Und zweitens, wenn so viele Männer sich glücklich schätzen würden, dich zu heiraten, warum bist du dann nicht mit einem von denen hier?«

Maya sah sich um. »Sprich nicht so laut. Und die Antwort kennst du. Weil eine Heirat zu dem Zeitpunkt, wenn man abgeschoben werden soll, Zweifel aufwirft. Es ist glaubwürdiger, wenn ich schon ein paar Jahre mit jemandem zusammen bin, und wir haben ein Kind zusammen.«

»*Wir* haben kein Kind. Ein Kind steht im Leben an erster Stelle, und du liebst und beschützt es. *Ich* habe ein Kind. Du hast eine verdammte Schachfigur.«

Sie verdrehte die Augen. »Wie auch immer. Aber du darfst nicht so viel trinken, denn wenn der Beamte dich für betrunken hält, stellt er deine Ehefähigkeit womöglich infrage.«

Ich prustete. »Ehefähigkeit ... Wann hast du denn Jura studiert?«

»Dass ich Stripperin war, bedeutet nicht, dass ich keine Bildung habe.«

»Mein Urteil über dich hat nichts mit deinem Beruf zu tun, Schätzchen. Lediglich mit deinem Verhalten. Ich hätte sie genommen, wenn du mir gesagt hättest, dass du Probleme hast, weißt du. Und wir hätten vereinbaren können, dass du sie ab und zu besuchst.«

Zum ersten Mal, seit sie wieder in meinem Leben war, wirkte Maya betroffen. In diesem Moment wurde die Tür, vor der wir saßen, von einem Mann geöffnet.

»Lennon und Moreno!«, rief er.

Ich kippte den Tequila hinunter und hob die Hand. »Dann sind wir jetzt dran, vor das Exekutionskommando zu treten.«

»Er macht nur Spaß«, sagte Maya, drehte sich zu mir um und sah mich warnend an. »*Nicht wahr, Schatz?*«

Der Mann sah so aus, als würde es ihn nicht im Geringsten interessieren. Er schaute sich um und sagte mit monotoner Stimme: »Wo ist Ihr Zeuge?«

»Unser Zeuge?«, sagte Maya. »Ich dachte, die Zeugen stellen Sie.«

Er schüttelte den Kopf. »So läuft das nicht. Es steht ausdrücklich in der Broschüre, die Sie zusammen mit Ihrer Heiratserlaubnis bekommen haben. Kein Zeuge, keine Heirat.«

»Äh ... Würden Sie mir einen Moment Zeit geben?«, fragte Maya.

»Aber nur einen Moment. Sie sind heute die Letzten, und unser Etat wurde schon wieder gekürzt, also gibt es keine Überstunden mehr. Um Punkt vier machen wir zu, und deshalb ist der letzte Termin um Viertel vor vier.«

»Es geht ganz schnell, versprochen.«

Der Mann zuckte mit den Schultern und schloss die Tür wieder.

Ich lachte. »An alles hast du wohl nicht gedacht.«

Maya kniff die Augen zusammen. »Warte hier und *trink nichts mehr*.«

Ich zog prompt ein weiteres Fläschchen aus der Innentasche meines Jacketts und öffnete es grinsend.

Maya schüttelte den Kopf und rannte davon.

Drei Minuten später kam sie mit einem Typen den Korridor hinunter, der wie ein Obdachloser aussah. Er hatte nicht einmal Schuhe an. »Gehen wir«, sagte sie. »Frank ist unser Zeuge.«

Ich griff in meine Tasche und bot Frank einen Tequila an. »Auch einen?«

Er riss ihn mir aus der Hand und sah Maya an. »Die hundert Dollar kriege ich aber auch noch.«

Ich schwankte ein bisschen. »Am besten kassieren Sie sofort. Ihr ist nicht zu trauen.«

Maya sah mich böse an, aber Frank war so klug, sich an meinen Rat zu halten. Er hielt die Hand auf. »Geben Sie mir den Hunderter, sonst verschwinde ich.«

Sie kramte in ihrer Tasche. »Hoffentlich haben Sie wirklich einen Ausweis, wie Sie behauptet haben.«

Ein paar Minuten später standen wir drei im Büro des Standesbeamten. Von Feierlichkeit fehlte jede Spur. Der Beamte kam nicht einmal hinter seinem Tisch hervor.

»Möchten Sie sich an den Händen nehmen?«, fragte er.

Maya ergriff meine Hände, aber ich riss mich los. »Ist es unbedingt nötig?«

Der Beamte runzelte die Stirn. »Nein.«

Ich steckte die Hände in die Hosentaschen. »Dann bringen wir es hinter uns.«

Der Beamte schaute zwischen uns hin und her. »Gibt es ein Problem?«

Der Alkohol zeigte mittlerweile Wirkung und beflügelte meinen Sinn für Humor. Das fand ich zumindest. Ich zuckte die Achseln. »Nein, meine Religion verbietet es mir nur, sie anzufassen, bevor wir verheiratet sind.« Ich schnaubte. »Zu dumm, dass sie nicht auch Sex mit Stripperinnen verbietet, was, Pater?«

»Äh … ich bin kein Geistlicher. Ich bin städtischer Angestellter, Standesbeamter.«

»Und ich habe mich gefragt, warum Sie nicht so einen Kragen tragen. Die Dinger sind im Sommer wahrscheinlich die Hölle, oder? Wie ein Rollkragen.«

Maya durchbohrte mich förmlich mit Blicken. »Lassen wir den Herrn seine Arbeit tun und uns vermählen.« Sie setzte ein preisverdächtiges Lächeln auf und sah den Beamten an. »Er macht immer Witze, wenn er nervös ist. Entschuldigen Sie.«

Der Beamte zuckte die Achseln und begann mit dem Trauakt. Und sieben Minuten später sagte er: »Herzlichen Glückwunsch, Sie sind jetzt Mann und Frau. Sie dürfen die Braut küssen.«

Mir wurde schlecht, und ich musste mir wahrhaftig den Mund zuhalten. »Mir ist nicht so gut. Können wir jetzt gehen?«

Maya lächelte entschuldigend. »Schlechtes Sushi zum Lunch.«

Dem Mann war es schnurzegal. Er wollte uns nur vor vier Uhr aus der Tür haben. Er stempelte einen Haufen Papiere ab und zeigte uns, wo wir unterschreiben mussten, bevor er uns den Trauschein übergab. »Viel Glück. Sie können es wahrscheinlich brauchen.«

Ich schaffte es gerade noch zu dem Mülleimer im Korridor,

bevor mir wirklich alles hochkam. Ich wusste nicht, ob es am Tequila lag oder daran, was ich mir gerade angetan hatte. Aber meine frisch gebackene Braut schien es nicht zu kümmern.

Sie stemmte die Hände in die Hüften, während ich noch über dem Mülleimer hing. »Dieses Benehmen wird dem Untersuchungsbeamten nicht gefallen, Colby. Du musst lernen, dich zu verhalten, als wäre ich deine geliebte Ehefrau.«

Ich spuckte den schlechten Geschmack in meinem Mund in den Eimer. »Das kriegt nicht mal Robert De Niro hin.«

Maya schüttelte den Kopf. »Ich melde mich demnächst bei dir, damit wir uns auf die Befragung vorbereiten.«

Ich hob den Kopf. »Fahr zur Hölle.«

»Was darf's sein?« Der Barkeeper legte mir eine Serviette hin.

»Tequila.«

»Pur oder einen Drink?«

»Beides.«

»Möchten Sie einen bestimmten Tequila?«

»Egal.«

Der Mann zuckte die Achseln. »Kommt sofort.«

Wenig später kam er zurück und stellte ein Schnapsglas, ein Glas mit Eis, ein paar Limettenscheiben und eine Dose Cola vor mir ab. Er schenkte Don Julio aus einer Flasche mit Ausgießer sowohl in das Schnapsglas als auch das Glas mit Eis ein. »Der ist ein bisschen teurer, aber am nächsten Tag weiß man es zu schätzen. Ich habe Ihnen auch etwas zum Nachspülen mitgebracht. Es ist nicht ratsam, einen Tequila mit Tequila runterzuspülen.«

»Danke.«

Ich kippte den Tequila-Shot und verzog das Gesicht, als hätte ich in eine Zitrone gebissen.

Der Barkeeper schmunzelte. »Dachte ich mir.«

»Was?«

»Sie machen das nicht so oft, oder?«

»Wirklich nicht.«

Er stützte einen Ellbogen auf die Theke. »Wollen Sie darüber reden?«

Ich musterte ihn. Er war vermutlich Anfang sechzig, trug ein kariertes Hemd und eine Jeans und hatte ein Handtuch über der Schulter. »Sind Sie verheiratet?«

Er hielt drei Finger hoch. »Aller guten Dinge sind drei.«

Mir wurde bewusst, dass Billie, wenn ich sie heiratete, nicht meine erste Ehefrau sein würde. Sie würde immer die Nummer zwei sein, obwohl sie es verdiente, die Erste und Einzige zu sein.

Ich nahm den Drink und nippte daran. »Was war mit den ersten beiden?«

»Ich bin jetzt seit sechs Jahren trocken. Ich kann Ihnen nicht genau sagen, was schiefgegangen ist, weil ich mich an die meiste Zeit nicht erinnere. Aber es hatte wohl damit zu tun, dass ich ein schwerer Alkoholiker war. Ich bin kein fröhlicher Trinker.«

»Sie sind trockener Alkoholiker und arbeiten in einer Bar?«

»Ich bin der Besitzer. Ich kann nichts anderes als eine Bar führen.«

Ich nickte.

Er reichte mir die Hand. »Ich bin Stan Fumey. Schön, Sie kennenzulernen.«

»Colby Lennon.« Ich schlug ein.

»Also, was ist Ihre Geschichte?«, fragte Stan. »Macht Ihre Frau Ihnen das Leben schwer und Sie sind hier, um sie zu vergessen?«

»So ungefähr …«

»Wie lange sind Sie verheiratet?«

»Wie spät ist es jetzt?«

Stan schaute über die Schulter zu der Budweiser-Uhr an der Wand. »Kurz vor fünf.«

Ich nickte. »Dann seit ungefähr einer Stunde.«

Er zog die Augenbrauen zusammen. »Sie veräppeln mich.«

Ich trank noch einen Schluck. »Ich wünschte, es wäre so. Ich habe um vier Uhr geheiratet.«

»Wo ist Ihre Braut?«

»Sie wird hoffentlich gerade vom Bus überfahren.«

Der Barkeeper lachte. »Ich habe einen guten Rat für Sie.«

»Und der wäre?«

»Walter Potter.«

Ich runzelte die Stirn.

Stan entfernte sich, zog eine Visitenkarte aus einem Zettelhalter neben der Kasse und gab sie mir.

Ich las mit zusammengekniffenen Augen.

Walter Potter
Rechtsanwalt
Scheidungsexperte

»Er ist gut und günstig. Vielleicht kann er eine Eheaufhebung für Sie durchsetzen oder so.«

Ich schüttelte den Kopf. »Ich wünschte, es wäre so einfach.«

Stan sah mich prüfend an. »Haben Sie die Frau geschwängert?«

Ich trank meinen Tequila aus und zuckte die Achseln. »Ja, ich schätze schon.«

»Das ist hart. Wann ist die Geburt?«

»Vor vier Jahren.«

Stan zog ein Gesicht. »Klingt kompliziert.«

»Ist es auch.«

»Nun, wie Sie bereits wissen, bin ich kein Fachmann in Sachen Ehe. Deshalb kann ich Ihnen nicht raten, wie Sie das hinkriegen. Aber ich kann Ihnen eines sagen: Manchmal richtet es mehr Schaden an, wenn man um der Kinder willen zusammenbleibt, als wenn man sich trennt. Sie verdienen meinen Respekt dafür, dass Sie es versucht haben. Aber vergessen Sie nicht, dass Kinder durch Beobachten lernen und nicht dadurch, dass man ihnen sagt, wie sie sich verhalten sollen. Wenn Sie es nicht schon tun, dann fangen Sie also an, ein Vorbild zu sein.«

Als fühlte ich mich nicht schon beschissen genug. Dass meine Tochter in eine solche Lage geriet, war das Letzte, was ich wollte. Stan meinte es sicherlich gut, aber er war mir keine Hilfe.

Ich schob ihm mein Glas zu. »Bekomme ich noch einen?«

Er nickte. »Klar.«

Ein paar Stunden später war ich so betrunken, dass mir mein neuer Kumpel Stan den Nachschub verweigerte. Ich warf die Scheine, die ich noch in der Tasche hatte, auf die Theke, und bevor ich nach draußen wankte, brummelte ich, ich würde woandershin gehen. Doch als ich auf der Straße stand und versuchte, mich fortzubewegen, stellte ich fest, dass ich mich ohne Hilfe kaum aufrecht halten konnte. Mit einer Hand an der Hauswand schlurfte ich langsam vorwärts. Ich brauchte mindestens zehn Minuten, um an vier Gebäuden entlang zur nächsten Ecke zu gelangen, wo mir klar wurde, dass ich aufgeschmissen war, weil es nichts gab, woran ich mich beim Überqueren der Straße hätte festhalten können. Statt überfahren zu werden hielt ich es für besser, mich ein paar Minuten hinzusetzen, und genau das tat ich. Ich rutschte mit dem Rücken an dem letzten Gebäude des Blocks hinunter und ließ mich auf die dreckige New Yorker Straße sinken.

Als ich es mir gerade bequem gemacht hatte, vibrierte mein Telefon in meiner Hosentasche. Aber in meinem Zustand konnte ich es nicht schnell genug hervorholen und verpasste den Anruf. Als ich sah, wer angerufen hatte, wurde mir erneut übel. *Billie.* Es war schrecklich, was ich ihr zumutete. Aber ich wollte nicht, dass sie sich Sorgen machte, also rief ich sie zurück.

»Hey.« Sie seufzte. »Wie geht es dir?«

»Oh, *fanz gantastisch.*« Moment … das war falsch. »Ich meine, fanz gantastisch.«

»Oh je. Anscheinend geht es dir nicht so gut. Oder besser gesagt, *gicht so nut.*« Sie hielt inne. »Dann … ist es also passiert?«

»Du meinst, ob ich dem Teufel meine Seele verkauft habe?« Ich runzelte die Stirn. »Ja, das habe ich.«

Billie schwieg einen Moment. »Alles wird gut, Colby.«

Ihr Ton war so zärtlich, dass mir die Tränen kamen. »Nichts wird gut. Und weißt du auch warum? Weil du diese Scheiße nicht verdienst.«

»Du auch nicht, Colby. Du auch nicht.« Dann wurde es wieder still in der Leitung, bis ich sie schniefen hörte.

Verdammt. »Bitte weine nicht. Ich kann es nicht ertragen, wenn du leidest.«

»Entschuldige. Ich sollte jetzt deine geringste Sorge sein.«

»Können wir uns sehen?«, fragte ich. »Saylor ist bei meinen Eltern.«

»Das ist keine gute Idee, Colby. Heute jedenfalls nicht. Aber vielleicht morgen? Ich werde nur noch emotionaler, wenn wir uns jetzt sehen, und du brauchst jetzt einfach nur Schlaf.«

Mir wurde das Herz schwer. »Okay.«

»Wo bist du?«

»Nicht weit weg vom Amt. Ich bin in die nächstbeste Bar gegangen.«

»Tust du mir einen Gefallen?«

»Jeden …«

»Fährst du jetzt bitte nach Hause? Trink nichts mehr. Nimm dir ein Uber und geh schlafen.«

Ich nickte. »Ja, mache ich.«

»Danke.« Sie hielt inne. »Ich lege jetzt auf, aber glaub' mir, alles wird gut. Wir stehen das durch, Colby.«

Ich wusste zwar nicht wie, aber ich wusste, sie meinte es gut. »Gute Nacht, Süße.«

Nachdem ich das Gespräch beendet hatte, tat ich, worum sie mich gebeten hatte. Ich rief die Uber-App auf und bestellte mir einen Wagen nach Hause. Das dachte ich zumindest … Aber dann wurde ich irgendwann von einer Stimme geweckt.

»Colby?«

Ich öffnete blinzelnd die Augen. »Billie? Du bist hier …«

»Natürlich bin ich hier. Warum sollte ich um drei Uhr in der Früh nicht in meiner Wohnung sein?«

Ihre Wohnung? Ich sah mich um. Ich lag in einem Flur auf dem Boden und richtete mich auf. »Wie lange habe ich geschlafen?«

»Das weiß ich nicht. Ich habe selbst geschlafen und hatte keine Ahnung, dass du hier draußen liegst. Meine Nachbarin arbeitet bis in die Nacht. Sie hat mich angerufen und gefragt, ob der Mann vor meiner Tür zu mir gehört oder ob sie die Cops rufen soll.«

Ich fuhr mir durch die Haare. »Verdammt. Tut mir leid. Ich dachte, ich wäre nach Hause gefahren.« Ich schüttelte den Kopf und versuchte, mich daran zu erinnern, wie ich hergekommen war, aber es war alles verschwommen. »Ich weiß noch, wie ich im Uber gesessen und die Augen zugemacht habe. Aber alles danach ist weg.«

Sie reichte mir die Hand, um mir aufzuhelfen. »Komm. Komm mit rein.«

Ich rappelte mich mit ihrer Hilfe auf und folgte ihr in die Wohnung.

Billie schloss die Tür hinter uns und nahm ihr Handy. »Ich

muss Amber kurz schreiben, dass alles okay ist, sonst ruft sie wirklich noch die Polizei.«

Ich nickte und wartete, bis sie ihr Handy ablegte. »Wann hast du mich vorhin angerufen?«, fragte ich.

»Gegen neun, schätze ich.«

»Scheiße. Dann war ich wohl eine ganze Weile weg. Entschuldige.« Ich zeigte mit dem Daumen zur Tür. »Soll ich gehen?«

Billie schüttelte den Kopf und streckte die Hand nach mir aus. »Willst du nicht lieber zu mir ins Bett kommen?«

Ich nickte und ließ mich von ihr ins Schlafzimmer ziehen. Normalerweise hätte ich nicht lange gefackelt und mich ausgezogen, zumindest bis auf die Unterhose, aber es fühlte sich falsch an, mehr als meine Schuhe abzulegen, bevor ich mich unter die Decke legte. Es war dunkel im Zimmer, aber durch das offene Fenster fiel genug Licht von den Straßenlaternen herein, dass ich etwas sehen konnte, nachdem sich meine Augen umgewöhnt hatten. Ich drehte mich auf die Seite, und Billie wandte sich mir zu.

»Geht es dir gut?«, wisperte sie.

Ich bekam einen gewaltigen Kloß im Hals. Damit nicht alle dahinter feststeckenden Gefühle aus mir herausbrachen, schüttelte ich nur den Kopf.

»Oh, Colby. Es tut mir so leid, was du durchmachen musst.«

Ich konnte nicht fassen, dass *sie* sich bemühte, *mich* zu trösten. Es hätte umgekehrt sein müssen. Doch es war ein weiterer Beweis dafür, dass ich mich in die beste, schönste Seele auf Gottes Erden verliebt hatte. Ich versuchte zu schlucken, aber es nützte nichts. Ich konnte die Tränen nicht mehr zurückhalten. Sie liefen mir übers Gesicht, als ich die Hände um ihre Wangen legte.

»Ich liebe dich so sehr, dass es wehtut, Billie. Ich hasse es, dir

Kummer zu bereiten. Und es fühlt sich nicht richtig an, dass ich dir heute zum ersten Mal gesagt habe, dass ich dich liebe, an so einem furchtbaren Tag. Ich hätte mir gewünscht, dass es ein besonderer Tag voller schöner Erinnerungen ist.«

Nun stiegen auch Billie die Tränen in die Augen. »Es ist halb vier in der Früh, Colby. Gestern war ein Tag voller schlechter Erinnerungen, aber den heutigen Tag können wir mit guten füllen. Wir wollen nicht zurückschauen, sondern nach vorn, und uns dafür entscheiden, glücklich zu sein, denn ich liebe dich auch.«

Ich schüttelte den Kopf. »Ich weiß nicht, womit ich dich verdient habe.«

Sie lächelte. »Daran merke ich, dass es echt ist. Denn wahre Liebe ist, wenn *beide* denken, sie hätten jemanden gefunden, den sie nicht verdient haben.«

24. KAPITEL

BILLIE

Eines frühen Morgens ein paar Wochen später lag ich neben Colby im Bett, der noch schlief, und dachte daran, wie glücklich wir uns schätzen konnten, dass es in jüngster Zeit ruhig zugegangen war bei uns.

Wie war diese friedliche Ruhe in Anbetracht der Scheinheirat überhaupt möglich? Nun, Maya war eine Weile von der Bildfläche verschwunden. Und das war ein Segen.

Klopf auf Holz.

Dreimal.

Ich wollte unser Glück nicht herausfordern, aber ich hoffte, sie hielt sich möglichst lange von uns fern.

Wir hatten drei Wochen in seliger Verdrängung gelebt. Es war fast, als wäre der Albtraum nie passiert. Fast. Neulich hatte ich geträumt, Maya wäre hereingeplatzt, als Colby und ich Sex hatten, und hätte mich angeherrscht, sofort von ihrem »Ehemann« herunterzusteigen. In kalten Schweiß gebadet war ich aufgewacht. Es war einer von mehreren Träumen, in denen sie aufgetaucht war. In einem anderen hatte sie Saylor gesagt, sie sei ihre Mutter, und Saylor war in Tränen ausgebrochen. Ob vor Glück oder Entsetzen hatte ich im Traum nicht gewusst, und bevor ich es herausfinden konnte, war ich aufgewacht. Maya war also vorläufig aus den Augen, aber leider nicht aus dem Sinn. Aus den Augen war jedoch immerhin etwas.

Bis die ganze Sache vorbei war, schwebte eine dunkle Wolke über uns. Und mir war bewusst, dass unsere Schonzeit jeden Moment vorbei sein konnte, denn schon bald würde die Einwanderungsbehörde Colby überprüfen. Die zeitliche Verzögerung war unser Gewinn, und ich betrachtete keine einzige Sekunde davon als selbstverständlich.

Es war sechs Uhr, als Colby mir den Rücken streichelte. Ich drehte mich zu ihm um.

»Ich will dich, bevor wir aufstehen müssen«, sagte er schlaftrunken.

Der Mann wurde wahrhaftig im Schlaf geil. Er konnte nicht länger als zwei Sekunden wach gewesen sein, bevor er beschlossen hatte, dass er Sex wollte. Und ich war zwar noch nicht ganz wach, aber für Sex mit ihm war ich jederzeit zu haben. In letzter Zeit war er noch unersättlicher gewesen als je zuvor. Seit ich begonnen hatte, ein paarmal pro Woche bei ihm zu übernachten, war unser Zusammensein noch intensiver geworden. Aber wir achteten immer darauf, vor Saylor aufzustehen, damit sie uns in der Küche vorfand und nicht im Schafzimmer. Sie schien sich jedes Mal zu freuen, mich zu sehen, und bisher waren wir in keine peinliche oder heikle Situation geraten bei meinen Übernachtungen. Sie war offenbar genauso froh wie ich, wenn ich bei ihnen war.

Anfang der Woche hatte Colby mehrere Stunden in seinem Schlafzimmer damit zugebracht, sein quietschendes Bett in Ordnung zu bringen. Er hatte die Aufgabe sehr ernst genommen und nicht lockergelassen, bis das Bett unter Belastung keinen Mucks mehr von sich gab – und das alles, damit ich keinen Vorwand mehr hatte, in seinem Bett keinen Sex mit ihm zu haben. Der Geräuschfaktor war einer der Gründe dafür gewesen, warum ich zuerst gezögert hatte, bei ihm zu übernachten. Zu der Anti-Quietsch-Maßnahme hatte auch der Austausch seiner Matratze gehört, und er hatte das Bettgestell zusätzlich mit einem Haufen Schrauben fixiert. Wir hatten es natürlich mehrmals getestet, und es war ein *Knaller*-Erfolg.

Ich kuschelte mich an ihn. »Was hast du denn im Sinn?«

»Ich dachte, du könntest mich reiten … wenn dir danach ist.«

»Ich denke, dass du zu allem bereit wärst, was ich dir anbiete.«

»Da denkst du richtig.« Er lächelte verschmitzt.

»Aber du hast Glück, weil ich wirklich Lust habe, dich zu reiten. Ich bin kein Seestern, Lennon. Das weißt du.«

»Nein, du bist ein verdammter Hai, und ich liebe es.« Er zwinkerte mir zu, und ich richtete mich auf. Ich kletterte auf ihn, und meine langen Haare fielen mir auf die Brüste, als ich mich auf seinen herrlich steifen Schwanz sinken ließ. Er schloss kurz die Augen. Ich war gern oben, vor allem, weil ich dann sein schönes Gesicht betrachten konnte.

»Verdammt, bist du so feucht aufgewacht?«, fragte er mit rauer Stimme. »Du bist ja schon verdammt bereit.«

»Für dich bin ich immer bereit.« Ich grub meine Nägel in seine Brust und wiegte mich in den Hüften. Er sah mir tief in die Augen, und ich hatte das Gefühl, dass in diesem Moment nichts anderes für ihn existierte. Ich empfand genauso und erwiderte den Blick.

Er legte die Hände um meinen Hintern. »Mein Gott, Frau. Du machst das großartig.«

Ich bewegte meine Hüften energischer und schneller, und manchmal hob ich sie an, um mich kraftvoll wieder herabsinken zu lassen. Colby umfing meine Brüste mit den Händen und massierte meine Nippel mit den Daumen.

»Verdammt!« Er schloss die Augen, als sein Körper erbebte. »Entschuldige … Verdammt, ich komme. Du bist so gut. Ich kann es nicht mehr aufhalten, Süße.«

Es war sein Glück, dass ich meinen Orgasmus bewusst zurückgehalten hatte, denn sonst hätte er einen Anpfiff von mir bekommen. Ich ließ mich gehen, als sich meine Muskeln um ihn herum zusammenzogen und er in mir kam. Ich liebte es, sein warmes Sperma zu spüren.

Danach stieg ich von ihm herunter und ließ mich neben ihn aufs Bett fallen.

»Das war einfach unglaublich«, sagte er atemlos. »Ich kann nicht genug von dir bekommen.«

Ich schaute zur Uhr. »Aber wir sollten jetzt gleich besser aufstehen.«

»Okay. Noch fünf Minuten.« Er zog mich an sich und schnupperte an meinem Hals. »Ich muss heute mit ein paar Handwerkerfirmen wegen der Renovierung des Hausdachs reden und kann nicht mit Saylor zu dem Mutter-Kind-Kurs gehen. Sie wird traurig sein.«

»Ich kann mit ihr hingehen«, sagte ich, ohne darüber nachdenken zu müssen.

»Bist du sicher? Hast du heute keine Kunden?«

Ich strich ihm durch die Haare. »Nur einen frühen Termin. Ich versuche, mir die Samstage nicht mehr so vollzupacken. Aber ich kenne den Kunden. Er hat bestimmt nichts dagegen, dass Deek den Job übernimmt. Er hat ihn schon mal tätowiert.«

»Wirklich? Ich will dir keine Umstände machen.«

»Kein Problem. Ich bin eigentlich neugierig auf den Kurs. Das wird sicher lustig.«

»Saylor wird sich wahnsinnig darüber freuen, dass du mit ihr hingehst.«

Ich lächelte. »Hoffentlich.«

Der Kurs fand in einem Stadthaus auf der Upper West Side statt.

Wie erwartet war Saylor begeistert, dass ich sie begleitete. Weitaus weniger begeistert waren allerdings die Mütter, alias die Frauen von Stepford, die mit ihrer pastellfarbenen Kleidung und den perfekt gestylten blonden Haaren alle gleich aussahen. Weit und breit kein einziges Tattoo. Deek hätte seine helle Freude an ihnen gehabt. Er hätte sie allesamt als nicht vertrauenswürdig und langweilig eingestuft.

Nach ihren komischen Blicken zu urteilen, als ich mit Saylor hereinkam, legten sie keinen Wert auf ein neues Gesicht in ihrem kleinen Club. Oder sie waren zutiefst enttäuscht, dass sie heute nicht mit meinem Freund flirten konnten. Colby hatte mir erzählt, dass viele von den Frauen ihn anbaggerten, auch die verheirateten. Ich konnte es ihnen nicht verübeln, aber trotzdem hätte ich sie alle schlagen können.

»Oh, Sie müssen Saylors neue Nanny sein?«, fragte mich eine.

Nanny? Nicht im Ernst. »Nein«, sagte ich.

Natürlich war nichts daran auszusetzen, eine Nanny zu sein, aber sie hielt es offenbar für ausgeschlossen, dass ich mehr als eine Angestellte sein könnte, weil ich nicht so geschniegelt und gestriegelt war wie alle anderen.

Sie legte den Kopf schräg. »Oh. Entschuldigung. Ich dachte nur …«

Ich wollte ihr schon erklären, dass ich Colbys Freundin war, aber dann wurde mir klar, dass ich ihr gar keine Erklärung schuldete. Und es machte irgendwie Spaß, einfach nur ihre Verwirrung zu genießen.

Im Raum waren Tische aufgestellt, an denen die Mütter ihren Töchtern die Gesichter anmalen konnten. Ich war erleichtert, denn das war genau mein Ding. Colby hatte erwähnt, dass man nie wusste, was auf dem Programm stand. Manchmal war es eine Teeparty, ein andermal ging es nach draußen auf den Spielplatz. Aber mit Farben konnte ich umgehen.

»Wir malen heute!«, sagte ich zu Saylor. »Das erinnert mich daran, als wir dich in einen Tiger verwandelt haben. Weißt du noch?«

Sie nickte eifrig, bevor sie zu ihren kleinen Freundinnen in einer Ecke lief. Die Frauen nervten mich zwar alle auf Anhieb, aber ihr Nachwuchs war zugegebenermaßen hinreißend.

Eine der Frauen kam auf mich zu. »Ich bin Lara«, sagte sie.

Ich nickte kurz, während ich die Kinder beobachtete. »Billie.«

»Wo ist Colby heute?«, fragte sie.

Das ist alles, was sie mir zu sagen hat? »Er hat etwas Dringendes zu erledigen.«

Nun stellte sie die Frage, die sie eigentlich interessierte. »Ich hörte, wie Sie sagten, dass Sie nicht die Nanny sind. In welcher Beziehung stehen Sie zu Saylor, wenn ich fragen darf?«

In diesem Moment kam Saylor auf mich zugelaufen. Ich zupfte sie sanft an einem ihrer Zöpfchen. »Wer bin ich für dich, Saylor?«

»Du bist Billie!«

»Ja, aber abgesehen von meinem Namen. Was denkst du, wer ich bin?«

Sie hüpfte ausgelassen auf und ab. »Du bist die Frau, die mein Daddy liebt. Du bist seine Prinzessin Jasmin!«

Lara sah sie mit offenem Mund an, und ich hatte meinen Spaß.

»Wie kommst du denn darauf?«, fragte ich Saylor.

»Daddy hat es selbst gesagt.«

Wow. Zwar zeigte Colby seine Zuneigung zu mir inzwischen deutlicher vor ihr, aber dass er ihr gesagt hatte, er liebe mich, hatte ich nicht mitbekommen. »Wann hat er das gesagt?«

»Wir haben *Aladdin* geguckt. Und da hat er gesagt, er liebt dich so, wie Aladdin Prinzessin Jasmin liebt.«

»Na, ist das nicht *allerliebst*?«, zwitscherte Lara.

Ich hatte völlig vergessen, dass sie noch bei uns stand. Ihr Ton klang in meinen Ohren reichlich spöttisch. Ich kniff die Augen zusammen. »Meinen Sie das ehrlich?«

Sie blinzelte irritiert.

Ich hatte sie einfach herausfordern müssen, aber dabei beließ ich es, weil Saylor bei mir war. Eigentlich hätte ich dieser scheinheiligen Kuh gern gesagt, wohin sie sich ihr »allerliebst« stecken konnte.

Als sich alle an den Tischen verteilten, dachte ich, Saylor würde wieder ein Tiergesicht haben wollen. Doch sie hatte einen anderen Wunsch.

»Ich will meinen Arm so bemalt haben wie deinen, Billie.«

»Wirklich?«

Sie nickte.

Gott, wie süß.

Und so bekam Saylor ihr ganz persönliches Ärmeltattoo. Ich bemalte ihren Arm mit vielen bunten Tieren und anderen Motiven. Es sah zwar nicht wie eine echte Tätowierung aus, aber ihr Arm war genauso hübsch. Das Beste waren allerdings die bösen Blicke, die mir die anderen Frauen zuwarfen. Sie dachten wahrscheinlich, ich wollte, dass sie mir ähnlicher sah, und hielten das für einen katastrophalen Fehler.

Aber Saylor *wollte* so aussehen wie ich. Das empfand ich als Riesenkompliment, und sie konnten mich alle mal.

Auf dem Heimweg konnte ich es nicht erwarten, Colby von meiner Begegnung mit den »Momstern« zu erzählen. Saylors Aladdin-Geschichte wollte ich aber für mich behalten. Es war ein vertraulicher Moment zwischen ihnen gewesen, auch wenn es um mich gegangen war. Ich würde es einfach in meinem Herzen bewahren.

Vor der Tür angekommen klopfte ich und fragte mich schon,

ob Colby nicht da war, denn es dauerte etwas länger als sonst, bis er aufmachte.

Doch als die Tür endlich aufging, stand nicht Colby vor mir, sondern … *alle*. Wirklich alle – also alle, die uns etwas bedeuteten. Deek und sein Freund Martin. Justine und ihr Mann. Und natürlich Holden, Brayden und Owen.

»Überraschung!«, riefen sie.

Und dann kam mein schöner Mann und überreichte mir einen großen schwarzen Luftballon mit goldenen Sprenkeln.

»Herzlichen Glückwunsch zum Geburtstag, meine Schöne.«

»Juhu! Eine Party!«, quiekte Saylor.

»Was zum …?« Meine Hände zitterten. »Ich habe erst Montag Geburtstag.«

»Ich weiß. Aber ich wollte dich am Wochenende überraschen, wenn alle Zeit haben.«

Als er mich in die Arme schloss, fühlte ich mich von Liebe umfangen. »Unfassbar, dass es dir gelungen ist, mich zu überraschen. Deshalb wolltest du, dass ich mit Saylor zu dem Kurs gehe?«

»Schuldig.«

Saylor hüpfte auf und ab. »Herzlichen Glückwunsch, Billie!«

»Danke, Süße. Wusstest du davon?«

Sie schüttelte den Kopf.

»Ich habe Saylor nichts verraten«, sagte er. »Ich glaube, sie hätte es nicht geschafft, es für sich zu behalten. Sie wäre zu aufgeregt gewesen.«

Saylor streckte stolz ihren Arm aus. »Guck mal, Daddy!«

»Sie wollte es unbedingt haben.« Ich hatte das Gefühl, mich rechtfertigen zu müssen.

»Das sieht ja toll aus, mein Schatz. Jetzt siehst du genau wie Billie aus.«

»Ich weiß!«

Ich gab ihr meinen Luftballon zum Spielen und umarmte der Reihe nach alle Anwesenden. Dann blickte ich in die Runde der lachenden Gesichter. »Das ist eine hammermäßige Überraschung. Danke, dass ihr gekommen seid.«

»Machst du Witze? Das wollte sich keiner von uns entgehen lassen«, sagte Justine.

Colby hatte eine riesige Auswahl von meinem Lieblingssushi bestellt. Es war in einem großen Holzboot angerichtet. Wir setzten uns alle zu einem köstlichen Lunch an den Tisch. Nach dem Essen bestand Holden auf eine Runde Tequila, und jeder musste vor dem Trinken einen Toast auf mich ausbringen.

Er hob als Erster sein Glas. »Auf Billie, die beste Tattookünstlerin im Land.«

Dann ergriff Brayden das Wort. »Auf Billie, die Frau, die meinen besten Kumpel hier glücklich macht.«

»Auf Billie, wegen der ich es jetzt schon zweimal geschafft habe, früher Feierabend zu machen.« Owen lächelte mir zu.

Deek war der Nächste. »Auf Billie, den Menschen, auf den ich mich wirklich verlassen kann. Du machst meine Welt zu einem besseren Ort.«

»Auf Billie, die den halben Tag Deeks Geschwätz erträgt, sodass es mir erspart bleibt«, frotzelte Martin.

Nun hob Justine ihr Glas und sagte: »Auf Billie, die die Dinge immer beim Namen nennt.«

»Und du, Saylor?« Colby gab seiner Tochter einen Plastikbecher Limonade. »Möchtest du auch etwas Nettes über Billie sagen?«

Sie wurde ein bisschen rot und lächelte verschämt, dann sagte sie schließlich: »Billie ist meine beste Freundin.«

»Oooh«, machten alle im Chor.

Ich drückte sie ganz feste. »Danke, meine Süße. Das bedeutet mir sehr viel.«

»Du bist dran, Colby«, meinte Deek.

Colby hob sein Glas. »Auf Billie …« Nach einer kurzen Pause sah er mir in die Augen und sagte: »Die Liebe meines Lebens.«

Kurz.

Süß.

Alles.

Wir küssten uns, und ich hatte mich noch nie so geliebt gefühlt.

Als ich ein paar Minuten später die Kerzen auf meiner Torte auspustete, sagte Justine, ich solle mir etwas wünschen. Dieses Jahr hatte ich nur einen Wunsch: Maya loswerden. Irgendwie hatte ich es geschafft, den ganzen Tag nicht an sie zu denken. Als ich aufsah, war Colbys Miene etwas getrübt. Vermutlich hatte er meinen größten Wunsch erraten. Er hatte wahrscheinlich denselben.

Nachdem ich mein Stück Torte aufgegessen hatte, ging ich in die Küche, um meinen Pappteller zu entsorgen, und Deek folgte mir.

»Hey, ich wollte nur nachhören, wie es dir geht«, sagte er.

»Gut. Warum fragst du?«

»Du hast ein bisschen traurig ausgesehen, als du die Kerzen ausgeblasen hast.«

»War es so offensichtlich? Ich glaube, Colby ist es auch aufgefallen.«

»Ja, natürlich. Weil jeder, der dich liebt – mich eingeschlossen –, denselben Wunsch hat.«

»Ja.« Ich schaute zu Boden. »Danke noch mal, dass du heute für mich eingesprungen bist.«

»Ich fand es super, dass du keine Ahnung hattest, warum er dich mit Saylor losgeschickt hat.«

»Ich war total überrascht.«

»Er war wahnsinnig angespannt, weil er dachte, er hat nicht genug Zeit, um alles herzurichten, bevor ihr zurückkommt. Er liebt dich wirklich.«

»Ich weiß«, sagte ich lächelnd.

»Wie war eigentlich der Mamakurs?«

»Die Frauen von Stepford, meinst du? Als ich reinkam, haben sie mich angeguckt, als wäre ich Elvira.« Ich schüttelte den Kopf. »Ein Haufen blöder Ziegen. Aber es hat sich gelohnt, weil Saylor den Arm bemalt haben wollte.«

»Ja, das habe ich gesehen. Ist ja wohl obersüß. Man könnte meinen, sie wäre meine Tochter und nicht Colbys.«

Am Abend, als alle gegangen waren und ich Saylor ins Bett gebracht hatte, wollte ich Colby beim Aufräumen helfen. Aber er verbot es mir, weil das Geburtstagskind seiner Meinung nach nicht nach der Party saubermachen durfte.

Ich sah ihm also widerstrebend dabei zu, wie er Ordnung machte. Als ich mich gegen die Arbeitsfläche lehnte, sah ich einen Briefumschlag, der darauflag. Beim Blick auf die Absenderadresse dachte ich, ich fange an zu hyperventilieren. Ich hielt ihn hoch.

»Was ist das, Colby?«

Er stellte das Glas ab, das er gerade abtrocknete, und holte tief Luft. »Ich hätte es dir noch erzählt. Aber ich wollte den Tag nicht verderben.«

Ich schaute in den Umschlag und fand einen Brief mit dem ersten Befragungstermin, zu dem Colby mit Maya erscheinen musste. Unsere Schonzeit ging zu Ende. In sechs Tagen.

25. KAPITEL

COLBY

»Hat Saylor dir das zum Kuscheln gegeben?« Ich deutete mit dem Kinn auf das Plüschtier, das Billie auf den Wohnzimmertisch gestellt hatte.

»Nein.« Billie ließ sich neben mir auf die Couch fallen. »Ich habe sie gefragt, ob ich es mir ausleihen kann. Ich dachte, wenn wir tatsächlich einen im Raum haben, können wir ihn nicht mehr ignorieren.«

Ich stutzte, dann begriff ich, was sie meinte – es handelte sich um einen *Elefanten.*

Ich runzelte die Stirn. »Wir haben wohl ein gewisses Thema vermieden, nicht wahr?«

»Wenn der Elefant im Raum noch größer wird, gibt es keinen Platz mehr für mich.«

Ich seufzte. »Tut mir leid. Ich hätte eher mit dir reden sollen. Es widerstrebt mir nur, eine einzige Minute unserer gemeinsamen Zeit damit zu verbringen, über etwas zu reden, das mit *ihr* zu tun hat.«

»Ich weiß. Mir geht es genauso. Aber wenn ich nicht weiß, was los ist, denkt sich mein Gehirn seinen Teil – meistens wenn ich schlafe. Neulich habe ich geträumt, die Einwanderungsbehörde würde bei mir reinplatzen, um mich nach Guam abzuschieben.« Billie schüttelte den Kopf. »Ich weiß nicht mal, wo Guam ist.«

Ich lächelte traurig. »Verstehe. Das Unterbewusstsein macht keine Pause. Wir sollten also darüber reden. Aber vorher muss ich noch eines tun.« Ich nahm mein Handy vom Tisch und stellte den Timer auf fünf Minuten. Billie sah mir dabei zu.

»Willst du unser Gespräch auf fünf Minuten begrenzen?«, fragte sie.

»Nein. Wir reden so lange, wie du willst. Aber alle fünf Minuten unterbreche ich und sage dir, was ich an dir liebe. Ich finde es wichtig, uns immer wieder daran zu erinnern, dass das, was wir haben, echt ist, und das, worüber wir reden, nur ein Riesenfake ist.«

Billie lächelte. »Die Idee gefällt mir.«

Ich holte tief Luft und wandte mich ihr zu. »Okay, du weißt, dass die Befragung übermorgen ist. Was ich dir noch nicht erzählt habe, ist, dass Maya mich gestern Abend angerufen hat.«

Ihr Lächeln schwand. »Was wollte sie?«

»Wir müssen uns auf die Befragung vorbereiten. Du und ich, wir haben noch nicht darüber geredet, wie das vonstattengeht, aber die Beamten können uns praktisch alles fragen, was sie wollen, um zu prüfen, ob unsere Ehe echt ist.«

»Wonach fragen sie?«

»Nach persönlichen Dingen. Zum Beispiel, welche Farbe die Zahnbürste deiner Frau hat.«

Billie sah mich groß an. »Oh mein Gott, Colby. Woher sollst du das wissen?«

»Deshalb hat Maya angerufen. Sie wollte meine E-Mail-Adresse haben, um mir einen Fragenkatalog zum Ausfüllen zu schicken. Das verdammte Ding hat dreißig Seiten, eng bedruckt. Der Plan ist, dass jeder von uns jeweils die Teile ausfüllt, die ihn betreffen, und ich außerdem die Fragen beantworte, die mit unserer Beziehung zu tun haben. Dann tauschen wir und lernen die Antworten auswendig.« Ich rieb mir den Nacken.

»Ich muss ihr die Fragen bis morgen früh zurückschicken, und ich habe erst eine Seite geschafft. Jedes Mal, wenn ich mich dransetze, wird mir übel.«

»Kann ich die Fragen sehen? Vielleicht kann ich dir helfen.«

Ich sah Billie in die Augen. »Bist du sicher, dass du das willst? Manche sind ziemlich indiskret, es könnte schwer für dich sein.«

Sie nickte. »Ich werde tun, was ich kann, um dir zu helfen, denn je schneller du es hinter dir hast, desto eher sind wir sie los.«

Ich wusste nicht, ob es wirklich so eine gute Idee war, aber ich stand trotzdem auf und holte den Papierstoß aus der Küchenschublade. Ich gab ihn Billie und studierte ihr Gesicht, während sie las. Die erste Seite war einigermaßen harmlos. Es wurde nach meiner Lieblingsfarbe und meinem Lieblingsessen gefragt, ob ich Rücken- oder Bauchschläfer war und wie viele Tassen Kaffee ich morgens trank. Doch die Fragen auf der nächsten Seite würden ihr zu denken geben, das wusste ich. Und so war es auch. Billies Augen weiteten sich, dann begann sie laut vorzulesen.

»Benutzen Sie ein Kondom, wenn Sie mit Ihrer Frau schlafen? Oh Gott, Colby. Das ist wirklich persönlich.« Sie überflog die Seite. »Die Lieblingsstellung Ihrer Frau?« Sie schüttelte den Kopf. »Heilige Scheiße. *Schluckt* Ihre Frau? Dürfen die wirklich so etwas fragen? Es klingt, als wollte sich der zuständige Beamte an euren Antworten aufgeilen. Und überhaupt: Woher sollt ihr das alles wissen, wo ihr vor Jahren nur eine einzige Nacht miteinander verbracht habt?«

Ich schüttelte den Kopf. »Ich weiß. Deshalb bin ich ja noch nicht weit gekommen.«

Billie blätterte die restlichen Seiten durch, als der Timer piepte. Ich drückte auf Snooze und wartete, bis sie zu mir aufsah, dann ergriff ich ihre Hand. »Ich liebe an dir, dass du meine kleine Tochter wie deine eigene behandelst.«

Sie sah mich liebevoll an. »Du ahnst nicht, wie sehr ich wünschte, es wäre so, Colby.«

Ich beugte mich zu ihr und küsste sie auf den Mund. »Ich liebe dich, Billie.«

»Ich liebe dich auch.«

Als ich mich aufrichtete, setzte sie sich gerade hin und straffte die Schultern. »Okay, wir müssen das hier erledigen. Holst du uns einen Stift, damit wir anfangen können?«

»Sicher?«

»Total.«

Ich holte einen Stift aus der Küche, und Billie blätterte zurück zu Seite zwei. »Wir machen es folgendermaßen«, sagte sie. »Wir beantworten die Fragen so, als würden sie sich auf dich und mich beziehen.«

Ich schüttelte energisch den Kopf. »Auf keinen Fall. Ich gewähre weder dieser Frau noch sonst jemandem Einblick in unser Leben.«

»Aber es weiß doch keiner. Und wenn die Antworten der Wahrheit entsprechen, kannst du sie dir leichter merken. Außerdem gefällt mir die Vorstellung, dass du bei der Befragung an uns denkst und Maya sich unwissentlich für mich ausgibt.«

Ich grinste. »Das ist ein bisschen verdorben, aber das gefällt mir auch.«

Billie schmunzelte. »Okay, packen wir es an. Ich stelle die Fragen, du antwortest, als würden sie uns betreffen, und ich notiere die Antworten.«

»Okay, wenn du meinst.«

»Benutzen Sie ein Kondom, wenn Sie mit Ihrer Frau schlafen?«

»Nein, weil sie mich so anturnt, dass kein Kondom mein

Sperma fassen könnte. Außerdem vertraut sie mir, und sie nimmt die Pille.«

Billie lächelte. »Ich glaube, das mit dem Sperma lasse ich weg.«

Sie füllte die Frage aus und sah auf. »Was ist die Lieblingsstellung Ihrer Frau?«

»Das ist einfach. Frau oben.«

»Es gefällt mir wirklich.« Sie biss sich auf die Lippe. »Aber ich habe mir schon überlegt, ob ich mich nächstes Mal vielleicht mal andersherum setze, damit du siehst, wie sich mein Hintern bewegt.«

Ich schloss die Augen und malte es mir aus. »Du machst mich fertig, Frau.«

Sie lachte. »Nächste Frage: Schluckt Ihre Frau?«

Das war's. Die Vorstellung, dass Billie vor mir kniete und meinen Schwanz im Mund hatte, war zu viel für mich. Wir mussten eine kurze Pause einlegen. Ich nahm Billie den Papierstapel und den Stift weg und warf alles über meine Schulter, dann hob ich sie hoch.

»Was machst du?«

»Ich muss sicherstellen, dass ich die Fragen korrekt beantworte. Was soll ich zu der Frage nach deiner Lieblingsstellung sagen, wenn wir die umgekehrte Reiterstellung noch gar nicht ausprobiert haben? Du willst doch, dass ich diesen Test bestehe, oder?«

Billie grinste von einem Ohr zum anderen. »Selbstverständlich.«

»Mr und Mrs Lennon?«

Zwei Tage später wurden wir von einem Mann mit Zwirbelbart aufgerufen. Wir hatten gut eine Stunde auf unbequemen Plastikstühlen warten müssen. Ich stand auf und ließ Maya vorangehen, während wir dem Mann durch einen schwach beleuchteten Flur in einen fensterlosen Besprechungsraum folgten.

»Ich bin Richard Weber.« Er schob eine Visitenkarte über den Tisch. »Ich bin der Beamte, der für Ihre Einwanderungsbewerbung zuständig ist. Könnte ich bitte von Ihnen beiden einen Ausweis mit Foto sehen?«

Ich nahm meinen Führerschein aus der Brieftasche, und Maya legte einen abgelaufenen ecuadorianischen Pass vor. Der Beamte sah sich beides genau an, schaute mehrmals zwischen den Fotos und unseren Gesichtern hin und her, dann gab er sie uns zurück und setzte sich.

»Sie müssten Papiere mit Informationen über Ihre Rechte bei dieser Befragung bekommen haben«, sagte er. »Zweimal sogar. Einmal per Post zusammen mit Ihrer Terminmitteilung, und heute am Empfang bei der Anmeldung. Haben Sie diese Informationen erhalten?«

Maya und ich sahen uns an und nickten. »Haben wir«, sagte sie.

»Haben Sie Fragen zu Ihren Rechten?«

Wir schüttelten beide den Kopf.

»Gut. Dann fangen wir an.« Er nahm einen Kuli und klickte die Mine heraus, dann sah er mich an. »Mr Lennon, wie begrüßen Sie Ihre Frau normalerweise?«

Ich runzelte die Stirn. »Verzeihen Sie. Ich bin nicht sicher, ob ich die Frage verstehe.«

»Das ist doch ziemlich einfach. Wenn Sie Ihrer Frau begegnen, zum Beispiel wenn Sie von der Arbeit nach Hause kommen oder was auch immer, umarmen Sie sie dann oder geben Sie ihr einen Kuss? Auf Mund oder Wange? Oder schütteln Sie ihr die Hand?« Er zuckte die Achseln. »Oder gibt es vielleicht keine körperliche Begrüßung?«

Mist. Diese Frage war in dem Übungskatalog, den ich von Maya bekommen hatte, nicht vorgekommen. Aber ich beschloss, bei der Methode zu bleiben, nach der Billie und ich die dreißig Seiten ausgefüllt hatten, und antwortete, als ginge es um meine Beziehung zu ihr. »Ich küsse sie auf den Mund.«

Er sah mir unverwandt in die Augen. »Aber als Sie vorhin hier eingetroffen sind, haben Sie Ihre Frau nicht zur Begrüßung geküsst. Ist das richtig?«

Meiner Miene war offenbar die Frage abzulesen, die ich mir in diesem Moment stellte, denn der Beamte zuckte die Achseln. »Ich kam zufällig aus der Pause, als Sie angekommen sind, und habe gesehen, wie Sie Mrs Lennon begrüßt haben.«

Maya schaltete sich ein. »Wir … haben gestern Abend ein bisschen gestritten.«

Der Beamte blieb auf mich konzentriert. »Worum ging es bei dem Streit, Mr Lennon?«

Plötzlich wurde ich total nervös und konnte nicht mehr klar denken. Ich sagte das Erste, was mir in den Sinn kam. »Maya hat die Handyrechnung in die Höhe getrieben, und ich habe mich darüber aufgeregt.«

»Wie hoch war die Rechnung?«

»Äh, um die dreihundert Dollar.«

»Und wie hoch ist sie normalerweise?«

Ich zuckte die Achseln. »Ich weiß nicht. Vielleicht einhundert.«

»Haben Sie beide denselben Mobilfunkanbieter?«

Ich schüttelte den Kopf. »Nein.«

Er notierte sich etwas in seinem gelben Notizblock. »Im Nachgang zu dieser Befragung hätte ich gern Kopien Ihrer beider Handyrechnungen der letzten sechzig Tage.«

Verdammt.

Maya warf ihm ein künstliches Lächeln zu. Selbst ich konnte sehen, dass es unecht war.

»Selbstverständlich«, sagte sie. »Ich werde sie Ihnen zukommen lassen.«

»Mr Lennon, mit welcher Hand schreibt Ihre Frau?«

Herrgott noch mal. Ich war auf keine dieser Fragen vorbereitet. Da ich nicht die geringste Ahnung hatte, ob sie Rechts- oder Linkshänderin war, wollte ich zuerst so antworten, als wäre von Billie die Rede. Aber Billie war Linkshänderin, und es gab definitiv mehr Rechtshänder auf der Welt, und so entschied ich mich im letzten Moment dazu, nach der Wahrscheinlichkeit zu gehen.

»Mit der rechten«, sagte ich.

Der Beamte schob Maya seinen Block und seinen Kuli hin. »Würden Sie Ihren Namen in Druckschrift aufschreiben und Ihre Unterschrift daruntersetzen, Mrs Lennon?«

Maya sah mich an. »Natürlich. Aber ich glaube, mein Mann ist heute ein wenig nervös. Er weiß natürlich, dass ich Linkshänderin bin. Nicht wahr, Schatz?«

Danach wurde es nicht viel besser. Auch wenn unsere Antworten übereinstimmten, hörte ich nicht auf zu schwitzen. Ich musste mir mehrmals die Stirn abtupfen, damit mein Schweiß nicht auf den Tisch tropfte. Mein Anwalt hatte gesagt, die Befragung dauere meist etwa zwanzig Minuten, aber Officer Weber erlöste uns erst nach mehr als einer Stunde. Ich musste die ganze Zeit darauf achten, die Arme nicht zu heben, denn ich war ziemlich sicher, dass ich riesige Schweißflecken in meiner Anzugjacke hatte.

Nachdem wir die Information erhalten hatten, dass wir in ein paar Wochen Post bekämen, verabschiedeten wir uns erschöpft.

Maya schwieg auf der ganzen Fahrt mit dem Aufzug nach unten, obwohl wir allein in der Kabine waren. Aber kaum waren wir auf der Straße, stemmte sie die Hände in die Hüften und ging auf mich los. »*Das hast du absichtlich gemacht!*«

»Hast du deinen *verdammten Verstand* verloren? Ich will dich keine Minute länger als nötig am Hals haben.«

»Wenn meine Bewerbung abgelehnt wird, ist es deine Schuld!«

»Meine Schuld? Du hast mir doch die bescheuerten Fragen zum Ausfüllen gegeben. Da war *keine Einzige* von denen drin, die er gefragt hat!«

»Du konntest nicht an meiner Handschrift erkennen, dass ich Linkshänderin bin?«

»Ich war zu beschäftigt damit, dreißig Seiten Fragen auswendig zu lernen, *die keiner gestellt hat*. Deine Lieblingsfarbe ist Schwarz, das passt zu deinem Herz, und du gehst normalerweise gegen drei Uhr morgens ins Bett und stehst um elf auf. Was bist du, *ein verdammter Vampir*?«

Wir starrten einander wütend an. Und mit jeder Sekunde hasste ich sie mehr. Ich musste auf der Stelle verschwinden, bevor ich etwas tat, das ich später bereuen würde. Ich schüttelte angewidert den Kopf. »Ich muss gehen.«

»Wie bringen wir das in Ordnung?«

»Das ist *dein* Problem. *Du* hast mich in diese Scheiße hineingezogen. *Du* musst eine Lösung finden, wie du uns da wieder rausholst.«

»Daddy, bist du traurig?«, fragte Saylor, als ich sie abends nach dem Baden abtrocknete.

Ich stutzte. »Nein, mein Schatz. Warum?«

Sie zeigte auf ihren Kopf. »Weil ich noch Shampoo in den Haaren habe.«

Meine Tochter hatte recht. Ihr Haar war voller Schaum. Ich hatte sie aus der Badewanne gehoben und begonnen, sie abzutrocknen, ohne dass es mir aufgefallen war. Und was noch schlimmer war: Ich erinnerte mich nicht einmal daran, ihr den Kopf eingeschäumt zu haben.

Ich lächelte gezwungen. »Ich wollte nur testen, ob du gut aufpasst.«

Meine Kleine war zwar erst vier, aber sie nahm einem nicht mehr jeden Blödsinn ab. Sie wackelte mit dem Zeigefinger. »Hattest du Ärger auf der Arbeit?«

Ich musste grinsen. »Nein, Süße, kein Ärger auf der Arbeit.«

»Warum lächelst du dann nicht?«

»Entschuldige. Ich war gerade mit den Gedanken woanders.«

»Schon gut, Daddy. Aber vielleicht rufst du Billie mal an.«

»Warum sollte ich Billie anrufen?«

Saylor zuckte die Achseln. »Weil du immer lächelst, wenn du mit ihr redest.«

Gott, diesem Kind entgeht aber auch gar nichts. Ich hob sie hoch und setzte sie wieder in die Wanne, um ihr die Haare auszuspülen. »Weißt du, wer mich noch zum Lächeln bringt?«

»Wer?«

Ich nahm mit dem Finger etwas Schaum auf und tippte ihr auf die Nase. »*Du*.«

Sie lächelte, und es traf mich mitten ins Herz. Es gab nichts auf dieser Welt, was ich nicht für das Wohlergehen meines kleinen Mädchens tun würde. Ich musste immer daran denken, dass *sie* der Grund war, warum ich diesen Mist mit Maya durchstehen musste.

Nach dem Baden brachte ich Saylor ins Bett und las ihr eine Geschichte vor. Als ich ihr Zimmer verließ, hörte ich mein Telefon auf der Küchentheke surren. Ich runzelte die Stirn, als ich den Namen auf dem Display sah. *Altman*. Mein Anwalt. Ich atmete tief durch, bevor ich das Gespräch annahm. »Hallo?«

»Hallo Colby, hier ist Adam Altman. Entschuldigen Sie die

späte Störung, aber ich habe gerade mit Mayas Anwalt Xavier Hess gesprochen.«

»Oh?«

»Ist wohl heute Nachmittag nicht so gut gelaufen?«

Ich seufzte. »Es war eine Katastrophe. Offenbar kam der Beamte aus seiner Pause zurück, als ich vor dem Gebäude eintraf, und hat die frostige Begrüßung zwischen mir und Maya gesehen. Deshalb war er von Anfang an auf Konfrontationskurs. Dann habe ich die Frage falsch beantwortet, mit welcher Hand sie schreibt, und ab da ging es bergab.«

»Nun, wie Xavier behauptet, ist er mit jemandem in der Behörde befreundet, und Ihre Akte wurde mit dem Vermerk für ein Stokes-Interview versehen.«

»Was ist das?«

»Es ist eine zweite Befragung, die vorgenommen wird, wenn der zuständige Untersuchungsbeamte eine Scheinehe vermutet.«

»*Scheiße*. Wie tief sitze ich in der Tinte?«

»Nun, das ist nicht gut. Aber eigentlich ist es eine zweite Chance für Sie beide, um zu beweisen, dass Ihre Ehe echt ist. So können Sie wieder in die Spur kommen. Ein Stokes-Interview ist allerdings wesentlich härter als das, was Sie gestern erlebt haben. Sie und Maya werden getrennt befragt und dabei gefilmt. Der Beamte untersucht die Videoaufnahmen dann auf Unstimmigkeiten. Und diese Interviews sind bekanntermaßen lang und ausführlich, da können bis zu acht Stunden zusammenkommen.«

Ich raufte mir die Haare. »Ich war heute schon nach fünf Minuten durchgeschwitzt. Wie soll ich acht Stunden aushalten?«

»Es ist nicht einfach. Aber diesmal kann ich mitkommen, wenn Sie möchten, falls es ein Trost ist, und ich sollte auch Maya vertreten, damit wir Einigkeit demonstrieren.«

In diesem Moment konnte mich nichts trösten. »Wann findet das alles statt?«

»Wir müssen warten, bis wir die offizielle Benachrichtigung zugeschickt bekommen. Aber in der Regel passiert es ein paar Wochen nach Ankunft des Briefs.«

»*Großartig.*« Ich seufzte.

»Ich muss Sie außerdem warnen. Dieser Officer hat schon häufiger unangekündigte Hausbesuche gemacht, in aller Herrgottsfrühe oder spätabends. Und er schaut gern mal am Arbeitsplatz vorbei, um mit den Kollegen zu sprechen.«

»*Was?* Kann er das so einfach machen?«

»Es ist eine Untersuchung. Er hat viel Spielraum.«

»Was soll ich machen, wenn er hier auftaucht?«

»Immer eins nach dem anderen. Dazu kommt es in der Regel erst, wenn der Zuständige sich beim Stokes-Interview einen Eindruck gemacht hat. Ich wollte Sie nur darauf vorbereiten, was noch passieren kann. Geraten Sie jetzt nicht in Panik. Noch ist nichts offiziell.«

Panik hatte ich schon länger. Aber was konnte ich dagegen tun? *Nichts.* Ich schüttelte den Kopf. »Ja, okay, ich bemühe mich.«

»Es tut mir leid, dass ich keine besseren Nachrichten habe, Colby. Aber es kann alles noch gut ausgehen. Ich hatte Mandanten, die zum Stokes-Interview mussten und anschließend eine Green Card bekommen haben. Es ist noch nicht vorbei.«

Nein? Warum kommt es mir dann so vor, als hätte gerade jemand meinen Sarg zugenagelt?

Eine Viertelstunde später schenkte ich mir mein zweites Glas Whiskey ein, als es an der Tür klopfte. Ich erstarrte, weil ich dachte, es könnte Officer Weber sein, bevor mir klar wurde, dass es wahrscheinlich nur Billie war. Sie hatte versprochen, nach ihrem letzten Termin vorbeizukommen.

Es war das erste Mal, seit ich mich bei ihr im Studio als neuer Vermieter vorgestellt hatte, dass ich sie wirklich nicht sehen wollte. Ich hatte uns heute enttäuscht, und mir graute davor, ihr noch mehr wehzutun als ohnehin schon. Aber absagen konnte ich ihr natürlich nicht mehr, und so ging ich zur Tür und versuchte zu lächeln.

Doch sie war offenbar genauso scharfsinnig wie meine Tochter. Billie sah mich nur an, und ihr Lächeln schwand. »*Scheiße*. Was ist passiert?«

26. KAPITEL

BILLIE

Nachdem wir uns auf das Schlimmste gefasst gemacht hatten, passierte gar nichts – wochenlang. Wir hatten drei Wochen Ruhe, während wir auf den nächsten Schritt des Untersuchungsverfahrens warteten. Jeder einzelne Tag war wie ein Geschenk, und Colby und ich genossen jeden Augenblick. Und ebenso unerwartet wie diese neuerliche Zeit des Friedens kam auch der Moment, in dem schlagartig alles vorbei war.

Es war Freitagnachmittag, und Colby war losgegangen, um uns etwas zu essen zu holen. Ich hatte früher Feierabend gemacht, und wir wollten zeitig zu Abend essen und uns mit Saylor einen Kinderfilm ansehen.

Als es an der Tür klopfte, dachte ich, Colby wäre eher als erwartet mit dem Essen wieder da: Sushi für uns beide und Orangenhuhn von *Panda Express* für Saylor. Das mochte sie unheimlich gern. Ich nahm an, er hätte geklopft, weil er den Schlüssel vergessen oder die Hände zu voll hatte.

Ich öffnete die Tür mit einem Lächeln, das mir jedoch verging, als ich nicht Colby, sondern einen seltsam aussehenden Mann mit Zwirbelbart vor mir hatte, den ich nicht kannte.

»Kann ich Ihnen helfen?«

»Ich suche Colby und Maya Lennon«, sagte er.

Mir wurde flau im Magen. »Sie sind nicht zu Hause. Wer sind Sie?«

»Ich bin Officer Richard Weber, der zuständige Beamte für Mrs Lennons Einbürgerungsverfahren. Ich wurde beauftragt, heute einen Hausbesuch zu machen.«

Mist. Ich ging davon aus, dass es rechtens war, aber weil ich alle Zeit brauchte, die ich bekommen konnte, fragte ich: »Können Sie sich ausweisen?«

»Selbstverständlich.« Er präsentierte mir seinen Dienstausweis.

Saylor spielte im Wohnzimmer auf dem Fußboden. Ich schaute über die Schulter zu ihr und zurück zu dem Beamten. »Wie gesagt … sie sind zurzeit nicht zu Hause.«

»Und wer sind Sie?«, fragte er.

»Ich bin die Babysitterin. Mein Name ist Billie.«

»Freut mich, Sie kennenzulernen.« Er nickte. »Kommen sie denn bald zurück?«

»Irgendwann demnächst schon. Aber sie haben mir keine genaue Uhrzeit genannt.«

Er machte einen Schritt in die Wohnung. »Darf ich vielleicht hier warten, bis sie wieder da sind?«

Oh nein. Ich hielt inne, um nachzudenken. Im ersten Moment wollte ich ihn bitten zu gehen. Aber was dann? Wenn ich ihn wegschickte, wurde er wahrscheinlich erst recht misstrauisch. Doch egal welche Entscheidung ich traf, eines wusste ich genau: Ich würde ihn nicht in Saylors Nähe lassen.

»Ich wollte gerade die Kleine ins Bett bringen.« Als mir klar wurde, dass der späte Nachmittag eine merkwürdige Zeit dafür war, schob ich nach: »Ihr geht es nicht so gut. Sie hat letzte Nacht nicht viel geschlafen, hat sie mir gesagt. Deshalb sollte sie sich jetzt ein wenig ausruhen.«

»Die Eltern sind weggegangen, obwohl ihre Tochter krank ist?«

Mir schoss das Adrenalin durch die Adern. »Nun, ich denke, da urteilen Sie ein wenig vorschnell«, sagte ich. »Die Lennons haben mich angerufen, um abzusagen, aber ich habe ihnen erklärt, dass ich das Risiko, mich anzustecken, gern auf mich nehme. Ehrlich gesagt … brauche ich das Geld dringend, wenn Sie es unbedingt wissen wollen.« Ich schnaufte. »Wenn Sie also bitte hier warten würden.«

Mist, das habe ich wohl vermasselt. Ich ging zu Saylor, die mit ihrem Spielzeug beschäftigt war. »Komm bitte mal mit, Süße.«

Sie legte die Sachen weg, die sie in der Hand hatte, und folgte mir gehorsam in ihr Zimmer.

Ich kniete mich vor sie hin, um mit ihr auf Augenhöhe zu sein. »Saylor, hör mir bitte gut zu, okay? Du musst mir einen großen Gefallen tun, ja?«

Ihre Augen weiteten sich. »Okay.«

»Es ist alles in Ordnung. Aber ich muss mit dem Mann da draußen ein Erwachsenengespräch führen, und du musst in deinem Zimmer bleiben und darfst erst wieder rauskommen, wenn ich es dir sage.«

»Wie lange?«

»Das weiß ich noch nicht, meine Süße. Aber du musst hier mit deinen Spielsachen spielen, bis ich dich rufe.«

Sie sah mich beunruhigt an. »Ist der Mann böse?«

Mist. Was habe ich nur getan? Ich will ihr doch keine Angst machen. Ich drückte ihr die Schultern und sagte: »Nein, gar nicht, mein Schatz. Er ist sehr nett. Aber ich muss etwas mit ihm unter Erwachsenen besprechen. Du musst dir keine Sorgen machen. Okay?«

Sie blinzelte mehrmals. »Okay, Billie.«

Ich umarmte sie fest. »Danke, Mäuschen. Ich komme so schnell wie möglich wieder zu dir.«

Mir war klar, dass es nicht optimal war, sie in ihr Zimmer zu verbannen. Aber es hätte noch gefehlt, dass der Officer sie ausfragte. Oder Saylor ihm gutgläubig Informationen lieferte. Dann wäre alles vorbei.

Ich muss Colby warnen.

Bevor ich das Zimmer verließ, schickte ich ihm eine Nachricht. Beim Tippen zitterten meine Hände.

Billie: Gerade ist ein Untersuchungsbeamter gekommen.

Die Punkte bewegten sich, als er zurückschrieb.

Colby: Oh mein Gott. Was?

Billie: Ich habe ihm gesagt, ich sei die Babysitterin.

Colby: Verdammt! Ich dachte, die kommen nicht vor dem Stokes-Interview!

Billie: Anscheinend doch.

Colby: Er redet nicht mit Saylor, oder?

Billie: Ich habe ihm erzählt, es gehe ihr nicht gut, und dann habe ich sie gebeten, mir den Gefallen zu tun, in ihrem Zimmer zu bleiben. Ich habe gesagt, ich müsse mit dem Mann über Erwachsenensachen reden. Ich schreibe dir aus ihrem Zimmer. Mir ist gerade gar nicht gut.

Colby: Du hast das Richtige getan.

Billie: Er hat gefragt, ob er hier warten kann, bis ihr zurückkommt. Ich wollte ihn nicht wegschicken, weil es eine günstige Gelegenheit sein kann, die Sache direkt abzuhaken, denn jetzt kann ich dich warnen. Ein Überraschungsbesuch weniger. Wenn du mit Maya herkommen kannst, könnte es klappen.

In welchem Universum bat ich ihn, dieses Miststück mit hierherzubringen?

Colby: Gute Idee. Ich versuche, sie zu finden.

Billie: Wenn du sie nicht auftreibst, komm nicht her, weil er denkt, ihr wärt zusammen unterwegs. Und einigt euch auf eine Geschichte, was ihr gemacht habt. Ich muss wieder zu ihm raus. Kommt einfach her, wenn möglich.

Ich steckte das Telefon in die Tasche und ging zu dem Mann, der an der Tür wartete.

»Entschuldigen Sie … Ich musste ihr noch eine Geschichte vorlesen«, sagte ich.

Er verschränkte die Arme. »Wie lange arbeiten Sie schon hier?«

»Ich weiß gar nicht mehr, wann genau ich angefangen habe, aber es ist schon eine Weile her.«

»Jahre oder …«

»Monate«, entgegnete ich.

Er warf einen Blick auf meine Brust, bevor er mir wieder ins Gesicht sah. *Reizend. Ein verkappter Lüstling.*

Er räusperte sich. »Darf ich Ihnen ein paar Fragen über die Familie stellen?«

Wurde er noch misstrauischer, wenn ich ablehnte? »Natürlich …« Ich lächelte gezwungen.

»Wie ist es, hier zu arbeiten?«

»Oh, ich liebe es. Saylor ist ein süßer Fratz. Und Colby und Maya sind tolle Eltern. Sie rufen mich eigentlich nur dann an, wenn sie mal eine Pause brauchen. Ich bin nicht die Hauptnanny oder so. Ich passe nur manchmal auf ihre Tochter auf.«

»Was wissen Sie über die Beziehung der beiden?«

»Sie gehen sehr liebevoll miteinander um. Aber ich bin ja für Saylor da, deshalb verbringe ich nicht viel Zeit mit ihnen.«

Weber kratzte sich am Kinn. »Das stimmt natürlich.«

»Ihr Leben geht mich ja auch nichts an«, fügte ich hinzu.

Er schrieb sich etwas auf. »Wohin sind die beiden heute gegangen?«

»Ich frage in der Regel nicht, was sie vorhaben. Aber sie wollten etwas Schönes zu zweit unternehmen.«

Er zog eine Augenbraue hoch. »Sie sagten doch, ich kann hier auf sie warten?«

»Natürlich, kein Problem«, entgegnete ich und gab mich locker. »Kann ich Ihnen etwas anbieten? Ein Trinkpäckchen? Oder vielleicht Goldfischli?«

Er lachte. »Nein, danke. Aber wenn mein Zehnjähriger hier wäre, würde er sich um die Goldfischli reißen.«

Nun begann er sich umzuschauen. Es gab keine Fotos an den Wänden, und es war auch sonst nichts Verfängliches in die eine oder andere Richtung zu sehen. Ich betete, dass er mich nicht aufforderte, ihm das Schlafzimmer zu zeigen. Als er endlich aufhörte herumzulaufen und sich auf die Couch setzte, nutzte ich die Gelegenheit, um nach Saylor zu sehen.

»Wenn Sie mich entschuldigen würden, gehe ich schnell noch mal zu ihr rein, um mich zu vergewissern, dass sie okay ist und nichts braucht.«

»Machen Sie nur.« Er lächelte.

Ich öffnete behutsam Saylors Zimmertür und schloss sie hinter mir. »Alles klar bei dir?«

Sie winkte mir. »Hallo.«

So ein braves Mädchen. Sie saß mit ihren Puppen an ihrem kleinen Tisch. Ich hätte heulen können. Was für eine unschuldige Szene inmitten dieses entsetzlichen Dramas.

Sie sah mich stolz an. »Wir machen eine Teeparty.«

»Wow. Das sehe ich. Wie hübsch du den Tisch gedeckt hast.«

»Kann ich jetzt rauskommen?«

Es brach mir fast das Herz. »Nein, mein Schatz. Noch nicht. Ich wollte nur nach dir sehen und dir sagen, wie dankbar ich dir bin, weil du so brav bist. Wenn du etwas brauchst, ruf mich einfach, okay?«

»Okay«, sagte sie etwas missmutig.

Ich hasse es.

Kurz nachdem ich ins Wohnzimmer zurückgekehrt war, ging die Wohnungstür auf, und Colby kam herein – mit Maya. Obwohl ich gut hätte darauf verzichten können, sie zu sehen, atmete ich erleichtert auf.

Maya legte prompt den Arm um Colby. Und mir wurde schlecht.

»Was ist hier los? Kann ich Ihnen helfen?«, fragte Colby den Beamten und stellte sich dumm.

Ich antwortete, bevor Weber reagieren konnte. »Das ist Officer Richard Weber, wegen der Einbürgerung. Ich habe ihm gesagt, er kann hier auf euch warten.«

»Ich wollte nur einen Routinebesuch machen«, sagte Weber. »Ich habe gehofft, wir könnten uns unterhalten.«

»Natürlich«, entgegnete Maya mit einem falschen Lächeln und wandte sich mir zu. »Wie geht es Saylor?«

»Immer noch nicht so toll. Aber ihr Zustand hat sich nicht verschlechtert.«

Sie machte ein mitfühlendes Gesicht. »Armes Baby.«

Ich warf ihr einen vernichtenden Blick zu, den der Officer hoffentlich nicht bemerkte.

»Von wo kommen Sie beide jetzt?«, fragte er.

»Wir haben uns ein bisschen Paarzeit gegönnt«, antwortete Colby und schaute zu mir herüber. »Da Billie so freundlich war, für uns auf Saylor aufzupassen.«

»Wir haben etwas gegessen und waren im Kino«, fügte Maya hinzu.

Weber sah sie neugierig an. »Welchen Film haben Sie gesehen?«

»Den neuen Tom Cruise«, sagte sie.

»Ah, ja. Den habe ich letztes Wochenende gesehen. War wirklich gut.« Er wandte sich Colby zu. »Was hat Ihnen daran am besten gefallen?«

Colby kratzte sich am Kinn. »Schwer zu sagen. Aber mir hat die ganze Dynamik zwischen Gooses Sohn Rooster und Maverick gefallen.«

»Oh ja. Diesen Teil der Handlung fand ich auch gut.« Er lächelte und schien es zu glauben.

Maya schmiegte sich enger an Colby. »Wir kommen nicht so oft ins Kino, es war eine schöne Abwechslung.«

Ich hatte das Gefühl, jeden Augenblick überzukochen.

»Ich habe einen zehnjährigen Sohn und verstehe sehr gut, dass man mal raus muss.« Weber nickte.

Colby merkte offenbar, wie grimmig ich Maya anstarrte, und wollte mich wohl erlösen. »Würdest du bitte nach Saylor sehen, während wir uns mit Officer Weber unterhalten?«, sagte er zu mir.

»Selbstverständlich.« Ich zeigte mit dem Daumen in Richtung ihres Zimmers. »Ich setze mich einfach zu ihr.«

Als ich hereinkam, spielte sie noch mit ihren Puppen.

»Ich bin wieder da, Süße. Danke, dass du so brav warst.«

»Ich habe Daddy gehört. Ich wollte zu ihm laufen, aber du hast ja gesagt, ich soll hierbleiben.«

»Ja, das stimmt!« Ich lächelte. »Danke, dass du auf mich gehört hast. Jetzt muss Daddy mit dem Mann reden. Und sobald sie fertig sind, können wir zu ihm gehen. Aber die gute Nachricht ist, dass ich nicht mehr mit ihm reden muss und jetzt mit dir Teeparty spielen kann.«

Als ich mich zu Saylor setzte und so tat, als würde ich Tee trinken, versuchte ich dem Gespräch im Wohnzimmer zu lauschen, aber ich konnte nichts verstehen.

»Ist da draußen auch eine Frau?«, fragte Saylor.

Mist. »Ja. Es ist eine Kollegin von Daddy, die auch mit dem Mann sprechen muss.«

»Wie heißt sie?«

Ich antwortete zögernd: »Maya.«

»Das ist ein hübscher Name.«

Ich wand mich innerlich. »Oh ja.« Es war verstörend, Saylor gegenüber die Ruhe zu bewahren, wo sich nebenan im Wohnzimmer dieser Wahnsinn abspielte.

Wenige Minuten später flog die Tür auf. »Wie geht es meinem Schatz?« Colby ging schnurstracks auf Saylor zu. Es war, als könnte er sie nicht schnell genug in den Armen halten.

»Daddy!« Sie lief zu ihm.

Colby wirkte erschöpft, als er mich ansah und murmelte: »Er ist weg.«

Er kniete sich hin und umarmte sie ganz fest. »Warst du das bravste Mädchen der Welt, während wir da draußen geredet haben? Tausend Dank, mein Schatz.«

»Ich war brav, Daddy. Kann ich jetzt mein Orangenhuhn haben?«

Er ließ die Schultern hängen. »Mein Schatz, ich habe es nicht geschafft, das Essen zu holen. Tut mir furchtbar leid. Aber was hältst du davon, wenn ich dir deine geliebten Käsemakkaroni mache? Die haben wir schon länger nicht gegessen.«

Ihre Augen leuchteten auf. »Okay.«

Colby stand auf und flüsterte mir ins Ohr: »Maya besteht darauf, ihr Hallo zu sagen. Ich wollte keine Szene machen. Dafür bin ich zu fertig. Sie hat versprochen, gleich danach zu gehen.«

Was? Sie ist noch hier? Ich stieß einen tiefen Seufzer aus. »Okay.«

»Möchtest du mitkommen und jemanden begrüßen, Saylor?«

»Maya?«, fragte sie.

Er sah mich verdutzt an.

»Saylor hat eine Frauenstimme gehört und gefragt, wer es ist. Ich habe ihr gesagt, es ist deine Kollegin Maya.«

Er nickte und schaute zu Saylor hinunter. »Ja, sie heißt Maya.« Er atmete einmal durch. »Sagen wir ihr Hallo.«

Saylor folgte ihm. »Okay.«

Maya saß auf der Couch. Sobald sie Saylor hereinkommen sah, stand sie auf.

»Hi, Maya«, sagte Saylor sofort.

Maya bückte sich. »Hallo, du hübsches Mädchen. Wie geht es dir?«

»Gut. Wer bist du noch mal?«, fragte Saylor.

»Ich bin eine Freundin von deinem Daddy.«

»Oh.«

»Hast du mit Billie gespielt?«, fragte Maya. Meinen Namen aus ihrem Mund zu hören war mir zuwider.

»Ja. Wir hatten eine Teeparty.«

»Wie schön. Das habe ich früher auch gerne gemacht, als ich klein war.«

Einige unbehagliche Sekunden vergingen, während Maya Saylor schweigend anstarrte. Das arme kleine Mädchen hatte keine Ahnung, was hier wirklich ablief.

»Nun …« Maya bekam feuchte Augen. »Ich wollte dir nur Hallo sagen, bevor ich gehe.«

»Hallo«, sagte Saylor arglos. Sie merkte anscheinend nicht, dass Maya den Tränen nah war, denn sonst hätte sie etwas gesagt.

Dann schloss Maya sie in die Arme. Colby wurde puterrot im Gesicht. Er sah aus, als würde er jeden Moment ausrasten. Schließlich ließ sie Saylor los und wandte sich uns zu. »Also, gute Nacht.«

Colby und ich sagten keinen Ton, als sie ging.

Lass dich nicht aufhalten.

Zum Glück stellte Saylor keine weiteren Fragen zu Maya und dem, was sich ereignet hatte. Sie war einfach froh, ihren Vater bei sich zu haben, der ihr ein leckeres Essen kochte.

Colby machte eine große Portion Käsemakkaroni für uns drei. Es war nicht das Essen, das wir uns vorgestellt hatten, aber der Abend war ohnehin anders verlaufen als erwartet. Ich hoffte nur, dass sich der Stress gelohnt hatte.

Weil wir später aßen als geplant, ließen wir Saylor eine Folge einer Disney-Serie auswählen, statt einen kompletten Film zu schauen. Colby und ich sahen uns fast die ganze Zeit an, völlig fassungslos, während Saylor fernschaute.

Danach bot ich an, die Kleine ins Bett zu bringen.

Als Colby und ich nach der ganzen Tortur endlich allein waren, nahm er mich in die Arme und barg sein Gesicht an meinem Hals.

»Du warst heute wirklich fantastisch. Ich kann dir gar nicht genug dafür danken, dass du das alles ertragen und die Lage gerettet hast. Sonst wäre es zu einer Riesenkatastrophe gekommen.«

»Ich habe nicht viel getan.«

»Soll das ein Witz sein? Du bist total souverän mit der Situation umgegangen. Du hättest ihn wegschicken können, aber du wusstest, dass es das Beste ist, dem Feind ins Auge zu sehen. Und es hat funktioniert, denke ich. Sie und ich haben es nicht vermasselt, weil wir vorher absprechen konnten, was wir sagen.«

»Ich wusste nicht, ob du tatsächlich kommst.«

»Wenn ich sie nicht so schnell ausfindig gemacht hätte, wäre ich wohl nicht sofort nach Hause gekommen.«

»Woher wusstest du so gut über den Tom-Cruise-Film Bescheid?«

»Ich habe unterwegs Spoiler gegoogelt.«

»Clever.«

Er schüttelte den Kopf. »Diese ganze Sache ist wie ein Denkspiel, nicht wahr? Wie schnell kann man Informationen aufnehmen und verarbeiten?«

Sein Telefon klingelte, und er griff sofort danach. »Hallo?« Dann flüsterte er mir zu: »Es ist der Anwalt.«

Ich beobachtete Colby angespannt.

Er raufte sich frustriert die Haare, während er lauschte. »Okay. Gut, es war unumgänglich, und jetzt steht es wenigstens fest.« Er stand auf und ging auf und ab. »In Ordnung. Okay. Das klingt gut. Dann sehen wir uns nächsten Donnerstag. Danke.«

Nachdem er das Gespräch beendet hatte, atmete er tief durch. »Es gibt einen Termin für das Stokes-Interview. Der Anwalt möchte Maya und mich nächste Woche sehen, um mit uns eine Strategie zu entwerfen.«

»Immerhin geht es vorwärts.«

»Genau. Es ist, als ob wir durch die Hölle müssten, um auf die andere Seite zu gelangen.«

»Besser kann man es nicht ausdrücken.«

Plötzlich verdüsterte sich seine Miene.

»Was ist?«, fragte ich.

»Heute kommt es wirklich Schlag auf Schlag«, sagte er. »Ich schäme mich zutiefst wegen dem, was du meinetwegen durchmachen musst.«

Ich schüttelte den Kopf. »Mach dir um mich keine Gedanken. Mir geht es gut. Wirklich.«

»Tja, mir nicht. Du bist neben Saylor das Wichtigste in meinem Leben, und dich zur Babysitterin machen zu müssen, hat sich verdammt falsch angefühlt.«

»Bitte hör auf, dir einen Kopf um meine Gefühle zu machen.

Damit verschwendest du nur unnötig Energie. Es war alles Theater. Das weiß ich. Ich komme damit klar. Alles ist gut, Colby. Vergiss den Abend und konzentrier dich auf uns.«

Ich gab mein Bestes, um ihn zu beruhigen, aber ich wusste, dass die nächsten Wochen wegen der bevorstehenden zweiten Befragung ein neues und sehr schwieriges Kapitel in unserem Leben sein würden. Aber heute wollte ich einfach dafür sorgen, dass es ihm wieder gut ging – dass es *uns* wieder gut ging. Und dazu fiel mir nur eine Sache ein.

»Hey, ich habe eine Idee«, sagte ich.

»Welche?«

»Lass uns früh ins Bett gehen und ›Mr Lennon vögelt die Babysitterin‹ spielen.«

27. KAPITEL
COLBY

»Ich habe kürzlich mit Richard Weber gesprochen«, teilte mein Anwalt Maya und mir mit, als wir in der folgenden Woche in seinem Büro saßen. »Ich statte dem Untersuchungsbeamten in der Regel einen Höflichkeitsbesuch ab, um ihn wissen zu lassen, ob ich einen Mandanten zu dem Stokes-Interview begleite.«

»Was ist dabei herausgekommen?«, fragte ich.

Er runzelte die Stirn. »Leider ist der Hausbesuch seiner Ansicht nach nicht so gut gelaufen, wie Sie dachten.«

Scheiße. Ich sah zu Maya hinüber. »Hat er auch gesagt warum?«

»Er hat wohl eine Kinderzeichnung am Kühlschrank gesehen, die Sie Hand in Hand mit der Babysitterin zeigt.«

Ich schloss die Augen. Ich hatte Saylors Bild bemerkt, als ich am Morgen nach dem Überraschungsbesuch die Milch aus dem Kühlschrank genommen hatte. Aber ich hatte glauben wollen, dass er es nicht gesehen hatte, weil Billie und ich der Ansicht waren, dass der Besuch gut gelaufen war. Und ich brachte es nicht übers Herz, Billie ihre positive Einstellung zu nehmen, nachdem sie ohne Vorwarnung in die Rolle der Babysitterin geschlüpft war.

Maya sah mich wütend an. »Deine *blöde kleine Freundin* wird uns noch alles kaputtmachen.«

Mir sträubten sich die Nackenhaare. »Nenn Billie nicht meine blöde kleine Freundin. Sie hat wesentlich mehr Respekt verdient, vor allem von dir, weil sie die Verantwortung übernommen hat, die Frau in Saylors Leben zu sein, während du ihr einfach den Rücken zugedreht hast. Und außerdem bist du die Einzige, die hier etwas kaputtmachen kann, weil du uns alle in dieses Fiasko hineingezogen hast.«

»Nun, wenn du nicht …«, begann Maya, aber mein Anwalt unterbrach sie.

»Genug jetzt.« Er machte eine beschwichtigende Geste. »Beruhigen Sie sich. Gegenseitige Beschuldigungen bringen uns nicht weiter.« Er schaute zwischen uns hin und her und seufzte. »Sie beide müssen auf derselben Seite sein und einen Weg finden, miteinander klarzukommen. Die Sache ist ernst. Weber erwähnte, dass er vorhat, einen Strafantrag zu stellen, wenn ihn das Stokes-Interview nicht davon überzeugt, dass Ihre Ehe rechtmäßig ist.«

Ich erhob mich, um vor Adams Schreibtisch auf und ab zu gehen. »Herrgott noch mal. Ich kann nicht ins Gefängnis.« Ich raufte mir die Haare. »Ich habe eine vierjährige Tochter, die mich braucht. Was zur Hölle machen wir denn jetzt? Können wir den Antrag zurückziehen und Weber erzählen, dass wir uns scheiden lassen, weil Maya mich betrogen hat oder so?«

Maya betrachtete gelassen ihre manikürten Nägel und verdrehte die Augen. »Männer gehen viel öfter fremd als Frauen …«

Adam schüttelte den Kopf. »Wir können den Antrag zurückziehen, aber das verhindert nicht unbedingt eine strafrechtliche Verfolgung. Ich hatte Fälle, da musste das Paar nicht zum Stokes-Interview, und der Untersuchungsbeamte hat die Verfolgung trotzdem eingeleitet.«

»Verdammt. Was machen wir jetzt?«

»Sie haben keine große Wahl, Colby. Sie müssen das Stokes-Interview mit Bravour bestehen.«

»Wir haben nicht mal eine einstündige Befragung geschafft, und jetzt will der Kerl Blut sehen. Wie zum Teufel sollen wir ein achtstündiges Interview überstehen?«

»Sie wollen meinen Rat?«

»Natürlich.«

»Sie haben noch zwei Wochen Zeit. Ziehen Sie zusammen. Dann können Sie viel übereinander lernen. Glauben Sie mir, ich war zwölf Jahre verheiratet und habe vor der Hochzeit nicht mit meiner Frau zusammengelebt. In dem alten Spruch, dass man jemanden erst richtig kennt, wenn man mit ihm zusammenwohnt, steckt eine Menge Wahrheit.«

Ich schüttelte den Kopf. »Auf keinen Fall.«

»Sei nicht so stur«, sagte Maya. »Wir haben keine andere Wahl, Colby.«

»Ich schmore lieber im Gefängnis, als zwei Wochen mit dir in einer Wohnung zu verbringen.«

Maya rollte wieder mit den Augen.

Ich blieb stehen und stemmte die Hände in die Hüften. »Gibt es sonst noch etwas zu besprechen?«

Adam schüttelte den Kopf. »Ich denke nicht. Sie wissen, was Sie bei dem Interview erwartet.«

»Gut. Dann verschwinde ich.« Ich ging zur Tür.

»Wohin willst du?«, rief Maya.

»Möglichst weit weg von dir.«

Die Kanzlei war zwei Blocks von der U-Bahn-Station entfernt. Als ich zur Treppe ging, sah ich ein paar Häuser weiter eine Bar. Mir war, als würde mein Herz explodieren, und ich beschloss, etwas zu trinken, um mich zu beruhigen.

In dem recht düsteren Lokal saßen nur einige alte Männer. Ich setzte mich an einen leeren Tisch in der Nähe der Tür und bestellte einen doppelten Tequila. Glücklicherweise wollte der Barkeeper nicht reden und nahm nur mein Geld. Ich kippte den Alkohol in mich hinein und ließ die Limettenscheiben links liegen, damit er möglichst lange in meiner Kehle brannte. Dann hob ich die Hand und rief dem Barkeeper zu: »Noch einen, bitte.«

Er nickte. »Kommt sofort.«

Der zweite Doppelte ging leichter runter als der erste, und ich hätte wahrscheinlich einfach so weitermachen können. Aber ich wollte mich nicht betrinken. Also warf ich ein paar Scheine auf die Theke und verabschiedete mich. In diesem Moment meldete mein Handy eine neue Nachricht. Mayas Name erschien auf dem Display. Ich war im Begriff, das Telefon wieder wegzustecken und die Nachricht zu ignorieren, als mir einfiel, dass Billie später noch bei mir vorbeikam. Weil ich dann nicht mehr von Maya genervt werden wollte, las ich mir die Nachricht widerstrebend durch.

Maya: Wir müssen zusammenziehen, sonst gehst du in den Knast.

Ich schrieb sofort zurück.

Colby: Fick dich.

Wenige Sekunden später kam erneut eine Nachricht. Nur war es diesmal eine Sprachmitteilung. Ich drückte auf Start und machte mich darauf gefasst, Mayas wütende Stimme zu hören, doch stattdessen hörte ich mich selbst.

»Ich heirate dich nur, damit du im Land bleiben kannst und meine Tochter in Ruhe lässt. Wenn es erledigt ist, will ich keinerlei Kontakt mehr zu dir. Ich werde so tun, als gäbe es diese Scheinehe nicht.«

Das Miststück hatte meine Worte offensichtlich bei unserem zweiten Treffen im Café aufgenommen. Bevor ich dahinterkam, was zur Hölle sie damit bezwecken wollte, erhielt ich die nächste Nachricht.

Maya: Ich stehe Samstagmorgen mit meinen Klamotten bei dir vor der Tür. Wenn du nicht aufmachst, geht diese Aufnahme an Weber.

»Oh nein.« Billie runzelte die Stirn, als sie mich sah, obwohl ich ein Lächeln aufgesetzt hatte.

Ich trat kopfschüttelnd zur Seite, um sie hereinzulassen. »Woran erkennst du eigentlich immer, dass ich einen beschissenen Tag hatte, noch bevor ich auch nur einen Ton sage?«

Billie blieb vor mir stehen und ging auf die Zehenspitzen, um mich zu küssen. Dann fuhr sie mir durch die Haare. »Das hier sagt alles.«

»Meine Haare?«

Sie nickte lächelnd. »Du raufst sie dir, wenn du gestresst bist, und dann stehen sie in alle Richtungen ab.«

Ich schloss die Tür. »Kein Wunder, dass ich ins Gefängnis muss. Ich bin unfähig, etwas zu verbergen. Ich wusste nicht mal, dass ich das mache.«

Billie zeigte auf die halbvolle Weinflasche auf dem Esstisch. »Ich glaube, ich werde einen ordentlichen Schluck brauchen.«

Ich nickte und wies ins Wohnzimmer. »Setz dich. Ich schenke dir ein Glas ein und fülle meins wieder auf. Oder ich trinke direkt aus der Flasche.«

Wir machten es uns mit dem Wein auf der Couch bequem.

»Was ist passiert?«, fragte sie.

»Weber hat Saylors Bild gesehen, auf dem wir zwei Händchen halten.«

»Das am Kühlschrank? Ich dachte, er wäre nicht in die Küche gegangen.« Sie ließ die Schultern hängen. »Es muss passiert sein, als ich mit Saylor in ihrem Zimmer war. Es tut mir furchtbar leid, dass ich es nicht versteckt habe, Colby.«

»Du musst dich für nichts entschuldigen. Du bist super mit diesem Überraschungsbesuch umgegangen. Wäre ich da gewesen, hätte ich es garantiert schon beim Öffnen der Tür versaut.«

Billie trank einen Schluck Wein. »Und was kommt als Nächstes?«

»Wir sollen eigentlich in zwei Wochen zum Interview erscheinen. Wenn wir nicht glaubwürdig rüberkommen, will Weber einen Strafantrag stellen.«

Billies Augen weiteten sich. »*Eigentlich?* Heißt das, du willst es nicht machen?«

»Ich spiele mit dem Gedanken, Weber die Wahrheit zu sagen: dass es eine Scheinehe ist und ich durch Erpressung dazu gezwungen wurde.« Ich zuckte die Achseln. »Er hat erwähnt, dass er ein Kind hat. Vielleicht hat er Erbarmen, wenn ich ihm erzähle, warum ich es getan habe, und er lässt mich mit einer saftigen Geldstrafe davonkommen.«

Billie schüttelte den Kopf. »Ich weiß nicht, Colby. Was ist, wenn es ihn nicht juckt, dass du deine Tochter allein aufziehst und es getan hast, um sie zu schützen? Dann hast du einfach nur zugegeben, dass du vorsätzlich einen Untersuchungsbeamten getäuscht hast. Vielleicht solltest du dein Glück bei dem Interview versuchen und sehen, wie es läuft?«

Ich schüttelte den Kopf. »Wir werden dieses Interview niemals überstehen. Er vermutet ja schon, dass die Ehe eine Täuschung ist, und er wird mit jeder Frage darauf abzielen.«

»Aber du hast zumindest eine Chance. Wenn du zu ihm gehst und zugibst, was du getan hast, hast du *gar keine*.«

Ich kippte meinen Wein hinunter. »Ich habe sowieso keine Chance. Maya hat meine Äußerung aufgenommen, dass ich sie nur heirate, damit sie im Land bleiben kann, und dass es eine Scheinehe ist. Sie sagt, wenn ich nicht tue, was sie will, händigt sie Weber die Aufnahme aus.«

Billie runzelte die Stirn. »Das verstehe ich nicht. Du tust doch genau das, was sie will.«

Ich schüttelte den Kopf. »Bei ihr ist es nie genug. Jetzt verlangt sie, dass wir bis zu dem Interview zusammenziehen. Mein Anwalt hatte es vorgeschlagen, damit wir uns kennenlernen können und bei den Fragen bessere Chancen haben.«

Billie blinzelte mehrmals. »Oh … wow. Aber es stimmt. Wenn man wie ein verheiratetes Paar lebt, lernt man sich auf einer ganz anderen Ebene kennen.«

»Es spielt keine Rolle. Ich mache das nicht.«

»Gut, dann zurück zu deinem Plan. Spielen wir ihn mal durch. Sagen wir also, du gehst zu Weber und gibst zu, was du getan hast, und er hat tatsächlich Mitgefühl und brummt dir nur eine Geldstrafe auf, statt dich ins Gefängnis zu bringen. Und dann? Dann kann sich Maya nur noch als Mutter eines Kindes, das hier geboren wurde, um die Staatsbürgerschaft bewerben, oder? Und dann stehst du wieder da, wo du angefangen hast.«

Ich schüttelte den Kopf. »Nicht wenn sie wegen Einwanderungsbetrugs ins Gefängnis muss.«

»Okay, sagen wir, sie bekommt eine Haftstrafe. Und wenn sie rauskommt, wird sie vermutlich in den Vereinigten Staaten bleiben wollen. Vielleicht zögerst du das Unvermeidliche also nur hinaus? Und was ist, wenn sie auch nur eine Geldstrafe bekommt und dann sofort das Sorgerecht beantragt?«

»Mein Gott, Billie. Auf wessen Seite stehst du eigentlich?«

»Auf deiner natürlich, Colby. Deshalb will ich nicht, dass du voreilige Entscheidungen triffst. Du musst es gründlich durchdenken, aus allen Blickwinkeln betrachten und alle möglichen Folgen durchspielen.«

Mir drehte sich der Kopf. »Ich fühle mich nicht so gut. Können wir später weiter darüber reden? Im Moment möchte ich dich einfach nur in den Armen halten.«

Billie sah mich liebevoll an. »Klar.«

Eine halbe Stunde lang saßen wir zusammen da, sie mit dem Rücken an meiner Brust, während ich sie fest umschlungen hielt und mein Kinn auf ihrem Kopf ruhte. Es fühlte sich gut an, aber selbst das genügte nicht, um meine Untergangsstimmung zu vertreiben. Da Billie erst spät nach der Arbeit gekommen war, wurde es schnell zehn Uhr.

»Möchtest du noch ein bisschen fernsehen, bevor wir zu Bett gehen?«, fragte ich.

Billie drehte sich zu mir um und legte die Hand auf meine Brust. »Ich denke, ich fahre jetzt nach Hause.«

»Was? Warum?«

»Du brauchst Zeit zum Nachdenken und ich auch.«

Es passte mir nicht, aber wenn Billie Freiraum benötigte, gab es nichts zu diskutieren. Also nickte ich und versuchte, nicht beleidigt zu sein. »Okay. Wie du möchtest. Aber ich bestelle dir ein Uber.«

Leider war der nächste Wagen nur drei Minuten entfernt, als ich den Abholort in der App bestätigte, und Billie musste noch mit dem lahmarschigen Aufzug nach unten. »Du musst los. Bis du unten bist, ist der Wagen da.«

Billie nickte, und ich brachte sie zur Tür. Bevor ich sie gehen ließ, nahm ich ihr Gesicht in meine Hände. »Ich liebe dich. Es tut mir so leid, dass ich dir das alles zumute.«

»Ich liebe dich auch.«

»Sehen wir uns morgen Abend?«

»Ich habe nachmittags mehrere Termine. Kann ich mich dann bei dir melden?«

Mir wurde schwer ums Herz, aber ich nickte. »Sicher. Schlaf gut.«

»Du auch.«

Am folgenden Tag musste ich mich sehr zusammenreißen, um Billie nicht schon vor dem Nachmittag zu schreiben. Ich hielt es bis fünfzehn Uhr aus.

Colby: Hey, meine Schöne. Darf ich dir heute Abend was kochen?

Es dauerte fast eine Stunde, bis sie antwortete.

Billie: Mein letzter Termin ist um fünf. Können wir danach einen Moment reden, bevor die Babysitterin geht?

Das bedeutete wohl, dass sie nicht vorhatte, bei mir zu übernachten, aber in meiner Verzweiflung nahm ich, was ich bekommen konnte.

Colby: Natürlich. Ich werde sehen, ob sie etwas länger bleiben kann.
Billie: Bis später.

Als ich nach der Arbeit ins Studio ging, verriet mir Deeks Gesicht, dass ich nicht der Einzige war, der den ganzen Tag gegrübelt hatte. Er klopfte mir auf die Schulter. »Bleib stark, Mann.«

Ich nickte und ging zu Billie, die weiter hinten ihren Zubehörwagen sortierte.

»Hey.« Ich gab ihr einen Kuss.

Ihr Lächeln war traurig. »Ich bin gleich fertig.«

»Lass dir Zeit. Die Babysitterin kann so lange bleiben wie nötig.«

»Okay.«

Wir schwiegen, bis sie fertig war und ihre Tasche holte. »Wir wär's mit einem Spaziergang?«

»Okay.« Ich zuckte die Achseln. »Wie du möchtest.«

Wir gingen ein paar Blocks und kauften uns Hotdogs an dem Wagen, der immer am Parkeingang stand. Dann setzten wir uns auf eine Bank und redeten über belanglose Dinge, während wir aßen. Danach wischte ich mir den Mund ab, zog ein Knie hoch auf die Bank und wandte mich Billie zu.

»Ich würde alles für eine einfache Lösung geben, damit unser Leben wieder so sein kann, wie es vorher war, Billie.«

Sie strich mir über die Wange. »Das weiß ich, Colby, und es zeigt einmal mehr, was für ein besonderer Mensch du bist. Du bist bereit, für die Menschen, die du liebst, alles zu opfern, sogar dein eigenes Glück.« Sie hielt inne und atmete tief durch. »Deshalb weiß ich auch, dass ich dich um etwas bitten kann und du es mir zuliebe tun wirst.«

Ich zog die Augenbrauen zusammen. »Selbstverständlich. Alles.«

Billie sah mir in die Augen. »Bitte lass Maya bei dir einziehen.«

»Das ist ein Scherz, oder?«

Sie schüttelte den Kopf. »Ich meine es ernst, Colby. Ich habe die ganze Nacht nachgedacht. Eine andere Lösung gibt es nicht. Ihr müsst euch bei diesem Interview als Ehepaar präsentieren, und das könnt ihr nur, wenn ihr Zeit miteinander verbringt. Ihr müsst Dinge wissen, die man nicht alle auswendig lernen kann – die Morgenroutine und sonstige Angewohnheiten zum Beispiel –, und ihr habt nur noch zwei Wochen.«

Ich schüttelte den Kopf. »Das kann ich nicht machen, Billie. Das kann ich uns nicht antun.«

»Du tust uns nichts an. Du tust etwas *für* uns. Ich sehe dich, mich und Saylor als Team, und das Team muss tun, was das Beste für Saylor ist, ohne Rücksicht auf unsere persönlichen Gefühle.« Billie bekam feuchte Augen. »Ich liebe Saylor auch. Ich könnte es nicht ertragen, wenn sie irgendwie leiden würde, weil ich aus purem Egoismus nicht will, dass du zwei Wochen mit einer anderen Frau zusammenwohnst. Ein Nein akzeptiere ich also nicht als Antwort. Maya zieht bei dir ein, und ihr werdet jede wache Minute dazu verwenden, euch gut kennenzulernen.«

Ich musste den Riesenkloß in meinem Hals hinunterschlucken, um überhaupt sprechen zu können. »Es bedeutet mir wahnsinnig viel, dass dir Saylors Wohl so sehr am Herzen liegt.«

Sie schniefte. »Das ist gut, denn darauf müssen wir uns in den nächsten Wochen konzentrieren.«

Ich legte meine Stirn an ihre, und nun konnte ich die Tränen nicht mehr zurückhalten. »Du bist das Beste, was mir je passiert ist.«

Nun liefen auch ihr die Tränen über die Wangen. »Dann ist es abgemacht. Maya zieht bei dir ein.«

In meinem tiefsten Inneren fühlte es sich total falsch an, aber mein Verstand konnte nicht leugnen, dass ich so wahrscheinlich die größte Chance hatte, das Interview zu schaffen. Also nickte ich.

Billie holte tief Luft. »Jetzt habe ich nur noch eine Bitte.«

»Ich tue alles für dich.«

»Wir können uns eine Weile nicht sehen.«

Ich erstarrte. »Was soll das heißen?«

»Mein Herz wird bei dir sein, aber es wäre zu schmerzlich für mich, dich zu treffen, wenn du zu einer anderen Frau nach

Hause gehst. Außerdem musst du deine gesamte Freizeit darauf verwenden, Maya kennenzulernen, statt sie mit mir zu verbringen.«

»Aber …«

Billie legte den Zeigefinger an meine Lippen und schüttelte den Kopf. »Tu mir den Gefallen, Colby. Bitte.«

28. KAPITEL
COLBY

Ein paar Tage später stand mein Leben auf dem Kopf: Maya war in meine Wohnung eingezogen, aber glücklicherweise hatte ich sie bislang nicht viel zu Gesicht bekommen. Das war die gute Nachricht. Die schlechte war, dass die Zeit der Trennung von Billie begonnen hatte, und es machte mich völlig fertig, sie nicht jeden Tag sehen oder sprechen zu können. Außerdem ging es mir gegen den Strich, meine Tochter belügen zu müssen und ihr zu sagen, Maya sei eine Freundin, die übergangsweise eine Bleibe brauche.

Am frühen Montagmorgen war Maya nicht da, und ich bat Holden, mir bei einem kleinen Projekt zu helfen, bevor ich zur Arbeit musste.

Er warf einen Blick ins Gästezimmer. »Sind das ihre Sachen?«

Auf dem Bett lagen eine Lederjacke und ein Haufen andere Klamotten.

»Ja.«

Holden sah sich um. »Sie ist gerade nicht da, oder?«

»Nein. Sie hat ihre Sachen hergebracht und letzte Nacht hier geschlafen, aber ich habe sie kaum gesehen. Um fünf in der Früh habe ich sie aufstehen und weggehen gehört. Keine Ahnung, wo sie so früh hinwollte, und es ist mir auch egal.«

»Strippt sie noch?«

»Was weiß ich?«

»Soll ich nachforschen?« Er zwinkerte mir zu. »Ich war schon länger nicht mehr in einem Stripclub.«

»Mach, was du willst, Mann.« Ich schmunzelte.

»Aber jetzt im Ernst, du weißt nicht mal, ob sie noch strippt? Weißt du überhaupt irgendetwas über ihr Leben?«

»Ich muss die echte Maya nicht kennen, nur die falsche, die mit mir verheiratet ist.«

»Na gut«, sagte er und hob seine Werkzeugkiste hoch. »Wo soll ich das Schloss denn anbringen?«

»An meiner Schlafzimmertür. Ich muss sie von außen abschließen können, damit sie nicht rein kann, wenn ich auf der Arbeit bin.«

Er zog eine Augenbraue hoch. »Du hast Angst, dass sie dich bestiehlt oder so?«

»Sie hat mir schon mein Leben gestohlen, warum nicht auch meine Uhr und das Bargeld, das ich zu Hause habe? Ich vertraue ihr nicht.«

»Wie kommt Billie mit dem Ganzen klar?«

Ich seufzte. »Ich wünschte, ich wüsste es.«

»Was willst du damit sagen?«

»Wir haben vereinbart, uns nicht zu sehen, solange Maya hier wohnt. Und wir reden auch nicht.«

Holden schnappte nach Luft. »Verdammt … Ihr habt euch getrennt?«

»Nein!«, rief ich. »Wir machen nur eine Pause, weil es zu schwierig für sie ist. Eine *Pause*. Keine Trennung.«

»Aber warum sprecht ihr nicht miteinander?«

»Weil Billie und ich nicht nur halb im Leben des jeweils anderen sein können. Entweder ganz oder gar nicht. Aber wir kommen damit klar, weil wir wissen, dass es lediglich vorübergehend ist. Nur so ist es machbar. Es passt mir nicht, aber anders kann es Billie psychisch nicht verkraften. Ich weiß, es klingt extrem, gar nicht miteinander zu reden. Aber ich verstehe sie. Es ist schmerzlich. Und ich bin bereit, alles zu tun, um dafür zu sorgen, dass sie noch da ist, wenn diese Scheiße vorbei ist.«

»Verdammt. Ich wünschte, du hättest einfach mich dieses Miststück heiraten lassen.«

Ich verdrehte die Augen.

Vielleicht hatte ich mich in Bezug auf die Lage mit Billie zuversichtlicher gegeben, als ich eigentlich war. Weiß Gott wie lange Maya bei mir wohnen würde. Womöglich erpresste sie mich noch einmal, um Zeit zu gewinnen und hier mietfrei zu leben. Falls unser kleines Wohnarrangement über zwei Wochen hinausging, würde es mir schwerfallen, mich an die Vereinbarung zu halten, Billie nicht zu sehen. Gleichzeitig trieb mich die Sorge um, sie könnte während unserer Pause zur Besinnung kommen und erkennen, dass sie sich diesen ganzen Mist gar nicht bieten lassen musste. Sie konnte problemlos einen Mann finden, der keinen Ballast und keine illegale »Ehefrau« im Gepäck hatte. Ich durfte gar nicht daran denken.

»Fertig«, sagte Holden etwas später, als er das Schloss prüfte, das er installiert hatte.

»Danke, Kumpel. Ich wünschte, du könntest auch das Schloss an der Eingangstür austauschen, damit sie nicht wieder reinkommt.« *Schön wär's.*

Am Abend hatte Saylor einige Fragen an mich, nachdem ich ihr eine Gutenachtgeschichte vorgelesen hatte. Mir war klar, dass das irgendwann kommen musste.

»Warum ist Maya noch mal bei uns eingezogen?«

Ich hatte meine Tochter bereits einmal belogen, was mir

wirklich zuwider war, aber offensichtlich hatte sie es nicht verstanden. Das konnte sie auch nicht, denn die ganze Sache ergab keinen vernünftigen Sinn.

»Sie brauchte dringend eine neue Bleibe …«, erklärte ich ihr abermals. »Und weil sie eine … Freundin ist, habe ich ihr erlaubt, bei uns zu wohnen.«

»Wann kommt Billie zurück?«

Billie hatte Saylor in einem persönlichen Gespräch erklärt, dass sie eine Weile wegmusste, aber ganz sicher wiederkommen würde. Sie wollte nicht, dass sich meine Tochter Sorgen machte oder dachte, irgendetwas sei nicht in Ordnung. Trotzdem fragte Saylor immer wieder nach ihr. Wer konnte es ihr verübeln?

»Hoffentlich bald, mein Schatz.«

Sie zögerte, dann fragte sie: »Liebst du Maya?«

Warum fragt sie so etwas? Meine Tochter war viel zu schlau. Sie begann allmählich, Zusammenhänge zu erkennen – dass Billie sich zufälligerweise genau dann verabschiedet hatte, als Maya eingezogen war.

»Nein, ich liebe Maya nicht. Das musst du verstehen, okay? Maya ist nur eine Freundin.« Ich umarmte sie. »Ich liebe Billie. Und dich natürlich.«

Saylor zog eine Schnute. »Ich will Billie hier haben. Sie fehlt mir.«

Es brach mir das Herz. »Ich weiß, Süße. Glaub mir, ich vermisse sie auch. Mehr als alles andere.«

Ich hörte Geräusche in der Küche. Maya war offenbar wieder da. Weil ich keine Lust hatte, sie zu sehen, erzählte ich Saylor noch eine Geschichte. Und dann noch eine. Bevor ich mit der nächsten begann, wurde mir jedoch bewusst, dass die qualvolle Wohnsituation ihren Zweck völlig verfehlte, wenn ich Maya aus dem Weg ging. Wenn ich schon mit ihr leben musste, konnte ich auch so viele Informationen wie möglich über sie lernen, um das Interview zu schaffen.

Und so deckte ich meine Tochter gut zu und gab ihr einen Gutenachtkuss. Als ich aus ihrem Zimmer kam, stand Maya am Herd und brutzelte etwas.

Sie drehte sich zu mir um. »Hey.«

Ich nahm mir seufzend einen Stuhl.

Bevor ich richtig saß, loderten plötzlich Flammen am Herd auf. Maya ruderte schreiend mit den Armen.

Ich fuhr auf. »Was zur Hölle?«

Ich zog sofort ein Backbleck aus der Schublade und erstickte die Flammen damit. Irgendwie hatte eine braune Papiertüte Feuer gefangen. Ich konnte es löschen, bevor es außer Kontrolle geriet und meine ganze Bude abfackelte. Wäre das nicht eine passende Symbolik gewesen? Alles in Schutt und Asche, wie derzeit mein Leben …

Maya zitterte am ganzen Leib.

»Entspann dich. Es ist aus.«

Sie schlug ihre bebenden Hände vor den Mund. »Es tut mir so leid, Colby.«

»Du musst besser aufpassen.« Ich sah mir genauer an, was sie in der Pfanne hatte. »Warum lag die Papiertüte überhaupt neben dem Herd?«

»Ich habe Pommes gemacht. Ich habe sie in die Tüte getan, um das Fett abzuschütteln.«

»Kannst du dir nicht einfach Pommes kaufen wie jeder andere?«

»Das ist nicht das Gleiche.« Sie schüttelte den Kopf, lehnte sie sich gegen die Arbeitsfläche und fing an zu weinen.

Ich hatte keine Zeit für ihre Krokodilstränen. Aber dann merkte ich, dass sie wirklich erschüttert war. Also übernahm ich es, die verbrannten Pommes wegzuwerfen und die Sauerei zu beseitigen, die sie gemacht hatte. Ich schaute zu ihr hinüber, als ich mehrere fetttriefende Papiertücher in den Müll warf. »Hattest du einen Plan B?«

»Mh?«

»Für dein Abendessen.«

Sie schüttelte benommen den Kopf. »Ich habe sonst nichts. Ich habe nur Kartoffeln gekauft.«

Ich verdrehte die Augen. »Setz dich. Versuch dich zu beruhigen.« Widerwillig bot ich ihr an: »Da ist noch ein Rest Auflauf, wenn du Hunger hast.«

Sie sah mich groß an. »Wirklich? Das wäre toll. Ich habe einen Mordshunger, und es ist schon spät.«

Ich machte ihr eine Portion warm, stellte sie ihr hin und setzte mich zu ihr an den Tisch. Mit verschränkten Armen sah ich ihr beim Essen zu. Hin und wieder nahm sie einen Bissen, während sie sich die Tränen aus dem Gesicht wischte. Sie schien immer noch völlig aufgelöst wegen des Fettbrands zu sein, was ich nicht so recht nachvollziehen konnte.

»Warum bist du so aufgewühlt? Es ist doch nichts passiert«, zwang ich mich zu sagen.

Maya schniefte. »Es kümmert dich doch gar nicht, warum ich weine. Du musst nicht so tun als ob.«

Versuchte sie, mich als den Herzlosen in diesem Spiel hinzustellen? »Deine Gefühle kümmern mich tatsächlich nicht – weil dich meine offensichtlich auch nicht kümmern –, aber mir ist sehr wohl daran gelegen, diese Tage mit dir durchzustehen. Wir müssen uns zusammenreißen und irgendwie eine Beziehung zueinander herstellen, wenn es funktionieren soll. Wenn du hier heulend vor mir sitzt und mir nicht sagst, was los ist, kommen wir nicht weiter.«

Sie wischte sich die Augen. »Ich bin nicht stolz darauf, wie ich mit dir umgegangen bin. In meiner Verzweiflung, im Land bleiben zu können, bin ich zu weit gegangen, aber jetzt ist es zu spät, um es zu ändern. Ich wusste, dass ich dich nur durch Zwang dazu bringen kann, mir zu helfen. Ich erwarte nicht, dass du mir jemals verzeihst oder mich verstehst. Aber ich habe meine Gründe, warum ich unbedingt hierbleiben muss.« Sie putzte sich die Nase. »Ich kann nicht zurück nach Ecuador, Colby. Es ist ein Albtraum.«

Ich kniff die Augen zusammen. »Warum? Ist nicht deine gesamte Familie dort?«

Sie schaute auf ihren Teller. »Es ist eine sehr lange Geschichte.«

Ich beugte mich vor. »Nun, falls du es nicht gemerkt hast, ich habe mein ganzes Leben für dich auf Eis gelegt. Da verdiene ich ja wohl zumindest eine Erklärung, warum *dein* Albtraum jetzt zu *meinem* geworden ist.«

Sie atmete tief durch und nickte. »Du hast recht. Du solltest es wissen.«

Ich lehnte mich zurück und verschränkte die Arme. »Also … Dann leg mal los.«

Maya vergrub das Gesicht in den Händen. »Ich dürfte nicht hier sein, Colby.«

»Na, so viel ist sicher. Ich zähle die Tage, bis wir es hinter uns haben.«

Sie sah zu mir auf. »Nein … Ich meine, ich wäre eigentlich tot.«

Mir klappte die Kinnlade herunter. *Wovon zum Teufel redet sie?*

»Ich habe damals in Ecuador versucht mich umzubringen.« Sie schüttelte bedächtig den Kopf. »Aber ich bin so ein Versager, ich habe nicht mal das auf die Reihe gekriegt. Deshalb bin ich immer noch da. Aber ich sollte es nicht sein.«

Ich wusste nicht, was ich sagen sollte. Ich hasste sie zwar, aber ich wünschte ihr gewiss nicht den Tod. »Was ist passiert?«, fragte ich schließlich.

Sie starrte einen Moment ins Leere. »Vor sechs Jahren habe ich in meiner Heimat als Nanny gearbeitet. Ironischerweise habe ich mich um ein kleines Mädchen in Saylors Alter gekümmert.« Sie hielt inne. »Eines Tages habe ich mich von meinem Handy ablenken lassen, als ich auf sie aufgepasst habe. Aber länger als eine Minute war ich bestimmt nicht auf Facebook. Rocio war in ihrem Zimmer, und ich dachte, ich kann ruhig mal eine kleine Pause machen. Ich hatte keine Ahnung, dass sie sich hinausschleichen würde. Sie ist zur Hintertür raus, die zum Pool führte.«

Ich schluckte. Ich ahnte, worauf die Geschichte hinauslaufen würde, und bei dem Gedanken wurde mir als Vater einer kleinen Tochter kotzschlecht.

Maya fuhr mit Tränen in den Augen fort. »Sie ist ins Wasser gefallen, und ich habe es nicht mitbekommen. Als ich in ihrem Zimmer nach ihr sehen wollte, war sie weg. Ich bin durchgedreht, habe das ganze Haus durchsucht, aber während ich drinnen auf der Suche war, ist sie draußen im Pool ertrunken. Irgendwann habe ich gemerkt, dass die Tür zum Garten offen stand, und ich habe sie mit dem Gesicht nach unten im Wasser gefunden. Ich wollte sie retten, aber sie war schon tot, als ich bei ihr war. Ich habe Hilfe gerufen, aber es war zu spät.«

Oh Gott. »Scheiße.« Und dann murmelte ich Worte, von denen ich nie gedacht hätte, dass ich sie einmal zu ihr sagen würde. »Das tut mir leid.«

»Ihre Eltern haben meiner Familie gesagt, es sei besser, wenn ich ihnen nie wieder unter die Augen trete. Sie haben dafür gesorgt, dass es jeder in der Stadt erfuhr. Meine Familie kam mit den Feindseligkeiten und dem Gerede nicht klar. Mein Vater verlor darüber seinen Job, und meine Familie hat sich von mir distanziert.« Sie schaute an die Decke und begann erneut zu weinen. »Alle haben mich gehasst. Aber am meisten habe ich mich selbst gehasst. Ich wollte mir mit Tabletten das Leben nehmen, aber ich habe nicht genug eingenommen. Jemand hat mich auf der Straße liegend gefunden und ins Krankenhaus gebracht, wo mir der Magen ausgepumpt wurde.«

Wie traurig und entsetzlich. »Gott …«, wisperte ich.

»Im Krankenhaus«, sagte sie, »habe ich eine nette Krankenschwester kennengelernt. Sie war die Erste, die mich gefragt hat, was los ist, und sich meine Geschichte angehört hat. Sie hat mir einen Arzt besorgt, mit dem ich reden konnte. Und sie haben mir Hilfe vermittelt. Ich fing an zu glauben, dass ich vielleicht doch Vergebung und eine zweite Chance verdiente. Aber ich musste weg von meiner Familie und den Leuten in der Stadt, denn sie hätten mir weiter eingeredet, ich hätte den Tod verdient. Also habe ich angefangen, für ein Ticket zu sparen, und bin in die Staaten geflogen. Ich habe mir geschworen, meiner Familie für immer den Rücken zu kehren. Als mein Visum ablief, bin ich illegal hiergeblieben. In Ecuador erwartet mich nichts mehr, nur Schande. Ich glaube, ich würde sterben, wenn ich jemals wieder dorthin zurückmüsste.«

»Als du hergekommen bist, hast du da gleich mit dem Tanzen angefangen?«

Sie nickte. »Ja. Einen anderen Job konnte ich nicht kriegen. Und den Clubbesitzern war es egal, dass ich eine Illegale war. Sie hat nur interessiert, dass ich mich ausziehe und ihnen Geld einbringe.«

»Strippst du noch?«

»Ja. In einem anderen Club.« Sie lächelte zaghaft. »Ich werde die Nacht nie vergessen, in der ich dich kennengelernt habe. Ich hatte noch nie so einen attraktiven Kunden – einen, der mich tatsächlich nervös gemacht hat. Deine Freunde haben dir einen Private Dance spendiert, und wir sind zusammen nach hinten gegangen. Du hast wahrscheinlich gedacht, dass ich mit vielen Besuchern des Clubs schlafe. Aber das stimmt nicht. Du warst der erste, mit dem ich Sex hatte. Du musst mir nicht glauben, aber es ist die Wahrheit, Colby. Du warst betrunken. Ich war auch leicht angetrunken, wusste aber, was ich tue. Ich wollte mich einfach einen Abend mal gut fühlen und die vielen schlechten Erinnerungen vergessen. Ich dachte nicht, dass ich schwanger werden könnte. Wir haben ein Kondom benutzt. Und ich habe die Pille genommen. Rückblickend muss ich allerdings zugeben, dass ich es ab und zu vergessen habe. Als ich herausfand, dass ich schwanger war, wusste ich sofort, es ist von dir. Weil es keinen anderen gegeben hatte. Aber ich wusste auch, dass ich das Baby nicht behalten kann. Nach der Tragödie mit Rocio hatte ich mir geschworen, nie wieder die Verantwortung für ein Kind zu übernehmen. Ich tauge nicht zur Mutter. Und ich verdiene es nicht, ein Leben in diese Welt zu setzen, wo ich den Verlust eines anderen verschuldet habe.« Sie holte Luft. »Aber abtreiben wollte ich nicht. Ich wusste nicht, was ich machen sollte, und ich wusste nicht, wie ich es dir sagen sollte. Ich habe es immer wieder hinausgeschoben, bis sie schließlich da war. Sie war so perfekt, und ich war mir noch sicherer, dass ich sie abgeben musste, damit ich ihr keinen Schaden zufüge.« Sie sah zu mir herüber. »Sie sah dir so ähnlich. Ich nahm es als Zeichen, dass ich sie dir geben muss. Sie war dein. Immer dein. Und dann habe ich sie dir gebracht. Ich habe mich dafür gehasst, aber ich wusste, es ist das Beste für sie. Und ich hatte offensichtlich recht.«

Ich fuhr mir durch die Haare. Ich hatte mich immer gefragt, was zur Hölle sie sich damals gedacht hatte. »Tut mir leid, was dir in deiner Heimat passiert ist«, sagte ich nach einer Weile.

»Und ich bin froh, dass du es nicht geschafft hast, dir das Leben zu nehmen.«

»Wenn es geklappt hätte, wäre Saylor jetzt nicht hier, hm?«

Sie hatte irgendwie meine Gedanken gelesen. Ich verachtete Maya zwar, aber ohne sie gäbe es Saylor nicht. Und sie tat mir wegen ihrer tragischen Vergangenheit auch ein bisschen leid, aber nicht so sehr, dass ich für ihr Verhalten mir gegenüber Verständnis aufgebracht hätte. Es gab keine Entschuldigung für das, was sie abgezogen hatte.

»Hör zu …«, sagte ich. »Lass es uns einfach durchstehen, okay? Wir sind weit gekommen. Lass uns jetzt genug übereinander lernen, damit wir hier nicht unsere Zeit vergeuden.« Ich stand vom Tisch auf. »Ich hole schnell Papier und Stifte, damit wir uns Notizen machen können. Wir müssen dieses Interview schaffen.«

Sie wischte die Tränen weg und lächelte. »Okay.«

Am nächsten Tag konnte ich an nichts anderes denken als daran, wie sehr Billie mir fehlte. Seit ich sie zuletzt gesehen hatte, waren einige Tage vergangen. Ich hielt mich natürlich an unsere Vereinbarung, aber es machte mich fertig, von ihr getrennt zu sein.

Nach der Arbeit beschloss ich, an ihrem Studio vorbeizugehen. Ich wollte nur einen Blick durch die Fenster hineinwerfen, sie kurz ansehen und nach oben gehen, ohne dass sie mich bemerkte.

Mir war allerdings nicht bewusst, wie spät es schon war. Letzthin fehlte mir jedes Zeitgefühl – jeder Tag war nur ein weiterer elender Murmeltiertag. Ich hatte gedacht, Billie würde noch arbeiten. Aber nein, sie war allein im Studio und fegte den Boden.

Damit hatte ich nicht gerechnet.

Und ich hatte nicht damit gerechnet, sie so traurig zu sehen. Ihre Miene war düster, und sie schien in Gedanken versunken zu sein. Wie konnte ich da einfach weggehen? Mit Herzklopfen überlegte ich, ob ich klopfen und sie auf mich aufmerksam machen sollte.

Bevor ich zu einer Entscheidung gelangte, sah Billie auf und bemerkte mich. Wahrscheinlich sah ich aus wie ein kleines Hündchen, das mit traurigen Augen ins Schaufenster starrte. Sie kam zur Tür, um mich reinzulassen. »Wie lange hast du da draußen gestanden?«

Ich schüttelte nur den Kopf.

Sie atmete tief durch. »Colby …«

Ich fiel ihr ins Wort. »Ich muss … ich muss dich einfach in den Armen halten. Ich weiß, es verstößt gegen die Regeln.«

»Wir waren noch nie gut darin, Regeln einzuhalten, nicht wahr?«, sagte sie.

Ich nahm sie in die Arme, drückte sie fest an mich und atmete ihren Vanilleduft ein. Mein Herz hämmerte in meiner Brust, während wir uns umschlungen hielten. Ich hatte mich so danach gesehnt.

Als wir uns schließlich voneinander lösten und uns ansahen, konnte ich nicht anders, als ihr einen behutsamen, schmerzlichen Kuss auf den Mund zu geben.

»Du solltest gehen«, flüsterte sie mir zu, bevor sie zurückwich.

Es fiel mir verdammt schwer, aber ich ließ sie los.

»Danke«, sagte ich.

Billie stand an der Tür und sah mir nach. Ich wusste, dass sie mich nicht gehen lassen wollte, aber mir war klar, warum sie mich wegschickte. Ich hatte gegen unsere Abmachung verstoßen – aber das war es mir wert gewesen.

Als ich in die Wohnung kam, malte Maya im Wohnzimmer zu meiner Überraschung mit Saylor, während die Nanny zusah.

Ich wusste nicht, ob ich wütend sein sollte, aber da sie bei uns wohnte, war eigentlich klar, dass sie zwangsläufig in Kontakt mit meiner Tochter kam.

»Was treibt ihr denn hier?«, fragte ich.

Saylor lief auf mich zu. »Daddy! Du bist wieder da!«

»Was machst du da, mein Schatz?«

»Ich male mit Maya.«

»Das ist aber … schön.«

Saylor zeigte auf mein Gesicht. »Du bist ja ganz rot um den Mund!«

Billies Lippenstift.

Ich strich mir über den Mundwinkel. »Wirklich?«

Das werde ich auf keinen Fall abwaschen.

»Dann wissen wir ja, warum du zu spät bist«, sagte Maya tadelnd.

Ich sah sie böse an.

An diesem Abend aß sie mit uns zusammen. Es lief zwar nicht besonders gut zwischen uns, aber ich war ihr gegenüber etwas toleranter geworden. Nach unserem Gespräch hatten wir noch zusammengesessen, um uns auf das Stokes-Interview vorzubereiten.

Später, als ich im Bett lag, konnte ich nicht aufhören, an Billie zu denken. Sie in den Armen zu halten und zu küssen hatte mir den Rest gegeben. Mir war bewusst geworden, dass ich nicht ohne sie leben konnte.

Neben dem Bett hatte ich einen Stift und Zettel mit Notizen über Maya liegen. Ich nahm mir ein neues Blatt und begann, Billie mein Herz auszuschütten. Ich schrieb alles auf, was ich ihr gern gesagt hätte. Wahrscheinlich würde ich es ihr nicht schicken, aber ich musste irgendwohin mit meinen Gefühlen.

29. KAPITEL

COLBY

Es war das dritte Mal an diesem Abend, dass ich Maya erwischte, wie sie mich beobachtete. Saylor und ich saßen im Wohnzimmer auf dem Boden und spielten *Candy Land*, während Maya gegessen und aufgeräumt hatte. Ich hätte es ignorieren oder der Vorbereitung auf das morgige Interview zuschreiben können, aber nach fast zwei Wochen Zusammenleben hatte ich gelernt, sie zu lesen. Und heute ahnte ich aufgrund des Ausdrucks in ihren Augen, dass sie etwas wollte.

Sie warf mir ein Lächeln zu, als sich unsere Blicke trafen, und ich richtete die Augen sofort wieder auf das Spielbrett, ohne es zu erwidern. Ich wollte ihr ganz gewiss nicht den Eindruck vermitteln, ich wäre an irgendetwas anderem interessiert als daran, schnellstens aus diesem Schlamassel herauszukommen. Sie verstand den Wink anscheinend, denn sie verschwand im Gästezimmer und erschien erst wieder auf der Bildfläche, nachdem ich Saylor zu Bett gebracht hatte.

»Schläft sie?« Maya kam zu mir ins Wohnzimmer, wo ich fernsah. Also, der Fernseher war zumindest eingeschaltet, und ich starrte darauf.

Ich nickte. »Die Babysitterin war nach dem Kindergarten mit ihr im Park. Sie ist neuerdings völlig versessen darauf, am Klettergerüst herumzuturnen, und danach ist sie immer total müde.«

Maya lächelte. »Ich glaube, ich trinke ein Glas Wein. Ich bin etwas nervös wegen morgen. Möchtest du auch eins?«

»Nein, danke.« Obwohl die Stimmung zwischen mir und Maya in der vergangenen Woche freundlicher geworden war, wollte ich nichts tun, was auch nur im Entferntesten an eine Paarbindung erinnerte. Es wäre respektlos Billie gegenüber gewesen.

Maya schenkte sich ein Glas Merlot ein und setzte sich ans andere Ende der Couch. »Ich habe ein Hormonimplantat zur Verhütung im rechten Oberarm.« Sie zeigte darauf.

Ob es nun daran lag, dass sie mich zuvor beobachtet hatte, oder daran, dass sie nur ein Tanktop und knappe Schlafshorts trug, ich zog jedenfalls den falschen Schluss. »Ich werde auf keinen Fall mit dir schlafen.«

Maya seufzte. »Ich habe es dir gesagt, weil mir eingefallen ist, dass ein Ehemann so etwas über seine Frau wissen sollte. Der Untersuchungsbeamte könnte fragen, wie wir verhüten.«

»Oh. Okay.«

»Und ich schlafe meistens nackt. Wie ist es bei dir?«

»Ich habe eine Tochter, also schlafe ich normalerweise nicht nackt. Manchmal steht sie früher auf als ich, und sie soll ja keinen Schreck fürs Leben bekommen.«

Maya runzelte die Stirn. »Ja, natürlich. Das ergibt Sinn. Dann sollte ich wohl das Gleiche sagen, wenn ich gefragt werde, oder?«

Ich zuckte die Achseln. »Wenn du willst.«

Sie nickte. »Warum sagen wir nicht einfach, dass ich in Tanktop und Shorts schlafe? Ohne BH natürlich.«

»In Ordnung.«

»Und was sage ich über dich? Worin schläfst du?«

»Einfach in der Unterwäsche.«

»Schließen wir die Schlafzimmertür ab, wenn wir Sex haben?«

»Natürlich.«

»Vielleicht sagen wir besser, dass wir es in der Regel tun, es aber auch schon mal vergessen haben, wenn es heiß herging. Das klingt glaubwürdiger, weil wir ja frisch verheiratet sind.«

Das Gespräch bereitete mir immer mehr Unbehagen. »In Ordnung.«

Maya trank einen Schluck Wein. »Erinnerst du dich an die Nacht, als wir uns kennengelernt haben? Wir konnten die Finger nicht voneinander lassen. Wir haben es gerade eben in deine Wohnung geschafft und noch im Flur an der Wand Sex gehabt. Wenn wir ein echtes Paar wären, wären wir bestimmt jetzt noch so leidenschaftlich. Was meinst du?«

Ich biss die Zähne zusammen. »Dazu meine ich gar nichts. Aber wenn du sagen willst, dass wir ein paarmal vergessen haben, die Tür abzuschließen, sage ich etwas Ähnliches, wenn ich gefragt werde.« Ich nahm die Fernbedienung und schaltete den Fernseher aus. »Ich gehe jetzt ins Bett. Wir müssen morgen um halb neun los. Bist du dann hier, oder willst du dich vor Ort mit mir treffen?«

»Ich werde hier sein. Womöglich beobachtet Weber wieder, wie wir eintreffen. Wir sollten besser gemeinsam ankommen.«

Ich nickte und stand auf. »Ich komme wieder her, nachdem ich Saylor in den Kindergarten gebracht habe.«

»Oder … wir bringen sie zusammen hin?«

Ich schüttelte den Kopf. »Nein, ich hole dich ab.«

In meinem Zimmer zog ich mir das Hemd aus, und als ich mir gerade im Bad die Zähne putzen wollte, klopfte es. Ich öffnete die Tür, und da stand Maya vor mir. Sie zeigte mit dem Daumen nach hinten. »Ich habe mich bettfertig gemacht, und da ist mir aufgefallen, dass ich nicht weiß, wie deine Badezimmerroutine aussieht – und umgekehrt.«

Ich hielt die Tür fest und rührte mich nicht von der Stelle, um ihr den Weg zu versperren. »Ich putze mir die Zähne und wasche mir das Gesicht.«

Maya hob ihr Telefon. »Ich lese jeden Abend einen anderen Artikel darüber, welche Fragen den Leuten bei Stokes-Interviews schon gestellt wurden. Heute habe ich gelesen, dass sich der Untersuchungsbeamte in einem Fall auf die Einzelheiten vor dem Zu-Bett-Gehen konzentriert hat. Er hat gefragt, ob die Leute ihre Zahnpasta wegräumen oder einfach am Waschbeckenrand liegen lassen, und ob sie eine Mundspülung oder Zahnseide benutzen und so weiter.«

Ich warf einen Blick auf ihr Telefon, das eine Website mit Dutzenden Fragen anzeigte.

»Ich will das Interview wirklich schaffen, damit du mich loswirst«, sagte sie. »Es dauert ja nicht lange. Ich bleibe still hier stehen und sehe dir zu, für alle Fälle.«

Ich holte tief Luft und ließ sie zögernd herein. »Na schön.«

Maya lehnte sich gegen den Türrahmen, während ich mir die Zähne putzte und die Zahnseide aus dem Schrank nahm.

»Oh, du machst es noch nach der alten Methode?«, sagte sie. »Ich benutze ja diese Zahnseide-Sticks.«

Ich sah sie im Spiegel an, während ich meine Zähne reinigte. Maya checkte meine nackte Brust ab. Es war mir verdammt unangenehm. Deshalb beeilte ich mich und beendete das Prozedere so schnell wie möglich, dann drehte ich mich zu ihr um. »Zufrieden?«

»Willst du jetzt mitkommen und mir zusehen?«

Ich schüttelte den Kopf. »Wie wär's, wenn du einfach sagst, dass du es genauso machst, wie du es gerade bei mir gesehen hast, falls wir gefragt werden?«

»Oh. Okay. Das geht auch.«

Ich zeigte in Richtung meines Schlafzimmers. »Kann ich jetzt gehen?«

Maya trat zur Seite, um mich vorbeizulassen, dann folgte sie mir langsam. Als sie am Bett vorbeiging, fuhr sie mit dem Finger über die Steppdecke, und am Kopfende angekommen blieb sie stehen und sah mich über die Schulter an.

»Vielleicht sollten wir die Nacht zusammen verbringen, um noch ein paar letzte Details mitzubekommen. Ich weiß nicht mal, ob du dich zusammenrollst oder auf dem Bauch schläfst.« Sie sah zu mir auf und kaute verlegen auf der Unterlippe. »Es könnte unser kleines Geheimnis bleiben. Ich würde es Billie nicht sagen oder so.«

Ich biss so fest die Zähne zusammen, dass mir eigentlich mindestens einer hätte abbrechen müssen. »Verschwinde aus meinem Zimmer.«

Maya blinzelte irritiert. Wahrscheinlich kam es nicht allzu oft vor, dass ein Mann sie nicht in seinem Bett haben wollte. Sie hatte tatsächlich den Nerv zu schmollen. »Du musst nicht gleich so grob werden.«

Ich zeigte zur Tür. »*Grob* wäre, wenn ich dich aus der Wohnung werfen würde und du auf der Straße schlafen müsstest. Und das passiert auch gleich, wenn du nicht sofort aus meinem Schlafzimmer verschwindest.«

Sie zog beleidigt ab und knallte die Tür hinter sich zu.

Am nächsten Morgen wechselten Maya und ich kaum zwei Sätze miteinander, als wir mit der Bahn ins Zentrum fuhren. Ich war dermaßen fertig mit den Nerven, dass ich schon zusammenzuckte, wenn irgendwo ein Auto hupte. Ich würde erst wieder Ruhe finden, wenn dieser Tag endlich vorbei war. Wir trafen uns mit meinem Anwalt vor dem Amtsgebäude und redeten ein paar Minuten mit ihm, bevor wir hineingingen. Er bereitete uns darauf vor, dass wir gemeinsam oder getrennt befragt werden und es bis zu acht Stunden dauern oder in weniger als einer Stunde vorbei sein konnte. Ich wusste also nicht, was auf mich zukam, bis Officer Weber auftauchte.

»Mrs Lennon kann hier warten«, sagte er ohne jede Vorrede. »Das Videogerät ist in einem Raum den Flur hinunter aufgebaut. Ich möchte zuerst mit Mr Lennon sprechen.«

Mein Anwalt nickte und sagte zu Maya: »Ich melde mich, sobald wir fertig sind.«

»Okay.«

Maya kam mit ausgebreiteten Armen auf mich zu. »Bis später dann.«

Aus dem Augenwinkel bekam ich mit, dass Weber uns beobachtete, und so blieb mir keine andere Wahl, als Maya zu umarmen. Sie gab mir einen Kuss auf die Wange, bevor ich zurückweichen konnte, und raunte mir für jeden hörbar zu: »Ich liebe dich.«

Ich nickte und entfernte mich von ihr, so schnell ich konnte. Das Interview erschien mir erträglicher als ihre Umarmung.

Officer Weber kam gleich zur Sache. Kaum hatte er das Aufnahmegerät eingeschaltet, stellte er die erste Frage und erkundigte sich nach unserer Verhütungsmethode. Dank des gestrigen Gesprächs mit Maya, das ich nicht einmal hatte führen wollen, wusste ich die Antwort. Die nachfolgenden zehn Fragen bezogen sich allesamt auf Dinge, die wir entweder auswendig gelernt oder in der Zeit des Zusammenlebens übereinander erfahren hatten. Er fragte beispielsweise, wie Maya ihren Kaffee trank und wohin sie ihre Schmutzwäsche tat. Dass ich die Antworten kannte, beruhigte meine Nerven ein wenig, und mir war durchaus bewusst, dass ich die Hälfte wahrscheinlich nicht gewusst hätte, wenn sie mich nicht gezwungen hätte, mit ihr zusammenzuleben. Es schien gut zu laufen, und ich begann zu glauben, dass ich Maya tatsächlich ein bisschen kennengelernt hatte. Bis die erste Frage kam, die mich verunsicherte.

»Wie oft gehen Sie pro Woche mit Ihrer Frau essen?«

»Äh … nicht allzu oft.«

Officer Weber schürzte die Lippen. »Ich hätte gern eine richtige Antwort – fünfmal, gar nicht, dreimal?«

»Nun, das ist von Woche zu Woche verschieden.«

»Okay. Dann frage ich genauer. Wie oft sind Sie in den letzten sieben Tagen zusammen essen gegangen?«

Mist. Ich überlegte einen Moment. »Einmal, glaube ich.«

»Glauben Sie?«

Ich nickte. »Ja, es war nur einmal.«

»Und können Sie mir sagen, ob Mrs Lennon Narben hat?«

»Narben?«

»Ja, Sie wissen, was eine Narbe ist, oder?«

Oh Gott. Das ist nicht gut.

In den nächsten drei Stunden wurde ich verhört wie ein Verbrecher. Es kamen noch ein paar Fragen, bei denen ich nicht sicher war, und ich beantwortete sie so vage wie möglich. Als Weber mit mir fertig war, bat er mich, draußen zu warten, und Adam Altman holte Maya herein. Ich wäre gerne auf und ab gelaufen, während die Zeit im Schneckentempo dahinkroch, aber ich hielt es für besser, sitzen zu bleiben und nicht so nervös zu wirken, falls die Empfangsdame Weber über mein Verhalten Bericht erstattete. Dreieinhalb Stunden vergingen, bis Maya und Adam Altman wieder herauskamen.

Officer Weber nickte ihm zu. Seine Miene war noch immer so unergründlich wie während des Interviews. »Ich melde mich«, sagte er.

Mein Anwalt nickte zurück. »Danke. Einen schönen Nachmittag noch.«

Keiner von uns sagte etwas, als wir mit dem Aufzug nach unten fuhren. Ich glaube, ich hielt sogar die Luft an, bis wir draußen auf der Straße waren.

»Und …« Adam Altman wandte sich uns zu. »Wie ist es Ihrer Meinung nach gelaufen? Keiner von Ihnen beiden schien größere Probleme gehabt zu haben.«

»Ich habe das Gefühl, es war okay«, sagte Maya.

Ich nickte. »Ich habe Angst, es zu sagen, aber ich fand es auch ganz okay.«

Er legte mir lächelnd die Hand auf die Schulter. »Das verstehe ich. Aber wenigstens ist es jetzt vorbei. Es wird ein paar Wochen dauern, bis irgendetwas passiert.«

Nachdem sich mein Anwalt verabschiedet hatte, tauschten Maya und ich uns aus. Auf dem Weg zur Bahn gingen wir die Fragen und Antworten durch.

»Was hast du dazu gesagt, wie oft wir in der Woche essen gehen?«, fragte ich.

»Ich habe gesagt, was ich bisher mitbekommen habe – höchstens einmal.«

Ich atmete erleichtert aus und nickte. »Gut … gut. Das habe ich auch gesagt. Und was ist mit Narben? Hast du welche?«

»Nur die Narbe vom Kaiserschnitt.«

Ich blieb ruckartig stehen. »Saylor wurde per Kaiserschnitt entbunden?«

»Ja.«

»Warum?

»Sie hatte Steißlage.«

Ich schüttelte den Kopf und war auf einmal völlig durch den Wind – nicht wegen des Verlaufs der Befragung, sondern weil ich keine Ahnung gehabt hatte, wie meine Tochter zur Welt gekommen war.

Ich fuhr mir durch die Haare. »Ich wusste nicht, dass du

einen Kaiserschnitt hattest. Ich habe gesagt, du hast keine Narben.«

»Es ist die Einzige.«

»Meinst du, wir müssen jede Frage richtig haben? Ist es wie in der Schule, wo man mit fünfundsechzig Prozent durchkommt, oder müssen wir hundert schaffen? Ich meine, bei Narben denkt man nicht unbedingt an eine Kaiserschnittnarbe. Als er mich danach gefragt hat, habe ich überlegt, ob du mir von Verletzungen oder Unfällen erzählt hast. Ich weiß also nicht, ob ich Kaiserschnitt gesagt hätte, selbst wenn ich davon gewusst hätte. Menschen übersehen Sachen oder vergessen sie.«

Maya zuckte die Achseln. »Ich habe keine Ahnung, was erforderlich ist, um durchzukommen.« Sie hob den Zeigefinger. »Oh, es gab noch eine Frage, bei der ich nicht sicher war: Welche Farbe hatte die Unterhose, die du letzte Nacht anhattest?«

»Was hast du gesagt?«

»Ich habe auf Grau getippt.«

»Guter Tipp, denn das habe ich geantwortet. Obwohl ich mir selbst nicht sicher war.«

Wir fuhren mit dem Abgleich unserer Antworten fort, während wir auf dem Bahnsteig warteten und fast die gesamte Rückfahrt über. Wie sich herausstellte, hatten wir abgesehen von der Frage nach den Narben nur eine weitere Frage falsch. Weber hatte danach gefragt, an welchem Tag wir den Müll rausstellten, und Maya hatte Dienstag gesagt, ich hingegen Freitag. Aber sie hatte versucht, die Frage mit einem Lachen abzutun, und gesagt, sie könne nur raten, weil Müll und Reparaturen eher meine Aufgaben seien und Wäsche und Geschirrspüler ihre.

Meiner Meinung nach war es ziemlich normal, dass derjenige, der sich nicht um den Müll kümmerte, nicht wusste, wann er an die Straße gestellt werden musste. Bis auf diese beiden Fragen hatten wir uns scheinbar recht gut geschlagen. Ich hoffte einfach, dass es ausreichte. So oder so, jetzt war es vorbei, und als wir an unserer Haltestelle ausstiegen, waren meine Schultern wesentlich entspannter als in den vergangenen Wochen.

Ich hatte sogar das Gefühl, etwas leichter atmen zu können, als wir zur Treppe gingen. Kurz bevor wir sie erreichten, vibrierte mein Handy in meiner Tasche. Ich zog es hervor, um nachzusehen, wer es war, und stolperte über irgendetwas auf dem Boden. Ich ruderte mit den Armen, um das Gleichgewicht wiederzuerlangen, bis ich schließlich doch auf dem Hintern landete. Als ich mich umsah, weil ich wissen wollte, worüber ich gestolpert war, erblickte ich einen einzelnen Arbeitsschuh.

Ich schüttelte den Kopf und musste lachen, als ich aufstand. »Wer zum Teufel verliert einen Schuh in der U-Bahn?«

Maya riss die Augen auf und zeigte auf meinen Allerwertesten. »Ach, du lieber Gott, Colby! Deine Hose ist geplatzt!«

Ich verrenkte mir den Hals, um mir das Malheur anzusehen. Die hintere Schrittnaht war tatsächlich aufgerissen, und zwar nicht nur ein kleines Stück, sondern von oben bis unten.

»Mist.« Ich lachte.

Maya konnte sich nicht mehr halten. »Jetzt weiß ich jedenfalls, welche Farbe deine Unterwäsche heute hat.«

Die vergangenen Wochen waren ungeheuer stressig gewesen, und wahrscheinlich hatte ich nicht ein einziges Mal gelächelt. Und so hatte die Komik dieser Situation eine befreiende Wirkung, und wir lachten viel heftiger und länger, als es dem Vorfall angemessen war. Wir lachten immer noch, als wir die Treppe hochstiegen. Ich hielt jedoch schlagartig inne, als ich aufsah und in das Gesicht der Frau blickte, die uns entgegenkam. Sie war alles andere als fröhlich.

Billie.

Ich erstarrte.

Sie erstarrte.

Ohne etwas mitzubekommen, ging Maya lachend weiter.

»Billie, was machst du hier?«

Sie verzog das Gesicht. »Ich amüsiere mich offensichtlich nicht so gut wie ihr zwei …«

Ich schüttelte den Kopf. »Nein, nein, nein. Es ist nicht, wie es aussieht. Ich schwöre.«

Sie hob die Hände und ging an mir vorbei. »Schon gut, Colby. Ich muss mich beeilen, sonst verpasse ich meine Bahn.«

»Billie, warte!« Ich lief hinter ihr her.

Aber sie eilte durch das Drehkreuz und schüttelte den Kopf. »Geh einfach, Colby. Deine *Frau* wartet bestimmt oben auf dich.«

Stunden später saß ich allein mit einer leeren Flasche Tequila am Küchentisch, als Maya hereinkam. Ich hatte sie seit der Begegnung mit Billie am Nachmittag nicht mehr gesehen.

»Wo warst du auf einmal?«, fragte ich.

»Als ich gesehen habe, wie aufgebracht Billie war, dachte ich, ich mache mich eine Weile rar. Ist alles okay?«

Ich trank mein Glas aus und lachte laut. »Aber natürlich. Warum auch nicht? Die Frau, die ich liebe, will mich nicht sehen – weil ich mit einer anderen Frau zusammenwohne, die zufällig meine Ehefrau ist – und hat heute eine Szene beobachtet, die so aussah, als hätte ich mich prächtig mit besagter Ehefrau amüsiert.« Ich zuckte die Achseln. »Alles ist einfach ganz wunderbar.«

Maya setzte sich seufzend zu mir. »Es tut mir sehr leid, wie viele Probleme ich dir bereitet habe, Colby. Wirklich.«

Hätte ich nicht gewusst, dass sie kein Herz besaß, hätte ich es ihr vielleicht abgekauft und gedacht, sie hätte ein schlechtes Gewissen. Ich stand vom Tisch auf. »Ich gehe schlafen.«

Nachdem ich mir die Zähne geputzt hatte, kehrten meine Gedanken wieder dorthin zurück, wo sie den ganzen Nachmittag gewesen waren. Ich hatte Billie schreiben wollen, es aber letztlich gelassen, um sie nicht noch mehr zu verärgern. In meinem betrunkenen Zustand redete ich mir jedoch ein, dass es unverantwortlich war, ihr nicht zu schreiben, nachdem sie so aufgelöst gewesen war. Ich nahm mein Telefon, legte mich aufs Bett und tippte.

Colby: Hey, das mit heute Nachmittag tut mir leid. Ich war gerade gestolpert und hatte mir die Hose aufgerissen. Das Interview war heute, und ich war mit den Nerven völlig am Ende. Ich schwöre, es war nicht so, wie es aussah. Es war definitiv nicht lustig. Ich möchte mich vergewissern, dass du okay bist, und dir sagen, dass ich dich liebe.

Ich beobachtete den Sendevorgang auf dem Display, und einen Moment später wurde die Nachricht als gelesen angezeigt. Ich starrte mein Telefon an und wartete auf ihre Antwort.

Und wartete.

Und wartete.

Und wartete …

30. KAPITEL

BILLIE

Ein Unglück kommt selten allein.

Meine Laune war ohnehin schon miserabel, und als ich am Sonntagmorgen aufstand, stellte ich fest, dass das Rohr unter meiner Küchenspüle undicht war und umgehend repariert werden musste. Zuerst wollte ich Holden anrufen, weil er ein Alleskönner war und sich ständig um solche Dinge kümmerte. Ich wohnte zwar nicht im Haus, aber ich wusste, er würde mit seinem Werkzeug kommen und mir helfen, wenn ich ihn brauchte. Aber ich konnte ihn nicht anrufen. Holden war Colbys Freund und würde es ihm sofort erzählen. Und dann würde Colby fälschlicherweise denken, zwischen uns wäre wieder alles in Ordnung. Aber zumindest für meine Begriffe war nichts in Ordnung, und das schon ein bisschen länger und nicht erst, seit ich Colby an der U-Bahn-Station begegnet war.

Ich kannte noch einen anderen Klempner: Eddie Stark, alias »Eddie Muscle«, mit dem ich einmal ausgegangen war. Ich beschloss, meinen Stolz hinunterzuschlucken und ihn um Hilfe zu bitten.

Er erklärte sich bereit zu kommen, allerdings unter einer Bedingung: dass ich anschließend mit ihm zum Lunch ging – in aller Freundschaft. Weil inzwischen klar war, dass ich nichts von ihm wollte, vertraute ich auf seine guten Absichten. Ich willigte ein, vorausgesetzt, dass ich ihn einladen durfte, um mich bei ihm zu bedanken.

Eddie arbeitete mehr als eine Stunde in meiner Küche, bis er endlich herausfand, was mit dem Rohr nicht stimmte. Während ich ihm zusah und den Geräuschen unter der Spüle lauschte, war ich mit den Gedanken woanders. Halb traurig, halb wütend ging ich zum x-ten Mal die Szene an der U-Bahn-Station durch. Ich wusste nicht einmal, ob mein Gedächtnis womöglich alles verzerrt und aufgebauscht hatte, was ich gesehen und gehört hatte. Ich hatte kein klares Bild mehr davon, was passiert war, vor Augen. Trotzdem hörte ich nicht auf zu grübeln.

Worüber haben sie gelacht?

Was hat sich zwischen ihnen verändert?

Mag er sie jetzt etwa?

Soll ich ihm zurückschreiben?

Also, ich sollte ihm wirklich schreiben.

Nein, zum Teufel, ich schreibe ihm nicht!

Bin ich zu Unrecht so wütend geworden?

Wie geht es Saylor? Lacht sie jetzt auch mit ihnen?

Vermisst sie mich noch?

Kommen sie und Maya sich näher?

Ich hatte das Gefühl, jeden Moment den Verstand zu verlieren.

Natürlich hätte ich diese Fragen Colby einfach stellen können, aber mein Ego ließ es allem Anschein nach nicht zu. Es hatte mich vielmehr lahmgelegt und zur Untätigkeit verdammt.

Als Eddie endlich unter der Spüle hervorkam, verkündete er, dass er glaube, das Problem behoben zu haben. Wir ließen das Wasser zur Kontrolle einige Male laufen, und es tropfte nicht mehr.

Während er seine Sachen zusammenpackte, fiel sein Blick auf meine Obstschale. »Was zur Hölle ist das denn?«

Oh nein. Die wollte ich doch wegwerfen. »Das solltest du eigentlich nicht sehen«, sagte ich.

»Willst du es mir erklären?«

»Lieber nicht.«

»Billie ...« Er hielt die Barbiepuppe hoch. »Da liegt eine verdammte nackte Barbie mit abgeschnittenen Haaren zwischen deinen Bananen. Ich brauche eine Erklärung, sonst muss ich davon ausgehen, dass du auf irgendeinen sonderbaren Barbie-Voodoo-Kult abfährst.«

Ich lachte. »Nein, so ist es nicht.«

Er zog eine Augenbraue hoch. »Was ist es dann?«

»Es ist eine alte Angewohnheit aus meiner Kindheit.« Ich seufzte. »Barbies Haare müssen zur Erhaltung meiner psychischen Gesundheit dran glauben.«

»Oooh. Okay. Das leuchtet natürlich ein.« Er machte große Augen und dachte offenbar, dass ich nicht mehr alle Tassen im Schrank habe.

»Gut, ich werde es dir erklären.« Ich nahm ihm die Puppe ab und sah sie an. »Wenn ich in meiner Kindheit irgendwie neben der Spur war, habe ich eine meiner älteren Barbies genommen und ihr die Haare Strähne für Strähne abgeschnitten. Es war irgendwie therapeutisch und hat mir gutgetan. Wie diese Antistressbälle, die man knetet, wenn man unter Druck steht. Oder Luftpolsterfolie knallen lassen.«

Er verschränkte die Arme und lachte. »Ja, so ähnlich ... Aber völlig bekloppt. Ich verstehe.«

»Vor ein paar Tagen ist etwas passiert«, erklärte ich. »An dem Abend war ich so frustriert, dass ich mir einen Haufen Süßigkeiten und eine billige Barbiekopie gekauft habe. Das habe ich seit Jahren nicht gemacht.«

Er sah mich ernst an. »Billie …«

»Hm?«

»Willst du darüber reden, warum du es gemacht hast?«

Mein Magen knurrte. »Ich sterbe vor Hunger. Gehen wir essen, dann erkläre ich es dir.«

Es war ein perfekter Tag für einen Spaziergang. Eddie hatte seinen Wagen zwar ein Stück die Straße hinunter geparkt, aber wir gingen ein paar Blocks zu Fuß zu einem Bistro.

Nachdem wir bestellt hatten, stützte er die Arme auf den Tisch und sagte: »Okay, jetzt sag mir, was los ist. Wie ich hörte, datest du den Besitzer des Hauses, in dem sich dein Tattoostudio befindet. Ist er der Grund, warum Barbie einen Igelschnitt bekommen hat?«

Ich nickte seufzend. »Ich date ihn nicht nur, Eddie. Ich habe mich hoffnungslos in ihn verliebt – und in seine kleine Tochter.« Mein Herz zog sich zusammen. »Und sie fehlen mir sehr.«

»Wieso fehlen sie dir?« Seine Augen weiteten sich. »Habt ihr euch getrennt?«

»Nicht direkt.«

Er kniff die Augen zusammen. »Klingt kompliziert.«

»Du machst dir keine Vorstellung.«

»Muss ich ihm eine Abreibung verpassen?«

»Er ist nicht derjenige, dem ich am liebsten eine verpassen würde«, entgegnete ich.

»Wo ist das Problem? Rede mit mir.«

»Wie viel Zeit hast du?« Ich trank einen Schluck Wasser. »Im Ernst, es ist eine verdammt lange Geschichte.«

»Wie lange ich Zeit habe? Länger als es dauert, einer Barbie die Haare abzuschneiden. Reicht das?«

Schließlich klärte ich Eddie über die ganze Situation auf, und zum Schluss erzählte ich ihm, dass ich Colby und Maya an der U-Bahn getroffen hatte, und wie sehr es mich wurmte, dass sie zusammen gelacht hatten.

Ich schaute in mein Glas und spielte mit dem Trinkhalm. »Er hat mir an dem Tag so furchtbar gefehlt, und es war einfach schrecklich, ihn mit ihr lachen zu sehen. Angeblich hasst er sie, und jetzt lachen sie miteinander wie die besten Kumpel? Ich meine, was soll das?«

Eddie kratzte sich am Kinn. »Analysieren wir das mal, um die eigentliche Ursache des Problems zu finden. Irgendetwas sagt mir nämlich, dass es um mehr geht als das gemeinsame Lachen. Was hat dich wirklich daran gestört?«

»Alles?« Ich zuckte mit den Schultern. »Wie soll ich das analysieren?«

»Dafür bin ich da.« Er grinste. »Ich helfe dir.«

In diesem Moment war ich bereit, jede Hilfe anzunehmen, die ich bekommen konnte. »Okay …«

Unser Gespräch wurde kurz unterbrochen, als unser Essen kam.

Eddie steckte sich eine Pommes in den Mund. »Frag dich zuerst mal, ob es dir lieber wäre, wenn er die ganze Zeit, in der sie bei ihm wohnt, traurig und unglücklich wäre.«

Ich gab etwas Ketchup auf meinen Teller und schüttelte den Kopf. »Nein, natürlich nicht. Ich will, dass er glücklich ist.«

»Okay, und zum Glücklichsein gehört auch Lachen, nicht wahr?«

»Ich fühle mich, als würde ich vor Gericht stehen.« Ich schmunzelte. »Ja, das nehme ich an.«

»Dann wissen wir also, dass es nicht seine Fröhlichkeit war, die dir an die Nieren gegangen ist.« Eddie biss in seinen Burger und sprach mit vollem Mund weiter. »Nächste Frage: Kam es dir so vor, als ob das gemeinsame Lachen bedeutet, dass Colby Gefühle für sie entwickelt?«

Ich hätte meine Verunsicherung gern daran festgemacht, aber es ging nicht. »Nein, das habe ich nicht so empfunden, weil ich weiß, wie sehr er sie hasst und sich über sie ärgert. Das ist also auch nicht der Punkt.«

Er legte seinen Burger auf den Teller und wischte sich die Hände ab. »Weißt du, was *ich* denke?«

»Was denn?«

»Ich denke, mein Urteil steht fest.«

»Und wie lautet es?«

»Es hat dich aufgeregt, ihn lachen zu sehen, weil du es irgendwie auf seine Gefühle für *dich* bezogen hast – also, wie kann er nur so fröhlich sein, wo er sich doch elend fühlen und mich vermissen sollte. Habe ich recht? Irgendwie hat sein Lachen gezeigt, dass es nicht das Ende der Welt für ihn ist, ohne dich zu leben.«

Wow. Ich staunte nicht schlecht. Eddie hatte den Nagel auf den Kopf getroffen. »Das ist es, Eddie. Das hat mich belastet. Ich habe es als Spiegelbild seiner Gefühle für mich empfunden, obwohl er mir nie einen Grund gegeben hat, sie anzuzweifeln. Ich glaube, der ganze Stress in der letzten Zeit hat mich überempfindlich gemacht, und dadurch wurde meine Wahrnehmung der Realität verzerrt.«

Ich atmete erleichtert auf. Nachdem ich dahintergekommen war, fühlte ich mich ein bisschen besser. »Verdammt, du bist gut, Eddie Muscle. Willst du Tattoos gegen Therapiestunden tauschen?«

»Die Idee gefällt mir.« Er biss in seinen Burger. »Barbie wäre ein misslungener Haarschnitt erspart geblieben, wenn du eher mit mir darüber geredet hättest.«

Ich schmunzelte. »Das mit der Barbie wirst du mir wohl ewig unter die Nase reiben, hm?«

»Wahrscheinlich«, entgegnete er augenzwinkernd.

»Großartig.«

Eddie streute etwas Salz auf seine Pommes. »Die unterschiedlichsten Dinge bringen Menschen zum Lachen, Billie. Da sollte man nichts hineininterpretieren. Manchmal müssen wir lachen – einfach nur, um zu überleben. Wahrscheinlich hast du den Kerl in so einem Moment erwischt.« Er zeigte mit einer Pommes auf mich. »Ich gebe dir ein gutes Beispiel aus meinem Leben. Du weißt ja von meiner Scheidung, oder?«

»Ja, natürlich.«

»Es war nicht schön. Sehr bitter. Viel Unmut. Ich habe dir das alles mal erzählt.«

»Ja …« Ich nahm einen Schluck Wasser.

»Sie und ich, wir haben lange nicht miteinander geredet. An dem Tag, als wir die Scheidungspapiere unterzeichnen mussten, saßen wir mit den beiden Anwälten in einem Besprechungsraum. Es war ganz still. Und dann – kein Witz – hat ihr Anwalt auf einmal einen fahren lassen.«

»Was?« Ich fing an zu lachen.

»Es war natürlich unabsichtlich, aber trotzdem. Er musste niesen, und ihm entfuhr ein gewaltiger Furz. Nicole und ich sahen uns ungläubig an und fragten einander stumm: Hast du gehört, was ich gerade gehört habe?« Er grinste angesichts der Erinnerung. »Und dann haben wir beide einen Lachanfall bekommen. Wir sind total ausgerastet – zwei Menschen, die in zwei Jahren kaum ein Wort miteinander gewechselt hatten. Wir hassten uns abgrundtief, aber in diesem Moment hatten wir trotzdem gemeinsam Spaß. Weißt du warum? Weil es menschlich ist. Wir Menschen lachen über die absurdesten Sachen, wir lachen mit unseren Feinden, und manchmal lachen wir, obwohl uns zum Heulen zumute ist.«

Ich wischte mir über die Augen und wusste selbst nicht mehr, ob ich lachte oder weinte. »Danke für deine weisen Worte, Eddie. Du hast mir geholfen, alles aus einer anderen Perspektive zu sehen.«

»Gut.«

»Ist es egoistisch, dass ich ihm trotzdem zu verstehen geben will, wie sehr es mich getroffen hat? Ich lasse ihn nämlich schon drei Tage auf eine Antwort auf seine Nachricht warten«, sagte ich.

»Es ist nicht falsch, ihn schwitzen zu lassen, denn er *muss* wissen, wie schwierig die ganze Sache für dich ist.«

Der arme Eddie hatte sich das ganze Essen über meine Leidensgeschichte angehört. Anschließend fuhr er mit mir zu meinem Studio, weil ich ihm angeboten hatte, sein neustes Tattoo um eine Kleinigkeit zu vergrößern, die er sich gewünscht hatte – auf Kosten des Hauses natürlich.

Als wir fertig waren, ging ich mit ihm nach draußen. Ich sah mich nach Colby um, wie ich es in letzter Zeit immer tat, wenn ich vor die Tür ging. Dabei wusste ich nie, ob ich ihm wirklich begegnen wollte oder betete, ihn nicht zu sehen, aber das Adrenalin rauschte jedes Mal durch meine Adern, bis ich wieder drinnen war.

»Ich kann dir nicht genug dafür danken, dass du mich heute auf andere Gedanken gebracht hast – und für deine klugen Erkenntnisse«, sagte ich zu Eddie.

»Nun, du hast im Lauf der Jahre viel für mich getan, Billie.« Er hob den Arm. »Jedes Einzelne dieser fantastischen Kunstwerke von dir bereitet mir tagtäglich Freude. Dir ein bisschen davon zurückzugeben ist das Mindeste, was ich tun kann.«

»Du bist wirklich ein Supertyp, Eddie. Eines Tages wirst du jemanden sehr glücklich machen.«

»Hoffentlich nicht so glücklich, wie ich meine Ex gemacht habe.« Er lachte.

»Du wirst die Richtige finden. Sie ist da draußen. Das weiß ich einfach.«

»Gesprochen wie ein wahrer Freund«, sagte er mit einem Augenzwinkern. »Wie gern ich dich in all den Jahren auch gedatet hätte, ich bin froh, dich als Freundin zu haben, Billie. Aber falls du es dir jemals anders überlegen solltest, ich bin jederzeit bereit.«

So, so …

»War nur Spaß«, sagte er. »Ich weiß, der Zug ist abgefahren.« Er zwinkerte mir wieder zu. »Es sei denn, du holst ihn zurück.«

Ich lachte und umarmte Eddie zum Abschied. Er gab mir einen Kuss auf die Wange. Als ich ihn losließ, wurde mir flau im Magen, denn ich sah Brayden über die Straße kommen. Er lächelte mir kurz zu und winkte, bevor er ins Haus ging. Wahrscheinlich hatte er meine Umarmung mit Eddie gesehen. Im ersten Moment wollte ich ihm nachlaufen und es ihm erklären, aber dann wurde mir klar, dass es so aussehen würde, als hätte ich ein schlechtes Gewissen. Eddie und ich hatten uns einfach nur freundschaftlich umarmt; da gab es überhaupt nichts zu erklären.

Ich nahm allerdings an, dass Brayden Colby von unserer Begegnung erzählen würde. Vielleicht war dies ein guter Zeitpunkt, um Colbys Nachricht endlich zu beantworten. Aber dann hielt ich inne: Ich war viel zu durcheinander vor lauter Ängsten und Emotionen. Colby und ich hatten eine Pause vereinbart. Und ich beschloss, es dabei zu belassen.

Nachdem ich mein Studio abgeschlossen hatte, ging ich zu Fuß nach Hause, um einen klaren Kopf zu bekommen. Unterwegs wurden Schuldgefühle in mir wach, weil ich Colby noch immer eine Antwort schuldete und Brayden mich mit Eddie gesehen hatte. Ich wollte nicht, dass Colby noch mehr litt als ohnehin schon. Ich nahm mir vor, mich unter die heiße Dusche zu stellen, wenn ich zu Hause war, und darüber nachzudenken, was ich sagen wollte, bevor ich ihm zurückschrieb.

Als ich auf meine Wohnungstür zuging, sah ich einen großen Umschlag davor liegen. Er war an mich adressiert. Der Absender war Colby.

Ich nahm ihn mit hinein, und als ich ihn öffnete, fand ich darin ein Bündel Briefe, die auf gelbem Notizpapier geschrieben waren. Dabei lag eine Anmerkung von Colby.

Ich soll mir jeden Tag Notizen über die Frau machen, die bei mir wohnt, aber wenn ich nachts allein bin, will ich nichts anderes, als an die Frau schreiben, die ich liebe. Ich hatte eigentlich nicht vor, dir die Briefe zu zeigen. Ich habe sie aus therapeutischen Gründen geschrieben – um nicht den Verstand zu verlieren und meine Gefühle irgendwie rauszulassen, solange ich sie dir nicht mitteilen kann. Ich habe dir fast jede Nacht geschrieben, seit du aus meinem täglichen Leben verschwunden bist. Wenn du wissen willst, was wahrhaftig in meinem Kopf vorgeht, können es dir diese Briefe sagen. Aber weißt du, wo du die Wahrheit nicht findest? In einer kurzen Momentaufnahme, einem dummen Missverständnis wie neulich an der U-Bahn.

Der erste Brief ging mir wirklich nah:

Billie,
es sind eigentlich erst ein paar Tage, und ich verliere jetzt schon den Verstand. Ich werde es nicht durchstehen, ohne dich zu sehen. Ich habe noch nie etwas Schlimmeres erlebt. Dein Lachen fehlt mir. Und ich vermisse das Gefühl von

deinem warmen Hintern an meinem Schwanz, wenn wir in Löffelstellung schlafen. Mir fehlt es, wie Saylor sich freut, wenn du hereinkommst. Ich vermisse deine Zahnbürste. Ich weiß, das klingt komisch, aber es war für mich von großer Bedeutung, als du deine Zahnbüste zum ersten Mal neben meine in den Becher gestellt hast. Es hat mir gezeigt, dass du vorhast wiederzukommen. Und jetzt ist sie weg.

Ich las jeden einzelnen Brief, bis ich bei dem letzten ankam, den er an dem Tag geschrieben hatte, an dem wir uns an der U-Bahn begegnet waren.

Billie,
ich habe das Gefühl, dich zu verlieren, und ich werde nicht lügen: Ich drehe durch. Ich habe noch nie eine solche Angst gehabt. Gleichzeitig will ich dich nicht bedrängen. Ich habe mich deinem Wunsch gefügt, eine Weile keinen Kontakt zu haben, und indem ich dir jetzt schreibe, statt zum Telefon zu greifen, halte ich meinen Teil der Abmachung ein.
Jeden Abend vor dem Schlafengehen fragt Saylor mich, ob du irgendwann wiederkommst. Und ich versichere ihr jedes Mal, dass es so sein wird. Heute auch. Aber ein kleiner Teil von mir hat Angst, dass ich sie zum ersten Mal belogen habe.
Es war zwar schmerzlich, dir zu begegnen, aber es hat verdammt gutgetan, dich zu sehen. Ich war ein bisschen besser drauf als sonst, weil wir gerade von dem Stokes-Interview kamen. Ich war so verdammt erleichtert, diese Tortur hinter mir zu haben, und es war sogar besser gelaufen, als ich gedacht hatte. In der U-Bahn-Station bin ich über einen Schuh gestolpert, der auf dem Boden lag, und hingefallen. Dabei ist mir die Hose geplatzt. Geplatzt, Billie! Es war total lächerlich und saukomisch. Deshalb musste ich lachen. Ich habe gelacht wie

schon lange nicht mehr. Es musste wohl einfach raus. In dem Moment habe ich dich gesehen. Und den Rest kennst du.

Aber du hast so vieles nicht gesehen von dem, was sonst alles passiert ist, seit du weg bist – zum Beispiel, dass ich mich jede Nacht im Bett nach dir sehne und bete, dass morgen nicht der Tag ist, an dem du zu der Erkenntnis kommst, dass es alles zu viel für dich ist. Du hast weitaus Besseres verdient, aber ich bin zu egoistisch, um dich gehen zu lassen, Billie. Ich liebe dich viel zu sehr. Also werde ich um dich kämpfen. Ich gebe uns nicht auf, auch wenn du mich im Moment hasst. Hass mich, wenn du willst. Aber geh nicht.

In Liebe,

Colby

Alias der mit dem Riss in der Hose

Ich grinste unwillkürlich. Es dauerte eine ganze Weile, bis ich mir eine Antwort überlegt hatte. Ich war innerlich völlig erschöpft von all den Gefühlen, die seine Briefe bei mir wachgerufen hatten.

Schließlich schrieb ich ihm.

Billie: Wie schade, dass ich an der U-Bahn-Station so neben der Spur war, dass ich deinem sexy Hintern in der zerrissenen Hose gar keine Beachtung geschenkt habe.

31. KAPITEL

COLBY

Als ich aus dem Aufzug trat, wartete Maya vor meiner Wohnungstür. Sie lächelte. Ich runzelte die Stirn. Zweieinhalb Wochen waren seit dem Stokes-Interview vergangen, und trotzdem bekam ich jedes Mal einen Schock, wenn ich nach Hause kam und sie dort antraf und nicht Billie. Ich kramte meine Schlüssel aus der Tasche. »Wartest du auf mich?«

»Ja, ich habe gehofft, wir können ein paar Minuten reden.«

»Ist mit Saylor alles okay?«

Sie nickte. »Ich bin nicht reingegangen, weil ich auf dich gewartet habe, aber ich höre sie und die Babysitterin lachen.«

»Okay.« Ich zuckte die Achseln. »Was gibt's?«

Sie nickte in Richtung der Tür zur Nottreppe schräg gegenüber von meiner Wohnung. »Können wir da reden? Ich möchte nicht, dass sie es mitbekommen.«

»Klar.«

Wir gingen ins Treppenhaus. Sie setzte sich auf die oberste Stufe und klopfte auf den Platz neben sich. Ich setzte mich widerstrebend zu ihr.

»Vor einer Stunde hat sich mein Anwalt gemeldet …«

Ich erstarrte. »Und?«

Sie seufzte. »Das Ergebnis kannte er nicht, aber offenbar wurde in unserem Fall eine Entscheidung getroffen. Die Freundin, die er auf dem Amt hat, hat einen Brief an uns in der Ausgangspost gesehen. Dann hat sie unsere Namen in der Datenbank aufgerufen, und der Status hat sich verändert: von *In Prüfung* zu *Abgeschlossen*. Aber sie wollte den Fall nicht öffnen, weil das System jeden Benutzer registriert, der die elektronischen Akten einsieht.«

»Okay … Dann dauert es nur noch ein, zwei Tage, bis wir Bescheid wissen.«

Maya nickte und schaute zu Boden. Sie schwieg eine ganze Weile, bevor sie weitersprach. »Mein Anwalt hat gesagt, wenn ein Fall abgeschlossen ist, besteht nicht mehr die Gefahr, dass der Untersuchungsbeamte vorbeikommt. Das wäre ein Verfahrensverstoß. Deshalb ziehe ich morgen früh aus, wenn es okay ist?«

»Oh … ja. In Ordnung.«

Sie wandte sich mir zu. »Hör mal, Colby, ich weiß, ich habe es schon gesagt, aber es tut mir wirklich leid, was ich dir aufgebürdet habe. Es gibt keine Entschuldigung für das, was ich getan habe, aber es war viel leichter für mich, als ich dich und Saylor noch nicht kannte. Ich hielt mein Handeln für gerechtfertigt. Du warst nur irgendein Typ, ein Stripclubgänger, der jede x-beliebige Frau mit nach Hause nimmt, die bereit ist, ihn zu begleiten – ein Mann, der Frauen ausnutzt. Warum also sollte ich dich nicht ebenso ausnutzen?« Sie seufzte. »Aber du bist ganz anders als der Mann, den ich mir vorgestellt hatte.«

Ich fuhr mir durch die Haare. »Vielleicht war ein Teil von mir genauso, als wir uns begegnet sind. Aber wie immer ich damals war, ich habe mich in dem Moment geändert, als meine Tochter in mein Leben trat.« Ich schüttelte den Kopf. »Du hast dich mehrmals entschuldigt, ich hingegen noch nie. Es ist ja nicht so, als wäre ich in den Wochen nach unserer gemeinsamen Nacht in dem Club aufgetaucht, um dich zum Essen einzuladen. Vielleicht habe ich dich also tatsächlich ausgenutzt, und dafür entschuldige ich mich. Ich würde nicht wollen, dass Saylor so von einem Mann behandelt wird.«

Maya kamen die Tränen. »Dass du dich nach allem, was ich getan habe, bei mir entschuldigst, sagt eine Menge über dich aus. Saylor hat großes Glück, dich als Vater zu haben.«

»Danke. Das bedeutet mir viel.«

»Sie ist ein ganz besonderes kleines Mädchen, Colby, das muss ich dir nicht sagen. Es hat sehr viel damit zu tun, dass du ihr jeden Tag mit gutem Beispiel vorangehst. Viele Eltern ermahnen ihre Kinder, freundlich zu sein, und mit ihrem Verhalten signalisieren sie etwas ganz anderes. Aber du klopfst keine Sprüche – du *zeigst* deiner Tochter die richtige Lebensweise. Und jetzt ist sie nicht mal hier und sieht gar nicht, wie du dich gerade verhältst, und trotzdem entschuldigst du dich und bist freundlicher zu mir, als ich es verdiene.« Ihr lief eine Träne über die Wange. »Ich wünschte, ich hätte ihr eine Mutter sein können. Wirklich. Aber ich kann mir niemals selbst trauen.«

Ich hatte immer gedacht, Maya wäre aus egoistischen Gründen gegangen, aber vielleicht lag ich falsch.

»Im Lauf der Jahre habe ich häufig darüber nachgedacht, was ich sagen soll, wenn Saylor irgendwann nach ihrer Mutter fragt. Mir ist nie eine Antwort eingefallen, die sie nicht verletzt hätte. Aber ich glaube, jetzt habe ich eine gefunden.«

Maya wischte die Tränen weg. »Welche?«

»Wenn sie fragt, werde ich ihr erklären, dass sich eine Mutter nicht immer aus selbstsüchtigen Motiven von ihrem Kind trennt, sondern in manchen Fällen aus Selbstlosigkeit. Und dass ihre Mutter sie sehr geliebt hat und ein besseres Leben für sie wollte als das, was sie glaubte, ihr geben zu können.«

»Danke.« Sie schniefte. »Ich danke dir von ganzem Herzen.«

Ich wies mit dem Kopf zur Tür. »Ich sollte die Babysitterin ablösen.«

»Kann ich ... dich um einen großen Gefallen bitten?«

Ich zog grinsend eine Augenbraue hoch. »Du meinst, um einen *weiteren* großen Gefallen?«

Maya lachte. »Ja, allerdings.«

Ich stand auf und reichte ihr die Hand, um ihr aufzuhelfen. »Was brauchst du?«

»Könnte ich vielleicht heute Abend mit Saylor ein Eis essen gehen? Nur wir zwei?«

Ich hatte zwar mittlerweile akzeptiert, was Maya getan hatte, aber ich war nicht sicher, ob ich bereit war, ihr so viel Vertrauen zu schenken ...

Als ich nicht sofort antwortete, nickte sie. »Ich weiß, es ist viel verlangt, aber es wäre nur für eine Stunde. Als ich klein war, hatte meine Mutter zwei Jobs. Wir waren vier Kinder und bekamen sie nicht oft zu sehen, aber jeden Sonntagnachmittag ist sie mit einem von uns in die Eisdiele gegangen. Ich kann dir gar nicht sagen, wie sehr ich mich auf diese Ausflüge mit ihr einmal im Monat gefreut habe. Ich habe mir immer ausgemalt, dass ich diese Tradition fortführe, wenn ich eines Tages selbst Kinder habe.«

Es fiel mir schwer, Nein zu sagen, nachdem sie es erklärt hatte. »Wohin willst du mit ihr gehen?«

»Am Ende des Blocks ist doch dieser nette kleine Eisladen. Ich komme ständig daran vorbei. *Coyle's* heißt er, glaube ich.«

Der Laden war tatsächlich nur fünf, sechs Gebäude von uns entfernt. Sie mussten nicht einmal die Straße überqueren. »Und du sagst ihr nicht, wer du bist?«

»Oh Gott, natürlich nicht. Ich würde nie etwas tun, das sie verwirrt oder verletzt.«

»Und in einer Stunde seid ihr wieder da?«

»Versprochen.«

Obwohl mir nicht wohl dabei war, nickte ich. »Okay. Aber seid bitte wirklich in einer Stunde wieder da.«

Maya wollte ein bisschen warten, bis sie nicht mehr so verweint aussah, und ich ging vor ihr in die Wohnung. Als sie schließlich hereinkam, war die Babysitterin schon gegangen, und Saylor lief aufgeregt auf sie zu.

»Hallo Maya! Wir haben in der Schule Line Dance gelernt. Willst du mal sehen?«

»Sehr gern. Das habe ich noch nie gemacht.«

»Ich kann es dir beibringen!«

In den nächsten zehn Minuten machte Saylor einige Schrittfolgen vor und zählte dabei laut mit. Maya eiferte ihr nach wie eine brave Schülerin. Während ich ihnen zusah, zweifelte ich zum ersten Mal daran, ob es richtig gewesen war, Saylor Mayas wahre Identität zu verheimlichen. Aber dann fiel mir ein, dass Maya nie erwähnt hatte, sie wolle nach dem Auszug mit mir in Verbindung bleiben. Es interessierte sie nicht, Saylors weiteren Lebensweg zu verfolgen. Ob sie nun einen triftigen Grund dafür hatte oder nicht, sie hatte jedenfalls nicht vor, am Leben meiner Tochter teilzuhaben.

Als sie genug getanzt hatten, kniete Maya sich vor Saylor hin. »Das hat total viel Spaß gemacht. Aber jetzt ist mir richtig warm geworden. Weißt du, was wir machen könnten, um uns abzukühlen?«

»Was denn?«

»Wir könnten nach dem Abendessen ein Eis essen gehen.«

Saylor hüpfte auf und ab. »Können wir, Dad? Können wir mit Maya Eis essen gehen?«

»Ich habe noch etwas zu tun, mein Schatz. Möchtest du vielleicht allein mit Maya losziehen?«

»Okay!«

Eine Dreiviertelstunde später beobachtete ich angespannt,

wie die beiden Hand in Hand zur Tür hinausgingen. Ich trat in den Flur, als sie zum Aufzug gingen. »Nicht länger als eine Stunde, ja?«

Maya drehte sich lächelnd zu mir um. »Ja. Wir sind schnell wieder da.«

Ich wartete, bis sie verschwunden waren, und ging wieder in die Wohnung. Nach einer Weile beschloss ich, unter die Dusche zu springen. Ich stellte den Duschkopf auf die Massagefunktion, um meine verspannte Nackenmuskulatur zu lockern.

Es half ein wenig. Doch weil ich gedanklich so mit der Frage beschäftigt gewesen war, ob ich Maya den Ausflug mit Saylor erlauben konnte, hatte ich völlig vergessen, dass ich noch keine neuen Handtücher ins Bad gebracht hatte nach dem letzten Waschtag. Ich tropfte den ganzen Boden voll, als ich zur Tür ging und sie einen Spaltbreit öffnete.

»Saylor? Bist du da?«, rief ich in der Hoffnung, dass sie vielleicht schon zurückgekehrt waren.

Keine Antwort.

»Maya?«

Stille.

Mit dem Hemd, das ich auf der Arbeit getragen hatte, bedeckte ich zumindest mein Gemächt, bevor ich in den Wäscheraum flitzte. Ich schnappte mir ein Handtuch aus dem Trockner und schlang es mir um die Hüften. Aber beim Verlassen des Raums bemerkte ich, dass irgendetwas anders war. Es dauerte einen Moment, bis ich darauf kam.

Der Koffer auf dem Trockner ist weg.

Mayas großer Koffer hatte wochenlang dort gelegen, seit dem Tag ihres Einzugs. Mich beschlich sofort ein ungutes Gefühl, aber sie hatte ja gesagt, dass sie am nächsten Morgen ausziehen wollte. Wahrscheinlich hatte sie ihn schon in ihr Zimmer gebracht, um mit dem Packen anzufangen.

Natürlich, deshalb ist er weg. Ich ging trotzdem im Gästezimmer nachsehen.

Mir blieb fast das Herz stehen, als ich die Tür öffnete. Mayas Sachen waren verschwunden. Wochenlang hatte sich alles Mögliche auf der Kommode getürmt, und nun lag nichts mehr dort. Weil ich es nicht glauben wollte, riss ich sämtliche Schubladen auf und betete zu Gott, dass sie nur aufgeräumt hatte. Aber sie waren alle leer, genau wie der Nachttisch und der Schrank. Und von ihrem Koffer fehlte jede Spur. Dann sah ich etwas mitten auf dem Bett liegen. Es war ein Brief, maschinengeschrieben und gefaltet. Ich griff danach, und mir stockte der Atem, als ich sah, dass er von der Einwanderungsbehörde war. Er datierte von der vergangenen Woche.

BESCHEID
Danke für Ihre Bewerbung um eine Aufenthaltserlaubnis für die Vereinigten Staaten nach Paragraph 204c des Einwanderungs- und Nationalitätsgesetzes.
Nach gründlicher Prüfung Ihrer Bewerbung samt beigelegten Dokumenten und Gutachten müssen wir Ihnen leider mitteilen, dass wir Ihre Bewerbung aus folgenden Gründen ablehnen:

1. *Widersprüchliche Aussagen im Zuge der Befragungen*
2. *Mangelnde Beweise für eine wahrhafte Beziehung*
3. *Nachteilige Erkenntnisse im Ermittlungsverlauf, einschließlich Hausbesuch*

Mir wurde so schwindelig, dass die restlichen Buchstaben auf der Seite vor meinen Augen zu tanzen begannen, aber die Worte »Betrug« und »Abschiebung«, die ich im letzten Absatz erkannte, waren unmissverständlich.

Was zum Teufel? Wenn Maya den Bescheid bereits erhalten hatte, warum hatte sie mir dann nicht gesagt, wie die Entscheidung ausgefallen war? Als mir die Erklärung dämmerte, wurde mir schlecht. Ich lief ins Bad, und mein Lunch landete in der Toilettenschüssel.

Ich habe ihr selbst die verdammte Tür aufgehalten, damit sie mit meiner Tochter hindurchgehen und niemals zurückkehren kann.

Ich warf mir hastig etwas über und rannte zur Tür hinaus und sechzehn Treppenabschnitte nach unten. Das Hemd, das ich vom Badezimmerboden aufgehoben hatte, war auf links gedreht, meine Haare waren noch tropfnass, und auf Socken hatte ich verzichtet, als ich in die Schuhe geschlüpft war. Aber das war alles egal. Ich musste nur so schnell es ging zur Eisdiele.

An einem schönen Abend wie diesem die betriebsamen Straßen von New York hinunterzurennen war keine leichte Aufgabe. Unterwegs rempelte ich mindestens ein Dutzend Leute an. Als ich den Laden erreichte und die Tür aufriss, sah ich mich hektisch nach Saylor um.

»Ein Tisch für eine Person?« Die Kellnerin hielt mir eine Speisekarte hin. »Oder möchten Sie an der Theke sitzen?«

»Haben Sie ein kleines Mädchen mit blonden Haaren gesehen … vier Jahre alt, und eine Frau Mitte zwanzig mit langen dunklen Haaren?«

Die Kellnerin schaute prüfend in die Runde. Ein halbes Dutzend der Tische war besetzt, aber an keinem saß meine Tochter.

»Ich sehe niemanden, der so aussieht.«

»War denn kürzlich jemand hier, auf den die Beschreibung passt?«

Sie schüttelte den Kopf. »Ich bin seit drei Uhr hier. Ich glaube nicht.«

Verdammt.

Verdammt.

Verdammt!

Ich lief hinaus auf die Straße und schaute nach rechts und

links. Wohin jetzt? Die Stadt hatte acht Millionen Bewohner, und es kam mir vor, als würden sie mir in diesem Moment alle die Sicht versperren. Maya konnte mit ihr überall sein! Wo sollte ich anfangen zu suchen?

Denk nach.

Denk nach.

Denk nach.

Ich überlegte, wie ich es anstellen würde, wenn ich unbemerkt die Stadt verlassen wollte.

Fliegen würde Maya nicht, weil sie sich illegal hier aufhielt. Sie hätte zu viel Angst, am Flughafen von den Sicherheitskräften geschnappt zu werden. Und ein Auto konnte sie nicht mieten, weil sie keinen Führerschein hatte.

Dann machte es plötzlich *Klick*. Der Busbahnhof war nur drei Blocks weit entfernt! Also rannte ich los. Aber dort war es genauso voll wie in der restlichen verdammten Stadt. Ich schlängelte mich durch die Menge, konnte sie aber nirgends entdecken. Weil ich nicht wusste, was ich als Nächstes tun sollte, zückte ich mein Telefon, um meine Freunde um Hilfe zu bitten. Wir konnten uns die Stadt aufteilen und so an mehreren Orten gleichzeitig suchen.

Holden ging nicht dran, und ich hinterließ ihm eine Nachricht. »Ich brauche deine Hilfe! Maya ist mit Saylor weg! Ruf mich zurück!«

Dann rief ich Owen an, erreichte aber auch bei ihm nur die Mailbox. *Scheiße.*

Mit zitternden Fingern suchte ich in meinen Kontakten nach Braydens Nummer. Aber bevor ich auf Wählen drücken konnte, wurde mir ein eingehender Anruf angezeigt.

Billie.

Ich wischte, um das Gespräch anzunehmen.

»Ich kann nicht reden. Maya ist mit Saylor weg!«

»Ich weiß. Sie hat sie hergebracht.«

»*Was?*«

»Sie ist hier bei mir im Studio, Colby. Deshalb rufe ich an. Es kam mir merkwürdig vor. Maya ist vor zwei Minuten mit ihr hier aufgetaucht, hat mir einen Brief für dich in die Hand gedrückt und zu mir gesagt, ich soll gut auf Saylor aufpassen.«

Mein Herz klopfte. »Saylor geht es gut?«

»Ja, Colby. Bestens. Was ist los?«

Ich beugte mich vor und stützte eine Hand auf mein Knie, um Atem zu schöpfen. »Heilige Scheiße. Gott sei Dank.«

»Du machst mir Angst. Was ist passiert?«

»Ich weiß es nicht genau. Aber ich bin in zwei Minuten da. Lass Saylor bitte nicht aus den Augen.«

»In Ordnung.«

Obwohl Saylor offenbar in Sicherheit war, legte ich die gesamte Strecke zum Tattoostudio im Laufschritt zurück. Als ich eintrat, leuchteten die Augen meiner kleinen Tochter auf. »Daddy!«

Ich schloss sie fest in die Arme. »Wo warst du, mein Schatz?«

»Maya war mit mir Eis essen.«

»Bei *Coyle's*?«

Sie schüttelte den Kopf. »Nein, der Eiswagen stand an der Straße, und ich wollte ein Eis im Hörnchen mit Streuseln.«

Ich musterte sie von oben bis unten. Sie hatte einen großen braunen Fleck auf ihrem Shirt. »Du hast bestimmt Schokolade genommen, oder?«

Sie nickte.

Ich zog sie noch einmal an mich.

Saylor lachte. »Warum drückst du mich so viel, Daddy?«

Ich atmete tief durch, bevor ich sie losließ. »Entschuldige. Du hast mir einfach gefehlt.«

Deek, den ich bisher noch gar nicht bemerkt hatte, kam zu

uns herüber. »Hey, Kleine. Wir haben gerade neue Farben bekommen, die im Dunklen leuchten. Wie wär's, wenn wir deinen Namen malen, und dann machen wir das Licht im Bad aus und schauen es uns an?«

Meine Tochter machte große Augen. »Kann ich, Daddy?«

»Natürlich, mein Schatz.«

Billie wartete, bis sie außer Hörweite waren. »Was ist denn bloß passiert? Du klangst völlig verstört am Telefon.«

Ich holte tief Luft. »Ich war auch verstört. Ich dachte, Maya hätte Saylor entführt.«

»Wieso?«

Ich erklärte ihr die ganze Geschichte – angefangen mit dem Gespräch auf der Treppe bis hin zu Mayas leerem Zimmer mit dem Bescheid von der Einwanderungsbehörde auf dem Bett.

»Warum hat sie dich belogen, nur um Saylor dann herzubringen?«

»Ich habe verdammt noch mal keine Ahnung.«

Billie hob den Zeigefinger. »Hier, den hat sie mir gegeben. Vielleicht steht da eine Erklärung drin.«

Ich starrte den Umschlag kurz an, dann riss ich ihn auf.

Lieber Colby,

an dem Tag, als ich mit Saylor bei dir vor der Tür stand, hatte ich große Angst, meinem kleinen Mädchen kein gutes Leben ermöglichen zu können. Aber wie sich herausgestellt hat, habe ich ihr das beste Leben der Welt geschenkt – bei dir, wo sie hingehört. Ich bin so froh, dass du ihr Vater bist. Wenn es eins gibt, das ich in den letzten Monaten von dir gelernt habe, dann, dass Worte nichts zu bedeuten haben – sondern dass es auf die Taten ankommt. Du hast mir gezeigt, was Opferbereitschaft, Familie und Liebe bedeuten, und es ist an der Zeit, dass ich die Verantwortung übernehme für das, was ich angerichtet habe.

Ich habe heute eine eidesstattliche Erklärung an Officer Weber geschickt. Darin habe ich alles geschildert, was ich getan habe, auch dass ich dich erpresst habe, indem ich dich vor die Wahl gestellt habe, mich zu heiraten oder das Risiko einzugehen, das Sorgerecht für ein Kind mit einer Frau mit schlechten Absichten zu teilen. Ich hoffe, es entlastet dich, falls der Officer Strafanzeige erstattet. Außerdem habe ich die von mir unterschriebenen Papiere für eine einvernehmliche Scheidung bei meinem Anwalt hinterlegt.
Heute Abend fliege ich zurück nach Ecuador, um auch dort die Verantwortung für meine Fehler zu übernehmen. Ich werde mich an der offenen Untersuchung zum Ertrinkungstod beteiligen, weil ich damals abgehauen bin, bevor sie abgeschlossen wurde. Wenn ich das Glück habe, in Freiheit bleiben zu können, möchte ich daran arbeiten, das Verhältnis zu meiner Familie zu verbessern.
Pass gut auf unsere Kleine auf.
Alles Liebe,
Maya

Ich war wie vom Donner gerührt.

»Was schreibt sie?«, fragte Billie.

Völlig unter Schock gab ich ihr den Brief. Sie las ihn und schüttelte den Kopf. »Das war's also? Maya ist weg?«

Ich zuckte die Achseln. »Sieht so aus.«

»Was machen wir jetzt?«

Ich wusste nicht, wie es mit der Einwanderungsbehörde und der Scheidung weitergehen würde, aber ich wusste ganz genau, was ich in diesem Moment machen wollte. Ich nahm Billie in die Arme und zog sie an mich.

»*Das.*« Ich küsste sie auf den Mund. »Das machen wir jetzt …«

32. KAPITEL

BILLIE

Kommt es mir nur so vor, oder scheint die Sonne heute heller?

Am vergangenen Abend hatte Colby gewollt, dass ich bei ihm übernachte, aber ich hatte ihn mit Saylor nach Hause geschickt, damit er erst einmal zur Ruhe kommen konnte. Ich hatte ihm versprochen, wir würden uns stattdessen heute Abend sehen. Es war auf jeden Fall die richtige Entscheidung, ihm Freiraum zu lassen, obwohl er es nicht wollte. Zu glauben, Saylor wäre entführt worden, war eine ungeheuer traumatische Erfahrung für ihn gewesen. Er sollte Zeit mit ihr verbringen und sich um mich keine Gedanken machen. Denn wie ich Colby kannte, hätte er versucht, in der Nacht alles nachzuholen, was wir versäumt hatten, und sich tausendmal für alles entschuldigt.

Ich war froh, dass ich erst im Nachhinein von dem falschen Alarm erfahren hatte, sonst hätte ich einen Herzinfarkt bekommen. Ich war sehr verwirrt gewesen, als Maya Saylor zu mir ins Studio gebracht hatte. Es war mir immer noch unbegreiflich, dass Colby in diesen Minuten in der Angst gelebt hatte, Maya wäre mit seiner kleinen Tochter abgehauen.

Aber heute war ein neuer Tag.

Nachdem Maya wieder in Ecuador war – für mein Empfinden nicht weit genug weg –, schien das Schlimmste vorbei zu sein. Trotzdem würde noch einiges auf uns zukommen. Wir wussten nicht, ob Mayas Geständnis Colby tatsächlich entlasten würde. Er hatte immerhin versucht, die Behörden zu täuschen, auch wenn sie ihn dazu gezwungen hatte. Ein Teil von mir hielt daher weiterhin die Luft an.

Als ich mich nach meinem letzten Kunden fertigmachte, um nach oben zu gehen, wünschte Deek mir einen schönen Abend.

»Hey«, sagte er. »Ihr habt dieses verdammte Fiasko endlich überstanden. Genieß den Abend also, ja? Die ernsten Gespräche könnt ihr später noch führen. Jetzt habt ihr ein bisschen Ruhe verdient. Hab einfach eine schöne Zeit mit ihm.«

»Danke, ich werd's versuchen.«

»Ich habe übrigens deine morgigen Kunden angerufen und sie persönlich wissen lassen, dass ich mich um sie kümmern werde. Schlaf dich ruhig aus, und nimm dir den Tag frei.«

Immer noch auf Wolke sieben willigte ich ein – was sehr untypisch für mich war. »Ich werde mich nicht mal mit dir streiten, Deek.«

Er zwinkerte mir zu. »Du lernst dazu.«

»Danke, mein Freund.« Ich umarmte ihn zum Abschied.

Als ich mit dem Aufzug nach oben fuhr, um mit Colby und Saylor zu Abend zu essen, war ich sonderbar nervös. Ich war eine ganze Weile nicht mehr bei ihnen gewesen. Und Saylor kannte den wahren Grund für meine vorübergehende Abwesenheit nach wie vor nicht. Am vergangenen Abend hatte sie sich mir gegenüber etwas zurückhaltend gezeigt – als ob sie sich nicht darauf verlassen wollte, dass ich nicht plötzlich wieder verschwand. Sie war nicht so begeistert gewesen, mich zu sehen, wie ich erwartet hatte. Es war verständlich, aber für mich war es schlimm, ihr Vertrauen zurückgewinnen zu müssen. Sollte ich so tun, als wäre nichts gewesen? Ich hatte eher das Gefühl, ihr meine Abwesenheit erklären zu müssen. Aber jede Erklärung wäre einer Lüge gleichgekommen, und das gefiel mir auch nicht. Vielleicht war weniger in diesem Fall mehr.

Ich klopfte an die Tür, aber es war nicht Colby, der mir aufmachte.

Brayden stand vor mir, und meine erste Reaktion war Panik.

»Brayden, was ist los?«

»Hey, Billie.« Er lächelte. »Schau mich nicht so besorgt an. Dazu gibt es keinen Grund.«

»Ist alles okay?«

Bevor er antworten konnte, kam Saylor auf mich zugelaufen. »Billie!«

Froh, dass sie sich heute mehr zu freuen schien als gestern, kniete ich mich hin und breitete die Arme weit aus. »Hallo, mein Schatz! Wie geht es dir?«

Sie umarmte mich. »Bist du wieder da?«

»Ja, Süße.«

Saylor drückte mich ganz fest. »Gut!«

»Wo ist Daddy?«, fragte ich.

»Keine Ahnung.« Sie zuckte mit den Schultern, unterdrückte aber ein Grinsen.

Ich kniff die Augen zusammen. »Du weißt es nicht?«

Sie hüpfte auf und ab. »Ich darf dir nicht verraten, dass wir Pizza für dich gemacht haben und Daddy sie mitgenommen hat!«

Nun war ich noch verwirrter. »Pizza für mich?«

»Vielen Dank, Saylor.« Brayden lachte.

Ich sah zu ihm auf. »Wo ist Colby?«

»Er hat eine Kleinigkeit für euch zwei vorbereitet. Wir haben Saylor schon erklärt, dass sie den Abend mit Onkel Brayden verbringen darf, damit ihr Zeit für euch habt.« Er zog sie an ihren Zöpfen. »Und das ist natürlich toll für sie.«

»Oh … Colby meinte, wir essen mit Saylor zusammen.«

»Ja, aber es gibt eine Planänderung. Er fand, ihr braucht ein bisschen Zweisamkeit«, entgegnete Brayden augenzwinkernd und gab mir einen Umschlag.

Ich öffnete ihn und zog eine Nachricht von Colby heraus.

Du hast mal gesagt, dass du gerne auf dem Dach essen würdest.
Ich dachte, heute ist ein guter Tag dafür.
Fahr mit dem Aufzug in den obersten Stock und komm über
die Treppe rechts zu mir aufs Dach.

»Ach, du meine Güte«, murmelte ich.

»Lass meinen Kumpel nicht zu lange warten.«

»Danke, Brayden.«

»Ihr könnt so lange bleiben, wie ihr wollt.« Er warf mir einen vielsagenden Blick zu.

Ich umarmte Saylor zum Abschied und ging den Flur hinunter. Mir jagte ein Schauer über den Rücken, als ich in den Aufzug stieg und nach oben fuhr. Ich folgte Colbys Anweisungen und nahm die Treppe, und als ich die Tür öffnete, bot sich mir ein überwältigender Anblick.

Colby erwartete mich. Er hatte die Skyline betrachtet, drehte sich jedoch um, als er die Tür hörte, und lächelte. Er hatte alles mit Laternen und Lichterketten dekoriert und Heizstrahler aufgestellt. Auf dem Tisch standen rote Blumen und eine Flasche Champagner. Es war extrem romantisch.

»Hallo, meine Schöne. Du hast mich gefunden.«

Gefunden. Es fühlte sich wirklich so an, als hätten wir einander verloren, und in diesem Moment fanden wir wieder zusammen. Ich lief in seine ausgebreiteten Arme. Als er sie um mich schloss, tauchte ich in ein unbändiges Gefühl von Geborgenheit und Liebe ein.

Endlich.

Wir küssten uns leidenschaftlich. Mir wurde erst bewusst, wie sehr ich mich danach gesehnt hatte, als sich unsere Zungen berührten.

»Der ganze Aufwand war doch nicht nötig …«, sagte ich nach einer Weile.

Er strich mit dem Daumen über meine Unterlippe. »Es ist viel zu lange her, dass ich dich behandelt habe, wie du es verdienst. Ich weiß, wir haben eine Menge zu besprechen und einiges in unserer Beziehung wieder geradezubiegen. Aber heute will ich dir einfach nur zeigen, wie viel du mir bedeutest. Ich hoffe, es ist das erste von vielen gemeinsamen Abendessen hier auf dem Dach.«

Ich bemerkte einen Tisch mit warmem Essen in der Ecke. »Was hast du denn da?«

»Nur ein paar von deinen Lieblingsspeisen.«

Ich nahm den Deckel von einem der Wärmebehälter ab und entdeckte Köttbullar.

»Es sind die echten, die magst du doch so«, sagte er.

In dem anderen befanden sich selbst gemachte viereckige Pizzastücke mit verschiedenen Belägen.

»Die Pizza haben Saylor und ich gemacht.«

»Ja.« Ich lächelte. »Das hat sie mir verraten.«

»Ah. Wirklich? Das kleine Plappermaul.«

»Sie hat es immerhin drei Sekunden lang für sich behalten.« Ich lachte.

»Weißt du noch, was wir an dem Abend gegessen haben, als Maya aufgetaucht ist und unser Leben auf den Kopf gestellt hat?«, fragte er.

Ich überlegte. »Nein, ich glaube nicht.«

»An dem Abend haben wir mit Saylor Pizza gemacht.«

»Oh, richtig! Natürlich. Wie konnte ich das vergessen?«

Er lächelte. »Ich habe häufiger daran gedacht, dass dieses

Pizzaessen mit dir und Saylor die letzte normale Begebenheit war, bevor mein Leben völlig durcheinandergeriet. Es war für mich der letzte Abend ohne die Angst, alles zu verlieren, was mir wichtig ist. Ich kann dir gar nicht sagen, wie oft ich mir gewünscht habe, an diesen Punkt zurückkehren und da weitermachen zu können, wo wir aufgehört haben.« Er atmete tief durch. »Die Pizza steht also symbolisch für diesen Moment, bevor es an der Tür geklopft hat, für diesen Abend, an dem wir so hoffnungsvoll in die Zukunft geschaut haben.«

Ich sah ihm in die Augen. »Ich möchte eigentlich nicht dahin zurück.«

Seine Augen weiteten sich. »Wirklich?«

»Wirklich …« Ich strich ihm über die Wange. »Ich habe in den letzten Wochen viel über mich gelernt. Die Trennung von dir hat mir gezeigt, dass Familie für mich das Wichtigste im Leben ist – nicht die, in die ich hineingeboren wurde, sondern die, für die ich mich selbst entschieden habe. Mir hat besonders zu schaffen gemacht, dass Maya Zeit mit den zwei Menschen verbringen durfte, die mir am wichtigsten auf der Welt sind. Um sie persönlich ging es dabei gar nicht. Die Ursache für meinen Frust und meine Wut war das, was ich nicht haben konnte.«

»Das verstehe ich, Süße.« Er strich mir durch die Haare. »Das verstehe ich vollkommen.«

»Im Endeffekt lässt sich nicht mit Bestimmtheit sagen, dass es uns heute besser ginge, wenn das alles nicht passiert wäre. Wir wissen es nicht. Dinge passieren aus Gründen, die wir manchmal nicht verstehen. Ich weiß nur, dass ich ohne diese Geschichte jetzt vielleicht nicht mit dir hier auf dem Dach wäre. Und ich bin wirklich dankbar für diesen Moment.«

Colbys Augen glänzten. »Der Abend ist anders, als ich ihn mir vorgestellt habe.«

Ich legte den Kopf schräg. »Inwiefern? Was hast du dir vorgestellt?«

Er seufzte. »Ich weiß nicht. Ich dachte, du wärst vielleicht noch sauer auf mich wegen neulich, als du gesehen hast, wie ich gelacht habe.«

»Nein.« Ich lächelte. »Ein kluger Mann namens Eddie Muscle hat mir geholfen zu begreifen, warum ich so reagiert habe. Das Lachen war nicht das Problem, sondern vielmehr meine eigene Unsicherheit. Du verdienst alles Glück der Welt. Ich möchte einfach nur ein Teil deines Glücks sein.«

»Komm her.« Colby zog mich an sich. »Ich hatte das Gefühl, ich müsste dir heute Abend so viele Dinge sagen, aber du hast gerade alles gesagt, was ich mir hätte wünschen können. Womit habe ich dieses Glück nur verdient?«

Ich gab ihm einen Kuss und tätschelte ihm die Schulter. »Lass uns essen, bevor alles kalt wird.«

Wir füllten unser Teller und setzten uns unter dem herrlichen Nachthimmel von Manhattan an den Tisch. Wir aßen die Pizza und die Fleischbällchen und öffneten den Champagner, und als er auf Colbys Ärmel spritzte, lachten wir. Ich fühlte mich völlig euphorisch – und auch ein bisschen beschwipst.

»Möchtest du einen Nachtisch? Ich habe Spinatbrownies für dich gebacken.« Er lächelte.

»Mmm … Einen esse ich auf jeden Fall. Aber etwas anderes brauche ich jetzt viel dringender.«

Sein Blick wurde begehrlich. »Denken wir vielleicht beide an das Gleiche?«

Ich schaute zur Tür. »Kann man die absperren?«

»Aber sicher. Und wenn nicht, würde ich mir irgendwas einfallen lassen, um sie abzusperren.« Colby zog einen Schlüssel aus der Tasche und schloss ab.

Als er zu mir zurückkehrte, hob er mich hoch, und ich schlang die Beine um seine Hüfte. Wir küssten uns, als gäbe es kein Morgen. Der Wind wehte uns durch die Haare. Es war wie im Film: Wir würden auf dem Dach unter freiem Sternenhimmel Sex haben, im Schein zauberhafter Lichter. Es war so intim und wunderschön.

Ich spürte Colbys Erektion an meinem Bauch. »Es kommt mir vor, als wäre es ewig her«, raunte er mir zu.

»Ich brauche dich sofort, Colby, auf der Stelle.«

Er schob die Hose nur so weit hinunter, dass er seinen Schwanz hervorholen konnte. Dann hob er meinen Rock an, zog meinen Slip zur Seite, und drang mit einem einzigen kraftvollen Stoß in mich ein.

Ich schloss vor Wonne kurz die Augen, als er mir die Hand in den Nacken legte, und ließ die Finger in sein Haar gleiten. Seine Augen funkelten, während er sich in mir bewegte. Ich liebte den Ausdruck auf seinem attraktiven Gesicht, wenn er mich vögelte. Ich hob meine Hüften und rieb meine Klitoris an ihm. Hätte ich es zugelassen, wäre ich sofort gekommen. Es war einfach zu lange her.

Er trug mich ans andere Ende des Dachs und ließ sich mit mir auf dem Schoß auf die Ledercouch fallen, die dort stand. Ich begann, mich schnell und heftig auf ihm zu bewegen, fast grimmig. Nicht seinetwegen, aber wegen der Zeit, die wir verloren hatten. Es war zwar alles so gekommen, wie es sein sollte, aber die verlorene Zeit konnte uns niemand zurückgeben.

Sein Blick war verschleiert, als er zu mir aufsah. »Ich hatte solche Angst, dich zu verlieren«, wisperte er.

»Ich gehöre dir, Colby«, sagte ich und presste mich an ihn. »Du hast mich nicht verloren.«

Das gab ihm offenbar den Rest, denn kaum hatte ich es ausgesprochen, schloss er die Augen.

»Ich liebe dich so sehr, Billie.« Er stöhnte, als sein Körper unter mir erbebte und sein warmes Sperma in mich strömte.

»Ich liebe dich auch.« Ich spannte meine Muskeln an und gab mich meinem Orgasmus hin. »Es hat mir gefehlt, dich in mir zu spüren.«

»Wenn du weiter so redest, bin ich für die nächste Runde bereit in drei, zwei, eins …« Er hielt inne. »Ich kann wieder.« Er gab mir einen Klapps auf den Hintern.

Er breitete die Decke über uns aus, die er mitgebracht hatte, und wir lagen lange beieinander, zutiefst befriedigt nach dem fantastischen Sex, der schnell und heftig gewesen war – genau, wie ich es nach der langen Trennung gebraucht hatte.

Wir schauten hinauf zu den Sternen, und ich weiß nicht, was mich dazu trieb, das Risiko einzugehen, die Stimmung zu verderben. Aber ich musste einfach fragen. »Hat sie es mal bei dir versucht?«

Er brauchte ein paar Sekunden. »Maya, meinst du?« Er schüttelte den Kopf. »Nicht direkt. Aber einmal hat sie mich gefragt, ob sie mir beim Zähneputzen zusehen kann, um ein Gefühl für meine Abendroutine zu bekommen, und ich habe mitgespielt. Dann wollte sie nicht gehen und schlug vor, die Nacht mit mir zu verbringen … um meine Schlafgewohnheiten kennenzulernen.«

Ich erstarrte. »Was hast du gesagt?«

»Dass sie verschwinden soll.«

Ich lächelte. »Hat sie gehorcht?«

»Klar. Und sie hat es nicht noch mal versucht.«

»Sie hält Männer wahrscheinlich für schwach und dachte, dass sie dich rumkriegt.«

»Als sie mich kennengelernt hat, war ich vielleicht schwach, aber heute bin ich anders. Ich hätte nicht für alles Geld in der Welt mit ihr geschlafen.« Er sah mich an. »Da wir nun schon bei den unangenehmen Fragen gelandet sind, muss ich dich nach deinem *Date* mit diesem Eddie fragen.«

Colby lächelte spöttisch, sodass ich nicht einschätzen konnte, ob er sauer war.

»Es war kein Date – das versichere ich dir. Eddie ist nur ein Freund und wird es immer bleiben. Nach unserer Begegnung an der U-Bahn hat er mir geholfen, meine Wut zu überwinden.«

»Er mag ja dein Freund sein …« Colby verdrehte die Augen. »Aber er will dir *auf jeden Fall* am liebsten an die Wäsche, ganz egal, was du sagst.«

Ich zuckte mit den Schultern. Wahrscheinlich hatte er recht. »Es war mir jedenfalls unangenehm, dass Brayden gesehen hat, wie ich mich von ihm verabschiedet habe. Ich hatte Angst, du gewinnst einen falschen Eindruck.«

»Tief im Innersten war ich sicher, dass du mich nicht betrügst. Aber es ist, wie du sagtest: Es hat mir bewusst gemacht, was mir fehlt. Als Brayden mir gesagt hat, dass er dich mit ihm gesehen hat, habe ich im Schlafzimmer ein Loch in die Wand gehauen.«

Ich schlug die Hände vor den Mund. »Oh mein Gott.«

»Ja. Holden war ziemlich sauer. Er meinte, ich darf die Wände nur beim Sex demolieren.«

»Tut mir leid, dass es dich so aufgewühlt hat.«

»Jetzt ist ja alles wieder gut.«

Colbys Telefon vibrierte. Er schaute ein paar Sekunden lang auf das Display. »Herrje«, murmelte er.

»Was ist? Wer hat dir geschrieben?«

»Brayden.« Er hielt mir das Telefon hin, um mir die Nachricht zu zeigen.

Brayden: Ich weiß, ihr seid »beschäftigt«, aber Saylor fragt ständig, ob sie Billie gute Nacht sagen kann. Ihr steckt wohl noch die

Angst in den Knochen, dass Billie nicht zurückkommt. Soll ich ihr erlauben aufzubleiben und auf euch zu warten? Ansonsten ist alles okay, es gab nur einen kleinen Vorfall: Saylor hat sich mein Telefon genommen, als ich im Bad war, und Fotos angeschaut. Sie hat zufällig ein Nacktselfie gesehen, das mir eine Frau geschickt hat. Ich habe gelogen und ihr erklärt, dass ich an der medizinischen Hochschule einen Anatomiekurs besuche. Sie hat es überhaupt nicht infrage gestellt. Aber ich brauche jetzt dringend einen Schnaps. Ich hätte also nichts dagegen, wenn ihr mich erlöst.

»Oh Gott.« Ich schüttelte den Kopf.

»Na ja, es hätte schlimmer kommen können. Stell dir vor, es wäre Holdens Telefon gewesen.« Colby lachte.

Ich seufzte. »Da hast du allerdings recht.«

»Was meinst du?«, fragte er. »Wir sollten ihn wahrscheinlich retten, oder?«

»Ja.« Ich lächelte. »Ich fände es gut, wenn wir Saylor zusammen ins Bett bringen. Ich möchte ihr eine Geschichte vorlesen.«

»Das wird ihr gefallen.« Colby lächelte.

»Und danach stecke ich dich ins Bett«, sagte ich mit einem Augenzwinkern.

Er gab mir einen Kuss in den Nacken. »Und dann bin ich mit dem Reinstecken dran.«

33. KAPITEL

COLBY

Zwei Wochen waren vergangen, seit Maya weg war, und wir waren allmählich zur Normalität zurückgekehrt.

Sie hatte die unterschriebenen Scheidungspapiere tatsächlich bei ihrem Anwalt hinterlegt und war spurlos verschwunden, genau wie vier Jahre zuvor. Ich wünschte ihr nichts Böses, aber ich hoffte, dass sie für immer fortblieb.

Billie und ich hatten viel Zeit miteinander verbracht, um wieder zueinanderzufinden. Unsere Beziehung war inzwischen ziemlich stabil, aber ich wusste etwas, das helfen würde, sie auf die nächste Ebene zu bringen. Billie glaubte nämlich, dass wir auf eine bestimmte Sache keinen Einfluss mehr hätten. Aber sie kannte die Macht von Holdens Schwanz nicht …

Ich verließ den Aufzug auf der Etage meines Kumpels und klopfte bei ihm. Wie immer dauerte es eine Weile, bis er öffnete. Sein Haar war völlig zerzaust, und er blinzelte verschlafen ins Licht. »Wie viel Uhr ist es?«

Ich folgte ihm in die Wohnung. »Neun. Tut mir leid, dich um eine Uhrzeit zu wecken, zu der normale Leute aufstehen, aber ich konnte nicht mehr warten. Hast du es bekommen?«

Holden ging zum Küchentisch und holte einen braunen Umschlag. »Habe ich dich jemals enttäuscht?«

Ich umarmte ihn. »Heilige Scheiße! Nicht zu fassen, dass du es geschafft hast. Du bist der Beste. Kannst du mit deinem

Schwanz zaubern oder so? Du holst ihn bloß aus der Hose, und schon tun die Frauen, was du willst?«

Vergangene Woche hatten Holden und ich einen Abend zusammen abgehangen und Bier getrunken. Er hatte sich erkundigt, wie es zwischen Billie und mir lief. Gut, hatte ich gesagt, und dass es sicher noch besser laufen würde, wenn wir nicht mindestens drei Monate auf die Unterzeichnung der Scheidungspapiere durch einen Richter warten müssten. Holden hatte gefragt, bei welchem Gericht ich sie eingereicht hätte. Als ich Centre Street sagte, meinte er, er habe mal etwas mit einer Angestellten gehabt, die dort arbeitete. Sie hatten eine Weile nicht gesprochen, aber er hatte mir angeboten, Kontakt zu ihr aufzunehmen, um zu sehen, ob er etwas tun konnte, um den Prozess zu beschleunigen. Ich hatte mich einverstanden erklärt, aber nicht erwartet, dass wirklich etwas dabei herauskommen würde. Vor ein paar Tagen hatte Holden mir jedoch geschrieben, er sei mit der Frau zum Lunch gewesen und sie habe gesagt, sie könne den Vorgang vorziehen und die Papiere innerhalb weniger Tage unterschreiben lassen.

Ich nahm die Papiere aus dem Umschlag und las die unterschriebene Scheidungsurkunde durch.

»Ich weiß nicht, wie ich dir danken soll, Mann.«

Holden grinste. »Musst du nicht. Tessa hat mir in einer Kabine der Damentoilette gedankt, als ich die Papiere gestern Nachmittag im Gericht abgeholt habe.«

Ich schüttelte den Kopf. »Du bist der Einzige, der es schafft, in einem Zug Sex zu haben und eine Scheidung unter Dach und Fach zu bringen, mein Freund.«

Er legte mir lachend die Hand auf die Schulter. »Freut mich, dass ich helfen konnte. Und jetzt verschwinde aus meiner Wohnung, damit ich mich wieder hinlegen kann, und erzähl Billie die gute Nachricht.«

»Ich werde ihr den Umschlag geben ... aber erst später. Falls du sie heute zufällig siehst, sag nichts davon, okay?«

»Alles klar, Kumpel.«

Als Nächstes ging ich nach unten ins Tattoostudio. Billie war nicht da, weil sie mit Saylor den Mutter-Kind-Kurs besuchte, was mir sehr gut passte, da ich mit Deek unter vier Augen sprechen musste.

Justine war am Telefon, als ich hereinkam. Sie deckte es mit der Hand ab und sagte lächelnd: »Heute morgen ist sie nicht da, Schätzchen.«

»Ich weiß. Ich will zu Deek. Bitte sag ihr nicht, dass ich hier war.«

Justines Gesicht leuchtete auf. »Heckt ihr zwei etwas gemeinsam aus?«

»Ja, und es soll eine Überraschung werden.«

»Euer Geheimnis ist bei mir sicher.« Sie nickte in Richtung Studio. »Geh ruhig nach hinten. Sein erster Termin ist noch nicht da.«

Deek ordnete seine Geräte und hob das Kinn, als ich auf ihn zu kam. »Was gibt's, Mann?«

»Bist du mit unserem Projekt weitergekommen?«

Er nickte und nahm ein Foto und eine gezeichnete Tätowiervorlage aus der Schublade. »Ich habe dieses Bild von ihr gefunden, auf dem ihr Unterarm gut zu sehen ist. Davon habe ich mich inspirieren lassen. Müsste hinkommen. Was meinst du?«

Ich verglich seine Vorlage mit dem Foto, das Billie mit erhobenen Händen zeigte, wodurch das Schlüsseltattoo auf der Innenseite ihres Unterarms deutlich zu erkennen war. Die Geschichte, dass ihr Großvater diesen Schlüssel der Großmutter als Zeichen seiner Liebe geschenkt hatte, hatte seinerzeit in mir die Hoffnung geweckt, dass Billie tief im Innersten an die wahre Liebe glaubte. Und nun wollte ich mir ein dazu passendes herzförmiges Schloss an der gleichen Stelle stechen lassen. Es erschien mir bedeutungsvoll, weil Billie den Schlüssel zu meinem Herzen besaß.

Ich lächelte. »Es ist perfekt, Mann.«

»Und wesentlich besser als eine verdammte langweilige Rose …«

Ich schmunzelte. »Freut mich, dass du es genehmigst.«

»Wann willst du es dir von ihr stechen lassen?«

»Heute Abend. Ich habe unter falschem Namen einen Termin vereinbart.«

»Um wie viel Uhr?«

»Um sechs.«

»Ich habe noch einen Termin um halb sieben, aber den kann ich wahrscheinlich auf morgen verlegen. Dann habt ihr das Studio für euch.«

»Das wäre großartig.«

Er nickte. »Kein Problem.«

»Vielen Dank, Deek.« Ich gab ihm die Vorlage zurück. »Ich muss los. Würdest du das bis nachher in deiner Schublade verstecken?«

»Na klar.«

»Danke dir.« Ich winkte ihm.

»Übrigens«, rief Deek mir nach. »Wenn ich morgen einen Abdruck von deinen Arschbacken auf meinem Stuhl finde, hast du ein Problem.«

Ich salutierte lächelnd. »Verstanden, Chef.«

Es wurde Zeit, Billie und Saylor abzuholen. Saylor hatte um elf eine Kontrolluntersuchung beim Kinderarzt, und ich hatte meinen Eltern versprochen, zum Lunch zu ihnen zu kommen. Meine Mutter hatte dezent angedeutet, dass wir uns schon lange nicht gesehen hatten.

Ich kam ein paar Minuten zu früh und blieb vor dem Fenster stehen, um Saylor und Billie zu beobachten. Sie tanzten jeweils mit einem Tamburin in der Hand lachend herum, völlig sorglos und unbeschwert. Mir wurde warm ums Herz. Die zwei waren meine ganze Welt. Ich wusste, dass es zu früh war, Billie einen Heiratsantrag zu machen, aber eines Tages würde sie meine Frau werden. Wie kitschig es auch klang, ich hatte meine Seelenverwandte gefunden.

Und wie zur Bestätigung unserer engen Verbindung drehte sich Billie um und entdeckte mich sofort. Ich winkte ihr zu, dann ging ich hinein, um an der Tür zu warten, bis der Kurs vorbei war.

»Hey, Daddy!« Saylor hüpfte auf mich zu. »Hast du die Regale fertig repariert?«

Ich zog die Augenbrauen zusammen. »Welche Regale?«

»Billie hat gesagt, du reparierst die Regale im Wäscheraum.«

Ich sah Billie an, die sich zu Saylor hinunterbeugte. »Äh … Süße, würdest du mir bitte meine Tasche aus der Garderobe holen?«

Sie wartete, bis Saylor außer Hörweite war. »Zwei neue Damen, die mich mal wieder für die Babysitterin gehalten haben, haben mich gefragt, wo mein *Chef* denn sei. Und ich habe gesagt, dass er zu Hause geblieben sei, um sich zu erholen, weil er mich den ganzen Morgen genagelt hätte. Ich dachte, ich hätte es so leise gesagt, dass Saylor es nicht mitbekommt. Aber etwas hat sie wohl doch aufgeschnappt, denn sie hat mich gefragt, was du nagelst. Da sind mir auf die Schnelle die Regale im Wäscheraum eingefallen, die du reparieren wolltest.«

Ich legte den Arm um Billies Taille und zog sie an mich. »Ich liebe es, wenn du so besitzergreifend bist.«

»Ach ja?« Sie grinste und raunte mir zu: »Gut, denn da kommt gerade noch ein Mitglied deines dämlichen Fanclubs auf uns zu.« Billie packte mich am Kragen und drückte mir einen Kuss auf den Mund.

Oh ja, ich find's verdammt großartig, wenn sie so besitzergreifend ist.

Nachdem Billie ihr Revier markiert hatte, gingen wir mit Saylor den Block hinunter zur U-Bahn-Station, weil Billie mit der Bahn zum Studio fahren wollte.

Ich küsste sie zum Abschied. »Sehen wir uns nachher?«

»Klar. Aber es könnte spät werden. Mein letzter Kunde ist neu bei uns, und ich habe das Gefühl, er könnte schwierig sein.«

Ich konnte mir das Grinsen kaum verkneifen. »Wie kommst du darauf?«

»Na, erst mal hat er bei der Terminvereinbarung den ersten Buchstaben seines zweiten Vornamens angegeben. Wer meldet sich schon mit vollem Namen an? Jemand, der sehr genau und pedantisch ist, sonst niemand. Und er will auch noch ein *Rosen*tattoo, und nicht mal ein individuelles. Er hat zu Deek gesagt, ihm gefällt das an unserer Musterwand.«

Nun musste ich wirklich grinsen. »Klingt ja grauenhaft. Aber vielleicht überrascht er dich und ist eigentlich ganz cool.«

»Das bezweifle ich. Aber jetzt muss ich mich beeilen. Ich schreibe dir, wenn ich Feierabend mache.«

Punkt achtzehn Uhr betrat ich mit einem riesigen Strauß Wildblumen und einem Umschlag in der Gesäßtasche das Studio. Ich hatte Justine am Empfang erwartet, aber es war Billie, die hinter dem Tresen stand.

Sie lächelte mich an. »Was für ein erfreulicher Anblick! Gut, dass du die Blumen nicht mitgebracht hast, als du uns vom Kurs abgeholt hast. Dein Fanclub hätte mich womöglich gesteinigt.«

Ich schmunzelte. »Ich bin wegen meines Termins hier.«

»Du hast einen Termin? Für ein Tattoo?«

Ich nickte. »Ganz genau. Ich bin dein Sechs-Uhr-Termin.«

Billie stutzte. »Du bist der mit dem zweiten Vornamen?«

»Richtig.«

»Warum gibst du einen falschen Namen an?«

»Es sollte eine Überraschung sein. Ich bin erstaunt, dass du nicht darauf gekommen bist, wer dahintersteckt.«

»Wie sollte ich denn darauf kommen?«

Ich zeigte auf das Terminbuch, das auf dem Tresen lag. »Lies den Namen laut vor.«

»Hugh G. Rection.« Es dauerte eine paar Sekunden, bis sie schaltete. Dann warf sie grinsend einen Blick auf meinen Schritt. »Ich sehe keine.«

»Glaub mir, du wirst schon sehr bald eine sehen.« Ich ging zur Tür und schloss sie ab, dann schaltete ich das Geöffnet-Neonschild aus.

»Ich nehme mal an, Deek war eingeweiht?« Billie klappte das Terminbuch zu. »Er ist nämlich vor ein paar Minuten abgedüst, und vorher hat er Justine noch gesagt, sie kann früher Schluss machen. Normalerweise würde er mich an einem Samstagabend nicht allein lassen.«

»Ja, Deek wusste Bescheid.« Ich ging zu ihr und küsste sie auf den Mund. »Erinnerst du dich noch an die Fantasie, von der ich dir mal erzählt habe? Dass wir auf deinem Tätowierstuhl Sex haben?«

Billie biss sich auf die Unterlippe. »Ja.«

»Das wird heute auch noch passieren. Aber zuerst … bekomme ich das Tattoo, das du mir schuldest.«

»Die Rose?«

»Ganz bestimmt nicht. Ich bin wirklich froh, dass du mich davon abgehalten hast. Du hattest recht damit, dass das erste Tattoo eine Bedeutung haben sollte.«

»Was hättest du denn gern?«

»Ich zeige es dir. Aber vorher …« Ich hob sie hoch. »Trage ich dich nach hinten, damit ich dich küssen kann, ohne dass man uns von der Straße aus sieht.«

Billie ließ sich kichernd von mir ins Studio tragen. Ich verlor mich dermaßen in unserem Kuss, dass ich fast vergessen hätte, ihr die tolle Nachricht endlich zu erzählen, obwohl ich diesem Moment schon den ganzen Tag entgegengefiebert hatte. Als wir uns atemlos voneinander lösten, wischte ich mit dem Daumen den verschmierten Lippenstift unter ihrem Mund weg. »Ich habe etwas für dich.«

Sie grinste. »Ich weiß. Ich spüre es an meinem Becken. Dann machst du deinem falschen Namen also doch alle Ehre.«

Ich setzte sie auf ihren Stuhl, dann zog ich den Umschlag aus meiner Gesäßtasche.

»Was ist das?«, fragte sie.

»Schau rein.«

Billie nahm die Papiere aus dem Umschlag und überflog kurz das erste Blatt, bevor sie mit großen Augen zu mir aufsah. »Im Ernst? Ich dachte, wir müssten noch Monate auf das Scheidungsurteil warten.«

»Holden kennt jemanden im Gericht und hat seine Überzeugungskünste eingesetzt, um den Vorgang zu beschleunigen.«

»Dann bist du jetzt wirklich nicht mehr verheiratet?«

»Ich gehöre ganz allein dir, Süße.«

Billie starrte die Scheidungsurkunde lange an, dann sah sie gerührt zu mir auf. »Oh mein Gott, Colby. Ich bin so glücklich. Mir ist gerade erst bewusst geworden, wie sehr mich das belastet hat. Jetzt ist mir viel leichter ums Herz.«

Ich nickte. »Mir geht es genauso. Und mein Anwalt hat mit dem Officer gesprochen. Er ist ziemlich sicher, dass wir uns auf eine kleine Geldstrafe einigen können und es nicht zu einer strafrechtlichen Verfolgung kommt. Anscheinend können wir endlich mit der Sache abschließen.«

Sie schüttelte den Kopf. »Heute ist ein Supertag. Ich hatte einen tollen Morgen mit Saylor, du bist offiziell wieder ein freier Mann, und gleich raube ich dir deine Tattoo-Jungfräulichkeit.«

»Hey, vergiss den Sex im Tätowierstuhl nicht.«

Sie lachte. »Das auch noch. Aber was steche ich dir? Hast du ein Bild mitgebracht?«

»Noch besser …« Ich ging an Deeks Arbeitsplatz und nahm die Vorlage, die er gemacht hatte, aus der Schublade. Ich gab sie ihr und tippte auf die Innenseite meines Unterarms. »Ich will es genau hier haben.«

Ich dachte, ich müsste eine Erklärung hinzufügen, aber als Billie die Hand vor den Mund schlug und feuchte Augen bekam, wusste ich, dass das nicht nötig war. Sie zeigte mir ihr Schlüsseltattoo. »Es ist das Schloss, zu dem mein Schlüssel passt.«

Ich nickte. »Deek hat es gezeichnet. Er hat sich dabei an einem Foto von deinem Tattoo orientiert. Ich habe dir zwar bei unserem ersten Date keinen Schlüssel gegeben, wie dein Großvater deiner Großmutter, aber mein Herz hat dir vom ersten Moment an gehört. Und das soll mein Tattoo symbolisieren: Du hast den Schlüssel zu meinem Herzen.«

Billie liefen Tränen über die Wangen. »Oh mein Gott, Colby. Du bist der süßeste, romantischste Mann der Welt. Ich liebe dich so sehr.«

»Ich liebe dich auch. Aber ich weiß nicht, ob ich wirklich so süß bin. Denn während du mich romantisch findest, sitze ich hier mit einem Steifen und überlege, ob ich dich auf dem Stuhl vögeln kann, *bevor* du mit meinem Tattoo anfängst.«

Sie lachte und weinte gleichzeitig und breitete die Arme aus.

»Das machen wir auf jeden Fall vorher. Komm her, dann lasse ich deine Träume endlich wahr werden.«

Ich legte die Hände an ihre Wangen. »Süße, ich kann es nicht erwarten, aber du hast schon jetzt alle meine Träume wahr werden lassen …«

EPILOG

COLBY

Ein Jahr später

Holden ging auf die kleine Bühne, um seine Rede zu halten. Als er zum Mikro griff, hob der DJ die Hand und bat um Ruhe. Ich hielt die Luft an, weil ich mir nicht vorstellen konnte, dass mein Trauzeuge seine Aufgabe ernst nehmen würde, und machte mich darauf gefasst, womöglich mein Fett wegzukriegen.

Er grinste in meine Richtung, dann begann er zu reden: »Loyal … talentiert … ungeheuer attraktiv – der beste Freund, den man sich wünschen kann.« Er hielt inne. »Aber genug von mir.«

Unsere Gäste lachten.

»Ich bin Holden Catalano, und ich bin hier, weil es freies Essen und Trinken gibt.« Er grinste, als die Leute abermals lachten. »Also, eigentlich bin ich Colbys Trauzeuge – zu seinem großen Leidwesen.« Er schaute zu mir herüber. »Ich würde jetzt gerne sagen, dass er mich dazu auserwählt hat, aber ich stehe heute hier, weil ich einen Zettel mit der Aufschrift ›Trauzeuge‹ aus dem Hut gezogen habe. Unsere Kumpel Owen und Brayden haben die Nieten erwischt und sind nur Platzanweiser geworden.« Er wandte sich mir zu. »Du sollst wissen, Colby, dass ich diese Pflicht sehr ernst nehme. Ich warte mit dem Trinken sogar bis nach der Rede, damit ich sie nicht verbocke.

Denn, seien wir mal ehrlich, ich bin die absolut schlechteste Wahl für diesen Job, nicht die beste. Aber du hast leider mich abbekommen.« Er seufzte. »Wir alle wissen, dass Ryan dein Trauzeuge wäre, wenn er bei uns wäre. Aber er schaut uns nun von oben zu und fragt sich … wie zum Teufel du dir so eine tolle Frau wie Billie angeln konntest.«

Wieder ertönte Gelächter im ganzen Saal. Als es sich legte, fuhr er fort. »Colby und ich, Owen, Brayden und unser verstorbener Freund Ryan sind schon seit unserer Kindheit Freunde. Während wir aufwuchsen, war Colby als Gruppenältester immer eine Art Vorbild für uns.« Holden machte eine Pause. »Das erklärt, warum wir alle Idioten sind.«

Ich klatschte Beifall. Billie und ich sahen einander an, während wir herzlich lachten.

»Aber ich bin auch deshalb der Falsche für diesen Job, weil Colby und ich immer wie Yin und Yang gewesen sind. Er hat die tollsten Schulen besucht und die tollsten Jobs bekommen. Ich dagegen ziehe höchstens mal einen Blowjob an Land.«

Billie hielt Saylor die Ohren zu. Meine Tochter zeigte keine Reaktion, denn zum Glück hatte sie keine Ahnung, wovon er redete.

»Man muss auch nicht auf eine tolle Uni gehen, um Schlagzeuger zu werden wie ich«, fuhr Holden fort. »Colby wiederum ist völlig unmusikalisch. Früher haben wir die Mädchen, die wir loswerden wollten, zum Karaoke mitgenommen. Wenn sie Colby singen hörten, verschwanden sie von allein.«

Ich verdrehte die Augen und schüttelte den Kopf.

»Und dann unser Kleidungsstil. Er könnte nicht unterschiedlicher sein. Colby trägt in der Regel einen dreiteiligen Anzug. Als ich das letzte Mal so etwas getragen habe, saß ich nach einer Kneipenschlägerei neben meinem Anwalt im Gerichtssaal.«

»Wohl wahr!«, rief ich ihm zu.

»Da wir also so unterschiedlich sind … Warum zur Hölle habe ich diesen schwierigen Job dann überhaupt übernommen? Nun, die Antwort ist einfach.« Er hielt inne. »Ich bin wegen Billie hier.«

Ich sah meine Braut an, die sich eine Lachträne aus dem Augenwinkel wischte.

»Seit dem ersten Tattoo, das Billie mir gestochen hat, wusste ich, dass sie einen ausgezeichneten Geschmack hat. Dann habe ich erfahren, dass sie sich in Colby verliebt hat, und mir wurde klar … dass niemand perfekt ist.«

Unsere Gäste johlten vor Lachen.

Holden kratzte sich am Kinn. »Also ja, Colby und ich … wir sind Yin und Yang. Das weiß ich, weil ich vorhin zum ersten Mal nachgelesen habe, was es bedeutet – um sicherzugehen, dass ich nichts Falsches sage. Und da ist mir klar geworden, dass Colby und Billie noch mehr Yin und Yang sind als Colby und ich.« Holden wandte sich uns zu. »Es ist nämlich so: Yin steht für die dunkle, weibliche Energie.« Er zeigte auf meine Braut. »Das trifft hundertprozentig auf Billie zu, nicht wahr? Und Yang stellt eine Energie dar, die hell und männlich ist, und zugleich – und ich nehme euch jetzt nicht auf den Arm – *heiß*. Gern geschehen, Colby.« Er lachte. »Das entspricht den beiden total, oder? Gegensätze, die so gut zusammenpassen, als wären sie füreinander geschaffen, wie die Sonne und der Mond.« Er schaute wieder zu uns herüber. »Die wichtigste Erkenntnis meiner Recherchen zu Yin und Yang ist, dass die beiden Kräfte sich ergänzen, obwohl sie gegensätzlich sind. Ohne Nacht gibt es keinen Tag. Ohne Liebe gibt es kein Leid – das haben wir alle erfahren, als Ryan gestorben ist. Und ich denke, man kann sagen, dass es ohne Colby keine Billie gibt. Und ohne Billie keinen Colby. Heute sind sie eins geworden.« Holden ließ sein strahlendstes Lächeln aufblitzen. »Und ja, es ist mir tatsächlich gelungen, die Rede mit einer kitschigen Note zu beenden.«

Mir taten vor lauter Grinsen die Wangen weh.

Er hob sein Champagnerglas. »Also, auf Billie und Colby, Yin und Yang. Ihr weckt in mir den Wunsch, mich eines Tages zu verlieben … wenn ich fünfundsechzig bin und keinen mehr hochkriege.« Über das Gelächter der Gäste hinweg rief er: »Ich liebe euch beide! Und Colby, wenn dir meine Rede nicht gefallen hat, suchst du dir am besten einen anderen Trauzeugen aus, wenn du das nächste Mal heiratest.« Er zwinkerte mir zu.

Ich zeigte ihm den Mittelfinger und stand auf, um ihn herzlich zu umarmen – die beiden Gesten in rascher Folge hintereinander waren ein gutes Spiegelbild unserer Freundschaft.

Als ich an meinen Platz zurückkehrte, strahlte Billie. »Das war fantastisch.«

»Typisch Holden«, sagte ich.

Unsere Hochzeitsfeier fand im Festsaal eines Hotels in Downtown Manhattan statt. Billie hatte zunächst eine kleinere Feier gewollt, aber ich hatte sie davon überzeugt, dass wir nach allem, was wir durchgemacht hatten, eine ordentliche Party verdient hatten. Und da die Planung nicht Billies Ding war, hatten wir meiner Mutter das Geschenk ihres Lebens gemacht, indem wir ihr die Verantwortung für die Vorbereitungen übertragen hatten. Sie hatte sich natürlich mehrmals mit Billie getroffen und sich am Geschmack und Stil meiner wunderschönen Braut orientiert. Und so waren wir zu einem stilvollen Dekorationsmix gekommen, der ein bisschen schrill und zugleich elegant war. Rote Blumenarrangements, akzentuiert mit schwarzen Federn. *Goth Chic* war wohl eine treffende Bezeichnung.

Meine Frau wandte sich mir zu, als die Torte serviert wurde. »Unglaublich, was für ein großartiger Tag es geworden ist.«

Ich warf einen Blick auf ihre Brust. »Fast so großartig wie deine Brüste in diesem Korsett. Als du an Deeks Arm den Gang heruntergekommen bist, hätte es mich fast umgehauen.«

»Dachtest du wirklich, ich würde heute etwas anderes tragen?«

Billies Kleid war atemberaubend. Es bestand aus zwei Teilen: einem seidigen weißen Korsettoberteil und einem bauschigen Ballrock. Sie trug eine Hochsteckfigur mit offenen losen Locken an den Seiten. Ich hatte mir immer vorgestellt, dass ich weinen würde, wenn ich sie den Gang herunterkommen sah, aber zu meiner Überraschung hatte ich anders reagiert. Ich war natürlich gerührt, doch statt zu weinen strahlte ich über das ganze Gesicht. Ich hatte bei meiner Hochzeit noch keine Träne vergossen, nicht einmal bei meinem Vater-Tochter-Tanz mit Saylor. Aber der Abend war noch jung.

Nach dem Essen wurde die Tanzfläche gestürmt. Irgendwann spielte der DJ ein langsameres Lied, und als ich mich umsah, entdeckte ich etwas sehr Interessantes: Holden tanzte mit Ryans kleiner Schwester Laney, die wir alle liebevoll Lala nannten. Nun ja, »klein« war nicht ganz zutreffend, denn natürlich war sie inzwischen vollkommen erwachsen. Kurz zuvor hatte sie mit ihrem Verlobten getanzt, aber der war in diesem Moment nirgends zu sehen. Normalerweise wäre es nicht der Erwähnung wert, dass ein Mädchen mit einem langjährigen Freund der Familie tanzte. Nur hatte Holden schon lange eine Schwäche für sie. Und da er gleich die erste Gelegenheit beim Schopf gepackt hatte, fragte ich mich, ob er Hintergedanken hatte.

Als das Lied endete, gab er ihr einen Kuss auf die Wange. Dann ging er davon.

Ich sah ihm nach, als er zur Theke ging und sich den nächsten Drink bestellte. Als ich zurück zu Laney hinüber schaute, stellte ich fest, dass ihr Verlobter Warren wieder zu ihr zurückgekehrt war. Es war, als hätte es den Tanz mit Holden gar nicht gegeben. Mein Blick wanderte von Warren und Laney zurück zu Holden, der die beiden nun von der Theke aus beobachtete.

Billie plauderte an einem der Tische mit unseren Gästen, also nutzte ich die Gelegenheit, um mit Holden zu reden.

Ich klopfte ihm auf die Schulter. »Hast du Lust, mit mir an die frische Luft zu gehen? Es ist ein schöner Abend.«

Er zuckte die Achseln. »Okay.«

Ich bestellte mir ein Bier, und wir gingen auf die Veranda.

»Ich habe dich mit Lala tanzen sehen.«

Holdens Haare flatterten im Wind. »Du meinst das kleine Minitänzchen?«

Ich lächelte. »Du hast die Chance ergriffen, als Warren kurz auf der Toilette war, hm?«

Er verzog das Gesicht. »Was findet sie überhaupt an ihm?«

»Er scheint doch nett zu sein. Ziemlich klug – genau wie sie. Aber das willst du vielleicht gar nicht hören.«

»Klug?« Er sah mich groß an. »Warum? Weil er irgendeinen bescheuerten Job in der Wissenschaft hat?«

Ich sah ihn tadelnd an. »Er ist Krebsforscher.«

»Und wenn schon.« Holden trank einen Schluck Bier. »Trotzdem ist er ein Trottel.«

»Nun, Lala und er sind sich irgendwie ähnlich.« Ich lachte. »Und das meine ich wirklich nett. Sie ist auch ein süßer, bezaubernder Nerd.«

»Da hast du recht«, murmelte er.

»Wir haben keinen Einfluss darauf, zu wem wir uns hingezogen fühlen, Holden. Du hast es selbst gesagt: Gegensätze ziehen sich an. Aber meinst du, du wärst in deiner jetzigen Lebensphase der Richtige für sie, selbst wenn sie nicht verlobt wäre? Lala ist nicht der Typ Frau, den man betrügt.« Ich sah ihm in die Augen. »Das weißt du doch?«

»Ja, verdammt, das weiß ich.« Er schaute zu Boden.

»Also ist es vielleicht besser, dass sie mit diesem Typen zusammen ist, wenn er sie glücklich macht und sich um sie kümmert. Das hätte Ryan sich gewünscht.«

»Genau. Ryan würde uns auf keinen Fall zusammen sehen wollen, das wissen wir schließlich alle.« Er lachte verbittert, bevor er noch einen Schluck Bier trank und die Flasche auf einen Tisch knallte. »Können wir bitte aufhören, darüber zu reden? Es ist doch sinnlos.«

Es tat mir leid, dass ich das Thema angeschnitten hatte. »Wie du willst, Mann.«

Holden wandte sich ab und schob sich an Billie vorbei, die gerade nach draußen kam.

»Da bist du ja«, sagte sie und warf einen Blick über ihre Schulter. »Alles okay mit Holden?«

Ich schüttelte den Kopf. »Nicht so ganz. Aber das wird schon wieder. Ich glaube, er hat ein bisschen zu viel getrunken.«

Ein besorgter Ausdruck huschte über ihr Gesicht. »Ist es wegen Ryans Schwester?«

»Du weißt davon? Ich dachte, ich hätte es dir noch nicht erzählt.«

»Weißt du, wie viel er redet, wenn er ein Tattoo bekommt? Ich habe Holdens komplette Lebensgeschichte mindestens zehnmal gehört. Und ich habe ihn mit ihr tanzen sehen. Sie ist wirklich süß – und nett. Schade, dass Holden es nicht war …«

»Holden?«

»Ja.« Sie lächelte traurig.

Ich atmete tief durch. »Wo ist eigentlich meine Tochter?«

»Keine Sorge. Meine Mutter passt auf sie auf. Komischerweise fühlt sich Saylor in ihrer Gesellschaft sehr wohl – wenigstens eine.«

»Saylor liebt jeden«, sagte ich.

»Ich glaube, meiner Mutter gefällt an Saylor, dass sie ein richtiges Mädchen ist, wie ich es nie war.«

Ich lachte und legte den Arm um sie. »Hey, eine Frage. Hat schon mal jemand seine Hochzeit verlassen, um es im Gebüsch zu treiben?«

Billie und ich hatten eine Woche lang auf Sex verzichtet, um unsere Hochzeitsnacht zu einem besonders intensiven Erlebnis zu machen.

»Ich habe gesagt, wir können bis zur Hochzeit warten, aber damit war nicht *auf* der Hochzeit gemeint«, sagte sie.

Ich gab ihr einen Kuss auf die Stirn. »Ich würde es wahrscheinlich nicht schaffen, die Bänder an deinem Kleid so schnell zu lösen, dass wir wieder drin sind, bevor die Party vorbei ist. Ich werde also warten müssen.« Ich seufzte und atmete tief die klare Nachtluft ein. »Das tut gut, so eine kleine Pause nur zu zweit, oder? Es kommt mir vor, als ob ich den ganzen Abend noch nicht innegehalten habe, um zu verschnaufen.«

Sie strich mir durch die Haare. »Ich weiß.«

»Hör mal … Es gibt da etwas, das ich dir erzählen wollte, wenn wir einen Moment für uns haben.«

Sie legte den Kopf schräg. »Was denn?«

»Nach unserem Tanz hat Saylor mir ins Ohr geflüstert, ob sie dich jetzt Mom nennen darf, weil wir zwei nun verheiratet sind.«

»Oh mein Gott.« Billie fasste sich ans Herz. »Du weißt, wie sehr ich mir das wünsche. Ich wollte sie nur nicht dazu drängen. Ich habe immer gedacht, es wird passieren, wenn sie dazu bereit ist, weißt du?«

»Ja, natürlich. Aber ich denke, sie hält sich zurück, weil sie nicht sicher ist, ob du es willst.«

Ihr kamen die Tränen. »Ich bin so froh, dass du es mir gesagt hast. Kaum vorzustellen, dass sie sich die ganze Zeit gescheut hat …«

Wir hörten den DJ nach uns rufen und kehrten schnell in den Saal zurück, wo Billie ihren Brautstrauß werfen musste. Eine Kollegin aus meiner Firma fing ihn auf und fiel dabei fast auf die Nase. Danach ging Billie zu meiner Überraschung zum DJ und bat ihn um das Mikrofon.

Sie räusperte sich, um die Aufmerksamkeit der Gäste zu gewinnen. »Vielen Dank, dass ihr heute alle gekommen seid, um den Beginn des Rests unseres gemeinsamen Lebens mit uns zu feiern. Ich möchte nur sagen, wie sehr ihr mir alle am Herzen liegt. Heute ist der wichtigste Tag meines Lebens …« Sie hielt nach mir Ausschau. »Nicht nur, weil ich meinen Traummann geheiratet habe, sondern auch wegen des hübschen kleinen Mädchens, mit dem ich mein Leben verbringen darf.« Sie schaute zu Saylor hinunter, die neben mir stand. »Saylor hat mich gleich mit offenen Armen angenommen, als wir uns kennengelernt haben. Wir haben uns sofort miteinander angefreundet, und mit der Zeit ist so viel mehr daraus geworden. Es gibt nur eins, was ich noch mehr will als Colbys Frau zu sein, nämlich Saylors Mom zu sein.« Sie winkte Saylor zu sich herüber.

Ich beobachtete, wie meine Tochter langsam auf Billie zusteuerte.

Sie geht zu ihrer Mutter, zum ersten Mal.

Billie bückte sich und umarmte sie. »Ich habe dich so lieb, mein Schatz.«

Meine Tochter brach in Tränen aus. »Ich hab dich auch lieb, Mommy.«

Mir ging das Herz über vor Freude. Es war der Moment, in dem sich der Kreis schloss nach allem, was wir erlebt hatten. Denn egal, was aus Billie und mir wurde, die Einwilligung, jemandes Mutter zu sein, galt auf Lebenszeit. Es war das ultimative Bekenntnis, das weit mehr bedeutete als jede Hochzeitszeremonie oder Rechtsurkunde. Ich wusste, dass Billie immer für Saylor da sein würde. Wie sehr ich mich auch bemüht hatte, alles für sie zu sein, die Mutter hatte ich ihr nie ersetzen können. Ich war froh, dass Saylor nun endlich eine gefunden hatte.

Als ich meine beiden Engel in ihren weißen Kleidern betrachtete, wie sie sich in den Armen lagen, verlor ich zum ersten Mal an meinem Hochzeitstag die Fassung und weinte vor Glück.

DANKSAGUNG

Ein Dankeschön an die vielen fantastischen Blogger*innen, Bookstagrammer*innen und BookToker*innen, die *Men of Manhatten – The Rules of Dating* bekannt gemacht haben. Eure Begeisterung spornt uns an, und wir sind euch ewig dankbar für eure Unterstützung.

Außerdem sagen wir danke …

An unsere Felsen in der Brandung Julie, Luna und Cheri: Danke für eure Freundschaft und dass ihr nur einen Klick entfernt seid, wenn wir euch brauchen.

An unsere Superagentin Kimberly Brower: Danke, dass du immer an uns glaubst und uns hilfst, unsere Bücher in die Hände der Leser*innen auf der ganzen Welt zu bringen.

An Jessica: Es ist immer ein Vergnügen, mit dir als Lektorin zusammenzuarbeiten. Danke, dass du dafür gesorgt hast, dass Colby und Billie für die Welt bereit waren.

An Elaine, unsere grandiose Korrektorin, Formatiererin und Freundin: Wir schätzen dich sehr!

An Julia: Wir danken dir dafür, dass du unser »Adlerauge« bist!

An Kylie und Jo von *Give Me Books Promotions*: Ohne eure harte Arbeit und eure engagierten Werbemaßnahmen wären unsere Bücher gar nicht denkbar.

An Sommer: Danke dafür, dass du Colby auf dem Cover zum Leben erweckt hast, und für den perfekten Hintergrund, den du gestaltet hast.

An Brooke: Danke für die Organisation dieser Veröffentlichung und dafür, dass du uns jeden Tag eine Menge von unserer endlosen Aufgabenliste abnimmst.

Nicht zuletzt danken wir unseren Leser*innen: Wir hören nicht auf zu schreiben, weil ihr Lust auf unsere Geschichten habt. Wir freuen uns schon sehr auf unser nächstes Abenteuer mit Holden und Lala! Und wie immer danken wir euch für eure Begeisterung, Liebe und Treue. Wir schätzen euch unendlich!

Alles Liebe,
Penelope und Vi